# TERRA SEM
# MAL

JACY DO PRADO BARBOSA NETO

# TERRA SEM MAL

Planeta

Copyright do texto © Jacy do Prado Barbosa Neto, 2013
Todos os direitos reservados

PREPARAÇÃO Francisco José M. Couto
REVISÃO Vivian Miwa Matsushita e Marcela Lazarini
DIAGRAMAÇÃO S4 Editorial
CAPA Leslie Morais
IMAGEM DA CAPA Márcio Koprowski

CIP-BRASIL. CATALOGAÇÃO-NA-FONTE
SINDICATO NACIONAL DOS EDITORES DE LIVROS, RJ

B195t
Barbosa Neto, Jacy do Prado
Terra sem mal/Jacy do Prado Barbosa Neto. – São Paulo: Planeta, 2013.
336p.: 23 cm.

ISBN 978-85-422-0090-4

1. Ficção brasileira. I. Título.

12-8715.                                CDD:869.93
                                        CDU: 821.134.3(81)-3

2013
Todos os direitos desta edição reservados à
EDITORA PLANETA DO BRASIL LTDA.
Avenida Francisco Matarazzo, 1500 – 3º andar – conj. 32B
Edifício New York
05001-100 – São Paulo – SP
www.editoraplaneta.com.br
atendimento@editoraplaneta.com.br

*[...] concedemos ao dito rei Afonso a plena e livre faculdade, entre outras, de invadir, conquistar, subjugar quaisquer sarracenos e pagãos, inimigos de Cristo, suas terras e seus bens, e a todos reduzir à servidão, e tudo praticar em utilidade própria e de seus descendentes [...] Se alguém, indivíduo ou coletividade, infringir essas determinações, que seja excomungado [...].*

Papa Nicolau V, bula Romanus Pontifex, 1454

*Todos nós, brasileiros, somos carne da carne daqueles pretos e índios supliciados. [...] Esta é a mais terrível de nossas heranças. Mas nossa crescente indignação contra esta herança maldita nos dará forças para, amanhã, conter os possessos e criar, neste país, uma sociedade solidária.*

Darcy Ribeiro, O povo brasileiro, 1995

*Conhecendo-te a ti mesmo, e por ti mesmo, sendo senhor de teus atos, serás senhor de tuas paixões e de teus desejos.*

Pitágoras, Versos áureos, séc. VI a.C.

As frases que titulam os capítulos fazem parte dos *Versos Áureos*, que são a síntese dos ensinamentos de Pitágoras, o Divino Mestre. Os poemas "Preparação", "Purificação" e "Perfeição" eram recitados diariamente pelos iniciados na Escola de Crotona.

# Sumário

| | | |
|---|---|---|
| Prólogo | | 9 |
| Capítulo 1 | DOS DISSABORES QUE O DESTINO TE TRAZ, NÃO RECLAMES NEM BLASFEMES | 17 |
| Capítulo 2 | CUIDA DA SAÚDE, QUE É PRECIOSO TESOURO | 32 |
| Capítulo 3 | BRILHE EM TUA FRONTE A LUZ DA INTELIGÊNCIA | 53 |
| Capítulo 4 | OS FRUTOS QUE HOJE COLHES SÃO AQUELES QUE OUTRORA PLANTASTE | 62 |
| Capítulo 5 | É EM TUA ALMA E ALÉM DE TI QUE DEVES PROCURAR | 73 |
| Capítulo 6 | OBSERVA AS LEIS NA PRÓPRIA NATUREZA | 95 |
| Capítulo 7 | BUSCANDO A ESSÊNCIA DA VERDADE, CONHECERÁS DE TUDO | 116 |
| Capítulo 8 | A SABEDORIA NASCE DO TEMPO E DO EMPENHO | 142 |
| Capítulo 9 | CONTEMPLA NO PRESENTE O PASSADO E O FUTURO | 159 |
| Capítulo 10 | ESCOLHA, COMO AMIGOS, AQUELES QUE POSSUAM VIRTUDES | 180 |
| Capítulo 11 | TANTO A VERDADE QUANTO O ERRO TÊM OS SEUS ADMIRADORES E SEGUIDORES | 204 |
| Capítulo 12 | POIS É NO MEIO QUE RESIDE O BEM | 219 |
| Capítulo 13 | GRAVA EM TEU CORAÇÃO AS PALAVRAS QUE PROFERES | 240 |
| Capítulo 14 | NÃO TENHAS PRECONCEITO ALGUM | 277 |
| Capítulo 15 | TRANSPONDO O PORTAL DA SABEDORIA, MESMO ENTRE OS IMORTAIS SERÁS UM DEUS | 298 |
| Capítulo 16 | SEJA, NO FALAR E NO AGIR, JUSTO E PRUDENTE | 310 |
| Capítulo 17 | AMA A VIDA, MAS LEMBRA-TE DA MORTE | 327 |

# Prólogo

O CÉU SEM NUVENS CONFERIA À TARDE UMA LUMINOSIDADE DIFERENTE, europeia, impressionista. Apesar do verão, a temperatura estava agradável graças ao alívio de uma brisa do nordeste, embora fosse ela mesma a causa de um mau humor nas pessoas. A Avenida Paulista com casarões e jardins franceses fazia jus ao dinheiro gasto pelos paulistas ricos por causa do café. Da França, de Portugal, da Itália e da Inglaterra vieram mármores, vidros, trabalhos delicados e monumentais em ferro e bronze, lustres magníficos, janelas e portas em madeiras elegantes como o carvalho, porcelanas de jardim do Porto. No casarão de Yolanda havia um gazebo escondido no meio do jardim meticulosamente francês, embora entremeado de frondosas árvores tropicais e algumas palmeiras carregadas de coquinhos que atraíam bandos de maritacas, tuins e ararinhas. Dentro dele móveis confortáveis como os de uma sala de visitas, sofás e poltronas de tecido branco, guarnecidos por almofadas coloridas, mesinhas de canto com abajures de porcelana de Sèvres e pequenas esculturas de marfim. Cortinas de tecido leve e almofadões espalhados pelo chão davam um ar descontraído e acolhedor ao ambiente. O gazebo, todo em ferro e vidro, arquitetura radicalmente *art-nouveau*, tinha sido importado da França pelo velho Francisco, pai de Yolanda, que se encantou com ele quando passeava pela avenue Champs-Élysées. Viu-o sendo montado em uma casa em construção, e com muito dinheiro convenceu o encarregado a embarcá-lo para o Brasil. Perto do gazebo, um sátiro de bronze mantinha cheio um laguinho rodeado de flores amarelas e produzia um som de água que chegava aos ouvidos como se fosse um calmante. De onde estavam não se via a casa ou qualquer pessoa, era inevitável a sensação de isolamento e privacidade; no centro da cidade São Paulo, tinha-se a impressão de estar em um lugar longínquo.

— Fique calma, estou terminando.

— Gosto de estar aqui, fico pensando na vida, no meu passado... no meu futuro, mas tenho convidados hoje à noite e muitas providências a tomar. Não posso me atrasar. Você sabe que me importo com os detalhes.

— Só mais um pouquinho, não quero perder este momento... essa luz. Está tão bom! Vou lamentar terminar esse retrato e não poder mais ver você todas as tardes. A mulher mais bonita e desejada da cidade, nua... quase ao alcance de minhas mãos.

— Talvez não me perca.

Com um movimento das mãos Yolanda acentuou a sensualidade de seu corpo, e Emiliano sentiu uma onda de fogo percorrer seu corpo e se alojar em algum ponto entre o tórax e o abdome, queimando-o. Procurou os olhos de sua modelo na esperança de uma resposta mais precisa.

— Uma promessa e serei um homem feliz — respondeu com firmeza e ansiedade.

— Promessa, não. Não acredito nelas. É uma possibilidade. Gosto de você. Um pintor simpático, cara de menino, bonachão e mulherengo. Soube que teve muitas amas de leite, acho que se acostumou com a variedade. Sou mais velha que você, talvez esteja procurando mais uma ama.

— Tive sete amas de leite. Mamava nelas ouvindo poemas de Castro Alves, que foi muito feliz ao lado de uma mulher mais velha. Ele a amava muito sem achar que era sua ama. Não sou mulherengo. O que sinto por você me queima exatamente aqui.

Apontou o coração e mostrou uma súplica nos olhos.

— Acho que meu marido não gostaria dessa conversa.

— Seu marido não é como você... não é como nós. Somos movidos a paixão. Liberdade, conhecimento, arte e prazer. Eu e você somos outro tipo de gente.

— Concentre-se em sua pintura ou não saímos daqui hoje.

— Quando estou desenhando, tento dar substância ao que já existe, mas no seu retrato parece que só copio o que a natureza fez. Não existe outra cor para sua pele... é só copiar.

— Minha avó materna era negra. Escrava vinda em um navio negreiro da África. E meu avô, um índio guarani. Minha mãe, uma cafuza bonita que você conhece. Meu pai, um português do norte, loiro, de olhos verdes e pele clara como a de um holandês.

— Santa mistura! É a raça cor de cobre que vai fraternizar o mundo. A raça cósmica. Eu também não sou brasileiro nem português, sou Albuquerque de Pernambuco. Nossa mestiçagem vai conquistar o mundo e a preguiça tropical ensinará como se deve festejar a vida. Usufruir os prazeres e satisfazer os sentidos.

Yolanda apertou um pouco os olhos e abriu discretamente os lábios, inspirando um pouco de ar com um barulhinho deliciosamente pecaminoso.

— Viva o direito à preguiça!

— Viva o prazer!

Emiliano voltou ao trabalho, mas a possibilidade de sentir Yolanda nos braços não lhe saiu mais do pensamento. Foi longe, imaginou que a possuía, chegou a ouvir seus gemidos de prazer, sentir o cheiro de seu desejo e o gosto de seu gozo. A excitação disparada por essas imagens foi violenta e o dominou. Na verdade, gostava de trabalhar assim, melhorava seu traço, descobria nuances que não havia visto antes, e as mãos, independentes de sua vontade, iam e vinham num transe duradouro. Faltava pouco para terminar. Habituara-se a passar as tardes com Yolanda, e quando achou que a perderia, uma palavra mudou tudo. Talvez não deixasse de vê-la. Foi isso o que ela havia dito? Quanta ansiedade em ter que esperar para descobrir.

Emiliano afastou-se uns passos para apreciar seu trabalho; ficou feliz. Havia conseguido transpor para a tela a sensualidade que estava além da forma, acentuada em cada gesto, em cada olhar, quando ela abria um pouco a boca e umedecia os lábios ou quando cruzava as pernas escondendo seu sexo coberto por fartos pelos negros. Havia duas semanas, Yolanda posava diariamente, sem se queixar, concentrada. Vinha ao gazebo de roupão, e quando se despia o mundo ficava suspenso para observar tanta beleza. Impossível habituar-se à visão magnífica de seu colo, das nádegas, das curvas opulentas. Mesmo sem tocá-la, era possível saber que sua pele tinha a textura de um pêssego, como a das negras que tanto prazer lhe haviam dado. Como era difícil desejar uma mulher casada, rica, culta, a musa de mais de uma geração de intelectuais e artistas. E ele, embora fosse um artista promissor, cheio de vontade e inspiração, estava longe de ser uma pessoa importante, mesmo agora, depois de seu sucesso na exposição da Semana de Arte Moderna.

— Vou batizar esse quadro de *Psique de cobre*, uma alegoria à sua beleza e cor. Muita gente diz que você é descendente de nobres portugueses, filha e neta de condes. Ficarão desnorteados ao reconhecerem uma mulata na tela, não irão acreditar que tem sangue de negro e de índio. Talvez um parente seu é que tenha comido o bispo Sardinha.

— Tenho orgulho de minha origem. A família de meu pai era rica. Portugueses loiros e de olhos claros do norte. Mas meu avô materno era um índio guarani, e seus ancestrais comiam mesmo seus inimigos. Em geral não se sabe, acham que os índios comiam gente para matar a fome. Nunca foram a uma floresta, e não podem entender que em algumas horas um índio consegue alimento para muitos dias. Índios na floresta não passam fome. Comer um inimigo é um ritual, uma homenagem ao morto. Queriam incorporar suas qualidades. Nenhum índio comeria um covarde, um sujeito sem atributos. "Com carne vil enfraquecer um forte", disse o timbira em *I-Juca Pirama*.

— A antropofagia foi só uma desculpa para matar índios e tomar suas terras.

— Em cada missa fazem o mesmo.

— Então seremos antropófagos. Comeremos a velha Europa e produziremos o novo. A cultura da nova raça! Será como você, terá a sua cor. O prazer e as sensações serão a nova missa, o resultado brilhante dessa antropofagia ancestral.

— Somos mestiços no corpo e no espírito. Você é como eu. África, América e Europa misturadas. Faremos a cultura da Terra sem Mal que meus avós encontraram.

— Terra sem Mal?

— Um paraíso para onde se vai sem precisar morrer. Amanhã conto. Agora vamos, que estou atrasada. Daqui a pouco os outros chegam, e eu aqui, nua, de conversa com um pintor de reputação comprometedora.

— Pode ir, ficarei mais um pouco. Vou terminar sozinho. Quero mostrar para a Tarsila e o Victor. Quero a opinião deles. A tela ficará pronta, e amanhã não precisará posar.

— Deixe-me ver. Você me esconde essa pintura há semanas, não é justo.

— Você a verá à noite, junto com os outros.

Apressada para cuidar da vida, deixou-o terminando o retrato, tinha que vistoriar as taças de champanhe, os copos de uísque, as taças de vinho, os canapés e tudo mais. Yolanda tinha fama de anfitriã perfeita, e realmente tinha prazer em repartir com os amigos o que o dinheiro lhe dera em abundância. Essa generosidade era espontânea, mas ela sabia que fazia parte das regras para uma vida feliz. À noitinha, chegaram os convidados habituais. Reuniam-se todas as semanas para discutir os novos caminhos das artes e mostrar o que estavam fazendo.

Para Emiliano, o esforço que havia feito até ali representava a parte boa da jornada, agora viria a pior parte: enfrentar a crítica, a dúvida, a má vontade e a ignorância da plateia. Yolanda segurava o lençol que cobria o quadro com a ponta de dois dedos, deixando o quarto dedo livre para mostrar um brilhante perfeito, de muitos quilates, que enfeitava sua mão. Vestia uma roupa leve, imaculadamente branca. A noite era quente e uma brisa suave agradava a todos. As tintas ainda estavam frescas quando ela retirou o lençol com um gesto rápido e elegante. A graça e leveza de Yolanda, por um instante, desviaram a atenção que deveria ser só da tela. Emiliano olhou sua obra: daquele instante em diante, não lhe pertencia mais.

— Sou eu? — Yolanda perguntou, com um ar de surpresa.

— Em carne e espírito — respondeu o amigo Cicilo, que estava bem em frente —, não precisa nem olhar para o rosto. Basta a textura da pele e a cor. É sobrenatural a sensualidade dessa tela. Se eu não a conhecesse, diria que o artista melhorou a modelo, mas sei que ele só a reproduziu.

A noite foi de Emiliano. Estrondoso sucesso; palmas e assobios, o encanto foi de todos, e ele respirou esperançoso com o futuro de sua *Psique*.

Nessa noite, seu sono foi agitado, acordou a cada hora para ouvir o galo cantar, e depois passou a manhã brigando com o tempo, que teimava em demorar mais do que devia. Quando a tarde chegou, foi apressado tocar a campainha da casa de Yolanda.

Como era costume, esperou-a no gazebo junto ao cavalete vazio. A tarde abafada tinha um cheiro de chuva. Yolanda o recebeu como sempre: de roupão branco, desenvolta e falante.

— E então, como passou a noite?

— Um pouco agitado.

— Foi o sucesso de ontem.

Ela lhe indicou o sofá e acomodou-se com desleixo a seu lado. O roupão deixou suas pernas à mostra até a altura das coxas, e pelo decote podia-se ver que não usava nada por baixo, nua como se fosse posar. Emiliano respirou fundo o perfume que inundava o ambiente

— E a amante italiana? — Yolanda perguntou com malícia.

— Não a tenho visto — respondeu corando.

— Disseram que me pintou como mulata por influência daquele seu tio torto, José do Patrocínio, que passou a vida defendendo os negros.

Yolanda acariciou com suas mãos macias o rosto do pintor, e uma faísca os percorreu — nunca haviam se tocado com carinho. Lembrou-se de Alberto, seu louco amigo que voava e inventava coisas, dizendo que ele se eletrificava quando a tocava.

— Não sabem de seus avós e da mãe cafuza.

— Uma cafuza bonita e culta. Meu pai, português e rico, comprou-a de um soldado que voltava da Guerra do Paraguai. Comprou-a porque era bonita; depois, ficou encantado quando descobriu que era culta e educada, falava e lia francês, cantava e dançava, enfeitava-se com gosto... e tinha herdado da mãe umas qualidades raras.

— Qualidades raras...

— É um segredo, mas vou lhe contar: as duas nasceram com um talento especial para amar. Sabiam o que o outro necessitava e o que fazer para satisfazê-lo. Sei das histórias de minha avó, e ela era a melhor, quase sobrenatural.

— E você, herdou esse talento?

— Um pouco. Acho que a vida atribulada, os compromissos, a fazenda de que cuido, esta vida agitada me tira a energia. Mas quando quero... com alguns... fico parecida com minha avó.

— O que aconteceu com seus avós?

— Sua aldeia foi massacrada pelo conde d'Eu.

— Morreram lá?

— Não, eles não morreram. Foram para a Terra sem Mal.

— Você me disse ontem.

— Ela está ao alcance de quem for capaz de encontrá-la.

— E como se procura esse lugar?

— É um caminho longo e difícil. Poucos podem achá-lo. Meus avós chegaram lá. Viajaram por um caminho chamado Peabiru.

— Adoraria pintar uma terra de prazeres...

— Talvez você possa. Mas é uma história longa, precisará vir aqui algumas tardes... não sei se sua amante italiana irá deixar.

— Não pedirei a ela. Virei.

— Então massageie meus pés, enquanto começo a história. Acho que vou me deitar neste acolchoado, venha comigo.

Emiliano prendeu a respiração.

— Fique mais à vontade — ela disse com malícia.

— Mas no jardim...

— Sossegue, homem. Radamanto nos vigia, ninguém nos incomodará.

— Quem é ele?

— Aquele negro forte e bonito que me segue por onde vou.

Quando Emiliano finalmente a possuiu, um fenômeno ocorreu: dos olhos de Yolanda emergiu um feixe de luz intensa que o penetrou e, por instantes, o cegou. Uma sensação de bem-estar inédita se seguiu.

Passados muitos anos, depois de Yolanda ter lhe contado sua história, Emiliano ainda declamava os versos de um poeta conhecido: "E à noite, nas tabas, se alguém duvidava do que ele contava, tornava prudente: 'Meninos eu vi'".

CAPÍTULO 1
# Dos dissabores que o destino te traz, não reclames nem blasfemes

A ÁFRICA É MINHA MÃE, COM BRUTALIDADE E BELEZA TRATOU-ME DURANTE A infância. Nasci e cresci em uma aldeia inculta da banda oriental, longe do mar, e sobrevivi com esforço, pois aqui ninguém é protegido por ser frágil. Fui escravizada aos catorze anos, idade em que muitas meninas tinham formas de mulher e às vezes filhos, mas a fome me deu um corpo franzino, ancas estreitas, peitos pequenos e uns poucos pelos tentando cobrir meu púbis virginal; nunca havia tido um sangramento. Os caçadores de gente trataram-me como se eu pudesse oferecer alguma resistência ou tentar fugir. Caminhei por dois dias com as mãos amarradas e uma canga no pescoço que me ligava a outra negra, como bois em uma parelha; a pele esfolada já não doía como no começo.

O sol forte, a canga, as mãos amarradas, o passo forçado, eu não compreendia como a negra, a quem estava atada, podia estar resignada e tranquila como se todo aquele sofrimento fosse a vontade dos deuses. Quando minha amiga Akande desapareceu, disseram que fora raptada por traficantes de escravos. Mas não acreditei, não podia ser verdade, Akande não era como os escravos de meu pai, era bonita e amada, não poderia sofrer tanto. Quando eu sentia sua falta, sonhava que algum deus, cansado de viver só, viera buscá--la para que vivesse a seu lado. Como nós, os deuses gostam do que é belo. Agora eu sabia do destino de minha amiga.

A caravana parou por alguns instantes sob a sombra de uma árvore, fechei os olhos e, como em um transe, enxerguei a última imagem de antes da escravidão: meu irmão Manicongo, ao lado do gnu que havia acabado de matar com uma flecha certeira que lhe atravessou o coração, derrubando-o onde pastava e cuidava de suas fêmeas. Tudo tão rápido que o imponente animal não soube o que lhe havia acontecido; a manada observando-o, assustada, enquanto ele desmoronava no chão com um barulho surdo. Vi meu irmão respirando com força. Os músculos, retesados, pareciam se destacar ainda mais com o belo tecido vermelho e branco que vestia. Então, com um gesto preciso, cortou o escroto do animal, retirando-lhe um pesado testículo, e com as mãos o elevou em direção ao céu como se o oferecesse a alguma divindade. A carne ainda pulsava quando ele arrancou um naco e mastigou devagar, sem gula, saboreando com os olhos fechados. Um pequeno filete de sangue escorreu do canto de sua boca, dando-lhe um aspecto forte, quase heroico. Meu irmão respirou profundamente pelas narinas, e ao sentir o ar chegando aos pulmões, uma onda elétrica o percorreu, estremecendo sutilmente o corpo de guerreiro. Nos olhos um brilho de força e bem-estar; havia incorporado a energia de sua vítima. Logo depois surgiram cinco homens vestindo roupas de cores vivas, mataram meu irmão em uma luta rápida, e com a canga me prenderam a uma negra de olhar fixo no infinito e rosto sem expressão. Seguiram a caminhada como se nada de extraordinário tivesse acontecido. A fila dos cativos era liderada por homens nus, ensanguentados, com as mãos atadas e cangas no pescoço. A visão desses homens sujos povoou meus pesadelos por muitos anos.

Na nossa tenda moravam meu pai, suas cinco mulheres e muitas crianças. Sou a primeira filha da terceira esposa. Me lembro do cheiro e das mãos de minha mãe me acarinhando quando eu era pequenina, mas lembro-me pouco de seu rosto. Todas as mulheres de minha aldeia se pareciam, sempre com uma criança no peito e outra na barriga, trabalhando desde o nascer do sol, só as velhas eram secas. Meu pai engravidava suas mulheres com a mesma frequência dos bichos e comemorava o nascimento de cada um de meus irmãos, mas quando nascia uma menina, ficava zangado e dizia palavras rudes para a mãe. Éramos muitos para comer, e havia tempos de seca e muita fome; os meninos comiam antes e morriam menos. Lembro-me de uma fome prolongada, quando duas de minhas irmãs morreram no mesmo dia. Com todas as agruras, tenho saudade desse tempo, do carinho que às vezes recebia e da intimidade que tinha com minhas irmãs.

O sol poente deixou o horizonte cobrindo os bosques com uma surpreendente sucessão de cores de fogo anunciando a noite e o sono da natureza.

Tive a sensação de que minha nova vida já tinha anos de duração. Os homens de roupas coloridas caminharam devagar, procurando onde comer e dormir. Logo um capão sob uma solitária figueira lhes pareceu adequado. A árvore dominava uma arena que parecia ter a função de destacá-la do restante da paisagem. Seus ramos potentes iam da copa densa de folhas escuras até o chão; ela distraiu meu pensamento. Com certeza chegou ali pequenina, uma semente nas penas de algum pássaro, não devia ter esperança de um dia ser uma referência para os caminhantes. Germinou e prosperou, viveu os primeiros tempos à custa de sua hospedeira, mas quando suas raízes alcançaram a terra, ela libertou-se, matou sua nutriz e dominou tudo ao redor. Vitoriosa, agora presenteia os passantes com uma sombra benfazeja. Talvez em uma árvore assim tenham se inspirado para me chamar de Kilamba, que em minha língua significa "planta sem raiz".

Sentíamos dores por todo o corpo, os pulsos e o pescoço apertados, um cheiro violento de urina e fezes, mas agora, sentados, poderíamos descansar, e dormimos em qualquer posição. Os homens fizeram uma fogueira e acomodaram-se para fumar pequenos cachimbos que imitavam figuras humanas; agiam como se não existissem os prisioneiros. Os cinco se pareciam, as bochechas marcadas por cicatrizes profundas e iguais, três de cada lado. As roupas tinham um colorido semelhante, mas as estampas eram diferentes, nunca havia visto tecidos como aqueles. Todos eram altos e esguios, apenas um tinha uma barriga protuberante e o rosto redondo. Era o que mais falava. Bebiam aguardente, e a conversa foi ficando mais animada; gargalhavam. Na escuridão, a fogueira iluminava-lhes o rosto e exaltava-lhes os dentes e a esclera dos olhos, imaculadamente brancos. Sem interromper a conversa, falando com a voz um pouco mais alta, o gordo se levantou e caminhou em minha direção. Ele era feio e veio para mim parecendo estar envolto pela fumaça, mas pude ver as cicatrizes profundas que tinha no peito e o brilho da faca em suas mãos. Meu coração estremeceu; minhas poucas carnes seriam o pasto daqueles animais. Pensei em como os deuses não haviam sido generosos comigo e senti que as cordas que apertavam meus pulsos agora penetravam em meus ossos. Vinha num passo firme, sua barriga gorda trepidava. Cuspiu nas mãos e as esfregou triunfante, prestes a abocanhar o seu repasto esquálido. Fechei os olhos com força, me encolhi e esperei o golpe rápido e eficiente.

Cansei de esperar pela faca. O homem não me matou, e os segundos se prolongaram ao infinito. Deixou meus pulsos atados, mas me libertou da canga e me arrastou até a poucos passos da fogueira, onde havia uma pedra com cerca de um metro de altura. Com firmeza deitou-me sobre ela com a barriga para baixo; fiquei imóvel, confusa, não gritei nem chorei. Imaginava o que poderia acontecer, talvez fosse sangrada antes de ser morta, já havia ouvido sobre essa maldade. Ele apoiou as mãos sobre minhas ancas e colocou seu corpo entre minhas pernas, afastando-as o mais que podia. O pavor tomou conta de mim. Com o espírito estarrecido por maus presságios e o corpo judiado por uma dor pungente, senti meus ossos estalarem como se eu fosse esquartejada, mas não gritei. Permaneci num furioso silêncio; o peso das mãos comprimia a minha bacia contra a pedra esfolando a minha pele infantil, as mãos amarradas estendiam-se impotentes à frente de meu corpo. Então senti as entranhas queimando com algo que não sabia o que era. A submissão era a única possibilidade, rebelar-se contra aquele monstro era impensável.

O suor de meu algoz escorria pelo rosto e caía em minhas costas como gotas de ferro derretido; seu movimento era acompanhado por meus suspiros quase agônicos, enquanto um filete de sangue escorria pela pedra. É provável que minha passividade tenha aumentado seu prazer. Segurando-me pelos quadris, movimentava-me contra si, masturbando-se com meu corpo semimorto. As carnes rompidas já não ofereciam resistência ao avantajado órgão do carrasco. Finalmente ele gozou, e suas secreções misturaram-se ao sangue de minhas entranhas arrebentadas. Ofegante e satisfeito, largou-me sobre a poça de sangue e de esperma. Acariciou o membro dolorido com a força que fizera para me romper e, sem me dirigir o olhar, arrastou-me pelos pulsos atados até onde estavam os outros.

A noite de horrores permaneceu estrelada, e quando faltava pouco para terminar, um vento frio anunciou a aurora, despertando um sabiá, que cantou uma melodia triste e profunda, ofuscando o pio da coruja. O sol chegava, e os caçadores de homens rapidamente se puseram em pé; arrumaram as tralhas; com alguns pontapés, despertaram suas caças, que ainda dormiam um sono profundo, como se estivessem tranquilos e a noite bem-dormida tivesse recomposto suas forças. Chafurdando em uma poça de sangue, senti que me chutavam, mas não consegui me mexer. A fealdade daquela cena contrastava com o nascer do sol invernal da África; o horizonte, com todos os tons possíveis de vermelho, iluminava as acácias rubras e os jacarandás, de flores lilases. A natureza acordava com sons e cores exuberantes. O vento trazia a barulheira dos animais e dos pássaros, por todo lugar a vida pulsava, somente junto aos restos da árvore, sufocada pela frondosa figueira, havia agonia.

O gordo soltou as mãos de um dos escravos e ordenou que ele me levasse nas costas. Não soltou sua canga, e agora, com o novo peso, seu sofrimento era maior; nos seus ombros, segui meu destino desgraçado. Caminharam por muito tempo, um tempo que não existiu para mim.

Quando novamente abri os olhos, o sol da tarde já se avermelhava, e eu, estendida num chão de terra batida, sentia dores tão vivas que pareciam ter sido causadas naquele instante. Com esforço, distingui ao meu lado uma velha de olhos tristes, quase de pranto, escuros e enfeados pela vermelhidão da esclera; e cabelos ralos, insuficientes para cobrir a pele de seu crânio; lábios murchos pela falta dos dentes; e o pescoço, enrugado pela pele gasta e sem vida, enfeitado por um colar de contas de barro colorido. Magra, encurvada, seus peitos quase alcançavam o umbigo, e seu quadril estreito e descarnado estava coberto por um trapo de algodão que um dia fora branco. Senti alívio quando a ouvi falando suaíli, minha língua materna.

— Beba água — disse ela com doçura. — Eles machucaram você com força... quase morreu. Sua barriga tá inchada porque não consegue mijar. Tem que fazer força... Vou ajudar, farei um remédio.

A velha foi até um dos cantos do cercado onde estávamos confinados; um enxame de abelhas revoava em círculos. Rapidamente, com agilidade inesperada, apanhou algumas, matou-as com as palmas das mãos e foi ajoelhar-se ao lado de gravetos que ainda fumegavam. Reavivou as brasas e colocou os insetos próximos, para que torrassem; depois, com uma pedra de encontro à outra, triturou-os até que formassem um pó. Misturou esse pó com um pouco de água e me fez beber. Depois esmagou um pedaço da polpa de um coco, guardando o sumo que escorria e com ele fez um cataplasma que aplicou sobre meu sexo. Com as mãos sobre meu abdome, os olhos fechados e o cenho franzido, fez uma prece aos seus deuses. O resultado não foi o esperado, continuei sem urinar e as dores me fizeram querer morrer. Eu me aproximava do inferno. Para que aguentar isso? Mas ela não desanimou, tinha coragem e amor. Em um canto do cercado, ficou de joelhos cavados no chão e depois de um bom tempo achou o que procurava: um pequenino inseto de cor verde azulada, compridas antenas e cheiro muito forte, desproporcional ao seu pequeno tamanho; anos depois soube chamar-se cantárida. Fez o mesmo processo, torrou e triturou, dissolveu o resultado em uma caneca de água, agitou-a com vigor e colocou algumas gotas em minha boca. Em pouco tempo, eliminei urina em um jato abundante, sanguinolento e fétido. O alívio foi tão intenso que pareceu ser o fim de todos os meus sofrimentos.

— Onde estamos? – falei com esforço.

— Na terra dos Mpfumos, que os brancos chamam de Maputo.[1] Até o mar são dois ou três dias de caminhada. Até a baía dos seis rios. Um acampamento de ajuntar escravos... depois, o porto... e os navios...

— O que será de mim?

— Se não morrer, vai ser vendida no porto. Será escrava em algum lugar deste mundo – a velha respondeu com naturalidade.

Uma rajada forte do vento nordeste, que vinha do oceano Índico, anunciou a estação das chuvas e interrompeu nossa conversa. Rapidamente, a temperatura caiu, trovões e raios no horizonte nos assustaram. A velha me cobriu com folhas de palmeira, reavivou o fogo e acocorou-se em um canto. Apesar do anúncio, a chuva chegou mansa; achei-a bem-vinda. Serviu para que me lavasse do que restava em mim do homem gordo.

Com o tratamento dedicado, fui revivendo, e no terceiro dia podia dar alguns passos. De dentro do cercado eu via um pequeno povoado, de poucos habitantes, na maioria escravos. Uma das choupanas tinha um aspecto que a diferenciava das outras construções toscas e malfeitas, como se fossem provisórias. De onde eu estava, podia ver que homens miseráveis como a velha trabalhavam em um forno de quase dois metros de altura e eram motivo de grandes atenções. Um negro alto e forte, armado com lança e chicote, cuidava para que o trabalho não fosse interrompido. A construção era feita de terra de formigueiro e dentro dela colocavam camadas sucessivas de lenha e pedras de coloração escura. Com a lotação completa, ateavam fogo na primeira

---

1 Nome da província que fica no extremo sul de Moçambique, ex-colônia portuguesa no leste da África, e nome também da capital desse país. (N. E.)

camada de madeira. Por baixo do forno, um tubo de barro levava o ar de um fole feito de couro de cabra movimentado continuamente. O ar fazia o fogo se intensificar e derretia o metal contido nas pedras pretas, que escorria e se juntava no fundo do artefato, em pequenas barras. O forno era então quebrado e as barras, recolhidas, e tudo começava outra vez, até o dia terminar. Os cinco negros sofridos que transportavam pedras me causavam medo.

– O que vai acontecer? – perguntei à velha afetuosa que acariciava minha mão, investigando meus olhos.

Gosto de sua lembrança. Sentia-me amparada.

– Vou morrer se encontrar outro homem como aquele que me machucou?

– Vai ser trocada por fumo, armas e aguardente. Nossa vida vale o que pagam, e você vale bastante, talvez uns quatro barris de aguardente, e ainda um ou dois mosquetões. Quando você chegou, ganhei mais comida. Quando for, terei fome de novo. Eles não vão querer que você morra. Se aprender a agradar, pode ser que viva melhor.

– Por que será que tudo é assim?

– Antigamente a vida era diferente. Eram poucos brancos e havia um rei que cuidava. Os brancos tratavam com ele de igual para igual, compravam marfim e ouro. As cidades tinham casas de pedra e leis.

– Não havia escravidão?

– Isso sempre houve. Como poderia não haver?

– Minha aldeia tinha escravos, e eu nunca havia pensado neles como gente... eram um pouco mais que cachorros... agora sei o que passavam.

– O Império Monomotapa era rico e poderoso. Possuía navios e comerciava com os árabes. Depois vieram os brancos. Queriam muitos escravos e pagavam bem. Os que vinham das guerras já não eram suficientes. As cidades se esvaziaram, ninguém mais queria plantar. Todos caçavam escravos para trocar por coisas que os brancos tinham. A enxada de Monomotapa não significava mais nada.

– Que enxada?

– Ele levava na cintura uma pequena enxada com cabo de marfim. Significava que o povo devia cavar e aproveitar a terra. Também levava duas azagaias, que representavam a justiça e a defesa de seu povo. Depois de ele morrer, os brancos mataram muita gente e colocaram um rei chamado Mavura para nos guiar. Ele entregou nossas minas de ouro e nos obrigou a usar os tecidos dos brancos.

— Eu nunca vi um homem branco.

— São bonitos, usam roupas de couro e tecido, têm armas potentes e são ricos. São donos de muitas coisas.

Na tarde do meu sétimo dia de cativeiro, uma caravana trazendo quatro negras e vinte e dois negros apresados chegou ao acampamento. Vinham guardados por seis negros armados de mosquetes e lanças; os homens traziam cangas no pescoço e os pulsos atados; as mulheres só tinham os pulsos atados. Havia um que dava ordens e vestia uma pele de leão cuja cauda arrastava, dando-lhe um aspecto de autoridade. Na cintura, do lado esquerdo, ele mantinha uma espada guardada na bainha de madeira ornamentada com ouro e outros metais; na mão direita, um longo bastão, que apoiava no chão a cada passo.

— Velha! Quem é aquele com a pele de leão? — perguntei.

— É o chefe. Os outros são soldados. Eles caçam gente. Trocam quem perde a guerra por barras de ferro, tecidos ou aguardente. A caçada foi boa, olha quantos!

Não tinham lágrimas, somente a expressão que eu já conhecia nos que me acompanharam: a tristeza infinita de pressentir que a miséria do presente seria a miséria do resto da vida. Foi curta a convivência com minhas novas companheiras. Na manhã do terceiro dia, os homens armados estavam agitados e cheios de preparativos. Do cercado, observamos os homens, nus, serem colocados nas cangas, formando pares com alturas semelhantes. Os quatro homens que vinham por último, sem as cangas e com as mãos livres, levavam nas costas enormes volumes. Quando tudo estava pronto para a partida, dois homens armados vieram ao cercado nos buscar. Com indiferença, amarraram pelos pulsos umas às outras, primeiro as quatro recém-chegadas e por último eu. Com o coração apertado, olhei para a velha acocorada em seu canto, minha primeira amiga no meu tempo de escravidão. A caminhada dos infelizes em direção ao mar começou, o homem com a pele de leão indicava o caminho e os de canga no pescoço o seguiam, em silêncio, por uma trilha de terra batida, solitários na imensidão africana.

As monções do Índico continuavam, anunciando a estação das chuvas. O vento sul trouxe nuvens, frio e trovões que faziam o chão tremer. Entramos em uma mata mais fechada, onde começava a descida ao litoral; setecentos metros de altura nos separavam do nível do mar. Quanto esforço para enfrentar com as mãos amarradas a descida lamacenta e escorregadia, a cada desequilíbrio os homens quase se sufocavam com as cangas. Fomos assim, com apenas um descanso, até o entardecer, e então chegamos a uma clareira propícia para passar a noite.

O lugar já era conhecido dos homens armados. Conheciam os troncos caídos, as pedras, os locais de antigas fogueiras e sabiam onde se aconchegar. Organizaram os homens nus, amarrando-lhes os tornozelos e prendendo-os uns aos outros; as mulheres formaram um grupo à parte, mas igualmente atadas. O cheiro ruim que nos acompanhava se intensificou, mistura de suor, medo, fezes e urina. Agora que havíamos parado, sentíamos frio, e alguns, principalmente as mulheres, tremiam bastante. Comemos as bananas que os homens de roupa distribuíram, e depois, enquanto nos ajeitávamos para dormir, um negro desesperado reagiu ou fez um gesto mais brusco, confundido com uma reação, e imediatamente lhe cravaram uma lança no peito. Não houve tempo para nada, muito menos para se ter certeza de que o gesto era hostil. Ele ainda tinha alguns movimentos agônicos quando o desamarraram e o jogaram perto de onde estávamos. Ninguém esboçou nenhum movimento, nem os homens nus, nem os armados. A expressão de cada rosto iluminado pela luz fraca do entardecer invernal mostrava que todos, daquela caravana de miseráveis, traziam marcas de sofrimentos tão profundos que a morte inútil nada os incomodava. Se é verdade que os deuses só olham para os que têm quem lhes chore a morte, este homem não terá salvação. A fome, o frio, o esforço físico e o sofrimento moral nos esgotaram. Adormecemos com rapidez.

Os homens de roupa sentaram-se em volta da fogueira e começaram a beber aguardente. O que vestia a pele de leão era o que mais bebia. O fogo e a bebida faziam seus olhos injetados parecerem dois tições. Todos riam e falavam em voz alta quando os olhos vermelhos se levantaram e vieram em minha direção. Ele estava tonto, mas mantinha-se alinhado; parecia um grande felino dirigindo-se para sua vítima. Com cautela, firme e determinado, chutou minha coxa, fazendo que me sentasse, depois cortou a amarra, libertando-me da companheira adormecida. Eu estava assustada, conhecia aquela cena; não sobreviveria dessa vez. Porém, esse homem parecia menos violento que o outro. Puxou-me pela mão com força e me fez tocar seu enorme membro; com gestos, mostrou-me o que queria. Eu nunca havia visto um pênis com aquele tamanho descomunal, minha pequena mão era insuficiente para conter seu diâmetro, mas diferentemente do outro, este era mole e sem vida.

O homem recostou-se em um tronco caído e relaxou para que eu fizesse o que ordenava. Com a mão ele mostrava que queria mais, mais forte, mais rápido. Eu me esforçava para lhe agradar, não queria sentir dor outra vez. Mas havia algo de errado; a expressão do homem ia se transformando, sua respiração se acelerava e ele agora machucava minha mão com sua força. Seu enorme membro continuava flácido, fraco, não ameaçava. Com as duas mãos ele segurou minha cabeça; abri a boca. Não sabia como agir, mas intuí o que deveria fazer. O homem fazia movimentos com os quadris e ora segurava o pênis, ora segurava minha cabeça, empurrando-a para a frente e para trás. Tentou assim por um tempo, mas desesperava-se com a ausência de resultados; seu membro parecia mais morto que no início. Apesar do frio, ele transpirava, e o suor escorria até seu queixo e daí para minha fronte.

Subitamente parou, pegou-me com violência pelos ombros e fez que me deitasse com o ventre apoiado em um tronco caído, na posição de meu primeiro suplício, mas dessa vez não senti nenhuma dor, somente o corpo do homem asqueroso indo de encontro ao meu em um movimento ritmado, sem, contudo, machucar. Ele suava, rosnava, resfolegava. Seus soldados, em volta da fogueira, calaram-se e voltaram o olhar para o chefe.

Ele apertava os ossos de minha bacia; onde suas mãos se apoiavam eu sentia muita dor, achei que se quebrariam. Repentinamente ele parou com os movimentos e soltou um urro horrendo. Incontinenti, com força e raiva, lançou-me longe. Cai sem sentidos, como morta. Acordei de madrugada com a zoada dos animais. Meus dedos formigavam pela força com que haviam me amarrado, mas não sentia dor dentro de mim. Contraí as entranhas para me certificar e não senti nada. O calor do corpo da minha companheira amainava o frio do final da noite.

Logo veio o sol e esquentou o orvalho da madrugada, mesmo com a fome que eu sentia, respirei profundamente, absorvendo a energia que estava no ar. Como seria bom se eu pudesse me alimentar dessa luz, quase falei em voz alta. O acampamento acordava, a marcha logo recomeçaria. Os homens armados nos cutucavam com suas lanças obrigando-nos a formar uma fila, certificando-se de que as cangas estavam bem colocadas. O homem com a capa de leão vistoriou a coluna, gritando e batendo como no dia anterior, olhava cada cativo de alto a baixo como se estivesse procurando detalhes, mas passou por mim sem olhar em meus olhos. Andamos por algum tempo, a bruma que envolvia as montanhas desapareceu e o céu já estava profundamente azul quando fui surpreendida por um dos homens armados, que se aproximou e me entregou duas bananas, que devorei com avidez. Não disse nada e não me olhou, e não deixou que eu visse seus olhos. Aquele gesto deu-me nova vida.

A descida era difícil; o caminho, íngreme e escorregadio; os tombos, frequentes. Ao retomar a caminhada, um negro do começo da fila caiu e, na queda, quebrou a perna. Quando lhe retiraram a canga, pareceu que o homem havia sido abençoado, seria livre se conseguisse viver aleijado. Com a mesma eficiência que lhe cortara as amarras, o soldado transpassou seu peito com a lança, sem alterar a expressão; eram todos movimentos de um mesmo serviço. A marcha deveria continuar. Lancei um último olhar para o cadáver que deixava para trás. Lembrei-me da morte da escrava que havia sido minha ama de leite e durante mais de dez anos foi minha segunda mãe. Tinha por ela uma afeição sincera e chorei quando ela amanheceu morta. Meu pai, queixando-se do esforço, arrastou-a pelos pés até a mata e a abandonou insepulta. Depois de tantos anos de servidão, a velha se despedia do mundo dos vivos com reclamações sobre o trabalho que seu cadáver de pouco peso causava.

Durante a tarde, mais cinco homens e uma mulher ficaram pelo caminho. Estávamos extenuados pelo esforço da descida com as mãos atadas e o pescoço na canga, famintos, com frio e sem esperança, e a morte era bem-vinda. No final da tarde do segundo dia de caminhada, nós, os sobreviventes, chegamos à baía de Maputo. Do alto, tive pela primeira vez a visão do mar, com sua imensidão estonteante e ondas que, como sorrisos de alvos dentes, agitavam as enormes caravelas ancoradas na baía, à espera de carga. Eu já sabia que era uma das cargas aguardadas.

A cidade, de casas pobres, cheirava a podridão e morte. Cruzávamos com homens de aspectos diversos: alguns pareciam poderosos; outros, armados com lanças, lembravam os soldados, mas a maioria tinha correntes nos pés e complicados gonzos de ferro no pescoço. Chegamos a uma praça com centenas de homens, mulheres e crianças. Muitos choravam, gemiam; outros, com o olhar perdido, pareciam alheios a tudo; um mercado de gente. Nosso grupo sentou-se por ali sob o olhar dos soldados, e descansamos todos com a cabeça entre as pernas.

Quase de noite um homem branco, o primeiro que vi em minha vida, parou ao nosso lado e observou atentamente. Um grande chapéu enterrado na cabeça cobria-lhe quase toda a testa, e uma barba comprida e ruiva ocultava o resto do rosto. Era difícil acreditar que existisse alguém assim. Não sei se era bonito, mas para mim, se existissem deuses, deveriam ter aquela aparência. Sua camisa branca era de um tecido delicado, quase transparente. As mangas largas aumentavam seus ombros e terminavam atadas aos pulsos por cordões, com um laço. A camisa estava enfiada dentro de uma calça escura e justa, que mostrava os músculos da coxa. Na cintura, um grosso cinto de lustroso couro sustentava de um lado uma espada fina e comprida e do outro, um punhal de cabo adornado e uma garrucha de metal reluzente. Ele calçava botas até o joelho, com esporas de prata que tilintavam quando andava. O chapéu ostentava uma pluma vermelha da cor de sua barba. Os soldados nos puseram de pé para o homem branco nos olhar e às vezes nos apalpar, para sentir o turgor da pele. Quando chegou junto de mim demorou mais tempo, e o ouvi falar uma língua estranha, diferente de qualquer outra que já tivesse ouvido; ritmada e gostosa.

O negro mostrou-lhe minhas canelas e meus dentes, o branco sentiu meu hálito, apalpou os pequenos seios juvenis, as carnes dos braços, das magras nádegas e das coxas, pegou em minhas mãos e viu os pulsos esfolados. Por um tempo maior, ficou com o olhar fixo em meus olhos, e sei que viu esperança neles, porque era isso que eu sentia naquele momento. O negro que o acompanhava perguntou a outro soldado:

— Ela já foi usada?

— Não sei... acho que não, mas não dou certeza. Se já foi, não muda nada, é uma boa moleca para sacanagem. Os peitos vão crescer quando ela sangrar. Tem canelas finas e será trabalhadeira. Não é muito forte, mas veja seus olhos espertos.

O homem branco ouviu a tradução, examinou outros de nosso grupo e se foi.

A lua ainda não havia nascido, mas a noite começava clara, iluminada por estrelas que pareciam se fundir no firmamento, formando uma esteira brilhante. Fogueiras foram acesas para cozinhar, e mesmo assim o brilho do céu não foi ofuscado. Nesse momento chegou um negro livre e deu uma ordem para o soldado que nos vigiava. Este imediatamente entregou-me ao homem que em passos rápidos me levou em direção ao mar. Tremi de medo ao imaginar o que estava por vir.

Chegamos à praia, e o mau cheiro desapareceu como se houvesse encanto no mar. A brisa trazia um aroma agridoce desconhecido para mim. Um suave som vinha das pequenas ondas que quebravam em meus pés, massageando-os, como se fosse um carinho a que eu não estava acostumada. O homem não foi rude quando indicou o lugar que eu deveria ocupar no pequeno bote; era hábil com os remos, e em poucos instantes estávamos no costado do bergantim.

Fui para o camarote do capitão. O que havia em seu interior incendiou minha imaginação, e por um instante esqueci meu destino. O capitão e o imediato conversavam em uma pequena mesa, pouco iluminada por uma única vela. Não me viram entrar ou não deram importância. Permaneci imóvel, com olhos curiosos, esperando por algo que não sabia o que era. Eles falavam a língua de palavras cantadas. Eu ainda não sabia falar o português, apenas começava a perceber as palavras. Ouvi com atenção, e tempos depois o capitão contou-me sobre o que falavam.

*Haviam completado a carga, 292 negros, 202 homens. Custaram onze fardos de tecido indiano, catorze caixas de armas de fogo, uma caixa com navalhas, facas, espelhos, trezentas barras de ferro e oito pipas de aguardente. Havia sobrado uma boa quantidade de fumo que poderiam trocar por provisões com outro galeão. Em Moçambique, os negros custam menos que em Benguela, então valia alguns dias a mais de viagem e um risco maior de calmarias, tempestades e navios ingleses, em dois meses estaríamos no Rio de Janeiro. Ao ouvir falar nos ingleses, o capitão fez uma careta de asco: malditos ingleses, os donos do mar, que se dão o direito de abordar e vistoriar navios de outras nações e levar o capitão de navios negreiros para ser julgado na Inglaterra. É a lei do mais forte, os canhões garantem esse direito. Quando eles comerciavam negros, era tudo legal.*

*Fizeram um inventário das provisões: havia no porão oito sacos de feijão, catorze de arroz, 110 sacos de farinha, 130 arrobas de carne seca, oito pipas de aguardente, 160 alqueires de sal. O suficiente para a tripulação e os negros, só haveria mortes por doença, a comida era suficiente para a viagem. Comentaram o caso da galera São José Indiano; por causa de uma calmaria, perdeu 120 negros de fome de uma carga de 620 peças. O comandante perdeu o emprego e a fortuna. Depois falaram de mim: eu havia custado quatro mosquetões, e eles esperavam me vender por cinco ou seis vezes mais. Diriam que eu era uma princesa africana com pouco uso, e, como todos sabiam que o tráfico estava com os dias contados, o preço de um negro no Rio de Janeiro andava nas nuvens. Acharam-me pequena, mas dois meses de boa comida fariam muita diferença.*

Acabaram a conversa, e o imediato se foi, mas ao passar por mim senti o peso de seu olhar. O capitão virou-se para mim, apertando os olhos para compensar a pouca luz. Eu esperava quieta, intuía que era isso que devia fazer. Não chorava, o medo que sentia não estava em meus olhos. Eu era magra, suja, nua e fedia como um cão molhado, mas tinha vontade de viver e me esforçaria.

– Vem cá moleca... quero te ver mais de perto – disse ele, ajudando com gestos para se fazer entender.

Ofereceu-me um pedaço de pano e um pouco de carne-seca.

– Cubra-se e coma um pouco, acho que deve fazer alguns dias que não come.

Hesitei.

– Vamos, não tenha medo – falou com voz afável.

Comi a carne com apetite e satisfação, e em meu dialeto balbuciei algumas palavras de gratidão, e ele percebeu o seu significado. Bebeu um gole de aguardente, fez uma careta e com o braço esquerdo envolveu meu corpo, puxando-me para que sentasse sobre sua perna. Com a mão direita, percorreu meu corpo, acariciando cada parte, devagar, com volúpia. Às vezes fechava os olhos e respirava fundo. Eu estava desorientada, não sabia como agir. Nas outras duas vezes, tudo havia sido rápido e violento. De repente, a boca do homem substituiu seus dedos e ele delicadamente beijou meus pequenos seios, que, no corpo maltratado, mantinham o gosto da primavera. Depois, com mais e mais força, até que senti dor e não consegui evitar um gemido, que, paradoxalmente, aumentou a volúpia do homem. Ele me apertava contra si, obrigando-me a sentir a rigidez de seu membro. A mão esquerda desceu em direção às minhas nádegas e com firmeza introduziu o dedo indicador em meu ânus. A dor percorreu todo o meu corpo, subiu pela espinha e foi ao centro do peito; por pouco não desmaiei. Apertei os olhos, e duas lágrimas desceram pelo meu rosto, mas fiquei quieta, sentada na perna do homem, sem resistir. Ele parecia gostar, tinha a respiração mais acelerada e a boca entreaberta. Ficou assim por bastante tempo, a dor que sentia já não era tão intensa e esperei o que viria. Então ele me pôs de joelhos em sua frente, desafivelou o cinto e abaixou a calça, expondo seu membro como um terrível vencedor. Lembrei-me do homem com a pele de leão e não esperei pela ordem que viria. Acintosamente, olhei-o nos olhos enquanto tinha seu membro em minha boca, não sei de onde veio a força para que fizesse assim, mas aquilo o deliciou, e suas feições eram de quem sofria de um prazer enorme. Concentrei em meus olhos as energias que ainda tinha: meu olhar lhe dava mais satisfação que meus lábios. Não sei o que houve, mas uma forma qualquer de energia saiu de mim e penetrou nele. Em pouco tempo, ele atingiu o clímax, intensamente, ofegante, com as feições contraídas, e encheu minha boca com sua seiva abundante, salgada como a água do mar.

Refeito, ele se levantou, arrumou as calças e olhou-me demoradamente. Sua expressão me interrogava como se eu tivesse passado por uma experiência que não conhecia. Eu quieta, de joelhos, agradecida por não ter sofrido e esperando por uma nova ordem. Ele indicou-me um canto da cabine, forrado por uma pele de animal, e gesticulou, ordenando que me deitasse ali. Foi a melhor noite desde o início de meu cativeiro.

# CAPÍTULO 2
# Cuida da saúde, que é precioso tesouro

*"Senhor Deus dos desgraçados!*
*Dizei-me vós, Senhor Deus!*
*Se é loucura... se é verdade*
*Tanto horror perante os céus..."*
CASTRO ALVES, "NAVIO NEGREIRO", 1869

OS FATOS E AS SENSAÇÕES QUE NOS ACOMPANHAM SÃO GUARDADOS DE FORMA diferente na memória. Nada poderá modificar o que aconteceu, mas a lembrança das sensações se altera, pois elas são sutis e mutáveis, influenciadas pelo rumo que a vida toma depois. O que um dia causava horror pode vir a se transformar em uma lembrança grata. Em meus primeiros dias no navio negreiro, descobri um mundo que não suspeitava existir, e o que ocorreu depois acabou modificando a percepção das emoções que acompanharam os acontecimentos. Mas quero contar minha saga de forma que a trajetória fique compreensível e tenha utilidade para os que vierem depois de mim. Para isso, continuarei tentando reproduzir as sensações, os medos e os desesperos que tive.

Despertei com a luz da alvorada e o barulho discreto de pequenas ondas que quebravam no casco do bergantim; um vento suave trouxe o cheiro da maresia. Antes de abrir os olhos, tive a sensação de que havia tido bons sonhos e demorei um pouco para saber onde estava. O capitão ainda dormia; os fios da barba vermelha tremiam em cada expiração pausada de seu ronco alto. Fiquei imóvel, encolhida sobre o tapete como um cão que quer passar despercebido e permanece no aconchego de seu dono.

Com a luz, pude ver como era a cabine: sobre uma escrivaninha, diversos aparelhos de metal – que até o final da viagem aprendi para que serviam –, como bússolas, sextantes, astrolábios, compassos, réguas, lunetas. Um candelabro de prata trabalhada repousava sobre uma pilha de livros; ao lado, a garrafa com aguardente e o cálice onde o capitão bebera na noite anterior. Ainda sobre a escrivaninha, uma estante com repartições onde ficavam os mapas. A seu lado, um baú de madeira entalhada, com metais cor de ouro; aberto, mostrava as roupas do capitão. Um cabideiro com roupas usadas e as armas penduradas parecia um gigante a me observar: a espada, o punhal, a garrucha e o chapéu com a pluma vermelha. Uma pequena mesa, guarnecida com toalha branca, sustentava a bacia de louça com frisos e a jarra de prata com desenhos e pedras incrustadas; acima dela, na parede, o crucifixo de marfim e ouro, respingado de vermelho agonizante. No chão, um urinol de porcelana em que dois cavalheiros fazem a corte a uma dama ricamente vestida. A cama era pequena, apenas para ele; tinha almofadas e travesseiros, e os lençóis brancos brilhavam fulgurantes em sua luxúria. Logo acima, a escotilha aberta, protegida pelo pesado veludo vermelho.

Cada objeto me surpreendia. Observei em detalhes o que não conhecia: o torneado perfeito das madeiras, os relevos do candelabro, o entalhe e os metais do baú. Estava estupefata. Em minha casa, sabíamos fazer tudo o que necessitávamos para o cotidiano, então era natural que eu atribuísse ao capitão, dono de todas aquelas maravilhas, o poder de fabricá-las. Os brancos eram muito mais poderosos que os homens de minha terra; nem mesmo os reis, com muitas mulheres e servos, tinham aqueles conhecimentos. Reparei no delicado desenho do casal que enfeitava o urinol: o homem vestia-se com roupas elegantes e um chapéu tão bonito quanto o do capitão; a mulher tinha cabelos loiros com cachos volumosos que lhe cobriam os ombros, e uma pele delicada e alva. Um discreto tom rosado na face acentuava sua delicadeza. Em minha ingenuidade, achei que gente tão bonita só podia ser feliz, e nunca sofreria como eu. Depois chamou minha atenção o Cristo crucificado, e me surpreendi com o sofrimento que encarnava. Confundia-me o contraste entre o sofrimento daquela figura mais esquálida do que eu e a felicidade do belo casal do urinol. Por que o capitão homenageava os dois? Para que mundo estávamos indo?

O sol aqueceu a cabine, e ele então acordou. Estremeci. Sem me notar, ele espreguiçou e foi ao urinol. Esfregou o rosto, bocejou, espreguiçou novamente e só então me dirigiu um olhar. Arregalou um pouco os olhos como se fosse a primeira vez que me via, demorou como se fizesse algum esforço para se lembrar de onde eu vinha e falou com preguiça:

– Pode usar!

Apontou para o urinol. E, enquanto eu me acocorava, continuou falando:

– Agora vá embora... tenho muito que fazer. Amanhã zarpamos com a maré. Vou lhe dar este pano pra se cobrir; as outras negras ficarão com inveja. Você fica no curral e mando lhe buscar à noite... se estiver com vontade de mulher. Vamos carregar, será uma trabalheira sem fim.

Abriu a porta da cabina e gritou para um marinheiro que passava:

– Leva esta moleca ao curral da proa e lhe dá o que comer. Mas antes passa ela na tina. Ela é minha e vou usá-la outra vez. Manda o imediato vir à minha cabine.

Estava feliz e confiante com o tecido de linho branco envolto em minha cintura, era a primeira vez desde o início de meu cativeiro que tinha com que me cobrir. Descemos do castelo da popa e fomos para a proa, onde ficava o curral das negras. No caminho paramos em uma grande tina com água já usada; o marinheiro suspendeu-me pelos ombros; colocou-me dentro dela e mandou que eu me lavasse. Depois devolveu meu pano, deu-me farinha, carne-seca e bananas, e me fechou no cercado. Dentro dele assisti à cena que perturbaria meu espírito para sempre.

O embarque dos negros começou à tarde. A manhã foi toda dedicada aos víveres, cem pipas de água ocupavam quase um terço do espaço para carga do bergantim. As velas e os dois mastros também recebiam cuidados; era uma embarcação velha. Depois soube que os bergantins vinham sendo colocados de lado havia mais de trinta anos, pois a preferência era por embarcações de maior tonelagem, com capacidade para mais de quinhentos negros. Mas tinham a vantagem de ser rápidos, o que era inestimável para fugir de navios ingleses, que desde 1830 vinham apreendendo os tumbeiros; repatriavam os negros e levavam o capitão e a tripulação a ferros para a Inglaterra. Contavam-se histórias de cargas inteiras de negros atirados ao mar para que os "ingleses pudessem ver" a embarcação. Justo eles, que, durante séculos, foram os que mais lucraram com o tráfico.

As mulheres foram as primeiras a ser embarcadas; algumas traziam filhos pequenos no colo, a maioria chorava a separação da família. Todas foram colocadas no curral da proa, onde eu estava; eram feias, cheiravam mal, estavam emagrecidas, olhos amarelados, nuas, os seios murchos e a pele do abdome cheia de pregas. Mesmo as mais jovens estavam envelhecidas. Entre as que choravam havia outras, de olhar vazio, o rosto sem expressão, como se seu espírito não estivesse mais ali. Vinham em fila e algumas titubeavam ao pisar no passadiço que as levava a bordo, como os bois que, ao entrar no matadouro, pressentem o fim; então um soldado negro ou um marinheiro branco as incentivava com chibatadas de um chicote de seis pontas que arrancava gritos. Logo estavam todas embarcadas, espremidas dentro do curral. Não parecia haver duas mulheres com o mesmo idioma; não identifiquei quem falasse meu dialeto. Depois foi a vez dos homens. Todo o horror se repetiu com mais intensidade. Muitos com os pés acorrentados, todos com as mãos amarradas à frente do corpo; os soldados e os marinheiros distribuíam chicotadas com cada vez mais vigor e frequência. Eles choravam como as mulheres, mas o choro de um homem parece ser causado por um machucado mais fundo, um espírito mais dilacerado.

Ao entardecer, todos ganharam uma porção de mandioca com carne-seca e, mesmo com profundo medo, comeram com vontade, como se fosse um manjar. Tinham marcada no corpo a fome africana, endêmica, agravada por secas intermináveis e guerras tribais que destruíam tudo; não era raro que famílias inteiras se entregassem voluntariamente à escravidão para escapar da morte pela fome.

Fui urinar no grande recipiente que ficava no meio do curral e caminhei entre as mulheres, que fediam a suor e agonia. Eu era a única com um cheiro bom. Senti os olhares de minhas companheiras de infortúnio me excluindo. Lembrei-me do urinol que havia usado e da cena que ele trazia estampada; senti vontade de ir para junto do homem branco, mesmo que ele me fizesse sofrer um pouco.

Anoiteceu, e a movimentação foi diminuindo; os marinheiros sentaram-se para cantar, acompanhados pelas pequenas ondas que se quebravam no casco e pelos gemidos do porão. Um homem de voz firme e melodiosa começou a cantar, acompanhado por uma viola. Todos pararam para ouvi-lo:

*Queres que em língua da terra*
*se digam coisas do céu.*

*Coração que tal deseja
não o quero para meu.*

Uma brisa calma também contribuía para a melodia ao cortar os mastros com velas enroladas; as canções tristes nos acalmaram, e começamos a procurar uma forma de dormir. Ainda havia um resto de tarde, e pude olhar o rosto de cada uma de minhas companheiras de viagem. De relance todas se pareciam, igualadas na dor. Mas com mais atenção percebi que no olhar de algumas havia esperança, talvez de uma vida melhor do outro lado do mar, de chegar a um lugar que não fosse só o sofrimento a que tinham se acostumado. Por que para algumas a vida havia terminado e só restava esperar por uma morte suave, enquanto para outras aquele mundo de horrores podia ser o início de uma vida melhor? Que espírito poderia manter o alento naquelas circunstâncias? Pensei que fossem iguais a mim as que sustentavam algum brilho no olhar e, sem nenhum motivo, achavam que ainda poderiam ser felizes. É provável que essa forma de ver a vida seja causada por alguma desconhecida conjunção desde o nascimento, fazendo-nos irreversivelmente otimistas.

Entretida comigo mesma, esqueci quem era e onde estava. Por instantes, vaguei por lugares desconhecidos, sonhando com o que não conhecia. Inculta e rústica, intuí que fazia parte de um mundo grande, onde havia muito que apreender e que buscar, e esqueci meu sofrimento nesses lampejos de devaneio. Um marinheiro abriu a portinhola do curral e acordou-me com os pés; por meio de um gesto, mandou-me segui-lo, e, como se fosse possível, eu não quis ir.

A lembrança do cheiro bom da cabine do capitão me deu conforto. Mas não fui para o castelo da popa, para a cabine que já conhecia, e sim para um andar inferior, onde me aguardava o homem que eu havia visto beber com o capitão. O lugar era pequeno, fétido, e o homem, feio, trazia uma cicatriz do lado direito do rosto, da orelha até o canto da boca. E como se espera dos homens muito feios, de aspecto amedrontador, ele tinha um espírito perverso. Arrancou o precioso tecido que cobria meus quadris, humilhando-me ainda mais; a nudez deixava-me desprotegida. Não consegui conter um grito de terror, e voltei para enfrentar meu algoz com a pouca força que tinha. A resistência parece que o animou. Como um pescador quando encontra um peixe que briga antes da morte, seus olhos brilhavam; ofegante, ele mantinha a boca entreaberta para facilitar a respiração. Outro grito desesperado, e depois o silêncio; calei-me com um tapa, que me jogou sobre a cama. Com o corpo pesado, ele me imobilizou, forçou a abertura de minhas coxas. Na desproporção dos corpos, a luta era inglória. Franzina, sentia como se meu corpo fosse só de ossos. Respirar era um esforço sobre-humano, ineficaz. Ele ia me penetrar quando alguém à porta começou, com pancadas violentas.

– Abra, é ordem do capitão!

Peremptória, a voz transmitia urgência e autoridade. Falou ainda mais alto:

– O capitão manda arrombar!

Então ele parou. Enxerguei seus olhos injetados de vermelho e a cicatriz de figura bestial; suspendeu as calças; foi à porta. Quando saiu de cima de mim, senti que ia flutuar. Por um pequeno instante, tive uma avassaladora sensação de felicidade. Permaneci deitada; imaginei que sonhava.

– O que foi? – perguntou com mau humor.

– O capitão quer a moleca! Agora!

– Foi ele mesmo que me prometeu que esta noite ela seria minha.

– No curral tem mais duas ou três molecas. Esta é dele, irá comigo!

Atordoada, tive que ser amparada para subir até a cabine do capitão, e ainda ouvi meu algoz praguejar e clamar por vingança. Estava nua ao me encontrar com o capitão, havia perdido meu tecido; meu olhar assustadiço aos poucos recuperou a altivez, e seu brilho chamava a atenção.

– Gostei de você... quero outra vez. Se me agradar vou cuidar de você.

O tom de sua voz era doce, quase carinhoso. Fez-me sentir em um lugar seguro. Ele continuou:

– Vou arranjar um nome e roupa para você. Perdeu o pano que dei? Em meu baú tenho alguma coisa. O banho foi bom, está cheirando bem. Maria, Conceição, Rita, Francisca, Joaquina, que nome gosta? Ia falando e procurando algo no baú. Madalena seria bom. Ela era uma puta, seria apropriado, mas acho que não... dizem que ela se arrependeu. Falava para si mesmo, baixinho. Vai ser batizada no Rio, é a lei. Lúcia, que vem de *luz*, ou então Gabriela ou Rafaela ou Miguelina, como os arcanjos? Aqui está a roupa que procurava, servirá em você. Vista! Comprei de um indiano e guardei para alguma puta no Rio.

O primeiro vestido de minha vida. Era de linho vermelho, com um pequeno bordado no corpete e um decote que realçava meus seios juvenis. Os braços permaneceram nus, mas ele cobria o resto do corpo até o tornozelo. Da roupa, emergia um perfume delicioso que me envolvia como um cobertor em uma noite gelada; fechei os olhos para sentir melhor aquele conforto.

– Júlia, como Júlio César, o conquistador das Gálias, amante de Cleópatra, a puta mais competente do mundo. O marido de todas as mulheres e a mulher de todos os homens. Devia ter um olhar como o seu. Com o talento que você tem para a sacanagem, combina perfeitamente. Será seu nome: Júlia! O padre vai achar que foi uma homenagem a Santa Júlia, que eu não sei quem é. A roupa ficou boa, o cheiro de sassafrás do baú é bom.

Enquanto ele falava, eu admirava minha roupa nova. Com um pequeno espelho, podia me ver de corpo inteiro; nunca estive tão bonita. Todas as velas do castiçal de prata estavam acesas, e a iluminação era boa. Como era bonita aquela cabine!

O capitão sentou na cadeira e bem devagar, como se quisesse prolongar o momento, e abriu a braguilha, mostrando seu membro rijo. Estava bem iluminado, e pela primeira vez pude ver com detalhes o objeto de tantas atenções e a razão de tanto sofrimento que me tinha sido imposto. Queria agradar ao homem que me salvara, dera-me uma roupa e falava manso, com um carinho na voz como só minha mãe fazia. Sabia o que fazer. Ajoelhei com cuidado para não estragar o vestido e fiz com a boca o que tinha aprendido; não fiquei enojada como das outras vezes. Entre suspiros e gemidos, o capitão falou:

– Assim tá bom! Você aprendeu isso em outra vida ou no céu, com uma daquelas deusas dos negros. Que língua! Quero mais... Você é magrinha, mas acho que me aguenta aí dentro.

Ficou em pé e, com as mãos sob minhas axilas, levantou-me como se eu não tivesse peso algum. Suspendeu meu vestido, querendo-me nua, e eu ajudei levantando os braços. Depois me levou para a cama e deitou-me com firmeza, mas sem violência. Não resisti, queria agradar-lhe. Como o imediato havia feito há pouco, ele afastou meus joelhos e deitou-se sobre mim. Entre minhas pernas, senti dor quando me penetrou, mas não era a dor que havia sentido com o negro gordo, sobre a pedra. Ele se esforçava, os movimentos eram fortes e a respiração, mais ofegante. Eu queria agradar, queria saber alguma coisa que aumentasse o prazer do meu senhor. Abri ainda mais as pernas e apoiei as mãos sobre seu quadril, auxiliando os movimentos. Aquilo surtiu efeito, e o homem bufava, gemia, suava em bicas e queria mais. Quando involuntariamente contraí os músculos da vagina, ele urrou de prazer, e aprendi que aquilo era bom, e repeti quantas vezes ele me pediu. Quando enfim despejou em minhas entranhas a secreção que seu desejo havia produzido, olhei com vontade em seus olhos e senti que alguma coisa saía de dentro de mim e era absorvida por ele, poderia ser o equivalente feminino do que saía dele.

Imediatamente ele dormiu tão pesado que, por um momento, achei que tivesse morrido. Acordamos de madrugada para zarpar com a maré para o novo mundo.

A lua iluminada anunciava que o sol ainda demoraria a nascer. Com o auxílio de infinitas estrelas, a costa africana resplandecia como uma homenagem àqueles que olhariam, pela última vez, a pátria mãe. As luzes cintilavam nas águas como se fossem reflexos em pedras preciosas, diamantes perfeitamente lapidados. A serra por trás de Maputo desenhava seu contorno no fundo claro e se refletia no mar, vaidosa como um Narciso apaixonado pela própria beleza. Um vento suave e constante encheu as velas do *Felicidade*, que deslizou sereno, como se em seu interior só houvesse paz, rumo ao novo mundo.

Quando o sol apareceu, a costa já parecia distante, mas os escravizados intuíram que não veriam mais suas casas e choraram, gemeram e se desesperaram. Acostumados com essa hora, os marinheiros reforçaram as amarras dos mais exaltados e redobraram a vigilância no curral das mulheres. Nesse momento, era comum uma revolta ou o suicídio usando-se qualquer instrumento que estivesse à disposição; muitas vezes um prego com uma parte saliente era o suficiente para que um negro enlouquecido pela dor estourasse a cabeça.

Sonolenta, levei a mão ao meu sexo encharcado das secreções da noite anterior. Sem ninguém a me espreitar, fui ao urinol e admirei-o novamente; a cena dançava aos meus olhos, como numa tela. Urinei e ri ao imaginar o que as amigas pensariam se me vissem, mas durou pouco a minha distração. Um uivo de mulher me assustou. Procurei o vestido bordado e o vesti com pressa, como se fosse a algum lugar, mas logo me detive: não era livre para ir ver o que se passava. Se me haviam deixado lá, era lá que aguardaria, não afrontaria minha sorte. Sentada na cama macia, pensei em meu destino ouvindo o lamento das negras na proa: "Nunca sangrei, ainda não sou uma mulher, e já passei por tudo isto. Deve ser assim que se paga pelos crimes dos antepassados. Enquanto agradar ao capitão, ficarei aqui, depois irei sofrer com elas no curral. Queria poder fazer algo para mudar o destino de sofrer por toda a vida. Não quero mais sentir dor, ajudarei os deuses a mudar minha vida". Me lembrei de minha vida, do meu pai, de minha mãe e de nossa aldeia. Irmãos, tios e tias a quem também chamava de pai e mãe, os agregados, os escravos e seus filhos, todos viviam sob o mesmo teto e sob as mesmas regras. Com meu pai tinha pouco contato; ele era ocupado com as esposas, caçava, comerciava o marfim dos elefantes que matava com o auxílio dos irmãos. Com frequência eu via um homem de pele mais clara, nariz e lábios finos, roupas belas, coloridas e bordadas, pano enrolado na cabeça; chegava com objetos de metal, armas de fogo, alguma comida, muitos enfeites e tecidos, era festejado e estava sempre acompanhado por soldados. Trocava suas coisas por marfim e escravos.

Lembrava-me bem da ama, das histórias, dos ensinamentos e de seu carinho; com ela pude enxergar um pedacinho do mundo. Tentou me ensinar que deus era um só, ao contrário do que todos acreditavam, e que havia mandado seu profeta Maomé para nos dizer como se deve viver. Para ele todos eram iguais, pobres ou ricos, feios ou bonitos. Mas quando eu lhe perguntava por que ela era escrava, por que minha amiga havia sumido, por que precisávamos passar tanta fome, sofrer e morrer, ela não sabia as respostas. Passei fome desde quando começa minha memória. Nos anos em que não chovia, tudo piorava, os velhos e as crianças pequenas morriam. Além da falta de comida, havia a sede, que é ainda mais desesperante e atroz. A ideia de um deus que fosse só bondade não fazia o menor sentido com tanto sofrimento.

Tentei adormecer no conforto daquela cama, embalada pelo balanço do brigue, mas ouvi o capitão e o imediato conversarem:

— Assim que a costa desaparecer do horizonte, mande retirar os ferros dos negros. Não quero ferimentos infeccionados para tratar.

— Mandarei. E a molecona, onde está?

— Em minha cabine. Deixarei que fique lá um pouco, ela me serve bem.

— Mas você havia prometido.

— Use outra moleca. Aquela não.

— O senhor é o capitão, é quem manda, mas pode ser que não seja sempre assim. Muitas vezes a vida dá voltas. Eu contava com sua promessa, queria aquela moleca!

— Não foi uma promessa, mudei de ideia. Não admito que fale assim!

— É uma negrinha sem importância, mas afrontou-me. Mais cedo ou mais tarde pagará.

— Minha paciência tem limite. A molecona é minha e ficará na cabine – disse o capitão em tom peremptório, encerrando a discussão.

O céu estava limpo. A brisa suave e constante mantinha as velas ingurgitadas, as águas claras do Índico faziam o *Felicidade* navegar veloz em direção ao cabo da Boa Esperança. Na imensidão oceânica, o velho bergantim parecia belo, não se suspeitava o que havia em seu interior: um punhado de navegantes hirsutos e fedorentos cuidando de uma multidão de negros cheios de pavor, destinados a um sofrimento que duraria o tempo de seus dias. Entre esses horrores, a figura do capitão destoava: bons modos, barba cuidada, boas roupas e fala mansa, parecia não pertencer àquele mundo. Durante a viagem, eu soube de sua história. Farei um breve intervalo para contar de onde ele veio e como foi sua vida.

Os capitães e as tripulações dos tumbeiros eram selvagens, qualidade necessária à sua função, mas Francisco Manuel Ferreira Dias não era assim. Era filho de imigrantes portugueses que, empobrecidos durante a invasão das tropas napoleônicas, tinham vindo fugidos dos credores de Lisboa e chegaram com a corte, primeiro a Salvador e depois ao Rio de Janeiro. Por serem pobres o destinaram ao sacerdócio, e durante dois anos ele frequentou o seminário. Gostava de ler e tinha afeição pelo conhecimento, mas a vida regrada o desesperava. A decisão de abandonar definitivamente a batina veio quando aprendeu a desfrutar dos prazeres do sexo nos prostíbulos perto do convento. Queria a satisfação de seus desejos com intensidade e sem as limitações que, inevitavelmente, um padre teria. Sua mãe implorou, chorou, seu pai esbravejou, puniu-o, mas nada poderia obrigá-lo a levar uma existência que só seria casta às escondidas.

Depois do seminário, empregou-se na Companhia de Negócios de Pretos do Rio de Janeiro. O mar e as viagens eram um sonho para o jovem Francisco, que, de grumete a capitão, levou somente nove anos. Quase sempre em tumbeiros. Nisso houve apenas um intervalo de dois anos, quando serviu em um navio cargueiro que fazia a rota Rio–Londres. Levava açúcar e trazia tecidos, que eram distribuídos e comercializados pela própria Companhia. Foram os melhores anos. Não tinha que conviver com os negros, com seu sofrimento e suas mortes; nunca conseguiu se acostumar com isso. Também a relação com a tripulação dos tumbeiros era difícil, homens embrutecidos, selvagens, ignorantes, quase animais. Entre eles e os negros boçais, a diferença era só a brutalidade, o uso do chicote e a língua. No mais, eram iguais. Sempre questionou a escravidão; era certo que um homem servisse a outro por dinheiro, mas não pelo poder ou pela força. Não poderia ser diferente. A forma servil proposta pela escravidão não parecia tão errada, e a igreja a apoiava. Queriam os negros para o rebanho e diziam que eles precisavam do branco para se civilizar. Os gregos de Atenas, na civilização mais esplendorosa que já houve, também escravizavam. Os próprios negros o faziam entre si, e muitas vezes por vontade própria. Mas tanta dor, tanta morte, tantas famílias separadas, não poderia ser certo. Nós todos sofremos, ele pensava, e esse sofrimento eterno é consequência de nosso pecado, mas será que os negros o possuem em um grau mais profundo que o nosso? No Rio, frequentou algumas palestras de abolicionistas e concordou com os seus argumentos. Agora, depois de tantos anos, tinha a certeza de que a escravidão deveria acabar, como havia acabado na Europa, como os ingleses queriam e os franceses diziam que era certo.

Estávamos no meio da manhã quando o capitão voltou à cabine e me encontrou refestelada em sua cama.

— Então a viagem anda confortável, senhora? – disse com ironia.

Assustei-me e me pus em pé, mas olhei-o nos olhos e levantei o queixo.

— Não se assuste, estou caçoando de você.

Sentou-se na cadeira e espreguiçou-se demoradamente.

— Arranjou um inimigo... Vou ter que tomar conta do imediato. É um homem asqueroso, vai dar trabalho.

Pelo jeito do seu olhar, achei que me queria e fui ajoelhar-me entre suas pernas para servi-lo.

— Não, agora não! À noite. Pedi ao grumete que trouxesse comida, comerei com você.

Apoiando-me pelos braços, ele me colocou em pé e apontou a cama para que me sentasse.

— Vou me divertir ensinando você a falar; quando chegar ao Brasil, poderá dar aulas de português.

A comida chegou. E enquanto comíamos, ele começou:

— Capitão — disse, apontando para si mesmo. — Repita, vamos!

Repeti com perfeição.

— Vamos muito bem, você é inteligente. Que rapidez! Vamos tentar mais.

Durante o almoço, aprendi muito. Esforçava-me e me concentrava de tal forma que ele se admirava, emocionado. Ensinou-me a limpar o urinol, arrumar a cama, pendurar as roupas, segurar os talheres, comer e beber devagar. Eu aprendia com satisfação e agradecia com o olhar. Quando ele se foi, recomendou que eu não saísse. Era perigoso. Voltou ao entardecer para jantar comigo, e, enquanto comia, bebeu aguardente e seus olhos se avermelharam, sua voz ficou pastosa. Com gestos me ordenou que fosse até o meio de suas pernas e delicadamente introduziu o membro excitado em minha boca de menina. Fiz como ele queria, mas com aplicação e vontade, encontrando a cada momento uma posição da língua, uma contração dos lábios, uma nova forma de lhe arrancar gemidos e suspiros. Depois ele me mandou para a cama, e eu o aguardei com a lembrança do que ele havia gostado na noite anterior. Contraí quanto quis os músculos da vagina, e o capitão transtornou-se de prazer. Num certo momento, estafado, saiu de cima de mim e deitou-se ao meu lado, com o membro rijo. Imaginei que seria de seu agrado poder descansar um pouco. Então ajoelhei e, com as pernas abertas, encaixadas sobre seu corpo, coloquei-o dentro de mim e movimentei-me como se fosse ele. Novamente contraí meus músculos e vi, admirada, todo o prazer que era capaz de lhe causar. Depois disso, ele ainda resistiu um pouco; desejei que ele fosse forte e se sentisse bem. Olhei fundo em seus olhos e vi quando eles se iluminaram: ele me entregou seu sêmen quente em jatos fortes, acompanhados de contrações, das quais eu começava a gostar. Dormiu bem, e fui, feliz, deitar-me no tapete, respirando baixo para não incomodar o sono do meu capitão.

No segundo dia, a caminho do cabo da Boa Esperança, o céu estava claro e sem nuvens, a temperatura, agradável e o mar, com discretas ondas. A manhã bonita trazia felicidade. Respirando profundamente, sentia-se o cosmos; era fácil concluir que um deus pairava sobre tudo, ordenando a ação dos elementos de modo que tudo ficasse perfeito.

Duas negras, mortas durante a noite, foram atiradas ao mar. Os marujos arrastaram os cadáveres do curral até a amurada, sem pressa, como se fosse um funeral. Os gemidos das outras negras marcavam o passo, mas a solenidade era maculada pela indiferença que traziam no rosto; carregavam um fardo pesado, incômodo e sem valor. Chegando à amurada, em um movimento harmônico, ergueram o corpo e o atiraram ao mar. Um deles debruçou-se para vê-lo caindo e escarrou com vigor, querendo ver quem alcançava primeiro o mar: o corpo ou seu escarro. Senti vontade de sair da cabine encantada e ver mais de perto o que me rodeava, mas contive-me. Receava desagradar ao meu capitão e ter que voltar ao curral ou encontrar o horrível homem de cicatriz no rosto. Pela porta entreaberta, observei toda a tristeza na bela manhã.

Almoçamos novamente, e ele não quis me usar, apenas me ensinou português e demonstrou seu espanto com meus progressos. Eu aprendia rápido, ouvir uma vez era o suficiente para eu memorizar o que dizia. Tinha facilidade com as palavras novas e em breve estaria conversando com desenvoltura. Sentamos para comer, e o capitão se empertigou, admirado: eu segurava a colher com delicadeza, colocando pequenas porções na boca; quando mastigava, o fazia com a boca fechada, comia e bebia devagar, como se não tivesse passado fome desde sempre. Depois ele se foi, e fiquei novamente solitária na cabine, que se transformara em meu mundo. Começava a sentir paz e segurança como quando era pequena, e me escondia num local secreto onde podia sonhar acordada com coisas que ainda não conhecia. O curral e o caminho que o ligava à cabine pareciam pertencer a outro mundo, distante e horroroso.

Durante a tarde, descobri os livros do capitão; encantei-me com as gravuras, belas e ameaçadoras: naus enfrentando tempestades, monstros marinhos, deuses, cidades imponentes que não deveriam ser reais; desejei ardentemente conhecer o significado daquilo.

No começo da noite, o capitão voltou. Agora com mais calma, eu planejava descobertas que pudessem aumentar os gemidos de meu capitão, sempre atenta às variações de sua expressão, buscando aprovação das novidades. Tinha confiança para ousar: ele parecia que precisava de mim. Gostosamente passamos as duas semanas seguintes. Incomodava-me o sofrimento das negras do curral, mais dois funerais deixaram-me triste, e às vezes eu me enfadava com a solidão da cabina. Mas folhear os livros me consolava, e o capitão, a cada dia, tratava-me melhor, parecia gostar cada vez mais do que eu fazia com ele à noite.

Eu era desnutrida como as crianças de minha aldeia, e agora, comendo à vontade, engordava e crescia com vigor. Parecia dormir com uma aparência e acordar com outra, meus peitos e quadris mudavam de forma, arredondando-se; os pelos escureciam e engrossavam; os lábios da vagina aumentavam; os músculos ficavam mais potentes. Minha anatomia ia se tornando evidente; as coxas engrossaram, sustentando nádegas salientes em virtude da lordose comum aos de minha raça. Acima, a coluna ia se afundando, ladeada por dois fortes músculos. Os seios, antes juvenis e pequenos, agora cresciam com rapidez, realçados pelos músculos peitorais. As feições de menina orgulhosa e esperta transformavam-se nas de uma mulher altiva e de belos traços. Nos lábios carnudos, a sensualidade aflorava, no sorriso intrigante, no nariz de narinas dilatadas, nas sobrancelhas marcantes e, principalmente, nos olhos, onde o espírito se excede, faminto de tudo o que lhe faça crescer saudável e forte. Tudo harmoniosamente combinado numa beleza negra, intensa, africana.

Quando nos aproximamos do cabo da Boa Esperança, o tempo fechou; o mar tornou-se grosso, cinza, virado, querendo engolir a pequena embarcação. O vento trepidava, o madeirame gemia alto e assustadoramente, as mulheres no curral gritavam desesperadas. Ondas imensas elevavam a embarcação para em seguida jogá-la em um abismo que parecia não ter fim. A noite feita em trevas era rasgada por raios. O vento uivava cortado pelos mastros. Marinheiros e negros vomitavam, unidos no sofrimento. Os que sabiam rezar, rezavam com fervor e se consolavam. Os deuses dos ventos se juntaram para agitar o mar e enfurecer as águas, desordenavam a natureza e faziam as míseras criaturas daquele tumbeiro desumano saber que sempre existe um sofrimento maior.

Nauseada, com medo, mas protegida em minha cabine, eu intuía o perigo que corria; a solidão pesava. Tremi quando senti algo escorrer pelas pernas. Pensei que urinava, como quando era pequena e sentia medo. Os raios vieram em um clarão rápido, o suficiente para que eu tivesse certeza: não era urina. Era sangue. Estava preparada, sabia que agora era uma mulher, e, no meio daquele horror, fiquei feliz. Lembrei-me da ama, da mãe, das amigas... como gostaria de contar que meu tempo de criança havia acabado.

No meio da tarde começou a chover, e o mar proceloso finalmente se acalmou. Aliviado, o capitão foi à cabine e dormiu um sono profundo, enquanto no convés os marujos cuidavam do funeral dos mortos daquela noite. Fui comer triste, encolhida e silenciosa. Tinha um gosto amargo na boca, deixei a comida no prato.

Durante a madrugada, o capitão acordou. Sentia-se solitário, e se não fosse um valente pediria carinho.

— Então, assustou-se? – perguntou, falando devagar para que eu o entendesse.

— O mar ia nos engolir – respondi num português tosco, resultado do aprendizado daqueles dias.

— Comportou-se bem não saindo daqui. Perdemos dois grumetes caídos no mar.

— Vi os mortos quando foram jogados no mar.

— Morreram dez peças: quatro fêmeas e seis machos, mais três pecinhas. Tenho que anotar em meu diário, eles vão querer saber o porquê de cada uma delas.

— Sangrei. Sou mulher.

A notícia exerceu um estranho efeito sobre ele. Pegou os trapos que eu havia usado para me limpar, olhou para o sangue e cheirou com o nariz encostado, como se fosse sorver aquela mancha vermelha. Depois encostou o pano no rosto e, com os olhos fechados, parecia sentir uma textura diferente e sublime, numa volúpia desconhecida para mim. Quando finalmente abandonou o trapo manchado, agarrou-me com um furor delicado, beijou meu ventre, meu seio, minha boca e tremeu de desejo. Estendido junto a mim, murmurava em meu ouvido: "Ah! Como é bonita, Júlia. E quanto desejo me traz". Com o dedo indicador me penetrava e depois, impregnado de sangue e secreções, levava-o à boca e se deliciava. No começo senti repulsa, mas me contive. Logo ele não se contentou mais com aquelas carícias: abrindo minhas as pernas, beijou-me o sexo com sofreguidão e lascívia. Fiquei nauseada, precisava respirar para não vomitar. O vermelho da barba e o vermelho do sangue misturavam-se horrendamente, a expressão transtornada por um prazer tão intenso me assustava. Com esforço dominei meu nojo, e, depois de mais um tempo, uma transformação inesperada ocorreu: o desejo que eu causava no capitão me trouxe prazer e eu me deleitei. Acho que minha natureza se sobrepôs ao asco, e apreciei o êxtase de meu homem, ele era minha recompensa. Sem julgamentos, admiti o comportamento estranho e fiquei feliz quando sobreveio seu enorme gozo, seguido de sono profundo.

Os dias que se seguiram foram bons e calmos, o mar depois do cabo da Boa Esperança comportou-se como se quisesse nos agradar. O Atlântico recebia com carinho seus novos habitantes. Enquanto durou meu sangramento, o prazer do capitão parecia não ter fim. Ele me queria quando ia almoçar e à noite, esgotando-me com o esforço de uma sequência de licenciosidades para satisfazê-lo duas vezes por dia. Gostei quando o sangue secou e tudo voltou ao que era antes. Foi alguns dias depois que, sob o céu do Hemisfério Sul e com as estrelas por testemunhas, ouvi e compreendi com clareza a promessa que Francisco me fez:

— É a melhor moleca que já tive... é a melhor mulher que já tive! Tenho um dinheiro guardado. No Rio de Janeiro vou comprar você da Companhia e lhe darei alforria. Teremos uma casa e nossos filhos... levará uma vida muito mais feliz que na África.

Em 5 de março do ano da graça de Nosso Senhor de 1846, às cinco e quinze da tarde de um dia ensolarado, quente e sem ventos, o *Felicidade* entrou na barra do porto de São Sebastião do Rio de Janeiro, cinquenta e sete anos depois da Revolução Francesa, vinte e quatro anos depois da Independência do Brasil, quinto ano do reinado de Pedro II, sete meses depois da decretação da Bill Aberdeen, lei com que os ingleses se outorgaram o direito de abordar naus estrangeiras à procura de escravos. Quinze anos depois da primeira lei que determinava o fim do tráfico, feita para os ingleses verem.

Nas últimas semanas de viagem, eu passeava livremente pelo convés com a autorização do capitão; começara aos poucos, logo depois da tempestade, e com o tempo fazia parte da paisagem, não estranhavam que uma negra estivesse perambulando vestida e sem correntes. As outras olhavam-me com inveja e raiva, e eu me entristecia; era fácil imaginar o seu sofrimento, espremidas, desesperadas por ignorar o seu destino. Os marujos não se surpreendiam; apenas o homem da cicatriz no rosto não perdia a oportunidade de fazer-me saber, com os olhos, que não esquecia a vingança prometida. Durante as manobras de atracação, por um instante ele ficou ao meu lado e disse:

— Mesmo com roupas bonitas e ar de princesa, você irá com as outras. Será vendida.

— Eu sei — respondi, com os olhos baixos, querendo demonstrar humildade, mas pensando, orgulhosa, nas promessas do capitão.

— O que não sabe é que tenho um carregamento de marfim em minha cabine. Terei dinheiro. Vai aprender como deve tratar um homem como eu.

Um arrepio percorreu meu corpo, a respiração e o coração se aceleraram. Sem raciocinar, meus músculos se retesaram e meus olhos se arregalaram, tudo como se estivesse para entrar em uma luta corporal por minha vida. Mas me acalmei quando me lembrei de que o capitão me protegeria dos perigos e não veria mais esse homem horroroso. Francisco me havia dito que uma das formas de se ganhar mais dinheiro era o contrabando de marfim, e que ele não o fazia, pois seria colocar em risco seu comando. Quando o encontrei, logo lhe contei:

— O imediato disse que tem marfim suficiente para me comprar. Está guardado em sua cabine. Fiquei com medo, não gosto dele.

— Quando ele disse isso? — perguntou enfurecido.

— Agora... nas manobras. Ele é violento. Tive medo...

— Fez bem em me contar! Este navio é meu. Se a polícia descobrir contrabando, a responsabilidade é minha.

Virando-se, gritou a um marinheiro próximo que chamasse o imediato à sua presença. Esperamos pouco, ele veio rápido e, quando chegou, encontrou o capitão com o cenho contraído e uma expressão de maus humores.

— Senhor, recebi denúncias de que traz marfim contrabandeado em sua cabine.

— Minha bagagem não é da sua conta.

— Posso colocá-lo a ferros só por me falar assim. Todo contrabando em meu navio é da minha conta.

— Não acredito que dará ouvido a essa moleca sem-vergonha.

— Vamos à sua cabine. Farei uma inspeção antes do desembarque.

Acompanhado por um marinheiro, o capitão deu as costas para o imediato e foi caminhando para a cabine. Sei que pensava em mim e na possibilidade de perder-me para aquele homem detestável, pois havia dito que deveria estar atento no desembarque para negociar com os homens da Companhia.

Eu já deveria estar habituada com o sofrimento e a violência, mas minha temporada na cabine, os conhecimentos que adquiri, a boa comida, a limpeza e a esperança de uma vida nova haviam enchido meu espírito de doçura. Repentinamente, senti uma onda gelada descendo pela espinha e, logo, um cansaço estranho, invencível. Era como se o mundo estivesse apoiado em minha nuca, bem onde Atlas o sustenta desde que foi condenado. Mas não havia um Hércules para ajudar-me, e as pernas fraquejaram. Não senti dor, só peso, um enorme peso que me fez ajoelhar e chorar. O imediato havia apunhalado Francisco pelas costas. Quando ele caiu, ainda exibia uns movimentos agônicos, mas seus olhos já estavam abertos e sem vida. Quis que o punhal ensanguentado que o ferira fizesse o mesmo comigo. O marinheiro apoiou sua cabeça e gritou por socorro, mas não havia mais nada a fazer: Francisco, capitão do tumbeiro *Felicidade*, estava morto, assassinado friamente, por um motivo torpe. O imediato, assim que percebeu a movimentação dos marinheiros, atirou-se ao mar e nunca mais foi visto.

Não sei quem foi que me levou de volta para a cabine, nem sei quanto tempo fiquei deitada, mas acordei assustada com a movimentação. Por um instante, não me lembrei do que tinha acontecido e admirei meu vestido de corpete bordado e minha cabine de sonhos. Pela porta entreaberta, pude ver a correria dos marinheiros, mas nada temia: tinha Francisco, meu capitão de barbas vermelhas. Mas ele não voltava, a confusão aumentava, o burburinho era intenso e o tempo passava; tudo isso tornava minha vida insuportável quando a cena reaparecia aos meus olhos. De algum lugar busquei forças e saí da cabine procurando meu homem. Aproximei-me da concentração de marujos e vi as botas do capitão e o sangue empossado sob seu corpo imóvel. Pálido e tisnado de vinho, jazia o cadáver de meu infeliz protetor. Minhas mãos formigaram e depois o corpo todo; em nenhum inverno passei mais frio que naquele instante. O estômago se revoltou, e em contrações dolorosas vomitei com violência. Os joelhos dobraram-se de novo sob o peso da tragédia e da crueldade. Todos ouviram o grito medonho da molecona africana, um grito que vinha do fundo de meu espírito machucado e ecoou na majestosa natureza do Império do Brasil.

Mas só os pássaros do mar se importaram e responderam, grasnindo em uma revoada. Acordei zonza de meu pesadelo; voltaria para o curral das negras nuas, ósseas, carregando seus filhos esquálidos, esperando em silêncio pelo destino.

Do curral, observava a movimentação dos marinheiros e a chegada da polícia. Havia um homem mais bem-vestido que dava ordens aos outros, ouvi quando gritou:

– Os negros aguardarão os funcionários da Companhia e o padre. Só vão desembarcar quando forem batizados. Eles devem estar chegando.

Foi o mais amargo choro que já tive. Como são mutáveis os desígnios humanos! Do céu ao inferno, eu cumprira uma trajetória que durou alguns instantes: 5 de março, sob o signo de Peixes, Júlia Kilamba nascia para o Brasil.

O homem de roupas bonitas que dava ordens aos outros estava zangado e falava alto:

– Padre folgado! Não quer vir a bordo. Vai batizar os negros no porto. Cobra um absurdo e ainda quer arranjar problemas com a polícia. Os negros têm que ser batizados antes do desembarque. Se ele não quer vir, o problema é dele, o nosso é pagar. A Companhia mandou desembarcar. Vamos com isso, pode começar, já está tarde. Primeiro as mulheres.

Fui uma das primeiras a ir para o bote, meu vestido vermelho chamava atenção. Dois marinheiros, dez negras e duas crianças. Algumas tinham algum trapo, mas só eu estava vestida. Sentei-me em frente aos dois marinheiros brancos, que remavam com preguiça.

– Que moleca gostosa. Você viu?

– Se pudesse, eu compraria. Ando querendo uma negra dessas pra fazer sacanagem. Que bunda! Quanto acha que ela vale?

– Deve valer uns quatro ou cinco negros dos bons. Pode ser uma princesa, tem um jeito diferente, uma cara bonita, mas eu gosto é da bunda.

– Vou ver o batizado, quero saber qual vai ser o seu nome. Depois procuro no Valongo.

O outro marinheiro largou o remo e pôs a mão em meu joelho.

— Não a boline, os homens da Companhia estão de olho. Você sabe como é o patrão com as negras. Dizem que ela foi o motivo da briga entre o capitão e o imediato. Também, com essa bunda, quem não brigaria?

— Dois meses de viagem é muito tempo, acabam se matando por uma gostosa. Havia um contrabando de marfim, o capitão ia apreendê-lo. Já pagaram ao fiscal do porto. A metade das negras desembarca como moleca, só conta meia peça. Dos negros, só conseguiram que um terço desembarcasse como moleque. O fiscal está com medo, quis muito dinheiro.

— O encarregado da companhia vai cuidar do fiscal, pode deixar. Com uma boa conversa e algumas ameaças, metade dos negros desembarca como moleques. Só nós é que não ganhamos nada.

— Os negros não estão magros. O capitão fez um bom serviço, gostava dele. Quantas peças morreram?

— Ouvi que foram 15. A maioria em uma tempestade. Morreram dois marinheiros.

O bote navegou rapidamente do *Felicidade* ao porto. No cais eu me sobressaía entre as negras sujas e cheirando mal, havia engordado e tinha carnes de mulher. Minha pele estava bonita, o cabelo aparado cheirava bem. O vestido vermelho, apesar de rasgado, era melhor que a nudez abjeta da maioria. Mesmo com medo e lágrimas por meu capitão, ainda ansiava pela luz. Fomos até onde, em uma cadeira acolchoada, o padre nos esperava. Ao seu lado um escrivão anotava o nome que cada uma recebia e as características físicas que a identificavam. Ele ia batizando minhas companheiras de infortúnio e nomeando cada uma com expressão de enfado: Conceição, Benedita, Maria, Domingas, Teresa, e então começava novamente: Conceição, Maria...

Quando chegou minha vez, ajoelhei-me aos seus pés, como as outras foram obrigadas a fazer, e o homem perdeu a expressão de enfado que tinha até então:

— Cubram esta negra. Eu não posso batizá-la com suas vergonhas expostas assim.

— Mas padre, esta é a única negra vestida, respondeu o funcionário da Companhia.

— Com essas carnes à mostra, eu não batizo. Que falta de pudor, que desrespeito, que afronta, querer que eu batize alguém com as vergonhas expostas. Traga um pano qualquer e cubram o pecado.

Assim que chegou o trapo que cobriu os pecados de Júlia, o batizado continuou:

— Eu te batizo Conceição, em nome do Pai, do...

— Mas padre, eu já tenho um nome. Meu nome é Júlia.

Espantados, todos ouviram a molecona falar em português, com uma voz macia e decidida.

— Mas como? Uma negra ladina! Disseram-me que só havia boçais neste brigue. Quem explica isso — perguntou o padre, curioso, olhando para o funcionário da Companhia.

— Eu não sei como explicar. Neste carregamento só existem africanos embarcados em Moçambique e vindos diretos para cá. Não sei como ela pode falar o português.

— Aprendi a falar com o capitão, na viagem — respondi com calma.

— O capitão deve ter-lhe ensinado muitas outras coisas, por isso esse cheiro de pecado que você tem. Não sei se posso batizá-la assim, talvez seja melhor levá-la para a igreja e ensiná-la a temer a Deus e ao inferno, assistir a algumas missas com os índios. Aí poderei batizá-la, sem correr o risco de desagradar a Deus — disse o padre, franzindo o cenho com circunspecção.

— Mas padre, sem batizar, ela não pode desembarcar, e a Companhia não vai gostar. Já pagamos muito caro pelo seu serviço e não quereremos ficar sem uma peça valiosa. Dizem que ela é uma princesa e será vendida por um bom dinheiro.

— Bom, que seja. Santa Júlia é uma boa santa e não sei se gostará dessas carnes pecaminosas, mas vá lá. Depois passarei no Valongo e lhe ensinarei o catecismo. Mantenha-a com as vergonhas bem cobertas, não deixe despertar a libertinagem que mora nessa gente. Mais tarde cuidarei dela...

Derramando água sobre minha cabeça, falou:

— Eu te batizo, Júlia, *in nomine Patris et Filii et Spiritus Sancti*.

## CAPÍTULO 3
# Brilhe em tua fronte a luz da inteligência

*No Flamengo, um bairro elegante e aprazível do Rio de Janeiro, vivia um casal francês que o destino quis colocar em meu caminho, e durante um tempo eles foram os donos de meu mundo. Como vou contar, conheci-os tão bem que posso agora, depois de tantos anos, escrever os diálogos e as sensações que sei que tiveram. Algumas destas passagens estão como eles disseram que aconteceu, outras eu deduzi e usei a imaginação para criá-las. De qualquer forma, sinto-me obrigada a colocá-las aqui para que entendam como as coisas se passaram e como continuaram meus dias de escravidão.*

*Minha vida parece um palimpsesto, verdades escritas umas sobre as outras num pergaminho medieval em que monges cuidadosamente apagam um texto para dar lugar a outro. As mudanças ocorrem como se o fio de minha existência fosse rompido e uma nova vida sobreviesse, inscrita sobre a página onde foi feito o registro da anterior.*

— *Bonjour*, Pierre.

— Em português, Amélie. Estamos aqui há seis meses e ainda falamos com dificuldade.

— O *gitan* deve estar chegando. Você ficou de nos comprar uma nova escrava, lembra-se? — respondeu Amélie em francês, ignorando a ordem.

— Outro dia, tá bem? Recebi novas plantas, tenho que classificá-las.

— Você prometeu! Não suporto escravas que não sabem fazer nada. O *gitan* arranjará uma com experiência. Não me decepcione.

— Tenho tanto que fazer e quer que eu vá ao Valongo procurar uma escrava! O cigano me enganará, eles são formados nessa arte.

— Você é médico, como poderá um *gitan* enganá-lo? Se pudesse negociar escravas, iria eu mesma.

— Está bem, eu irei, comprarei uma boa escrava.

— Está lendo o mesmo livro?

— Estou, Kierkegaard, *Temor e tremor*.

— Com esses livros estranhos, você pensa diferente dos outros.

— Ele fala que a essência do cristianismo é uma vida de sofrimento, infeliz, marcada pelo temor. O temor de perder o que possuímos e a angústia de perder-se a si mesmo.

— Não sei por que você lê isso.

— A liberdade e a incerteza andam juntas. Os dogmas limitam a vontade e o intelecto. O desespero nos engrandece. Os homens que vivem além de sua época é que fazem a humanidade caminhar... devagar, tortuosamente, com retrocessos, mas sempre caminhando.

— A Igreja é um porto seguro... põe freios em nossa animalidade.

— Os gregos viveram sem a igreja, não sabiam o que era o pecado original, e veja o que fizeram. Nós os estudamos e copiamos há séculos e ainda estamos longe de superá-los.

— Se fossem tão bons assim, não teriam desaparecido.

— Eles eram os melhores, não os mais fortes; desaparecer é a sina de qualquer civilização. A inteligência passeia pelo mundo e para onde quiser. Já passou pelo Egito, pela Grécia, por Roma, pela França e agora está na Inglaterra ou com os germânicos, só o futuro nos dirá. Devia ler este dinamarquês agônico, faria bem a você. Chame quando o cigano chegar.

O dr. Pierre de Villeleume, médico, francês de Paris, descendente da pequena nobreza francesa que sobrevivera à Revolução, dirigiu-se para o gabinete da confortável mansão no bairro do Flamengo. Lá guardava seus livros de medicina, de botânica, de filosofia, a tradução dos clássicos gregos, os romances e os livros de poesia. A bela estante de jacarandá-da-baía, escura e imponente, entalhada por mestres do Rio, estava abarrotada. Amélie não entrava ali e não permitia que as escravas entrassem, só Pierre sabia organizar-se em sua desordem. Não demorou para que viessem bater à porta; era a preta gorda que haviam comprado como se fosse uma cozinheira com experiência, mas que logo se revelou uma decepção.

— Sinhô, tem um cigano à sua espera.

— Traga-o aqui.

Em instantes, a escrava retornava com o cigano.

— Sou Zurca.

Era um homem jovem, de talhe esbelto, um tipo andaluz de faces rosadas, tez morena e cabelos muito pretos. Seus olhos chamavam a atenção mais do que sua aparência. Eram olhos de um negro absoluto, exótico, mágico, com grandes pupilas que se fixavam nas pessoas e nos objetos. Logo se percebia que seu olhar tinha o poder de lançar pragas e maldições. Constrangia quem estivesse sob sua mira; parecia poder enxergar dentro de quem quisesse, talvez mesmo ver a alma de seu interlocutor, os seus desejos e ansiedades. Pierre, incomodado, remexeu-se na cadeira, mas logo se recompôs e enfrentou o olhar penetrante do convidado:

— Quero que me ajude a comprar uma escrava competente. Talvez uma que tenha trabalhado numa casa como esta.

— Vamos ao Valongo. Tenho meia dúzia pelas quais me responsabilizo. Aceito de volta se não for de seu agrado. Que aparência deve ter?

— Como?

— Talvez sua esposa a queira na cozinha e o senhor a queira na cama.

Antes que Pierre se mostrasse indignado com a pergunta do cigano, ele continuou.

— Muitos querem negras pra cozinha e pra sacanagem.

Desconcertado, o dr. Pierre recuperou-se pigarreando.

— Não vou discutir os costumes de sua terra, não concordo com a escravidão, e essa sugestão me repugna. Uso escravas porque é impossível achar alguém, nesta cidade, que trabalhe por um salário.

— Estes costumes não são daqui, são da humanidade.

— Como quiser. Vamos logo ao Valongo, que tenho um dia ocupado.

Chamou a cozinheira e ordenou:

— Avise o cocheiro. Vamos sair agora.

Dois belos tordilhos da raça alter puxavam a pequena mas luxuosa carruagem. Descendentes dos cavalos da Coudelaria Real de Alter do Chão vindos com dom João VI e sua corte, guardavam a nobreza de sua origem. O arreamento, todo francês, era bonito de se ver, despertava admiração de todos. O cocheiro, um escravo forro, crioulo da terra, era bem-vestido, educado e gordo.

No Outeiro da Glória, um grupo de elegantes senhoras voltou-se para ver a carruagem e logo a reconheceu pelos cavalos: o carro do doutor francês.

Pierre olhou para cima e admirou a igreja. A surpresa de sua forma octogonal e a elegância da colina tornavam-na uma construção de bom gosto mesmo para um francês exigente. Os azulejos monocromáticos, azuis em fundo branco, seriam admirados em qualquer lugar, especialmente os da sacristia, que continham cenas profanas de caça e eram uma obra-prima da azulejaria joanina. Desde a princesa Maria da Glória, batizada por seu avô dom João VI, todas as crianças da família real foram ali consagradas. Era a igreja mais bonita do Rio.

— O senhor tem filhos? — perguntou o cigano.

— Não, estamos aguardando.

— Nossas mulheres conhecem simpatias para engravidar.

Pierre riu, sem graça, e se calou até que o cigano novamente tentou conversar:

— E então, doutor, por que veio para o Brasil?

— Procurar novos medicamentos, plantas para tratar doenças.

— Mas é preciso andar tanto para isso?

— As matas tropicais escondem os segredos da cura de muitas moléstias.

— Que triste contraste: matas repletas de plantas que curam e uma cidade com tantas doenças. Estes mangues estão cheios de febres.

— Os trópicos são assim. Tristes trópicos. Quentes, úmidos, doentes, predispondo todos à preguiça. Mas são exuberantes, alegres, coloridos, bonitos de se olhar; o ócio é mais agradável aqui do que em qualquer outro lugar. O povo é mais alegre e, para desespero dos padres, predisposto ao pecado e à libertinagem.

— Aqui não existe pecado. Os padres não se deram conta de que é impossível incutir aqui o medo do inferno como fizeram na Europa. Talvez sejamos de uma nova civilização.

— Parece uma profecia.

— É, talvez seja. Estamos no Valongo, meu depósito é ali.

— Eu esperava mais movimento.

— É que, desde a proibição do tráfico, o comércio de negros tem mudado de local. Em geral, os que chegam da África são desembarcados na ilha Grande ou na Marambaia. Aqui ficam os de segunda mão e os que são trazidos pelas grandes companhias, que têm influência e dinheiro para não serem incomodadas. As escravas que tenho são todas ladinas, têm experiência de trabalho em residências.

— Os ingleses têm razão em exigir o fim da escravidão. Este lugar é nauseante. Que cheiro!

— Vai acabar logo e será bom para o país. Vamos entrar.

Entraram no casarão, e Pierre foi convidado a aguardar na "sala de vendas", enquanto o cigano buscava as negras. A sala estava cuidadosamente limpa. Era decorada com uma solitária poltrona, forrada por um tecido ordinário, vermelho cor de sangue, que contrastava com o branco imaculado das paredes e o azul das duas janelas e da porta sem nenhum entalhe. O cheiro de óleo de rícino nauseava, a atmosfera era pesada. Pierre quis ir embora, lembrou-se do cheiro de seu gabinete, de suas plantas. Enxugou o suor que ameaçava escorrer pelo rosto e com um suspiro lamentou ter cedido aos pedidos de sua mulher e ter ido àquele lugar infeliz.

Zurca retornou, acompanhado por um negro de chibata na mão e seis negras de cabeça raspada e corpo macilento. Eram todas parecidas, roupas iguais e aparentemente a mesma idade, mas na verdade o que as igualava, mais do que o resto, era a expressão ausente que escondia a vergonha e a revolta de estarem expostas como animais. Olhavam para o chão, como se isso lhes tivesse sido ordenado.

Pierre enervou-se: como escolher? O que fazer para diferenciá-las? Deveria examiná-las ou entrevistá-las? Depois de titubear por alguns minutos, perguntou-lhes os nomes e habilidades. Maria, Conceição, Benedita sabiam cozinhar. Eram feias, faltavam-lhes dentes e todas tinham o mesmo cheiro. Olhou para o cigano como se pedisse auxílio:

— Todas se prestam para o que quer.

— Mas eu não pensava em uma negra assim...

— Eu lhe perguntei se era só para a cozinha ou se a queria também para a cama.

— Eu já lhe disse que é só para a cozinha, mas preferia uma de melhor aspecto — respondeu, mais relaxado.

— Só tenho estas, mas um conhecido meu tem mais duas aqui bem perto. Podemos ir andando.

— Então vamos — disse, levantando-se, com pressa de ir embora.

Uma caminhada de dez minutos, e chegaram ao depósito da Companhia de Pretos do Rio de Janeiro, onde o conhecido de Zurca guardava seus negros. O mesmo cheiro nauseante de óleo de rícino, e muitos negros espalhados pelo galpão. Alguns pareciam esqueletos, quase cadáveres, que jaziam no chão sem forças para se levantar. Muitos com marcas de sarna recente, na pele maltratada, e todos também com a cabeça raspada. Um grupo muito jovem veio até Pierre, para tocá-lo, como se quisesse se certificar de que ele era real. Talvez nunca tivessem visto alguém tão bem-vestido.

Pierre estava encostado em um canto, desanimado, infeliz, quando Zurca e seu amigo vieram encontrá-lo.

— Este é meu amigo Kubitschek, cigano rom como eu.

Pierre deu-lhe a mão e permaneceu calado.

— Ele está orgulhoso porque uma mulher leu em sua mão que ele terá um descendente que ocupará o lugar do imperador — disse Zurca animado, querendo aliviar a tensão do doutor.

— Tenho duas negras, mas pelo que me disse Zurca talvez não sirvam. São parecidas com as que ele lhe mostrou.

— Mas, já que estou aqui, vamos vê-las.

— Está bem, aguarde que vou buscá-las.

Ele franziu a testa, querendo enxergar melhor a criatura que, do outro lado do galpão, o impressionava. Não encontrou mais seus olhos; ela os abaixara, envergonhada de um homem tão bem-apessoado. Mas o vestido vermelho com o corpete bordado a marcava, e foi fácil localizá-la. Kubitschek trouxe as duas negras, mas Pierre não lhes prestou atenção e logo se desvencilhou. Quando se viu sozinho com Zurca, falou-lhe:

— Do outro lado do galpão há uma negra de vestido vermelho, gostaria de vê-la.

— Mas esses negros são boçais, chegaram há poucos dias. Estão aqui engordando para serem vendidos. Pertencem à Companhia.

— Mesmo assim, gostaria de vê-la, sei que você pode dar um jeito ou não seria um cigano.

Zurca o deixou e foi ter com seu conhecido. Pierre esperou encostado no canto do galpão, respirando o ar irrespirável. Ficou aliviado quando viu que os dois ciganos voltavam, acompanhados por outro homem, que segurava a negra de vestido vermelho pela mão. Ela vinha de cabeça baixa, mas não conseguia disfarçar seus dotes físicos.

— Como ela se chama — perguntou Pierre.

— Ela chegou ontem, chama-se Júlia e é uma princesa africana. Por isso seu preço não é o normal. Queremos $800.000 por ela.

Zurca se assustou.

— Isso daria para comprar meia dúzia de bons negros!

Sem vacilar, Pierre retirou o dinheiro, pagou e quis ir embora sem mais conversa. Voltou para casa em silêncio, olhando para a rua, absorto em mil pensamentos. Amélia o esperava na porta.

— Mas, Pierre, por que esta negra?

— Foi a única que me chamou a atenção.

— Mas ela acabou de chegar da África, nunca viu um fogão e custou mais que todas as negras que temos juntas! O que farei com ela?

— Disseram que é uma princesa africana, e não é uma quantia que faça diferença para nós.

— Ainda não entendi por que a comprou.

— Você tem razão. Não era o que procurávamos, mas ela parece ter qualidades que não vejo em pessoas comuns... muito menos em escravos.

— Quais?

— O olhar.

— Olhar?

— É onde mostra o espírito, a curiosidade, força, esperança, inteligência... Que experiência culinária substitui essas qualidades? Não podia deixá-la naquele lugar.

— Não sei como vê tudo isso em um olhar. Acho que o que fez foi um ato de caridade, e agora tenho que suportar mais uma ignorante na cozinha.

— Em dois meses de viagem ela aprendeu a falar português melhor do que nós em seis meses.

— Quando a vi, passou-me a ideia de que você a comprou por causa das formas opulentas e traços bonitos que ela tem para uma negrinha.

Amélia abaixou os olhos e enrubesceu.

— Você me ofende! Não sou um português.

— Desculpe-me, fiquei preocupada. Não engravido e tenho medo de perdê-lo, medo de que queira prazer em outros braços.

— Esperaremos sua gravidez o tempo que for necessário. E se não vier, paciência. Coloque a escrava nova com a cozinheira e terá a melhor serviçal do Rio. Agora tenho de ir. Vou atender alguns pacientes e verificar as plantas que chegaram. Dê-me um beijo.

A cozinha dos Villeleume era um espaçoso cômodo nos fundos do terreno, anexo ao quarto onde dormiam as escravas. Separada do corpo da casa, como era comum, mantinha as escravas na maior parte do tempo longe dos olhos da patroa, o que possibilitava liberdade e agradáveis horas de ócio no calor das abafadas tardes do Rio de Janeiro.

Dona Amélie aparecia no meio da manhã e no meio da tarde para dar algumas ordens sobre o almoço e o jantar. Para a escrava nova, providenciou roupas que quase lhe cobriam todas as vergonhas, como disse o padre que a batizou, mas a camisa de algodão branca deixava à vista seu colo, e era possível vislumbrar um lindo e firme par de seios cujos mamilos marcavam o tecido. A saia, de tecido grosseiro marrom, cobria-lhe o corpo até o meio das canelas e disfarçava suas formas. Deixava à mostra, porém, as canelas finas e os tornozelos fortes. De pés descalços, como todos os escravos, e cabeça raspada, envolta por um tecido colorido, foi posta aos cuidados da negra Isabel, cozinheira, crioula da terra, filha de uma escrava de Benguela e de pai desconhecido. A mãe de Isabel trabalhou até a morte garimpando ouro em Mariana, nas Minas Gerais, atividade que havia tempos já se encontrava em declínio. Porém foi lá que Isabel passou a infância e a juventude.

Quando a crise se acentuou e as minas começaram a fechar, Isabel foi de dono em dono, aprendeu a cozinhar e tornou-se escrava doméstica, até que os ciganos a compraram e a venderam ao médico. Não podia se queixar; com mais de cinquenta anos, nunca havia sido tão bem tratada.

Na casa havia mais duas escravas, negras mina, vindas ainda molequinhas. De porte atlético quase nobre, traços corretos e altivos, tinham sempre a cabeça coberta com um turbante de musselina e um longo xale de cores berrantes cruzado sobre os seios; os braços esbeltos e elegantes terminavam em pulsos fortes atados com braceletes de miçangas coloridas. Também já passavam dos quarenta. Cuidavam da arrumação da casa, de lavar e passar a roupa, e eram tão quietas que pareciam não existir. Passavam-se dias sem se ouvir as suas vozes.

José, o cocheiro, descendia de negros congos, daí ser afável e comunicativo. Estava liberto havia mais de dez anos por graça de um dono convencido pelas ideias abolicionistas. Morava no terreno ao lado da casa, junto das baias dos dois garanhões tordilhos, e possuía um belo par de botas de couro, o que o distinguia sobremaneira de outros negros.

CAPÍTULO 4
# Os frutos que hoje colhes são aqueles que outrora plantaste

Para alguém nascida nas profundezes da África e chegada de uma viagem transatlântica em um tumbeiro, aquele era um lugar encantado, tamanha a fartura de alimentos, a limpeza, as belas roupas, as pessoas gentis. Isabel, a cozinheira, tratava-me até com carinho e começava a procurar saber de minha vida. Ouviu com interesse a descrição de minha captura e com gemidos demonstrou a dor que sentiu na descrição da viagem ao litoral, regozijou-se com o capitão e chorou sua morte, pedindo aos seus deuses vingança pelo assassinato covarde. Uma negra nagô, que havia sido sua companheira, leu nos búzios que seu Odu era Ejiomilê, então pediria a ele a vingança merecida.

Um domingo pela manhã, José trouxe um gordo leitão que acabara de matar, para ser limpo e assado. Isabel me chamou e falou:

— Eu limpo e com as sobras você faz o almoço da gente.

Falou devagar, com dificuldade, num português tosco, auxiliando a compreensão com muitos gestos. As instruções que recebi foram minha primeira lição de culinária, e eu as guardei em um lugar da memória, bem perto do coração.

"Em uma panela grande derreta um pouco de gordura, refogue alho descascado e cebola picada. Depois coloque água e feijão-preto e deixe cozinhando na primeira boca do fogão, onde o fogo da lenha é mais brando. Demora umas quatro horas para estar no ponto. Em outra panela junte os pés, o rabo e as orelhas. A língua deve ser pelada com cuidado, o rim, os bagos e o fígado. Volte tudo ao caldeirão do feijão e espalhe com muito jeito, por cima de tudo, umas folhas de louro. Em uma frigideira derreta outro tanto de gordura. Deixe esquentando até que uma gota de água faça barulho quando cair sobre ela. Então frite a pele do porco, cortada em pedacinhos, com um pouco de gordura. Nela frite a couve, cortada em fatias muito finas. Com feijão se come muita couve. Ainda nessa frigideira, suja de gordura, derreta um bocado de manteiga e misture devagar, com cuidado e mexendo sempre, a farinha de milho, amarela e cheirosa. Quando o feijão já estiver bem cozido, pegue com a concha um pouco de seu caldo e alguns poucos grãos. Misture com umas pimentas vermelhas e amasse com cuidado, cantando uma canção. Deixe esse molho separado em uma gamela, para que cada um se sirva conforme seu gosto, que varia muito conforme a resistência da boca. Descasque umas laranjas graúdas, as que tiverem a cor mais forte, para chuparmos enquanto comemos. Seu suco doce e ácido nos aliviará da gordura indigesta."

Cuidei dos ingredientes como se fossem sagrados; obedeci às instruções improvisando em alguns momentos; usei o sal e os temperos sentindo um prazer inédito em aspirar seu odor; mexi a panela colocando meu coração e minha vontade para que aquela fosse uma comida especial. Sentados no piso, comemos com as mãos, fazendo bolinhos com o feijão, a farinha e os pertences, e depois todos lamberam os dedos, não porque ainda tivessem fome, mas porque o gosto era muito bom. Com os olhos me agradeceram e me perguntaram como obtive aquela gostosura, e eu, orgulhosa por ser o centro das atenções, tentei explicar o que eu não sabia. Descansamos com uma preguiça boa, embalados pelo calor e pela brisa do mar, e fomos colocar roupas limpas para ir à missa das vésperas, na Igreja de Nossa Senhora da Glória. Aguardamos os patrões, perfiladas atrás da carruagem, onde José continha o ímpeto dos dois garanhões, vaidosos de sua beleza e do luxo de seus arreamentos. Nós também estávamos orgulhosas de nossas boas roupas, e os pés descalços não nos incomodavam. Os relógios bateram cinco horas da tarde.

O dr. Pierre e d. Amélie desceram as escadas apressados; era a primeira vez que eu reparava bem em meu senhor, um homem bonito, de cabelos negros e lisos, que, penteados para trás, deixavam exposta a magnífica testa lisa, dourada pelo sol tropical, contrastando com olhos verde-claros, do tom das esmeraldas. O nariz, reto e poderoso, encimava lábios muito finos, escondidos por um pequeno bigode, que terminava apontando para os olhos. O queixo não deixava dúvidas de que se tratava de um homem de vontade. Porte atlético, espáduas largas e mãos fortes e descarnadas, enfim, um homem bonito para uma moleca acostumada com a beleza negra. Mais tarde, aprendi com um antigo filósofo que a beleza provém de sua comunhão com um pensamento que se origina dos deuses. Suas roupas escuras não ornavam com a luz da tarde brasileira e, pela perfeição do corte, eram estrangeiras. Enquanto auxiliava a esposa a subir, seu olhar cruzou com o meu, e por alguns segundos ficamos unidos, como na primeira vez, no Valongo. Lembrei-me do capitão; ele me olhava dessa forma, só que o doutor, com seus olhos claros, penetrava mais fundo. Amélie também era bonita, cabelos avermelhados, olhos claros, talhe esbelto, alta, um colo com seios magníficos e o frescor de uma juventude cheia de vida. Elegante, com um vestido de seda creme, guarnecido com rendas de Valência, a roupa se ajustava em sua cintura, deixando que se imaginasse um belo quadril sobre as coxas torneadas. No pescoço, um crucifixo cravejado de pedras preciosas, como a pulseira que enfeitava seu pulso e o anel, em seu dedo delicado; parecia uma princesa, e aos meus olhos, uma deusa.

Partimos para a igreja; não fiz esforço na caminhada de três quilômetros, estava encantada com a paisagem, com as roupas, com o colar de miçangas com que Isabel me presenteara após o almoço, com a liberdade de andar com as mãos livres, e a fartura do local aonde o destino me havia levado. Na subida do outeiro, emocionei-me com a vista da baía de Guanabara. Entramos na igreja pela porta lateral, destinada aos negros e índios. Eu nunca havia visto um índio, e me encantei com seus cabelos longos e negros, tão lisos que podiam refletir a luz como um ônix bem polido. Vestiam roupas simples na brancura, que contrastavam com sua pele amarelo-avermelhada. Os desenhos dos azulejos, as cenas do Cântico dos Cânticos, a talha dourada do altar, o Cristo crucificado, o ostensório, o turíbulo, o cálice, tudo de ouro cravejado com esmeraldas, turmalinas, rubis, produziram em mim, uma moleca africana, sensações indescritíveis. O padre, um homem gordo e de bochechas vermelhas, vestido ricamente, de acordo com o ambiente, rezava em latim, de costas para os fiéis, e um coroinha tocava o sino de instante a instante.

Tantas perguntas ficaram sem respostas naquele momento. Se os índios sempre moraram no Brasil, então de onde vieram os brancos? O que significavam os desenhos dos azulejos e as palavras do padre? O Deus branco era só dos brancos ou deles e dos índios também? O capitão havia contado que o homem no crucifixo era o filho de Deus, mas que só havia um Deus. Então, seu filho não era um deus? Se ele estava sentado à direita do Pai, como me disse, então eram dois deuses? E a mulher com o manto, mãe do Deus morto, era também uma deusa? Se não era, e não poderia sê-lo, pois só havia um Deus, por que estava representada daquela forma, como se fosse? Isabel era ignorante, não responderia a perguntas desse tipo, só sabia cozinhar. Falava tão mal que nem ajudar a melhorar minha linguagem podia. Quando a missa terminou, meu olhar e o do doutor se cruzaram novamente; ele pigarreou e entrou na carruagem para o caminho de volta.

Passaram-se algumas semanas, e houve uma ocasião em que meu senhor falou comigo e me notou de uma forma que eu não esperava. Depois de muitos anos, essa época continua memorável em meu espírito, e eu a reconstituí com detalhes, auxiliada por papéis, inscrições, documentos e pelo próprio doutor.

Ao chegar do consultório à noite, Pierre encontrou Amélie bonita como sempre.

— Boa noite, querida. Vamos jantar? Trabalhei muito, estou com uma fome de leão! Como está bonita... adoro essa roupa!

Um vestido simples, despojado de rendas ou apliques, branco, com um provocante decote, que deixava à mostra as sardas de seu colo e de seus ombros. O cabelo, todo preso no alto da cabeça, deixava o pescoço sem outro enfeite que não fosse o que a natureza lhe havia proporcionado. O corte do vestido destacava a pequena cintura, e, de costas, podia-se sem esforço imaginar as belas nádegas que possuía e que sempre encantaram o marido.

Era final de verão, e a tarde ensolarada rapidamente se transformou, o céu ficou cor de chumbo e uma tempestade se formou. Pierre lavou-se. Encontrou Amélie sentada à mesa de jantar e não resistiu a um ímpeto; chegou por trás da esposa e colocou a mão no decote de seu vestido. Com sofreguidão, tentou acariciar-lhe os seios, apertando-a, cheio de desejo.

— Pierre, o que é isso?

Amélie o afastou, assustada.

— Um carinho...

— Aqui não é lugar, as negras entrarão a qualquer momento. Eu não gosto assim, parece licenciosidade, luxúria.

— Entre marido e mulher?

— É! Casados também se entregam à luxúria. Se você quisesse poderia conversar com o padre. E eu não gosto. É para ter filhos e não para se divertir.

— Nossa vida é feita de momentos. Será boa se houver mais momentos bons que maus. Deveríamos prolongar nossos bons momentos.

— Mas é pecado!

— Eu não sei direito o que significa essa palavra.

— Desentendido... é lógico que sabe. Luxúria, não sabe o que é?

Começaram falando português amistosamente e terminaram em francês com agressividade. Após o jantar, Amélie foi para o quarto e Pierre, para a biblioteca. Na manhã seguinte, como era seu costume às quartas-feiras, ele dirigiu-se à Biblioteca Imperial, na rua Detrás do Carmo. Durante o caminho, puxou conversa com o cocheiro:

— José, e a escrava nova, como é?

— Nunca vi negra mais esperta!

— É?

— Está aqui há cinco semanas e sabe tudo o que acontece, cozinha melhor que Isabel. É bonita que dói e esperta como ninguém. Se eu fosse mais moço, tiraria uns negrinhos com ela.

— É bonita mesmo.

— Mas acho que d. Amélie não gosta muito dela.

— Por quê?

— Não sei, ela bem que tenta agradar, mas a patroa só maltrata.

— Vou perguntar a Amélie.

— Se o senhor disser que fui eu quem falou, vou apanhar.

— Sossegue.

— Enquanto o senhor estiver no hospital, eu voltarei para casa. Vou levar d. Amélie à aula de alemão.

Com preguiça, Pierre desceu da carruagem, apertou os olhos para protegê-los da luz, quis voltar para casa e vadiar o dia todo. Esses dias esplendorosos não foram feitos para se trancar em uma biblioteca. Olhou para o portão do Cemitério da Ordem Terceira dos Carmelitas e pensou: "Este país me transformará em um preguiçoso". Subiu a grande escada de pedra que levava aos salões de leitura. O salão destinado à família real estava vazio; o outro, que era público, já tinha alguns visitantes. A brisa do mar atravessava as grandes janelas e refrescava o ambiente; de um extremo ao outro, mesas forradas de tecido verde e servidas com material para escrever, prateleiras que iam do assoalho ao teto, abarrotadas de livros. Sentou-se à mesa habitual e sentiu um tédio profundo, os livros de botânica e medicina nunca pareceram tão pouco atraentes. Pensou em um romance, poesia, geografia, matemática, e então se lembrou de um livro com reproduções de esculturas encontradas nos templos da Índia. Sabia onde estava e não resistiu. Sentou-se a uma outra mesa, onde não pudessem vê-lo admirando as figuras promíscuas. Sonhar um sonho provável e próximo é quase sentir as sensações que vêm dele, ao contrário de quando se sonha com o impossível, o longínquo, o estranho. O sonho do possível se submete aos acontecimentos, ao ambiente, às pessoas. Felação, *ménage à trois*, sodomia, as posições mais incríveis, algumas não muito confortáveis, e outras licenciosas, cheias de luxúria, convidando o observador a participar da cena. Sorriu, pensando em Amélie, a folhear aquele livro, e logo sentiu vontade de tê-la ao seu lado. Como gostaria de compartilhar um momento como esse, de excitação intensa, quase mágica. Ela olhando as figuras e se colocando no lugar delas, participando da cena promíscua. Uma gota de suor brotou de sua testa. Sentado na cadeira do gabinete, imaginou-a com seu vestido de seda e rendas de Valência, o crucifixo e a pulseira de pedras preciosas, ajoelhada a seus pés, com seu pênis inteiro na boca, chupando-o com vontade, até que ele terminasse, e depois deliciando-se com suas secreções, querendo-as até a última gota. Levou a mão ao pênis e o sentiu duro, latejando, cheio de vontade, quase doendo. Sentia um desejo intenso, maior do que quando tinha relações rápidas com Amélie, que se exasperava com carinhos em demasia.

Nesse momento fui eu, Júlia, a negrinha africana, que apareceu em seus pensamentos. Ele me confundiu e depois me fundiu com as figuras do livro; achou que eu as interpretaria com perfeição, pois me via exalando sensualidade por todos os poros. Na verdade, pensou, era por isso que as atenções de todos se voltavam para mim logo que cheguei. Não era meu olhar penetrante e inteligente, ou a beleza africana, exótica e intensa, nem mesmo as formas opulentas e agradáveis. Era a sensualidade que todos queriam usufruir, homens e mulheres. Amélie percebeu isso e então me trata com mais rigor; a sensualidade que emerge de cada pedaço de meu corpo, de cada gesto, de cada olhar a insulta.

Repentinamente ele sentiu-se sem ar e ansioso, interrompeu seus devaneios, devolveu o livro ao seu lugar e foi-se embora. José estava à espera.

– Saiu mais cedo, senhor?

– Não estou para ficar enfurnado.

– Para onde iremos?

– Vamos ao hospital... faça o caminho mais comprido. Quero pensar. A que horas vai levar d. Amélie à aula?

– Às duas horas.

– Então faça melhor, deixe-me na rua do Ouvidor. Irei a pé para o hospital. Não é necessário me buscar, alugarei um carro para voltar.

Desceu na esquina da rua Direita, e logo estava no Ouvidor; assustou-se com o burburinho das cabeleireiras e das lojas, com o movimento de sinhazinhas acompanhadas por pajens carregados de pacotes. Parecia estar novamente em Paris: mulheres com o talhe esbelto à custa de torturantes espartilhos amparados por barbatanas de baleia; vestidos de veludo, gorgorão e lã, de cores escuras, armados com anáguas metálicas que mantinham o volume das saias. Naquele calor, os únicos que pareciam não sofrer muito eram a gente simples, que vestia roupas leves e claras. A rua do Ouvidor era o local de encontros, boatos, contidos amores platônicos, suspiros profundos e olhares indiscretos. Ali a sociedade elegante do Rio via e era vista, se livrava do ar tropical e se europeizava com a casimira, as lãs e os biscoitos ingleses, que eram protegidos pela legislação imperial.[2]

– Malditos ingleses que obrigam este país cheio de febres a gastar com biscoitos e lãs! – falou Pierre para si mesmo, em voz baixa.

Caminhou devagar, reparando nos detalhes de cada mulher que passava, os olhos, a boca, as mãos, imaginando como seriam os seios e as nádegas por debaixo da roupa pesada, as negras e mulatas com fartos decotes e seios livres a balançar com o andar gingado como se o convidassem ao deleite. Enxugou o suor da testa, imaginando um estudo científico sobre a influência do clima tropical no desejo humano.

Chegando à Santa Casa de Misericórdia, havia um tumulto na portaria: o ministro e provedor da Santa Casa, dr. José Clemente Pereira, fazia uma

---

2 A Tarifa Alves Branco, que abolia os privilégios das mercadorias inglesas, é de 1844. (N. A.)

visita de surpresa. Averiguava denúncias de corrupção a mando do próprio imperador. Os padres não gostaram e suspenderam o atendimento ambulatorial, só haveria assistência aos pacientes internados. Pierre entrou; em pouco mais de duas horas atendeu aos casos sob sua responsabilidade. Primeiro, um menino de cinco anos que durante uma febre apresentou uma forte convulsão. Suspeitou-se de algo mais sério, mas não passava de um acesso causado pela febre, comum em crianças até os seis anos. Escreveu em francês, no formulário do hospital, para que o farmacêutico aviasse:

| | |
|---|---|
| Extrait de valériane | 2 g |
| Teinture de castoréum | XX gouttes |
| Infusion de guimauve | 250 g |
| Calomel | 0.20 g |
| Sucre en poudre | 1 g |

Orientou os pais sobre a forma de administração e deu alta ao garoto. O segundo caso era o de um rapaz forte, de 22 anos, filho de um joalheiro rico, que sofria de paludismo e veio às pressas, em uma tarde, com uma febre alta, delirando, desidratado, prestes a entrar em coma. O quinino, extraído de uma planta nativa da Bolívia, é uma erva amarga que abaixa a febre, relaxa espasmos, reduz os batimentos cardíacos. Nos escritos de Pierre, encontrei uma anotação curiosa.

> *Recentemente um alemão, Samuel Hahnemann, fez com ela um experimento e formulou um novo princípio terapêutico: "similia similibus curantur" (o semelhante pelo semelhante se cura). Embora desde Hipócrates já exista essa frase, o dr. Samuel inovou: tomou uma grande quantidade de quinino e anotou os sintomas da intoxicação que havia provocado em si mesmo. Depois diluiu-o centenas de vezes, e a cada diluição agitava a substância com vigor, dinamizando-a. Em seguida, curou-se da autointoxicação tomando a cada pouco umas gotas desse quinino diluído e dinamizado.*

Se houvesse um farmacêutico apto a preparar o medicamento, Pierre poderia prescrevê-lo, mas até lá não poderia inovar muito. Continuaria a usar as fórmulas tradicionais. O rapaz, que já estava bem, poderia continuar seu tratamento em casa:

| | |
|---|---|
| Chlorhydrate neutre de quinine | 1 g |
| Chlorure de sodium | 0,75 g |
| Eau distillée | 10 g |

Terminou o atendimento, tomou um carro de aluguel e foi para casa mais cedo que o habitual. Amélie havia acabado de sair para a aula de alemão, e, como ele tinha fome, foi até a cozinha. As escravas imediatamente pararam de falar e se assustaram com a presença do senhor. Pierre voltou-se para mim e falou:
— José disse que você cozinha bem. Ainda não almocei e tenho fome. Faça alguma coisa. Estarei na sala... Sirva você mesma assim que estiver pronto.

Eu estava bonita. Trazia no pescoço um colar de miçangas coloridas de três voltas. Um pano branco envolvia minha cabeça e realçava o branco de meus olhos, e a camisa de algodão fino, também branca, tinha um decote que deixava meu colo à mostra e seu tecido ficava marcado por meus mamilos rijos. Estava preparando o jantar dos escravos, uma galinha gorda, que por ser velha já não punha mais ovos, cozida em seu próprio sangue. Uma receita para negros que Isabel havia me ensinado; os brancos não comiam. A galinha, cortada em pequenos pedaços, havia sido refogada com alho, louro, sal, pimenta, algumas ervas muito cheirosas da horta e sua própria gordura. O sangue estava reservado, com um pouquinho de vinagre para não talhar. Fiquei em dúvida com tamanha ousadia, mas senti que podia, e, ignorando o pavor de Isabel, resolvi servir ao senhor a galinha com molho de sangue. Se os negros gemiam de prazer ao saborear tal iguaria, como ela poderia ofender alguém? Coloquei os pedaços refogados e cozidos no sangue reservado e deixei em fogo brando para terminar e apurar o sabor. Quando estava quase no ponto, juntei um maço de coentro fresco, muito cheiroso, e, como se estivesse fazendo uma mágica ou uma bênção, mergulhei-o no molho por alguns instantes, até sentir seu cheiro emergir da panela. Gostei do que senti; estava pronto, e ele iria gostar. Com um bocado de gordura, farinha de milho e algumas ervas, fiz uma farofa, e com mandioca, leite e um pouquinho do molho da galinha, um mingau para acompanhar. Arrumei tudo nas travessas de prata, como era o costume das negras-mina, e fui à sala servir. Respirei fundo, buscando coragem.

— Senhor, já estava pronto, e todos gostaram. É uma galinha como os negros comem. É comida de negros... pode ser que se zangue...

Não acreditei em mim quando falei aquela frase de um só fôlego. O dr. Pierre também se assustou com minha ousadia; comer comida de escravos, era o que faltava, deve ter pensado. Mas como me achava bonita e sempre associamos a beleza ao que é justo e bom, e como pela manhã havia me imaginado na posição das estátuas do templo indiano, resolveu condescender. Com a respiração suspensa, observei-o servindo-se e colocando na boca o primeiro bocado. Uns instantes de ansiedade, e então o alívio que as feições de aprovação do doutor me trouxeram. Ele exclamou em francês:

— Maravilhoso! Divino!

Depois de novo silêncio.

— O que tem nesta galinha? — perguntou em português.

Novamente me angustiei.

— Ela é cozida em seu próprio sangue.

Pierre viu minha ansiedade com a notícia.

— Não se preocupe. Sou de um lugar onde as pessoas comem muitas coisas estranhas. Este é meu melhor almoço em muito tempo.

Sorri, e Pierre achou o meu sorriso encantador.

— Como você vai indo? Sua vida aqui é boa?

— É boa, somos bem tratados. Com fartura. Nossa vida é melhor que a da maioria dos escravos. As histórias que ouço são muito tristes.

— E d. Amélie a trata bem?

— Trata.

— José disse que você é curiosa. Que gosta de aprender e tem perguntas sem fim.

— Gosto muito.

— E o que mais gostaria de aprender?

— Queria saber ler. Sei que os negros não podem aprender, mas sonho com isso. José sabe algumas letras e me ensinou.

– Quais? – perguntou Pierre, vivamente interessado.

– Eu aprendi o "a" e o "e", já sei desenhá-los.

Pierre terminou de comer, saboreando cada pedaço como uma iguaria. Pensou um pouco, hesitou, e depois disse:

– Vamos até meu gabinete, você me deu este almoço delicioso e eu lhe darei um presente.

Com paciência, ele me ensinou as vogais e me presenteou com um pouco de tinta, uma pena e papel. Escreveu algumas frases em um papel para que eu copiasse e deixou que eu levasse um livro, mostrando a correspondência das letras escritas e impressas. Durante mais de duas horas, dedicou-se com afinco a ensinar-me e, surpreso, constatou o prazer que aquilo lhe trazia.

– Você deve manter a nossa conversa em segredo, mesmo das outras escravas. Elas não entenderiam que você é diferente. Agora vá, d. Amélie deve estar chegando e não gostará de encontrá-la aqui. Na semana que vem continuaremos.

Amélie chegou, eles conversaram, mais tarde jantaram e, na cama, ela quis engravidar com assepsia e rapidez.


A natureza deu a nós e aos animais o medo para que sobrevivamos aos perigos que nos rondam, pois sem ele a temeridade nos faria enfrentar aquilo de que não temos como nos safar. Alguns de nós acrescentam aos medos normais outros medos, gratuitos e inúteis, que acabam por transtornar a vida e trazer infelicidades. Eu tive as minhas dores, elas passaram e, como era de esperar, o medo de sofrer de novo ficou, mas não foram esses medos que dirigiram minha vida, e ousei querer usufruir os prazeres que me ofereciam. Logo descobri que o aprendizado era uma fonte de felicidade sublime, e me dediquei com toda a força a aproveitar a oportunidade que Pierre me concedia. Foram tempos tão densos que, lembrando-me dessa época, não sei como tantos acontecimentos cabiam em meus dias. Os minutos pareciam horas e as horas, dias. Poucos meses equivaleram a anos de uma existência comum.

Foi um tempo gostoso na casa do Flamengo. Eu ainda não sabia, mas toda a minha sede de conhecimento tinha um propósito: poder tomar o destino em minhas mãos e domá-lo como eu quisesse.

CAPÍTULO 5
# É em tua alma e além de ti que deves procurar

> *"[...] não levar as deleitações da carne aos prazeres proibidos e até, às vezes, proibir-lhe as alegrias permitidas, pois o que se recusa às alegrias da carne é ganho pelas alegrias do espírito."*
>
> SANTO AGOSTINHO

> *"A ideia atravessará os séculos e os espaços: terá uma excêntrica época áurea entre os monges do deserto, no Egito, antes de se aclimatar nas famílias do Ocidente cristão para se tornar o princípio da Europa medieval, depois moderna. Santo Agostinho trabalhou bem, sua máquina é eficaz, devem-se a ele as mais deploráveis neuroses e a essência do mal-estar da civilização."*
>
> MICHEL ONFRAY, A ARTE DE TER PRAZER.

ÍAMOS ATRÁS DA CARRUAGEM, EU, ISABEL E AS DUAS NEGRAS-MINA, COM SEUS xales coloridos e o aspecto nobre que as diferenciava. Domingo, hora da estrela Vésper. Subíamos o outeiro da Igreja de Nossa Senhora da Glória. José dirigia os garanhões tordilhos com atenção e cuidado, estava bonito com sua roupa de missa e as botas lustrosas que ainda refletiam os raios amortecidos do sol. Na igreja os negros disputavam um pequeno espaço com os índios. Os brancos eram poucos e, em seus bancos de madeira, podiam ajoelhar-se no confortável veludo vermelho.

Um continente inteiro se apertava no átrio da igreja. Havia os empreendedores mandingas, os soberbos e fortes negros-mina, os selvagens felupes, os robustos e atléticos biafadas, fulas, jalofos, papéis, cabindas que eram excelentes trabalhadores, ma-quiocos famosos caçadores, m'bundos altos, fortes e aguerridos, macuas inteligentes e faladores, libolos pacíficos agricultores, bihenos artistas, muzinhos e moraves mercadores de marfim, monjolos, congos, rebolos, quíloas e assim por diante, numa infinidade de dialetos, línguas e nacionalidades. Essa mistura nos fazia viver em uma torre de Babel e facilitava a vida dos senhores, impedindo a troca de ideias e as conspirações tão temidas. A lembrança do Haiti ainda pairava sobre a cabeça dos brancos, e agora, passado meio século da Revolta Negra e do final da escravidão, o mundo comandado pelos norte-americanos e franceses ainda impunha um pesado e vergonhoso bloqueio econômico ao pequeno país das Caraíbas.

Apesar do aperto, os negros e os índios admiravam a beleza da liturgia, dos paramentos, o cheiro da fumaça do turíbulo, a música do órgão centenário. O palavrório em latim impressionava os ingênuos, que atribuíam às palavras desconhecidas poderes sobre-humanos. A missa foi interrompida e o padre subiu ao púlpito para a homilia. Fui forçando a passagem para colocar-me mais à frente e não perder nenhuma palavra.

— Meus filhos — começou o padre —, como hoje o acaso trouxe a esta paróquia muitos negros para a missa das vésperas, farei uma homilia dedicada a eles, escravos, filhos preferidos do Senhor. "Bem-aventurados vós se soubéreis conhecer a fortuna do vosso estado. Sois imitadores de Cristo crucificado, porque padeceis de modo muito semelhante ao que o senhor padeceu na Cruz e em toda sua paixão. A paixão de Cristo parte foi de noite sem dormir, parte foi de dia sem descansar, e tais são as vossas noites e os vossos dias. Cristo despido e vós despidos, Cristo sem comer e vós famintos, Cristo em tudo maltratado e vós maltratados em tudo. Os ferros, as prisões, os açoites, as chagas, os nomes afrontosos, de tudo isso se compõe a vossa imitação, que se for acompanhada de paciência também terá merecimento de martírio."

Bebeu um gole de água, respirou fundo e olhou para baixo com olhos mais que humanos. Emanava dele uma autoridade que eu nunca havia visto.

— "Quando servis aos vossos senhores, não os sirvais como quem serve a homens, senão como quem serve a Deus, porque então não servis como cativos, senão como livres, nem obedeceis como escravos, senão como filhos."

Duvidei do que ouvia, não era possível que Deus exigisse esses sofrimentos. Lembrei-me da viagem para o Brasil, da captura, da descida da serra de Maputo.

Duvidei do homem poderoso que discursava no púlpito. Refleti: "Estranho, esse Deus. Devemos servir e sofrer para alcançar o paraíso. E para os brancos, qual o sacrifício? Na próxima semana, pergunto ao doutor". Olhei para os outros negros à procura de um que tivesse nos olhos as mesmas dúvidas, um que também duvidasse do padre de bochechas vermelhas e ricas roupas. Entre os índios, havia um de cabeça erguida, com altivez e olhos para o alto. Era bonito, de lábios mais grossos que os de sua raça e cabelos negros, tão negros quanto as penas do pássaro que tinha os olhos furados para cantar melhor, lisos como eu nunca vira, que caíam sobre suas costas até quase a cintura, dando-lhe um aspecto majestoso. Sob o tecido leve da roupa branca, um corpo bem-feito, forte, musculoso, peito amplo e braços potentes. Senti vontade de lhe falar.

No final da missa, uma novidade: os senhores voltariam em companhia do embaixador da França e nós, na carruagem. E mais, José recebera dinheiro para comprar doces.

— Perto do Rocio Pequeno, no Pelourinho, tinha uma negra que vendia pamonhas. Ela mudou para perto. Podemos ir até lá – sugeriu José.

— Ei, José, se você não ligar, irei ao seu lado – falei, com um sorriso na voz.

— Pode vir. Gosto da sua conversa

— Queria ir até o Pelourinho. É longe? – perguntei, curiosa.

— Não. Tive um amigo que morreu com cem chibatadas. Aquele pau encardido de tanto os negros açoitados rasparem o peito me dá arrepios, não consigo olhar.

— Mas você é livre, alforriado, não pode mais ir para lá – comentou Isabel.

— Livre? Liberdade é uma coisa complicada. Vivemos bem porque o senhor quer. Dependemos da vontade dele e não da nossa. Não podemos esquecer os outros que sofrem.

— O padre disse que nosso sofrimento é abençoado pelo Deus dele. Quanto mais sofremos, maior é a nossa bênção.

Calei-me, curiosa, à espera da resposta, que demorou em vir.

— O Deus dele fala coisas estranhas! Mas esse padre não parece que fala com Deus, acho que ele inventa essas falas. Os nossos deuses não abençoam o sofrimento, abençoam a fartura e a felicidade – José respondeu, com escárnio.

— Quem são os nossos? Os da África? O deus único da ama? Os orixás de Isabel: Ogum, Iansã, Xangô, Oxalá?

— Não sei. Nem sei o nome. Meu deus é o de Zumbi dos Palmares.

— Quem é? Eu já ouvi o seu nome, mas não sei a sua história. Quem é o seu deus?

— É o deus da liberdade. Liberdade até de chamar a deus pelo nome que quiser. Nos mocambos do quilombo havia igrejas com santos católicos e divindades africanas, tudo misturado.

— E o que houve?

— Os brancos conquistaram Palmares, e Zumbi se atirou dum precipício para não ser escravizado... mas não morreu.

— Não?

— Não. Depois foi traído por um companheiro, e os brancos o mataram, degolado, no dia 20 de novembro. Zumbi não morre, oia Zumbi! Não pode morrer, oia Zumbi! Tem corpo fechado, oia Zumbi!

— Todos olham para nós, José. Tem alguma coisa errada?

— Negros numa carruagem. Não ligue. Sabia que Zumbi foi raptado, como você? Ele era muito esperto.

— Por quê?

— Aos sete anos, foi raptado pelos brancos e dado a um padre para ser coroinha. Aos doze, falava português e latim, sabia ler e escrever. Ali está a negra Esmeralda com os quitutes.

Parou os cavalos, virou-se para trás e disse:

— Podem comer à vontade. Temos dinheiro.

Com os olhos brilhando e a boca cheia de água, pegaram os embrulhinhos de palha.

— Em minha aldeia, comi um doce parecido, mas não tem esse recheio.

— O que é? – perguntei a Esmeralda.

— É queijo fresco. O tempero é diferente do doce das africanas, tem sal e canela.

— O embrulho é bonito!

— Passo a palha na água fervendo, ela fica assim.

— E aquele doce amarelo?

— É quindim, um doce português de ovo.

— Eu quero um... Ai, como é bom. Até dói! É difícil de fazer? Você me ensina?

— É fácil. Ensino em um instante.

A receita era simples, a diferença estava em mexer a massa pensando em coisas boas e ralar o coco de fora para dentro. Felizes, voltamos para casa cantando.

*Zumbi não morre, oia Zumbi!*
*Não pode morrer, oia Zumbi!*
*Tem corpo fechado, oia Zumbi!*

Quarta-feira, como de costume, d. Amélie foi à aula. Estava elegante, com um chapéu creme de grandes abas que continha todo o seu cabelo avermelhado e deixava sua nuca à vista. Se não fosse a nuca, uma parte do corpo que pode ser exposta sem pudor, poderia dizer que estava provocante demais. Seu pescoço era impudicamente bonito e poderia despertar mais desejos do que outras partes de seu corpo que requeriam muito mais pudor. Nós vivemos na ânsia de belezas porque ela se liga ao que é justo, bom e verdadeiro. A beleza de Amélie transcendia o físico e estava conectada ao que é divino.

Eu esperava as quartas-feiras com ansiedade. A galinha com molho de sangue e os quindins para a sobremesa já estavam quase prontos, só faltava o doutor chegar. Nesses tempos, eu começava a perceber nos olhos do doutor um desejo que conheci no capitão. No início, achei que poderia estar enganada. Se ele tinha à disposição uma mulher tão bonita, por que haveria de me desejar? Só depois de muito tempo é que aprendi: as causas do desejo são misteriosas e complexas. Fazer amor com um corpo belo pode não nos trazer a tranquilidade do desejo satisfeito.

Pierre não havia ido à biblioteca; chegou mais cedo ao hospital e, assim, pôde voltar para casa logo após Amélie sair para a aula de alemão. Como na semana anterior, foi à cozinha e pediu-me seu almoço. Deliciou-se com a galinha que já conhecia e lambuzou-se nos quindins maravilhosos, desconhecidos até então. Depois, fomos ao gabinete e lhe mostrei meu progresso e minha dedicação. Aproveitei sua boa vontade e o massacrei com perguntas sem fim. Pierre divertia-se com a ganância que eu tinha de conhecimentos. Meu esforço era a recompensa dos seus esforços.

— Você sabe que é proibido alfabetizar escravos.

— Eu sei.
— Então sabe que estas aulas e o que aprende devem ficar em segredo.
— Em todos os lugares, os escravos não podem ler e escrever?
— Na América do Norte, podem. Muitos escravos escreveram livros.
— Quando souber escrever bem, escreverei um
— Mas não pode contar que fui eu que a ensinei.

Rimos juntos. Pierre divertia-se com minhas criancices. Então, subitamente, como se não suportasse mais ficar calado sobre o que realmente desejava, disse, com um pouco de tremor na voz:

— Você é muito bonita.

Senti as faces esquentarem e baixei os olhos.

— Tenho muito desejo por você.

Meu coração bateu descompassado. Achei que ele esperava alguma atitude, mas o que fazer?

— Eu a quero, mas, mesmo sendo escrava, só quero se você também quiser.

Surpreendi-me. Era a primeira vez que algo dependia de minha vontade. Pensei em silêncio. Quanta gratidão sentia pelo doutor! Lembrei-me de José falando das negras obrigadas a abrir as pernas. Mas eu não era obrigada, abriria se quisesse. Orgulhei-me de poder decidir.

— Farei o que o senhor quiser... com satisfação.

Ele estava sentado em sua cadeira no gabinete, e eu me pus de joelhos entre suas pernas. Com uma faceirice que ainda não sabia possuir, fui desabotoando a braguilha e o cinto até que pude, com as mãos frias de emoção, retirar seu órgão viril enrijecido, que tremia em cada batida de seu coração. Com a língua e os lábios, fiz o que havia aprendido com o capitão, e o doutor gemeu, suou, se contorceu, ficou ofegante, parou de respirar, esqueceu o mundo, esqueceu Amélie, pensou só no seu prazer e em mim.

Olhei-o dentro dos olhos. Desejei com toda a minha vontade lhe dar força e bem-estar, e uma luz saiu de mim e o iluminou. Não sei se ele percebeu, porque tinha os olhos fechados, mas eu me surpreendi com a intensidade do clarão que provoquei. Com o capitão isso já acontecera, mas estava longe de ter a força de agora. Não suportou o desejo por muito tempo e, antes de me possuir, acabou tendo um forte orgasmo e uma ejaculação sem fim. Olhou para minha boca propositalmente um pouco aberta e viu que estava cheia de seu sêmen; inspirou com força porque aquela visão aumentava seu prazer. Tocou com a ponta do dedo o contorno de meus lábios e fechou os olhos como se pudesse começar tudo de novo, imediatamente. Acariciou meu rosto com afeição, agradecido. Que imenso prazer tinha sentido. Seu pênis ainda latejava, o prazer se prolongava, à sua revelia, por vontade própria. Mas, enfim, sossegou. Lembrou-se da esposa, recomendou novamente silêncio e se despediu de mim, entregando-me dois livros:

– Estude para a próxima semana.

Ele me contou que, quando Amélie chegou, conversaram, jantaram e, no quarto, ele quis amá-la com um desejo que havia tempos não tinha. Ela, obediente, abriu as pernas e deixou que ele gemesse, impaciente para que terminasse logo e, enfim, pudesse dormir.

Agora, faço outra pausa para lhes apresentar minha senhora. Amélie foi uma das boas pessoas que conheci em minha vida, e me orgulho de ter sido sua amiga e confidente. Eu a ajudei, e ela soube reconhecer o bem que lhe fiz, pois antes de mim sua vida era um inferno. No tempo em que deixei de ser sua escrava, pude usufruir de sua beleza e de sua graça, dei-lhe um pouco de minha força. Eu lhe ensinei que a vida deve ser sentida, como um poeta sente as palavras que canta tornando-se mensageiro dos deuses, e não explicada com a razão e o preconceito dos comuns. Ensinei, e ela aprendeu, que a alegria é a mais alta e a mais eficaz das orações que podemos formular. A história de sua vida é por tudo tão oposta à minha que sempre me impressiona e mostra quão caprichoso o destino pode ser.

Pierre saiu cedo; Amélie estava acordada, mas fingia dormir, não tinha humores para conversar. A agonia que sentia vinha das regiões escuras de seu corpo, de algum lugar difícil de definir, e terminava no peito, fazendo o coração bater descompassado, com força, e em cada batida os tímpanos vibravam incomodamente. Um nó na garganta a sufocava, e só se desfazia depois do choro convulsivo. Àquela hora da manhã, era um pesadelo. Depois, com o passar do dia, melhorava, até que, ao entardecer, tudo voltava. Em seus piores momentos, ela chegava a preferir a morte àquilo por que passava.

Amélie Pilague de Montreuil vivera, até se casar, na casa da avó materna, uma marquesa autoritária, dominadora e profundamente católica, que passou anos lamentando ter que morar em Londres, para onde fugira da Revolução. Um país úmido, habitado por protestantes, comedores de batatas. Mas aprovava a moral rígida de Londres e culpava a corrupção dos costumes pelo fim do Antigo Regime. Sexo, pecado, corrupção e indolência tinham a mesma origem. Ela temia o inferno e a todos ameaçava com o fogo eterno. A mãe de Amélie viveu sob seu jugo mesmo depois de se casar com um nobre de família empobrecida pela Revolução; um casamento arranjado para salvá-lo da falência, da miséria e da humilhação. Inferiorizado pela pobreza, a marquesa o dominou com rapidez e definitivamente. Choraram quando Luís XVI foi guilhotinado e comemoraram quando foi a vez de Robespierre. Ficaram indecisos no dia 18 de Brumário e na ascensão de Napoleão, e depois comemoraram o almirante Nelson e o duque de Wellington. A Declaração dos Direitos do Homem e do Cidadão era citada como a obra-prima do demônio, que, sob o manto da hipocrisia, procurava solapar a vida social organizada. Com a Restauração, retornaram do exílio, recuperando algumas propriedades.

Amélie nasceu encantadora e permaneceu assim até a juventude. Sua alegria contrastava com o ambiente carregado. A avó ameaçava suas travessuras com o inferno, mas sua natureza alegre e expansiva não se deixou dominar e ela a conservou com um ânimo saudável. Entre roupas negras, velas e crucifixos, era um arco-íris que alegrava os corações oprimidos. Estudou canto, línguas, elegância e boas maneiras, era organizada, respeitava a ordem estabelecida, rezava ao Deus de sua avó, confessava e pedia perdão pelos pecados que acreditava ter. A mãe e o pai subalternos e ausentes, a avó dominadora e cheia de maus agouros: aparentemente não eram um problema. Quando ela conheceu Pierre e se apaixonou, a avó foi contra. O rapaz tinha um bom aspecto, educação, era inteligente, mas sua nobreza era medíocre e a família, de poucas posses. Mas eram novos tempos, ele se formaria em medicina. Por sua vez, Amélie não se dobrava à vontade da avó. A marquesa acabou por relevar os defeitos do rapaz e consentiu no casamento. Amélie e Pierre casaram-se apaixonados como poucos o conseguem em sua classe social. Ele era o contraponto da vida cheia de luto que ela conhecia; abriu-lhe portas que guardavam sensações desconhecidas. Era um amante das sensações, da beleza e da alegria, em busca do êxtase, da satisfação de seu senso estético, de seu paladar apurado, de seus ouvidos de requintes. Gostava de seu próprio corpo e se exercitava com longas caminhadas, cavalgava diariamente, comia alimentos saudáveis e não bebia em demasia. Procurava os desejos elementares. Tentou ensinar Amélie a usufruir, com arte e delicadeza, o que o amor físico podia dar; mostrava-lhe as regiões erógenas. Dionisíaco, seguia adiante sem olhar para os lados, sem vergonha, sem culpa, sem medo. Amélie tentava relaxar, usufruir dos prazeres prometidos. Queria atingir o êxtase em cumplicidade, mas alguma parte de seu espírito recusava, sem explicações. Na hora do amor, a culpa por se deliciar com os abismos carnais trazia à tona, desde as profundezas de seu espírito, o medo do fogo eterno e dos consumidos pela luxúria. Amélie era apolínea, cuidadosa, pensava nas consequências, obedecia ao que lhe haviam ensinado; não conseguia aceitar tanta delícia. Quando as entranhas iam se contrair numa explosão de gozos sucessivos, ela se reprimia, controlava-se com o máximo de sua vontade. Quando não conseguia, a culpa pesava ferozmente sobre sua nuca e ela se penitenciava. Os santos, as virtudes e os sofrimentos eram o ideal de uma vida querida por Deus.

Não engravidou nos dois primeiros anos de casamento, mas ambos eram jovens e foram em frente, atrás de seu ouro. No terceiro ano, uma sombra começou a pairar sobre a felicidade do casal, a alegria e os prazeres da cama foram desaparecendo sem que Pierre pudesse interferir. As cores das roupas de Amélie escureceram e a frequência à igreja aumentou; os olhos perderam o brilho e a magia que possuíam. No quarto ano sem filhos ela começou a chorar todas as manhãs, tinha medos inexplicáveis e à noite não amava: queria engravidar, sem prazer, como sua avó teria recomendado.

Quando surgiu a ideia de vir ao Brasil, foi bem-vinda. Pareceu aos dois que uma mudança seria salvadora. Pierre estudaria doenças dos trópicos e botânica, procuraria novos medicamentos e ambos respirariam bons ares. Depois de uns dois anos, retornariam a Paris. Os primeiros meses foram bons, as preocupações da mudança, a terra estranha, o sol, a natureza exuberante, tudo contribuía para que esquecessem as agruras da vida. Mas aos poucos Amélie ia se entregando novamente à melancolia, voltando ao desânimo de Paris. O marido percebia, mas estava impotente e desesperado. Sofria com a tristeza da esposa, sofria com a sua solidão, com a atmosfera carregada, com seus desejos insatisfeitos.

Eu auxiliava as escravas-mina na arrumação da casa. Gostava desse serviço, em que me distraía admirando as porcelanas, os quadros, as pratas, os tecidos maravilhosos que forravam alguns móveis. Os tapetes de complicados desenhos convidavam-me a sentar no chão. O senhor já havia saído e estavam limpando o corredor, quando ouvi os gemidos e perguntei em voz baixa:

— É a sinhá que está chorando?

— É, respondeu a escrava-mina.

— Mas por quê?

— Não sei. Ela começa a chorar depois que o senhor sai.

— Ele bate nela?

— Acho que não. Ele não bate nem na gente.

— Então, o quê?

— Não sei. Tenho dó. Ela é boa!

— Comigo é ríspida, mas nunca me maltratou. Queria ajudar — disse pensativa.

— Faça um chá e leve para ela, na cama. Como eu faço. Ela é boa. Não se importará que vá em meu lugar.

Corri até o jardim e com umas folhas de salva-do-campo e um pouco de casca do salgueiro-branco, dos fundos do terreno, preparei rapidamente uma infusão, adoçando com mel. Era uma receita para a tristeza, que havia aprendido com outros negros. Escravos entendiam de tristeza, o banzo era a maior causa de morte dos que chegavam da África, primeiro uma excitação, depois nostalgia, apatia, inanição, loucura e finalmente a morte.

Coloquei uma roupa limpa e ajeitei o pano que cobria meus cabelos, lavei o delicado bule de porcelana de Sèvres e uma bandeja de prata cinzelada guarnecida por uma toalhinha de rendas de um branco imaculado e fui entregar o chá. Segui a orientação, bati na porta e, sem esperar pela resposta, entrei equilibrando com desenvoltura a bandeja. Dona Amélie estava afundada em grossos travesseiros de macela e coberta até o pescoço, embora o sol alto já aquecesse o quarto. Os cabelos ruivos e seus olhos verdes sobressaíam com graça em meio ao branco monocromático dos tecidos. À esquerda da cama, uma Afrodite de mármore com os cabelos e traços de Amélie nascia das espumas do mar fendido pelo esperma de Cronos. Pela semelhança com a esposa, Pierre a tinha comprado em uma elegante loja próxima ao Museu do Louvre. Um fio de luz, que penetrava no quarto por uma fresta das cortinas, envolvia a deusa com claridade inesperada e conferia-lhe um aspecto sobrenatural.

— Trouxe um chá.

Amélie encarou-a com seus olhos úmidos e vermelhos.

— O que houve com a outra?

Não esperou a resposta e sentou para se servir.

— Que gosto estranho, não é o que sempre tomo.

— É um chá de salgueiro e salva com um pouco de mel.

— Por que mudou?

— É um chá que combate a tristeza.

— *Voilà! La négresse se donne le droît d'avoir des idées!*

Falou em tom mais áspero que o habitual, e um rubor lhe subiu às faces. Fiquei com a respiração suspensa e pensei em me desculpar, mas antes que o fizesse, a senhora fechou os olhos e lágrimas lhe rolaram pelo rosto.

— Está bem, sei que sua intenção é boa. Tomarei o seu chá. Pode ir. Estarei bem.

Horas depois, eu já estava na cozinha auxiliando Isabel quando a senhora mandou me chamar.

— Sinto-me bem. Pode ter sido o seu chá. Queria lhe agradecer e pedir que faça mais um pouco.

— A salva-do-campo na água do banho também é boa. Se a senhora deixar eu preparo.

— Amanhã; hoje já me troquei. Precisamos comunicar isso ao doutor, ele procura plantas com poderes.

Servi mais uma xícara e voltei a meus afazeres na cozinha, mas ao entardecer, antes do jantar, fui novamente chamada na sala, onde encontrei a senhora e o doutor. Ele ficou desconcertado, era nítido que suas faces se avermelharam. Pigarreou, levantou e serviu-se de um licor à mesa.

— A senhora contou-me de seu chá. Como faz? Que plantas usa?

Senti-me importante, era o centro da conversa. Expliquei a receita e fui buscar uma amostra. O doutor logo reconheceu a *Salvia officinalis* e a *Salix alba*.

— Amanhã tenho aula de alemão, mas antes de ir tomarei o banho que Júlia irá me preparar com as ervas.

— Banho com ervas... — Pierre balbuciou, pensativo.

— A salva-do-campo no banho também é boa — respondi com ousadia.

Deitei-me cansada, achei que adormeceria com rapidez, mas meu espírito agitado não encontrava morada onde pudesse sossegar. No dia seguinte, o banho com salva-do-campo da sinhá, o almoço do doutor e depois a aula que tanto esperava. Então ele poderia querer satisfazer-se como da última vez. Eu iria lhe agradar, era um homem bonito, cheirava bem, suas mãos tinham a maciez infantil contrastando com os traços másculos de seu rosto. Sem desejar, lembrei-me do negro que me machucara: era quase um animal, bêbado, fedia, mas seu olhar era semelhante ao do doutor. O capitão também, mesmo depois, quando foi se afeiçoando, continuava com o mesmo olhar. Os três procuravam o mesmo tipo de satisfação. A natureza os fez assim: querendo saciar os desejos. O prazer rápido e animal do negro estuprador, o prazer libertado dos limites pela razão, refletido e usufruído ao máximo no doutor. O mesmo desejo de três formas diferentes.

Dormi mal, mas pulei da cama com os primeiros raios de sol. Fui para a horta atrás de salva-do-campo, precisava de uma boa quantidade para preparar o banho da sinhá. Caminhava cantarolando, mas com o espírito tumultuado pela noite maldormida, cheia de reflexões: Por que será que a sinhá não o satisfaz? Acho que ele precisa de mais uma esposa, como meu pai e os homens de minha aldeia. Quando o coloquei em minha boca estava duro, transtornado de vontade. Gosto de dar prazer. Acho que é a minha natureza. E a minha recompensa será aprender coisas. Escolhia as plantas e me lembrava do doutor na poltrona de couro com a calça desabotoada. Senti vontade de acariciar meus seios e tocar meu sexo. Depois os pensamentos foram até o capitão, seus beijos, as carícias; muitas vezes senti desejo e quis que ele demorasse um pouco mais.

Voltei para a cozinha, separei as folhas da salva de seus ramos e as reservei em uma panela. Depois acrescentei água fervendo, tampei e, para reforçar, cobri a panela com um cobertor. Esperei que o doutor tomasse o café e partisse, então levei o chá para d. Amélie. Ela não chorava, tinha apenas as feições tensas.

– A senhora tem uma boa cor esta manhã!

– Não me sinto bem, mas estou melhor que o normal nestas horas. É meu chá?

– É. As ervas do banho também estão prontas.

– Pode esquentar a água. Chame as outras para ajudar a encher a banheira. Quando tudo estiver pronto, você me avisa.

Obedeci. Era uma banheira esculpida em mármore de Carrara, sustentada por pés de prata, fundidos como se fossem quatro querubins. Viera da Europa por exigência de Amélie, que adorava seus banhos e temia que em um país tão selvagem não encontrasse nada parecido. Foi instalada em um dos quartos à custa de muito trabalho e da força de meia dúzia de homens levantando-a por longas escadas. As janelas do quarto estavam guarnecidas por cortinas brancas, e, de cada lado da banheira, um tapete persa forrava o chão para proteger os pés. Reparei em cada detalhe para ter certeza de que tudo estava nos lugares e fui chamar a senhora.

Amélie se levantou. A camisola leve, de tecido quase transparente, mostrava a cor dos mamilos e os contornos do corpo. Os cabelos soltos cobriam seus ombros de vermelho. Animada, deu uma corrida pelo corredor, eu a segui.

– Está cheirando bem. O que colocou?

– Salva, sal e uma rodela de laranja-mimosa.

Amélie experimentou a temperatura da água e despiu-se. Eu nunca havia visto tanta beleza. Como ela se parecia com a imagem de Afrodite ao lado da cama... Os cabelos cobriam-lhe as costas até a cintura, os pelos do púbis eram vermelhos, de um tom um pouco mais claro. A pele tinha o mesmo branco do mármore da banheira. Os seios pareciam ainda mais brancos, pois as sardas que coloriam o colo não continuavam sobre eles. Não eram grandes nem pequenos, eram bem proporcionados e enfeitavam o tórax, terminando em belos mamilos rosados que ornavam com os pelos. Quando inspirava, deixava à mostra os arcos das costelas, acentuando a pequena cintura. As nádegas arredondadas não pareciam potentes e sim macias, e a pele aveludada convidava à carícia. Nas coxas, o contorno do grande músculo não diminuía a feminilidade. Os pés eram como suas mãos, delicados e perfeitos.

Amélie apoiou a mão macia em mim e mergulhou na água morna com um suspiro e um gemido de prazer.

— E agora?

— Nada. As ervas estão na água.

— Então massageie meus ombros e meu pescoço. Você sabe?

— Nunca fiz, mas se a senhora ensinar, aprenderei rápido.

— Ajoelhe aqui atrás, passe um pouco de sabão em meus ombros e aperte com as mãos e os polegares.

Fiz e gostei. Coloquei minha vontade para atingir o melhor, a satisfação de Amélie estava estampada nas suas faces. Eu sentia a senhora cada vez mais relaxada, cada apertão correspondia a um suspiro de alívio. Sua expressão de prazer pedia mais, senti um pedido silencioso e desejei satisfazê-lo. Através da água turva pela espuma, vi que ela se tocava; com a mão direita entre as pernas, massageava seu sexo com movimentos calmos e repetidos. Para mim, foi um prazer mais gostoso do que quando via o capitão urrar em um gozo frenético. A senhora gemia baixinho, com a boca semiaberta, umedecia os lábios com a língua vermelha, ansiosa e sedutora. Mas repentinamente, sem motivo, Amélie se retesou, retirou a mão do meio das pernas, abriu os olhos e ordenou com rispidez:

— Está bem, já chega de massagens. Pode esperar por mim lá fora. Quando terminar, chamo-a de volta.

Eu ia saindo, assustada, sem entender o que se passara.

— Não. Espere. Comecei a dormir e acordei assustada, estava sonhando. Venha cá, Júlia, ajude-me a lavar os cabelos.

Quando voltei, Amélie havia recuperado a serenidade.

— Você acredita em Deus?

— Acredito. Todos acreditam, não é?

— É. Mas cada um do seu jeito.

— Eu acho que não acredito em um deus como o do padre.

— Como assim?

— Deus criou o mundo, mas não acho que fica vigiando a vida de cada um. Não decide o nosso destino.

– Parece Pierre falando.

– Eu fui caçada. Quase morri muitas vezes antes de chegar aqui. Sofri mais do que pode imaginar, mas nunca achei que foi Deus quem quis.

– As penas de cada um são um mistério – definiu Amélie.

– Não existem penas nos esperando.

– Então, por que sofremos tanto? Por que minha vida, que era para ser tão boa, me oprime dessa forma?

– Por motivos que são nossos ou de nossos semelhantes – arrematei.

– Sofremos porque queremos? Isso é absurdo.

– Porque escolhemos, ou os que estão à nossa volta escolheram por nós. Não é Deus quem decide a nossa dor ou a nossa felicidade.

Amélie ficou em silêncio, pensativa por alguns instantes.

– Você é ignorante!

– Teria que achar que Deus não gosta de mim desde que nasci. Ele me fez ignorante e escrava e a senhora, bela e culta.

– As outras escravas não pensam como você.

– As outras têm medo de Deus, medo do inferno, medo do castigo. Isso escurece a vida delas.

– Eu tenho medo do pecado – Amélie disse, quase murmurado.

– Eu sei. Isso lhe faz mal.

– Como assim?

– O medo torna a senhora mais escrava do que eu.

– Você e meu marido. Que acinte! Como pode uma negra que acabou de chegar da África ter essas opiniões?!

– Eu penso sobre isso.

– Bom, já chega de conversa! Tenho que me vestir. Vou para a aula de alemão. Avise o José que sairei logo.

Fui cozinhar e esperar por Pierre. Eram quase duas horas da tarde quando ele chegou.

– O cheiro está ótimo. Estou com muita fome. Irei me lavar enquanto você coloca a mesa.

Sob meu olhar satisfeito, o dr. Pierre comeu com avidez e na hora dos quindins gemeu de satisfação.

– Estou ansiosa pela minha aula. Fiz tudo que o senhor mandou.

— Pegue suas coisas e vamos ao gabinete, que já está tarde.

Eu já havia completado o meu desenvolvimento físico; estava bonita e radiosa. De meu corpo parecia emergir uma luz que chamava a atenção. Era a mais alta das negras, por pouco não tinha a altura do doutor. As maçãs do rosto eram salientes e repuxavam um pouco os grandes olhos negros de esclera impecavelmente branca, encimados por sobrancelhas belas e perfeitas, que davam força ao perfil. Meus lábios carnudos, como são os de minha raça, eram delicados, um pouco mais róseos que o habitual, de contornos bem definidos. Minhas orelhas traziam um par de brincos de metal dourado, em forma de argola, presente de José. Uma leve musselina lilás envolvia minha cabeça, realçando o efeito dos brincos. Mas todo o conjunto se modificava quando eu sorria e mostrava meus dentes, que eram uma surpresa luminosa.

Pierre admirou-se com os meus progressos: minha letra era perfeita e eu havia praticado tanto que em dias terminei com o papel e a tinta de um mês.

— Você é uma boa aluna. Logo estará escrevendo e lendo.

— Tenho vontade de aprender. Se pudesse, passava o dia todo perguntando.

— Calma, que há um tempo para tudo. Eu já avisei que seus conhecimentos têm que ficar em segredo. Os escravos não podem aprender.

— Eu sei, e às vezes acho inútil o meu esforço.

— Não, não é. A sabedoria é a única forma de se libertar.

— A sabedoria não compra a alforria.

— Mas dá liberdade aos seus pensamentos.

— Eu falei disso com a sinhá.

— Como? – perguntou Pierre, assustado.

— Ajudei-a em seu no banho com salva. Ela é muito bonita.

— Eu também acho, e você é tão bonita quanto ela. Sente aqui em meus joelhos e me faça um carinho. A semana toda esperei por este dia.

— Eu gosto muito de fazer carinho no senhor. Também esperei por hoje. Mas não entendo como a mulher mais bonita do mundo não basta para o senhor!

— Amélie é bonita e adorável. Mas quando vou amá-la, tem alguma coisa errada. É como se um tirano entrasse em sua vontade e a impedisse de ser feliz.

— Por isso ela não engravida?

– Não, não é assim. Não engravida porque a natureza não quer. Com ela o sexo é bom, mas não é bom o suficiente.

– E o que faz ser bom o suficiente?

– Os limites que você não tem. Acho que é isso que me atrai tanto. Chega de conversa; eu quero os carinhos.

Levantei-me e ajoelhei entre as pernas do doutor. Olhando-o nos olhos, fui abrindo sua braguilha, mas tão devagar e com tanta calma que ele se exasperou.

– Vamos! Ande logo!

– Não! Hoje será assim, devagar.

Antes de beijar, acariciei e admirei o sexo de meu senhor como se fosse um troféu, um objeto de adoração. Achei bonito o instrumento de tantas frustrações e desejos. Só quando o doutor já agonizava, é que o coloquei todo na boca, com vigor e carinho. Mas dessa vez queria mais, queria-o dentro de mim, como o capitão. Antes do clímax, levantei e sentei-me sobre ele. Continuei olhando-o nos olhos, e Pierre, surpreso com a desenvoltura da aluna, transpirava de prazer. Então o embalei com delicados movimentos, cada vez mais intensos, até o desfecho final, cheio de contrações, êxtase e alegria, como gostam os deuses sábios e felizes. Novamente a luz de meus olhos o iluminou com vigor, mas dessa vez ele percebeu e, mesmo no torpor de sua pequena morte, mostrou surpresa. Antes de fechar novamente os olhos, murmurou em meu ouvido palavras desconhecidas para mim: "Arpha, três vezes coroada".

Não havia feito frio durante o inverno, mas hoje, mesmo com a tarde clara, a temperatura caíra. As pessoas cruzavam os braços, abraçando e chacoalhando o corpo para os lados, afastando a sensação desagradável. Quem podia, parava para admirar o horizonte cheio de fogo do sol de julho. O Flamengo se enchia das cores do inverno em um espetáculo grandioso, a juriti cantava alto, chamando a companheira, avisando que encontrara um esconderijo para a noite e, num dueto com o sussurro do vento nas árvores, criava uma nova sinfonia que servia de fundo para a tarde tropical.

Era 26 de messidor, data nacional da França, dia em que o povo derrubou a porta da Bastilha e o Antigo Regime. Dr. Pierre e d. Amélie saíram vestidos com roupas elegantes, para a recepção na embaixada da França. Eu ajudei sinhá a se vestir, e ela tinha uma força incomum, seus olhos brilhavam como as pedras preciosas que ela trazia no pescoço e nas orelhas. Os ombros nus, sensuais e provocantes, e a nuca, enfeitada pelos cabelos de cobre, despertariam desejo no ser mais insensível. Sua beleza era boa porque tinha indícios de felicidade. O paraíso, além de outras belezas sem fim, deve estar repleto de gente assim, e talvez já tenhamos estado por lá, por isso a beleza reaviva a lembrança dos deuses.

Fiquei no portão, distraída, com os olhos fixos na carruagem, que se afastava. Repentinamente, algo chamou minha atenção, e comprimi os olhos para ver melhor. Senti a respiração difícil e o coração num ritmo estranho, incômodo. Quis entrar na casa, mas os joelhos não estavam firmes e se recusaram a obedecer. O índio das missas de domingo vinha em minha direção com passos duros e decididos. Parecia maior e mais forte do que na igreja.

— Lembra de mim... na igreja.

— Lembro – gaguejei, mas continuei olhando com vigor em seus olhos.

— Descobri onde mora. Meu nome é Ararê, os brancos me chamam de Francisco.

— Meu nome é Júlia. Na África me chamava Kilamba. Mas por que quis descobrir onde eu moro e veio até aqui?

— Só queria conhecer você.

— Por quê?

— Porque é bonita, seus olhos iluminam a noite. Queria conversar, mas na igreja é difícil. Os brancos não gostam e podem castigá-la. Eu vi que seus donos saíram, mas se quiser vou embora.

— Não. Fique... na igreja pensei em falar com você... não tive coragem.

— Eu teria gostado.

— Não sabia como.

Olhei para o chão, embaraçada.

— Chegou da África há muito tempo?

— Há alguns meses, mas parece que sempre estive aqui. Estou esquecendo a minha casa... acho que já não sei mais falar minha língua. Faz muito tempo que não falo meu nome africano. Talvez eu esqueça.

— Você fala bem.

— Sou uma aluna esforçada, tenho um professor bom.

— Professor? Você vai à escola?

Ararê, para mostrar surpresa, levantava as sobrancelhas e arregalava seus olhos pequenos e um pouco oblíquos.

– Não, os negros não podem ir à escola. Meus professores são os escravos que sabem mais do que eu.

Desconversei ao me lembrar do segredo que deveria manter.

– Sei ler e escrever – disse com orgulho. – Tenho alguns livros que o padre me deu. Uma Bíblia bonita, com imagens e letras desenhadas.

– Eu conheço a Bíblia. Já consigo ler quase todas as palavras.

– Posso ajudar com as palavras que você não consegue ler.

– Vou gostar. Você traz o livro, nos sentaremos na sombra daquela figueira. Vou até a cozinha e já volto, espere aqui.

Fui correndo buscar um quindim que havia feito à tarde. Voltei com um sorriso nos lábios, uma emoção nos olhos e um bocado de doce na mão. Esperei com ansiedade que o índio provasse.

– Que doce bom! Tem a cor de um canário e o cheiro das flores. Conheço uma quituteira que faz doces assim. Uma negra que chefiou uma revolta. Ela acredita nos deuses da África, mas chefiou negros que rezam para Maomé, um profeta. Seu nome é Luiza, sabe ler e escrever em português e árabe.

– Revolta de negros? É possível? José fala de um negro chamado Zumbi, mas acho que é imaginação.

– Era uma revolta de uns negros chamados malês. Fizeram um rebuliço em Salvador. Até quem não era escravo participou. Negro e índio.

– Índio sofre?

– A minha raça está morrendo, as mulheres querem ter filhos com os brancos. Os homens morrem de doenças, de lutas ou se matam. Sofremos sim. O padre diz para nos conformarmos...

A imagem do padre de bochechas vermelhas veio ao meu pensamento.

– ... sofrer e calar! Ouvi o sermão.

Franzi o nariz, demonstrando meu desprezo.

– Será que ele é mau?

– Talvez, ou então faz o que mandam. O que aprende sem pensar.

– Quem manda? – perguntou Ararê, curioso.

– Os que ganham, os brancos, os ricos, os donos... Nós escolhemos o caminho por onde começar.

– Você não escolheu ser escrava – disse Ararê.

– Mas não acho que foram os deuses que escolheram.

A conversa seguiu o ritmo da tarde tropical e de suas cores declinantes. A estrela Vésper anunciava o nascimento da lua, uma brisa mais fresca trazia conforto e a passarada fazia uma zoada enquanto procurava o abrigo da noite. A intimidade que sentíamos nos amortecia e inebriava, ficaríamos ali pela eternidade sem nos darmos conta. Meu coração estava calmo e feliz.

– Quero ver você de novo.

– Toda sexta-feira à tarde o sinhô e a sinhá saem. Ficam só os escravos.

– Terei que esperar?

– Terá... Até sexta... farei um doce para você.

Senti no meio do peito um ardor como se um sol o queimasse por dentro. A aragem mais fresca da noite de inverno não me incomodou, sentia mais calor do que nas noites do verão. Dormi acossada pela imagem do índio de belos cabelos, peito amplo e voz mansa. Fiquei distraída o dia todo, cumpri com desleixo minhas tarefas e não estudei o que devia para a aula de quarta-feira. Sonhei acordada e quase esqueci o almoço do dr. Pierre, enquanto imaginava o doce que faria para Ararê.

– O que você tem, menina Júlia? Parece que está em outro mundo – perguntou Isabel, preocupada.

– Nada.

– Fale! Está estranha!

– Conheci um homem – respondi, provocando Isabel.

– Quem?

– Não quero contar.

– Não seja abusada.

– Aquele índio bonito da missa veio me ver.

– Você o convidou?

– Não. Ele me descobriu e veio.

– E...

– Quer voltar e me ajudar a aprender a ler.

– Perdeu o juízo?

– Na sexta ficamos sozinhas. Ele pode me ensinar no nosso quarto.

– A sinhá pode descobrir.

— Por favor.
— Não o conhece direito. E se for mau?
— Não pode ser, é tão bonito!
— E daí? Bonito por fora, bonito por dentro? As pessoas não são assim.
— A maioria é. Eu sei que é!
— Está bem, mas não sei se está certo.

Minha cabeça rodava, enquanto eu colhia salva-do-campo para o banho da sinhá. As imagens do dr. Pierre e de Ararê alternavam-se e se confundiam com a de d. Amélie na banheira, nua, contorcendo-se, com os mamilos ingurgitados de desejo. Já se havia estabelecido uma cumplicidade nesses banhos semanais. Amélie relaxava, parecia dormir e depois repousava a mão sobre o púbis e se tocava com muita discrição. Eu notava a mudança do ritmo de sua respiração e os movimentos de seus lábios. Quando minhas mãos se aproximavam de seus seios, sua respiração tornava-se um pouco mais rápida e ela parecia esperar que algo acontecesse, eu percebia e gostava. Sentia prazer em acariciar a senhora e permaneceria por horas sentada aos pés da banheira, cantando baixo, com a boca perto de sua nuca. Mas invariavelmente o banho era interrompido por um sobressalto, e Amélie mandava que eu me retirasse. Muitas vezes, sozinha na cama, ficava imaginando o dia em que ela não interromperia a massagem e eu pudesse ir em frente. O que aconteceria? Eu não sabia, mas tinha curiosidade.
— Sinhá, o banho está pronto.
Amélie estava acordada, mas espreguiçava-se na cama. O bolo de fubá do café da manhã pesava um pouco em seu estômago.
— Tenho preguiça. Queria dormir mais um pouco. Seu chá e os banhos me fazem bem. Não choro mais, mas queria dormir mais um pouco.
— A água está quente e hoje faz frio. Venha. A senhora vai gostar. As plantas que colhi hoje estavam fortes e farão bem.
Amélie, contrariada, levantou e, sem os chinelos, correu até o quarto de banho. Com os cabelos soltos, rapidamente se desfez da camisola e entrou na banheira perfumada por minhas ervas. O frio contraiu tanto os seus mamilos que eles a incomodaram, e ela os massageou, sentindo a rigidez e a rugosidade dos bicos. Involuntariamente, provocou uma agradável sensação, que se refletiu no baixo-ventre e provocou uma contração da vagina.

– Puxe a cortina, vou cochilar enquanto você massageia meu pescoço.

Apenas um filete de luz penetrava pela janela, iluminando animadas partículas de poeira em suspensão, e terminava sobre os cabelos vermelhos de Amélie, deixando-os com um aspecto celestial. Ajoelhei-me na cabeceira e cantarolei em suaíli canções que me faziam lembrar da infância, aquelas que a ama cantava para que eu dormisse. Embalada pela temperatura da água, o perfume das ervas, a voz suave e o som do estranho idioma, Amélie flutuava em um transe delicioso, estava entregue às minhas carícias.

Eu sentia o pescoço da sinhá em minhas mãos como sentia o membro rijo do doutor. A senhora tinha uma das mãos sobre o sexo e a movimentava devagar e com ritmo. Suas narinas se dilataram e a respiração acelerou-se discretamente. Fiquei excitada e senti que produzia secreções que escorriam por minhas coxas. Irresistivelmente, avancei as mãos até os seios da senhora e não encontrei resistência nem a costumeira interrupção. Preocupei-me, pois não sabia o que fazer e, no entanto, queria mais. A mão de Amélie agitou-se, e suas pernas se abriram discretamente. Seu seio estava todo em minha mão, e eu o acariciei com delicadeza, mas com firmeza. Um frenesi percorreu meu corpo ao sentir seus mamilos endurecidos e os apertei, levando-a a contrair os músculos da face e respirar ainda com mais força.

Avancei sobre seu corpo e suguei o seio da senhora como o doutor fazia com os meus. Ela gemeu. Uma onda de energia atravessou meu corpo e se localizou na vagina, que se contraiu gostosamente. Suspirei com os olhos fechados e o rosto e relaxei a mão que estava sobre o seio de alabastro. Mesmo com a pouca luz pude ver que a expressão de Amélie estava tensa, trazia o cenho franzido como se tivesse uma dor. A mão que tinha sobre o púbis se deslocou, as pernas se fecharam, contraindo os músculos com força. Era como se acordasse de um sonho bom e não merecesse o que havia ganhado enquanto dormia e então seria castigada. Num sobressalto, ordenou com rispidez:

– Chega de banho! Pode ir.

Fui para a cozinha acariciando meu ventre como se alguma coisa me incomodasse. Pensava nos seios da sinhá, brancos como o sal, e nos mamilos, vermelhos como pimentas, no almoço do doutor, na aula da tarde e nos agrados de depois. Imaginei formas para arrancar dele novos suspiros e fortes gemidos, na comida, nos doces e nos carinhos. Depois me surpreendi com a vontade que tinha de que hoje já fosse sexta-feira e o belo índio estivesse ao meu lado.

CAPÍTULO 6
# Observa as leis na própria natureza

*"E ali, em um grande cântaro,*
*Transbordando de ambrosia,*
*Tomou Hermes o jarro nas mãos e*
*Serviu aos deuses.*
*E todos eles,*
*Com grandes taças.*
*Fizeram libações e pediram a todos alegria*
*Para o novo esposo."*

SAFO DE LESBOS

A SEXTA-FEIRA FINALMENTE CHEGOU. ABRI OS OLHOS E DEI UM SALTO DA cama, como se estivesse atrasada. Fiquei decepcionada com o sol, que ainda não havia nascido, mas o brilho diminuído das estrelas anunciava a aurora. Fui à cozinha procurar a encomenda que José havia conseguido com muito custo: aletria, uma massa de farinha de trigo crua e seca, em fios muito delgados. Antevi a maravilha que faria para Ararê. Enquanto cozinhava, uma sensação me dominou como se o resto das coisas não existisse; enxergava somente a massa que trabalhava e sentia que meu espírito saía do corpo e juntava-se ao amarelo bonito do doce. Fechei os olhos, deixei o vapor adocicado me penetrar nas narinas. Ararê gostaria e, se sobrasse um pouco, daria ao doutor, para também vê-lo gemer de felicidade.

A manhã arrastava-se modorrenta, e eu me irritava com as pessoas que pareciam estar vivendo um dia como outro qualquer. Até o doutor me irritou. Seus olhares cheios de desejo logo cedo me causaram um pouco de fastio, apesar das boas lembranças da aula de quarta-feira, que havia sido agradável e proveitosa. Aprendi coisas importantes e, depois, o recompensei suavemente com carinhos. Explorei as minúcias de seu corpo, dando preferência às dobras: a virilha, as axilas, o sulco das nádegas, a parte de trás das orelhas e especialmente um local depois do saco, onde a pele enrugada se alisa. Arranquei-lhe suspiros profundos, prazeres inesquecíveis, e, satisfeita, vi o olhar agradecido de meu senhor. Eu o banhei com minha luz, proporcionando-lhe a sensação de bem-estar e saúde que o intrigava. Era bom ser essencial a um homem, e, a cada semana, eu percebia que sua admiração aumentava. Muitas vezes o surpreendia pensativo, como se interrogasse a si próprio, querendo descobrir os segredos da moleca africana.

Amélie foi para a aula de alemão e fiquei na rua, em frente à casa, esperando meu convidado. Pareceu uma eternidade. Tentei me entreter comigo mesma, sossegar com bons pensamentos, acalmar meu espírito observando coisas sem importância, como o namoro de um casal de sabiapocas que a alguns passos de mim demonstrava impudicamente sua afeição. Mas em vez de calma, meu espírito não tinha morada, e vagava de um lado para o outro sem saber para onde ir. Como um cavalo fogoso fugido de seu cabresto se põe a corcovear e correr sem destino, ele se agitava sem medida, e a sensação piorava, até que o índio surgiu. Tinha o olhar iluminado num rosto másculo e bonito; senti frio na barriga e fogo no coração, num descompasso incômodo.

— Olá!

Ele tinha alegria na voz.

— Ararê!

O sangue queimou minhas faces, mas não abaixei o olhar.

— Trouxe o livro. Podemos ler?

— Podemos! Todos saíram. Pedi a Isabel para ficar em nosso quarto com você. Ela reclamou um pouco, mas deixou. Eu tinha que ir lavar roupa, como a fonte secou, temos que andar muito atrás de água boa.

— Estão secando por toda a cidade. O espírito das árvores e dos animais se vinga secando nossa água. A floresta é sua única casa. Não se importam em destruir tudo, mas dizem que o imperador quer replantar uma floresta na Tijuca para melhorar as fontes.

— Ando muito atrás de água.

— Queria vir te ver, só tenho pensado nisso.

— Fiz um doce pensando em você, por isso ficou mais gostoso.

— Encherá minha boca de água e meu coração de alegria.

— Depois de ler, comerá. Vamos para o quarto.

Levei-o pela mão até meu quarto, nos fundos da casa, e o acomodei em minha cama. Ele aceitou sem cerimônia.

— Você vive bem. Tem uma cama boa.

Ararê sentiu a maciez do colchão de palha.

— Sei que minha vida é melhor que a dos outros escravos. Meus senhores são bons. Eles vêm de um país chamado França, e lá não existem escravos.

— Eu sei. Eles mataram o rei e muitos padres.

— Aqui não farão isso. Gostam do imperador e têm medo dos padres. Acho que haverá escravidão para sempre.

— Somos iguais, a escravidão está errada — falou Ararê, exaltado.

— Sempre houve escravos. Até na África tem.

Lembrei-me da ama.

— Na França não tem!

— É, mas quem faz o serviço pesado, o cansativo, o desagradável?

— Na França se troca serviço por dinheiro. É assim que deve ser — disse Ararê.

— O padre disse que servir aos senhores é nossa obrigação.

— Ele está errado. Não é o que diz o livro que ele segue. Em vários lugares está escrito que somos iguais.

— Então por que somos tratados de modo tão diferente?

— Não sei, mas não foi por conta de quem escreveu este livro — disse ele, apontando para a Bíblia.

— Se é assim, o padre está mentindo.

— Ensinaram isso a ele. Falam muitas coisas contrárias ao que está escrito aqui, no livro.

— Ararê, nome bonito. Soa bem.

— É um nome guarani. Meu povo era dono deste lugar. Minha mãe conheceu um homem valente com esse nome e pegou emprestado. Ele tinha um filho que se apaixonou por uma mulher branca e rica.

— E o que houve?

— Ela também se apaixonou por ele, mas não sei como terminou a história.

— E seu povo?

— Somos poucos. Morremos em guerras que nunca acabavam. Muitos se suicidaram, foram assassinados, mas a maioria morreu de doenças dos brancos. Os que sobraram perderam os costumes, abandonaram os antepassados, esqueceram a língua. Mas existe um país, no sul, onde os guaranis ainda são guaranis. É o Paraguai.

— Você gostaria de ir para lá?

— Eu quis ir quando meu pai morreu, mas minha mãe não aguentaria a viagem longa e perigosa.

— Talvez um dia eu vá com você. Vamos ler um pouco, está ficando tarde, daqui a pouco terá que ir.

O pequeno quarto tinha uma iluminação ruim, e ficamos tão juntos que a cama minúscula pareceu grande. Tentei me concentrar nas difíceis palavras que Ararê cantava, mas as frases se embaralhavam em minha cabeça, e a sensação de seu corpo retesado de músculos grudado em mim dominava meus pensamentos. Como quis que ele fechasse o livro e me possuísse. Com Amélie, o doutor e o capitão tive prazer, mas tudo o que fazia era para satisfazê-los, eles eram os senhores e eu a escrava, só pensava neles. Agora tudo mudou: era eu que queria me satisfazer. Queria-o para mim, se pudesse entrava em seu corpo e lá ficava para sempre. Mas por que Ararê? Por que com ele era diferente? O que o fazia ficar acima do resto da humanidade? Quando meus senhores estavam para chegar, ele se foi. Um vazio no peito me agoniava, um pedaço de mim foi-se com ele. O capricho inexplicável da natureza humana que nos lança nesse turbilhão de emoções me fazia refletir. Li que, antes da humanidade ser como é, vivíamos grudados em pares de três naturezas: a maior parte composta de um macho e uma fêmea; outros pares eram só de machos; e os outros, só de fêmeas. Éramos muito fortes e nos sentíamos deuses. Então, tentamos escalar até os céus e tomar o lugar deles, por isso fomos castigados: "Eu os cortarei a cada um em dois, e eles serão mais fracos e mais numerosos, e nos honrarão para sempre". Fomos separados violentamente para sermos como somos, e desde há tanto tempo que o amor de um pelo outro está implantado nos homens, querendo restaurar a nossa antiga natureza. Cada um de nós é parte de um homem procurando sua metade, que reconhecemos imediatamente quando achamos. Vi Ararê e, antes de falar com ele, já sabia que meu destino estava traçado.

Ararê continuou vindo nas sextas à tarde, e a vontade de nos ver só aumentava com o tempo. Eu o esperava ansiosa, fazia doces em que misturava meu amor com a vontade de que nossas vidas pudessem seguir juntas. O prazer que sentia quando nossas peles se tocavam era indescritível; passávamos horas cheirando-nos e sentindo as vibrações que emanavam de nossos corpos. Eu ouvia com o coração as histórias sobre a Terra sem Mal que sua gente sempre estava procurando, os sonhos do Paraguai guarani, do Paraguai-guá, Açucena. Lá seríamos os donos da terra, os donos de nossos destinos. Bebíamos a saliva um do outro e ele me dizia *rô-rai-hu*, eu te amo, na língua sagrada. Mas demoramos em conhecer as carnes um do outro, não por minha causa, pois era o que mais queria, mas porque Ararê, por um motivo qualquer, não me pedia. Ele era diferente, não tinha urgência. Haveria um momento certo, que de fato ocorreu, alguns meses depois que começamos a nos encontrar.

Conheci o sexo com o capitão, e depois, com Pierre, descobri sensações mais intensas; amei seu corpo forte, sua pele macia e perfumada, suas mãos bem cuidadas, seu hálito limpo, mas duvidava que fosse o amor sublime que deveria existir. Quando finalmente me deitei com Ararê, soube o que era o amor celestial, o amor correspondido, que satisfaz aos dois. O desejo de Ararê era diferente do do capitão ou do doutor, era de outra esfera; era divino. Levava-me a lugares onde nunca havia estado, a êxtases que não supunha; completava-me, era meu par separado em outras gerações. Não era minha luz que o envolvia, como com a senhora ou Pierre; ficávamos juntos, envoltos na mesma aura, e nosso bem-estar era recíproco.

Numa tarde, trouxe-me uma Bíblia com trechos marcados para lermos em dueto. Ele começou:

*Ah! Beija-me com os beijos de tua boca!*
*Porque teus amores são mais deliciosos que o vinho*
*E suave é a fragrância de teus perfumes,*
*E teu nome é como um perfume derramado.*

— Você lê bem. Fala bonito, parece que está cantando. Isso está escrito no livro de Deus? – perguntei, admirada.

— Está! Veja, disse ele, apontando o trecho do "Cântico dos Cânticos" de Salomão.

– Aquele padre não aprovaria.
– Leia este trecho, vai gostar.
– Mas não sei ler como você. Tenho treinado bastante, mas às vezes engasgo com as palavras.

Tinha vergonha, comparada com ele, estava muito atrasada.

– Estamos apreendendo, eu ajudo você.
– Vou ler um pouco, tenha paciência.

Li, nervosa, mas com vontade de acertar. Depois de duas tentativas, achei que foi bom:

*"Sou morena, mas sou bela;*
*Como as tendas de Cedar*
*Como os pavilhões de Salomão*
*Não repareis em minha tez morena*
*Pois fui queimada pelo sol."*

Ri, olhando para o meu braço e colocando-o ao lado de Ararê, para comparar a cor. Ararê continuou a leitura:

*"Como és formosa, amiga minha!*
*Como és bela!*
*Teus olhos são como pombas."*

Eu prossegui:

*"Como és belo, meu amor! Como és encantador*
*Nosso leito é um leito verdejante..."*

Ararê respondeu:

*"Como o lírio entre os espinhos*
*Assim é minha amiga entre as jovens."*

Ararê fechou a Bíblia e voltou-se para mim. Nossas línguas se conheceram, cheias de desejos, em um longo beijo. Ele deve ter se indagado: como pode uma menina fazer assim? Quase perdeu o fôlego, mas depois de uns instantes falou:

— Nunca tive uma mulher. Sinto uma força me arrastando para você. Não sei me expressar bem, mas sua palavra, seu sorriso e seu olhar atingem meu peito como uma flecha. Pelo menor de seus desejos, sou capaz de derramar meu sangue.

— Eu sou sua. Também não sei de onde isso vem, mas me entrego sem lutar. Meu lugar é ao seu lado. Sei disso desde a tarde na igreja.

— O seu olhar me faz bem.

— Meus senhores vão chegar. Você deve ir. Nos veremos no domingo, na missa, e na sexta-feira, eu o esperarei. Meu coração já é seu, e na sexta-feira meu corpo também será. Antes de ir, coma o doce que fiz. Espere aqui, volto rápido.

Voltei com as duas mãos ocupadas e um sorriso radiante.

— Um pouco para você comer aqui e um tanto para levar e comer em casa. Coma logo, e saberei por seus olhos se gostou.

Logo que Ararê provou o primeiro bocado, gostei de sua expressão.

— Ainda bem que gostou, fiz o doce pensando em você.

— Sou feliz. Um beijo, um doce e uma promessa.

Ararê se foi, e eu me sentei junto à porta da cozinha, sonhando com as palavras e rindo sozinha. José, o cocheiro, admirou-se:

— Ó menina! Por que tanta felicidade? É o índio bonito? Cuidado, tem muito homem mau e bonito. Enxergamos só o que queremos. Apaixonamo-nos pela ideia que temos de alguém.

— Os maus logo nos parecem feios, e Ararê a cada momento fica mais bonito.

— Que Deus a proteja. Tenha cuidado em não cobrir esse índio com uma veste que só existe em seu pensamento, sua felicidade só durará quanto durar essa roupa. Depois verá seu corpo, e então, a desilusão. Pouca gente consegue fabricar outras roupas para cobrir o amado. A realidade destrói tudo para a maioria.

— Como pode falar assim? Será que não está vendo minha felicidade? Duvido que hoje exista alguém mais feliz do que eu.

— Negra metida! As escravas não foram feitas para serem felizes!

— Então me explique o que estou sentindo. Quem vai tirar isso de mim? Sabe onde fica o Paraguai?

— Acho que sei. Fica no sul, muito longe. Mais de um mês de caminhada. O que é que tem no Paraguai para você?

— É lá que mora o meu destino.

Minha vida tinha uma rotina agradável. Eu colhia ervas frescas para o chá de d. Amélie e, depois de servi-la, conversávamos e sentíamos prazer em estar juntas. Aprendia francês, boas maneiras, admirava obras de arte em luxuosos livros. Quarta-feira preparava o banho com ervas e massageava os ombros e o pescoço da sinhá. Quando ela parecia dormir, acariciava seus seios, beliscava e beijava seus mamilos. No lusco-fusco do quarto de banho, a mão da senhora se agitava sobre o púbis: não me mandava mais sair. Eu prosseguia até que suas faces rubras se tornassem exangues, sua respiração ofegante se acalmasse, seus seios endurecidos relaxassem e suas narinas alargadas voltassem à posição natural. Depois de algumas semanas, era eu quem massageava seu púbis, e ela não escondia os gemidos de prazer. Quando ela se aproximava do clímax, eu a envolvia em minha luz e desejava, com toda a minha força, que fosse feliz e saudável, que engravidasse, se era isso que faltava. Nunca mais ouvimos seus choros pelos cantos da casa, e, pela manhã, nos deliciávamos com sua voz em animadas canções em francês. Nesse tempo, eu já ensaiava pequenas conversas em francês. Meu vocabulário melhorava a cada dia, e eu me dedicava aos livros. Ela me ajudava com as palavras desconhecidas.

Nas quartas eu fazia o almoço do doutor. Queria lhe agradar, gostava que tivesse prazer. Ele comia sentindo meu gosto nos temperos. Depois que d. Amélie saía para as aulas de alemão, íamos ao escritório e durante duas horas ele me ensinava e surpreendia-se com meu francês. Ele falava sobre os gregos, Epicuro, Demócrito, Platão, a poesia de Safo, o teatro de Eurípedes e de Sófocles, os heróis da Guerra de Troia. Contou-me emocionado a morte de Pátroclo e a dor de seu amado Aquiles, tinha lágrimas ao imaginar o corpo de Heitor despedaçado impiedosamente sob o olhar do pai. Aprendi sobre os deuses do Olimpo e sua existência de acontecimentos possíveis, que explicavam a ordenação de nossa vida. Depois daquele despertar inicial para a paixão pelos livros, nunca mais parei. Com o tempo, descobri a literatura francesa, comecei pelo *Cândido*, me dediquei a descobrir o significado de cada palavra no dicionário do doutor. Outro mundo se descobriu diante dos meus olhos. Um mundo laico, igualitário, que tentava ver a vida a partir da simples razão. A felicidade não está mesmo onde parece estar; riqueza e beleza não foram suficientes para a sinhá ser feliz. Com o doutor, aprendi que a sabedoria nos liberta do temor aos deuses e aos castigos eternos, do medo da morte, da servidão, dos apegos. Com ela, usufruímos os prazeres das coisas simples e prolongamos os prazeres do espírito, que são os mais recompensadores. Mostrou-me que o conhecimento científico faz parte da sabedoria, e por meio dele se pode achar um atalho para a felicidade.

Depois das aulas, o doutor parecia ir se embriagando com o perfume sensual que exalava de mim e não podia mais se conter. Como um afogado, chegava com um desejo aflito, como quem procurava o ar. Ajoelhava-se e, com a cabeça entre minhas coxas, bebia-me o sumo que escorria; depois invertia a posição, e eu, contorcendo a língua, fazia-o gemer e agonizar como um animal ferido. Com sensualidade e violência, terminávamos em um gozo conjunto, que nele era sublime. Eu o envolvia em minha luz e lhe dava a imortalidade.

Nos domingos, na Igreja da Glória, ouvíamos música e esquecíamos as dúvidas, as angústias, os medos. Ao ouvir o órgão, eu flutuava, meu espírito deixava o corpo e ia a lugares desconhecidos. Depois olhávamos as pinturas, as pessoas vestidas com as melhores roupas, as carruagens com cavalos ricamente ajaezados. O discurso do padre às vezes emocionava. Gostava das bem-aventuranças, dos pobres e pequenos ganhando o Paraíso, do Cristo que curava, cuidava dos aflitos, perdoava os maus. Mas duvidava do perdão constante, infalível; bastava arrepender-se e mais nada? Não acreditava no pecado que todos já nascem tendo cometido, que o inferno consumiria quem desobedecesse às ordens da Igreja, que os negros deviam obediência aos brancos, que as mulheres deviam obediência aos homens. São Paulo falando sobre a incapacidade feminina não me convencia; um deus que nos amava não poderia tê-lo inspirado. Mas na igreja tinha Ararê, e eu esperava o domingo com ansiedade. A minha vida de negra africana, caçada, escravizada, violentada, paradoxalmente, era feliz. Tinha esperanças no futuro. Lia em português e aprendia francês e guarani; era bem tratada; tinha o que comer e, diferentemente dos outros negros, estava livre do sofrimento de castigos corporais, e tudo ia assim até que, em uma quarta-feira à tarde, o acaso quis corrigir novamente o rumo da minha vida.

À porta da casa do professor de alemão, Amélie ouviu da governanta:

– O professor viajou às pressas e não conseguimos avisá-la. Eu sinto muitíssimo, gostaria de poder remediar. Estou envergonhada.

O seu mal-estar serenou o ânimo de Amélie, do contrário esta ralharia com a velha e procuraria outro professor. Uma falha dessas é inconcebível, ainda mais em se tratando de um alemão. Se fosse um preguiçoso brasileiro, com o cérebro embotado por este calor desde o nascimento, seria mais desculpável, pensou Amélie.

José dava água aos cavalos e surpreendeu-se ao ver a sinhá de volta.

– Algo de errado, madame?

– Nada. Não haverá aula. Vamos para casa – disse, aconchegando-se em um dos cantos da carruagem, contrariada, sem querer dar mais explicações.

Da rua Direita ao Flamengo era uma boa distância, e só lhe restava conformar-se e apreciar a paisagem.

As torres das igrejas apontavam para o céu azul como se houvessem sido erguidas para alcançá-lo, enfeitadas por ricos relógios europeus, representando o poder. Lampiões à base de azeite se fixavam diretamente nos muros, diferentemente do que se fazia na França. O calçamento pé de moleque dava conforto e embelezava as ruas centrais. Amélie sorriu ao lembrar-se de que cerca de duzentos anos atrás um rei Luís qualquer havia mandado pavimentar as margens do Sena, livrando Paris da alcunha de cidade da lama. A quantidade de negros pelas ruas chamava a atenção, era difícil achar um branco com roupas e feições europeias. O Rio era como Roma e Atenas, que em seu apogeu tinham mais escravos que homens livres. Negros desocupados, brincando e cantando, outros bem-vestidos, carregando liteiras com senhoras protegidas por cortinas. Negras vendendo quitutes, frutas, refrescos ou acompanhando sinhazinhas curiosas para descobrir o mundo.

Ao passar pelo cais do porto, ela encantou-se com os saveiros de belos mastros, entre o verde do mar e o azul imaculado que cobria a esplendorosa baía de Guanabara. Fortes negros de torso nu e calças dobradas até os joelhos, suando sob o calor tropical, desfilavam com sacos de farinha de mandioca sobre a cabeça. Bíceps e pernas potentes, peitos amplos, abdomes desenhados, bundas fortes chamaram a atenção de madame. Belos – não conseguiu evitar a constatação. Nesses tempos, andava assim; com a imaginação cheia de libertinagens. Talvez, pensou, sejam os chás e as ervas do banho que contenham algum tipo de magia, ou a própria Júlia possua um poder estranho, nunca foi assim. Achou que pudesse padecer de alguma doença, mas não ousou comentar com o marido. Pierre tinha um corpo bonito, não tão potente quanto o deles, mas bem-feito e agradável de olhar. Gostava de apertar-lhe os ombros e sentir o contorno dos músculos, principalmente quando ficavam tensos depois de algum esforço. Ele gostava de se exercitar, sentia-se bem testando a força em cavalgadas, longas caminhadas e às vezes cortando lenha para a cozinha. Desprezava os indolentes, obesos, de carnes moles e sempre encharcados de suor. O corpo é a morada de nosso espírito, dizia, e, como um grego, achava pecaminoso não tratá-lo bem.

Sorriu quando o pensamento voltou aos musculosos negros e não conseguiu evitar imaginar-se amando um deles: pesado, grande, suado de muitos esforços. Envergonhou-se no início, mas logo relaxou: domingo diria ao padre que tivera maus pensamentos, e ele a perdoaria com uma ou duas orações a mais. Viu-se em seu quarto, deitada, com as coxas afastadas, e entre elas um grande escravo de crânio raspado e cavanhaque bem aparado beijava-lhe o sexo com seus lábios grossos, penetrava-a com a língua. Lembrou-se de que escutara que os negros têm membros grandes, e, úmida, sentiu o falo negro todo dentro de si. Apoiava as mãos na bunda do negro, como se o ajudasse ou o forçasse a possuí-la com mais força, a entrar mais fundo, com mais violência. Ele, com dentes alvíssimos e cheiro de macho, grunhia como se não fosse humano. Amélie fechou os olhos e sentiu em suas mãos o turgor macio da pele dos negros, molhada pelo suor dos seus esforços violentos para penetrá-la. Inconscientemente, levou a mão ao ventre, de onde vinha uma queimação; as entranhas latejavam ingurgitadas de sangue e se umedeciam a ponto de seu desejo escorrer pelas pernas.

Um forte solavanco a acordou do sonho. Despertou envergonhada, sentiu o sangue subir ao rosto de uma forma tão intensa que, se estivesse em companhia de alguém, não teria como explicar. Recriminou-se por se deixar levar dessa forma, e, mesmo que o padre a perdoasse, Deus certamente a castigaria pelo tamanho da ofensa. Mas, surpresa, pela primeira vez, duvidou de seus medos: "Será que Ele se importa com o que penso, com o que sonho? Então, não só eu, mas todo o povo destes trópicos está destinado à perdição e ao castigo infernal. Se é assim, por que Ele haveria de ter criado esta natureza tropical? Acho que Júlia e as ervas estão me deixando com pensamentos esquisitos".

Nossa aula havia terminado, e, como sempre, o doutor se impacientava de desejo. Satisfazê-lo não era uma obrigação que cumpria como se fosse uma escrava, porém nesta quarta-feira estava especialmente desatenta; não havia mais espaço dentro de mim; meus pensamentos e meu espírito pertenciam a Ararê. Ele percebeu que eu estava em outro mundo e se exasperou. Por ciúmes ou por ter seu sentimento de posse ofendido, quis possuir-me com mais violência que o habitual. Fechei os olhos e imaginei como seria na próxima sexta-feira, vi meu amado beijando-me com calma, senti seu cheiro de desejo, sua pele macia e seus músculos fortes. Logo estava cheia de secreções, pronta para meu doutor e, como é de minha natureza, pus em meus carinhos toda a minha vontade e desejei com força sua felicidade. Em pouco tempo eu estava sobre ele, nua, suada, arfando, com a boca semiaberta e os olhos fechados, o cenho franzido como se fizesse um esforço que dependesse de muita concentração. Eu não fazia ruídos; apenas me movimentava, mas ele gemia alto, fazia careta, falava coisas, acariciava meus seios de moleca e gemia, gemia muito, como se estivesse sendo machucado ou vendo o paraíso. Às vezes, dava-me um tapa que se ouvia longe, não para machucar, apenas para dar vazão a um desejo que não se podia conter. No chão, eu o montava como se monta um cavalo, rebolava mexendo-me com vigor, e as mãos dele acariciavam-me o seio e beliscavam meus mamilos.

Enquanto isso, Amélie desceu da carruagem com as feições mais leves, o sonho a havia relaxado. Pensava no embaraço da velha governanta do professor dando explicações sobre sua ausência. Entrou em casa, pendurou o chapéu e a capa na chapeleira, e procurou as escravas-mina que deveriam estar cuidando da arrumação. Não encontrou ninguém. Foi em direção à cozinha, onde eu deveria estar com Isabel, cuidando da roupa e do jantar, e ao passar perto do escritório ouviu ruídos que lhe chamaram a atenção. Aproximou-se e encontrou a porta apenas encostada, e pela fresta pôde nos ver.

Nunca havia sentido a vergonha que sentiu. Morreria ou mataria. O coração saltava em seu peito, e os gemidos do marido não paravam, pareciam aumentar, vinham de dentro da alma e tornavam-se lancinantes. Ficou lívida, molhada, com um repentino e desagradável suor frio, a boca encheu-se de saliva e ela teve náuseas, sua visão escureceu e surgiram-lhe estrelinhas de brilho intenso, os pés perderam o chão. Encostou-se para não cair. Com os olhos fechados, ouvia a voz do marido cada vez mais longe. Achou que estava morrendo. Finalmente, perdeu os sentidos, dobrou os joelhos e deitou-se.

O espírito deixou seu corpo e foi para um sonho no qual os minutos eram como horas. Sentiu-se bem, leve, jovem e bonita. Estava em Paris, na noite de seu casamento. O vestido de noiva tinha muitas rendas e um trabalhoso sistema de fechos que Pierre, alcoolizado, não conseguia abrir. Eles riam do embaraço, pois tinham uma intimidade inesperada para uma noite de núpcias. Enfim, com um pequeno estrago no vestido, ele a despiu e ela não se envergonhou. Quando Pierre tirou a roupa, as luzes estavam acesas, e pela primeira vez ela viu um homem nu e excitado. Também não se vexou e, ao contrário, não pôde resistir à sua curiosidade e colocou a mão sobre o membro endurecido, acariciando-o com delicadeza e procurando, sem pudor, detalhes da anatomia desconhecida. Amaram-se pela primeira vez como se fossem amantes experientes, cheios de desejo e de habilidades para dar prazer. Viu em seu sonho a expressão de êxtase no rosto do marido, a mesma que acabara de ver comigo, os gemidos também eram os mesmos. Viu que eles se amavam como ele amava a mim agora. O sonho continuou, mas agora não era mais agradável, seus gozos perdiam a forma, a intensidade, a graça. A alegria se esvaiu, não se amavam mais, olhavam-se com tristeza. A avó e o padre estavam deitados na cama entre ela e Pierre.

Voltou a si. Sentia-se melhor, olhou de novo, pela porta semiaberta, o meu corpo com músculos intumescidos, dançando sobre Pierre, enquanto ele continuava se contorcendo de felicidade. Mas sentia-se calma e feliz, respirava com tranquilidade, o suor frio secara: observava a cena com outro interesse. Desencostou-se da parede e abriu um pouco mais a porta. Estava elegante, em um vestido de seda cor de areia, com pequenos bordados vermelhos e um generoso decote que expunha seu colo e as pequenas sardas que o enfeitavam. Ele seguia justo até a cintura, mostrando o talhe feminino, desejo e inveja de muitos homens e mulheres. O cabelo preso no alto da cabeça, deixando à mostra a nuca estonteante.

Respirou fundo pelo nariz, puxando o ar com o abdome, na intenção de ter mais coragem e segurança para enfrentar aquela situação como queria. Pierre estava deitado e a viu antes; percebi quando parou de respirar e imediatamente perdeu seu vigor dentro de mim. Seu olhar apontou-me a direção de onde vinha o horror que o atemorizava; eu me virei e encontrei os olhos de Amélie fixos nos meus. Em um átimo, Pierre estava em pé à procura de suas roupas, e ela, parada, olhando-me fixamente, em silêncio, mas não havia no seu olhar nenhuma violência ou desespero. Amélie avançou em minha direção, puxou-me para si e com os lábios abertos me beijou como um homem beija uma mulher. Eu já conhecia sua língua, mas Pierre, que não sabia de nossas seções na banheira, se preparava para vestir as calças e perdeu o equilíbrio com aquela visão. Caiu, derrubando um aparador com várias porcelanas. Se não fosse a tensão do momento, teríamos rido muito. Num gesto, Amélie livrou-se dos sapatos e, levantando a saia, retirou, em silêncio e com graça, a roupa íntima. Ficou nua sob o leve vestido. Caminhou com passos silenciosos em direção ao marido e o beijou como tinha feito comigo. Abriu os botões que seguravam o vestido, e os seios logo se expuseram, com seus rijos mamilos, sedentos de carinho. Mexeu a cintura para um lado e para o outro, deixando que o vestido fosse, devagar, ao chão. Nua, tão bela quanto Afrodite nascendo das espumas espermáticas, respirava com força e os pulmões sofriam com o calor que subia de seu ventre. Queria ser possuída com aquela força.

Pierre, o belo gaulês, descendente dos homens que durante mais de dez anos resistiram bravamente a Júlio César, assentiu que a mulher nos conduzisse. Como o herói celta Vercigentórix, ele capitulou e deixou que o conquistador o cavalgasse sem oposição. Mas não demorou e já estava novamente em condições de nos satisfazer. Para seu espanto, Amélie se ajoelhou e o colocou na boca como eu fazia; depois, pondo-o deitado, me indicou que assumisse a posição em que estava quando nos encontrou. Por um tempo ela me observou: a negra africana no cio, rebolando sobre seu marido. Depois, com delicadeza, tocou em meus ombros como se me empurrasse, como se pedisse o meu lugar. Demorei um instante para perceber a intenção da sinhá. Ela tinha no rosto, na boca entreaberta, nos mamilos endurecidos, na respiração forte, no abdome contraído e no fogo dos olhos a indicação de suas intenções. Pierre, de olhos fechados, usufruía cada momento do banquete. Compreendendo, levantei-me devagar, retirando Pierre de dentro de mim, e fui me sentar mais à frente, quase em seu tórax. Ela tomou meu lugar, e Pierre concentrou-se, esperando alguma surpresa de sua amante de recursos inesgotáveis e de sua nova esposa. Flexionando o pescoço, ele beijou meu sexo com lascívia. Então levantei-me de vez, deixando Pierre face a face com Amélie, e ela se pôs a dançar como eu fazia, com a mesma graça e a mesma eficiência. Abaixou-se e beijou-o na boca, com a força dos primeiros tempos. Sob o meu olhar, eles se amaram com força e luxúria. Quando vi que me ignoravam, apanhei minha roupa, preparei-me para sair, mas Amélie percebeu e não deixou: puxou-me para si e, com os lábios abertos, me beijou, sentada sobre Pierre, com ele dentro de si. Com a língua europeia em minha boca, contraiu os músculos da vagina de uma forma que arrancou de Pierre o mais profundo gemido dos tantos que ele já havia dado. Finalmente, eu me fui, e os dois, como numa tempestade tropical, gozaram com toda a força de uma natureza não domada, inculta e bela.

Desse dia em diante, houve uma mudança na vida de meus senhores, e o sexo voltou a ter o gosto de quando se casaram. Junto com o bem-estar na cama, veio um entendimento cheio de carinhos e atenções que lhes trouxe felicidade. Pierre não voltou mais para casa às quartas-feiras e Amélie não precisou mais dos banhos ou do meu chá. Passei a ser tratada como alguém da família, alguém a quem se quer muito bem. Por algumas vezes fui convidada ao quarto do casal e fiz amor com os dois, dei e recebi muito prazer, saboreamos banquetes inesquecíveis, inatingíveis para a maioria. Amélie nos surpreendia com as modificações que se operavam; parou de rezar a toda hora; ia à igreja para se divertir; nunca mais chorou, nunca mais pensou no inferno. Esse torpor de felicidade já durava três meses quando, durante o jantar, ela falou, em francês, ao marido:

— Somos felizes, não somos?

— Muito, e a cada dia que passa somos mais.

— O Brasil e Júlia foram uma bênção em nossa vida. Eu estava indo por um caminho que me levaria à loucura.

– Espero ter tido alguma participação – disse Pierre, brincando e olhando para a mulher com carinho.

– Mas falta alguma coisa, não é?

Pierre assustou-se, temendo uma eventual recaída.

– Não, querida, não falta. Não existe homem algum mais feliz do que eu.

– Sei que existe, mas acho que não existirá mais.

– Não compreendo.

– Estou grávida. É provável que de uns três meses. Acho que foi naquele dia em que surpreendi você e Júlia no escritório. Esperei para ter certeza e não correr o risco de decepcioná-lo.

Pierre, lívido, arregalou os olhos e não respondeu. Ficou estático.

– Vamos, homem, fale alguma coisa, ou acharei que não gostou da notícia.

Amélie estava linda.

– Eu não sei o que faço. Se choro ou rio. Tenho vontade de correr, de beijá-la, de abraçá-la, de possuí-la.

– Eu farei as suas vontades, com prazer.

Amaram-se como bichos até muito tarde, até se esgotarem, até ficarem saciados, e no dia seguinte me chamaram logo cedo.

– Júlia, aconteceu um milagre em nossa vida, e você ajudou muito. Amélie está grávida de três meses.

– Fico feliz.

– Queremos que nosso filho nasça em nosso país, e vamos para Paris assim que for possível.

– E o que será de nós? Seremos vendidos?

– É lógico que lhe daremos alforria e dinheiro, como prometemos! Mas há outra possibilidade.

– Qual?

– Gostaríamos que viesse morar em Paris conosco. Será livre e receberá dinheiro para trabalhar em nossa casa.

– E o que será de Isabel e das duas negras-mina? Serão vendidas? – perguntei, horrorizada.

– Não venderemos ninguém, esse dinheiro não nos fará falta.

– E José?

— Nós o recomendaremos a alguém de nossas relações. Queremos é que você decida a sua vida. Virá conosco ou não? – perguntou Pierre, exasperado com a demora.

— Posso escolher entre ir ou ficar? Se ficar, serei livre, embora não tenha onde morar – pensava em voz alta.

— Se ficar, lhe daremos dinheiro. Ficará bem. É talentosa, terá um destino alegre.

— Posso pensar e responder depois?

— Pode. Tem o tempo que quiser.

Ir para a França, um país sem escravidão, um país que fez a revolução da igualdade e da fraternidade, a companhia agradável dos meus senhores e a segurança que eles me dariam. A decisão por essa vida boa seria fácil e rápida se não fosse por Ararê e o Paraguai guarani. Sexta-feira seria o dia da decisão.

Com empenho fiz um doce, queria que ele se deliciasse enquanto ouvia as boas novas. Estávamos livres para viver nossa vida. Acordei com a decisão tomada, nada poderia ser melhor do que viver com Ararê, cuidar dele, aprender com ele, amá-lo de todas as formas que existem, lambuzando-o num paraíso de sensações sem fim. Sabia que poderia amá-lo cada dia de uma forma diferente, não haveria tédio. Ele iria me querer para sempre. Isabel notou minha agitação.

— Hoje é sexta, dia do seu índio. Mas por que esta febre? Nosso quarto está lá e o doce ficará bom. Vocês ficarão juntinhos!

— Hoje é diferente, temos muito que conversar.

— Sei bem... escuto os gemidos.

— Mas hoje não será assim, decidiremos o nosso futuro.

— Seu futuro está decidido. Você acha que é dona dele?

— Serei livre. Você também será alforriada.

— Somos escravas, é nossa cor. Nada mudará! – Isabel respondeu, irritada.

— Se sua vontade está escravizada, não há remédio. Não quero discutir, meu coração está alegre.

A tarde chegou, o doce ficou ótimo, a sinhá e José saíram na hora de sempre. Coloquei um vestido limpo, um pouco de água de cheiro e fui para a rua. Esperei até bem depois da hora habitual sem me preocupar, mas nada. Eu não conhecia sua vida em detalhes, mas ele não parecia do tipo que se atrasa sem um ótimo motivo. Comigo sempre foi pontual. E se ele não vier mais, nunca mais! Meu coração acelerou e o desespero fez a respiração encurtar. Índios e ciganos têm poderes. Ele adivinhou que serei livre, e, não querendo compromisso, desistiu. Um instante, distraída, senti o cheiro de Ararê, procurei-o esperançosa e sofri ainda mais quando nada vi. Sentia sua presença e não podia vê-lo. Estive, por pouco tempo, indecisa entre a segurança em Paris e a aventura com ele, mas agora, diante da possibilidade de tê-lo perdido, me desesperava. À noite chorei e solucei até que, estafada, dormi com o consolo de Isabel e uma canção de ninar. No sábado, acordei chorando, e fiquei na cama mais tempo que o habitual.


Na sala, o doutor fazia caretas, lendo o jornal em sua poltrona preferida, junto à imponente lareira de mármore de Carrara, ladeada por colunas de precioso ônix preto. Um deslize do arquiteto, que não pensou na inutilidade daquilo no calor do Rio. Nos dois lados da lareira, dois espelhos nas pilastras, e sobre ela, um belo retrato a óleo de d. Amélie, feito por um dos melhores artistas de Veneza. Ela conservava seus traços angelicais, mas os cabelos vermelhos e o decote do vestido denunciavam sua sensualidade. Dominando o canto oposto da sala, um piano de cauda e, sobre ele, porcelanas de Limoges azul-claras, com detalhes brancos.

– Por que tantos resmungos? O jornal está assim tão irritante?

Amélie vestia roupas claras e leves, que ornavam com a ensolarada manhã azul e cheia de brisa.

– Rosas é um atrevido! Deve achar-se o único ser humano inteligente. Ele protesta porque o Brasil defende a independência do Paraguai e do Uruguai... Se pudesse, anexaria tudo à Argentina. Se o Brasil facilitar, ele ainda leva o Rio Grande no embrulho.

– Mas não precisa se ofender com isso.

– Quando leio, sinto que me tomam por um débil. Veja esta: o papa Gregório quer porque quer que tudo volte a ser como era no Antigo Regime. O Estado e a Igreja juntos, a nobreza intocável e o direito divino dos reis, e agora colocou no Índex os livros de Voltaire e Rousseau. Para o desfecho disso, querem declarar o papa infalível em algumas questões. Se no tempo de Zeus os sacerdotes infernizassem assim a vida do povo, seriam banidos.

— Implicante! Eles sempre foram assim. Você contou-me a história de Ulisses ou Aquiles, não me lembro, condenando o sacerdote troiano à morte e libertando o poeta porque era ele quem estava mais perto de deus.

— É verdade; todos os que acham que escutam a palavra divina e depois a transmitem para nós acabam fazendo mal. A natureza humana é assim. Coloca a sua vontade como se fosse divina.

— Mais alguma desgraça?

— Os ingleses continuam a guerra contra os chineses. Vão obrigá-los a continuar consumindo ópio. A ganância também faz parte da natureza humana, mas os ingleses exorbitam! Malditos ingleses, donos do mundo. Mas deixe isto, como se sente?

— Muito bem. Parece que a gravidez melhorou ainda mais meus humores. Dispensei as ervas de Júlia.

— E onde ela está? Ainda não respondeu se vai para Paris conosco.

— Eu sou agradecida, sem ela não teria ficado grávida. Mas preferia que ela ficasse... este nosso relacionamento é muito estranho. Não é natural que nos traga tanto prazer. Os outros não entenderiam

— Nossa vida só foi tão boa assim quando nos casamos, você sabe disso.

— Você gosta muito, não é? Vejo o desejo em seus olhos, no seu cheiro, no timbre da voz. Seu hálito muda, sabia? Também gosto, e tento pensar que, se é bom, está certo. Como você diz, o único impedimento para o prazer é a dor. Mas tenho dúvida em continuar essa situação. Se ela for para Paris, como vai ser? Virá o nosso filho e continuaremos nós três? E se ela engravidar de você? Ninguém aceita esses comportamentos diferentes em médicos.

— Sou um homem feliz e satisfeito. Nosso casamento é tudo de que preciso, mas não sou esquecido, e lembro o que passamos e o bem que ela nos fez. Vamos ver o que ela quer e depois pensamos. Você poderia chamá-la aqui e nós conversaríamos.

— Está bem.

Amélie foi até a porta da cozinha e ordenou a uma escrava-mina que me chamasse. Depois de alguns minutos, eu estava na sala, com os olhos vermelhos e uma expressão infeliz.

— Nós queríamos conversar com você, mas não sei se é uma boa hora. Está doente?

– Não. Dormi mal e estou cansada. É passageiro.

– Pensou em nossa proposta? O que decidiu?

Ao ouvir a pergunta, chorei com força, como se uma comporta aberta deixasse repentinamente um turbilhão escapulir.

– Mas o que se passa? – perguntou Pierre, assustado. – Não acho que nossa intenção possa ser motivo de tristeza.

Amélie apressou-se em segurar-me pelos ombros, oferecendo consolo.

– Que foi, minha querida, falou em francês, com a entonação que se usa com as crianças.

Senti conforto, como se os dois fossem minha família e só quisessem o meu bem.

– Eu tenho um amigo... um homem... um amor! É com ele que eu queria ficar, se fosse liberta. Mas eu o esperei ontem para dar a boa notícia e ele não apareceu. Todas as sextas-feiras eu o vejo, é a primeira vez que não vem.

Ao ouvir minha confissão, Pierre levantou-se e atirou com violência o jornal que lia. Suas feições se transformaram, seu rosto se avermelhou, e, com a voz mais alta que o habitual, ele perguntou:

– Como pôde? Você tem outro homem? Que direitos julga possuir para levar a vida que quiser?

Amélie assustou-se com a reação do marido e tentou interferir, mas foi interrompida com violência.

– A senhora provavelmente sabia, e como pôde permitir? Tornou-se cúmplice de uma escrava? Não se dá ao respeito?

Assustada, olhei boquiaberta para meu senhor e amante. Ele, cada vez mais exaltado, elevando o tom de sua voz, continuava:

– Um homem em minha casa, na minha ausência, desfrutando do que é meu. Vai pagar por isso! Agora suma daqui, ingrata – disse aos gritos, apontando a porta.

Atordoada, sem compreender, achei melhor obedecer com presteza à ordem, e, livrando-me do abraço da sinhá, saí correndo em direção ao quarto. Amélie, ainda surpresa com a reação do marido, estava paralisada, fitando-o com os olhos arregalados, sem dizer uma palavra. A palidez de seu rosto e a falta de cor dos lábios preocupou Pierre, que repentinamente arrefeceu sua fúria.

— Ao que parece, meu esposo está tendo um ataque de ciúmes de nossa escrava.

— Não é isso – disse, meio sem jeito.

— O que é então?

— É que... – calou-se, e então fez-se um silêncio incômodo.

— O quê? – perguntou Amélie, cada vez mais irritada.

— Ela é nossa escrava, e não pode ficar de namoros em nossa ausência.

— Onde está o homem tão liberal que leva a esposa para participar de orgias? Agora se transtorna com os namoros de uma escrava? Sinto, mas vejo-o neste momento como um cínico. Exaltada, Amélie falava em francês, a língua que usava nas brigas.

— Não é ciúme! Não posso admitir que um estranho frequente nossa casa sem meu conhecimento. Se pareceu outra coisa, peço desculpa. O ciúme é causado por um sentimento de posse e por uma vaidade que não quero ter. Talvez tenha me exaltado mais do que precisava, sinto muito.

— A coitada da Júlia deve estar assustada, chorando em seu quarto.

— Deixe assim. Amanhã é domingo e então conversaremos novamente. De qualquer forma, ela encontrava esse homem em segredo, e merece uma noite de sofrimento.

— Mas ela já sofria por ele não ter aparecido.

— Depois conversamos!

CAPÍTULO 7
# Buscando a essência da verdade, conhecerás de tudo

*"Sinto-me nascido a cada momento
Para a eterna novidade do Mundo..."*

FERNANDO PESSOA

SEM ARARÊ OU NOTÍCIAS DELE, OS DIAS SE ARRASTAVAM, E EU OSCILAVA ENTRE O desespero e a tristeza paralisante. À noite, errava insone e, de dia, queria a cama, esquecendo minhas tarefas. Em vão, Pierre e Amélie tentaram me consolar, José fez tudo para obter notícias de onde Ararê morava. Disseram-lhe que os índios são assim mesmo: aparecem e desaparecem. Isabel foi à igreja fazer promessas e procurar alguém que o conhecesse. Mas mesmo com minha tristeza sem fim, a vida continuava e a felicidade de meus donos era de se admirar.

No domingo, Pierre calçou com satisfação as reluzentes botas de montaria e andou pela casa tilintando as esporas de prata espanhola. Leu o jornal sem se dar conta do assunto, pensando nos caminhos que tomaria. José o esperava com o garanhão impecavelmente encilhado, as crinas trançadas e os cascos brilhando com a graxa recém-passada. Gostava dos caminhos longos, com troncos e riachos onde podia testar suas habilidades e sentir a força de seu cavalo. Explorava as florestas que restavam em volta da cidade, as que ainda estavam a salvo da fúria que destruía tudo para plantar o café. Lamentava a perda de plantas curativas e protestava junto aos colegas: *o extermínio desta flora é imperdoável*. Em troca, recebia olhares desconfiados, que contestavam o direito de um europeu a essas críticas.

Montou por algumas horas e voltou preocupado; tinha que falar comigo novamente; era preciso decidir o futuro. Refletia, conversando consigo mesmo e sentindo a cômoda marcha do cavalo preferido. Dentro de quinze ou vinte dias, partiria uma moderna galera inglesa para Calais. De lá, iriam para Paris de carruagem. As novas galeras inglesas, com seis velas em cada mastro em vez das três redondas tradicionais, são rápidas e compensam o trecho por terra. A mulher e a amante sob o mesmo teto. Nem Paris, acostumada a tantas esquisitices, admitiria isso. Pior; em se tratando de um médico, acham que deve ser exemplo de conduta moral. E depois, com um filho pequeno? Seria muito difícil. Amélie tinha razão. E o que perderia? Perderia uma feiticeira caída do céu para acabar com o inferno em que se transformara sua vida com Amélie. Uma sinfonia de sensações e ais libidinosos que se repetiam sem saciedade ou cansaço. Sensações que embriagam e que com o tempo se refinavam ainda mais; gestos precisos, carinhos sofisticados, num ritmo que parecia nascer de um ensaio exaustivo. Amélie e eu, cada uma em um de seus ouvidos. Ele não suportaria viver sem o perfume discreto de Amélie temperado com o meu, indisfarçável. Sua boca salivou com o gosto das duas, gostava de beijar nosso sexo alternadamente e comparar o sabor. A mistura tinha um gosto próprio, como se fosse uma terceira pessoa, como se fosse seu elixir da imortalidade, como se fosse a ambrosia que Psiquê recebeu dos deuses para se tornar imortal e casar com Eros. Havia sido um simples mortal, mas agora, com as duas, era como um deus. Tinha sagrado um casamento com Amélie, e sua vida nunca havia sido tão boa. Fechou os olhos e enxergou a mão branca acariciando o seio negro, as duas deitadas, lado a lado. Eu, negra retinta com mamilos e pelos do púbis num tom mais escuro que a pele, e Amélie ruiva de pelos e mamilos em brasa, com a pele tão branca quanto a lua cheia. Somos bonitas: completamo-nos como a noite e o dia. Quando nos beijávamos, Pierre podia ver línguas do mesmo tom de vermelho e dentes igualmente brancos e perfeitos. A visão era uma obra de arte, nos fazia lembrar que um dia estivemos em um Paraíso.

Desmontou e entregou o garanhão a José. Quando entrou em casa, não se deu conta de Amélie, que o esperava com um beijo.
— Que foi, querido? Está com um aspecto estranho.
— Apenas um pouco preocupado.
— E por quê? O que foi que o aborreceu?

— Me perguntava se não deveria chamar Júlia para saber de sua decisão. Não temos muito tempo para reservar as passagens para a Europa. Não quero perder o barco inglês, que é rápido e confortável. Você está grávida.

— Ela foi ao quarto agora, estávamos conversando.

— Que foi que ela disse?

— Pediu-me para conversarmos à noite. Espera encontrar seu amigo índio na missa. Quer falar com ele para depois decidir.

— Devemos ir à missa na Capela Imperial. O embaixador quer que estejamos lá. Será uma missa em ação de graça pela cura da imperatriz.

— O que ela teve?

— No hospital, dizem que foi disenteria. Parece que a imperatriz é uma glutona e adora esses doces de ovos portugueses.

— Tão feia e gorda, será que o imperador gosta?

— Júlia pode ir com as outras ao Outeiro. Irão a pé, e nós iremos ao Paço com José. Conversaremos com Júlia na volta, está bem?

— Sentirei muita falta dela, mas acho que não seria bom ela nos acompanhar a Paris.

— Eu sei... Tenho pensado nisso... Também acho que nossa vida em Paris seria difícil, mas ela nos fará muita falta...

— Pelo resto de minha vida serei grata a Júlia. Ela é uma feiticeira. Não sei que armas usou para me livrar da escuridão em que eu vivia. Graças a ela, não sou a mesma; tenho segurança para tornar nossa vida alegre e boa.

— Tenho medo de não conseguirmos sem ela!

— Júlia tem um calor mágico que transferiu para mim. Foi assim que me livrei dos medos e angústias. Agora eu sei que não foram as ervas, os banhos ou os chás. Foi ela. Mas a metamorfose está completa. Ela pode levar a vida dela, que nós continuaremos bem.

— Está segura?

— Estou. Sinto-me cheia de energia e sei onde posso buscar mais.

— Onde?

— No prazer.

— Sem ela... não será a mesma coisa.

Pierre levantou as sobrancelhas, abrindo mais os olhos.

— É o prazer que equilibra meu espírito. Um cheiro bom, um doce, uma música, uma pessoa bonita, tudo parecia errado. Até eu ver Júlia arrancando-lhe gemidos de um prazer que eu não sabia que existia.

— Achei que você iria morrer naquele dia.

— Ela vinha me preparando para isso, mas num átimo percebi: nossa vida é a satisfação dos sentidos e do espírito. É isso o que conta. Ela me libertou, estou curada.

— Mas será que é para sempre?

— Sei o que me faz ficar doente e sei o caminho da cura, por isso digo que é para sempre. Em medicina não é assim? Se sei a causa da doença e o remédio para ela, está tudo resolvido.

— Estou admirado e feliz, mas queria ter a sua segurança.

— Com Júlia, eu soube que poderia ir além. Posso dar e ter prazer sem limites. Gostei de ver o desejo que transpirava de você, exalava de seu hálito e deixava seus lábios roxos, não senti culpa de ter gostado. Quando me lembro de você e Júlia ao meu lado, fico excitada e não tenho mais pudores em dizer. A magia dela me fez ver que o único impedimento para o prazer é a dor. Se não há dor no que fazemos, por que não fazer?

— Nosso espírito tem muitos mistérios, e eles estão cobertos por véus nevoentos. Você conseguiu saber de onde vinha seu sofrimento, por isso se curou.

— Ela me ajudou! Agora me conheço, e se ela quiser seguir outro destino você não deve dificultar. Ela me ensinou o caminho do prazer, e vou segui-lo com você. O amor dela está em outro lugar. Conosco ela tem os prazeres da carne, seu espírito é de outro. Lembra-se do *Banquete*? São duas Afrodites, a dos amores carnais, do corpo físico, e a dos amores celestiais e sublimes. Seremos felizes porque agora as duas moram conosco. Depois da missa nós conversaremos com ela.

Fomos à missa da Igreja da Glória, mas dessa vez a subida do outeiro foi mais penosa do que o habitual. Apoiada no braço de Isabel, eu arfava e suava. Fazia calor, mas não como nas tardes sem brisa de dezembro, quando o sol, mesmo na hora das vésperas, ainda brilhava com a força do meio-dia. Eu me arrastava na ladeira como se não quisesse chegar ao topo, como se lá em cima me esperasse algo que eu temesse. Como suportar a ausência de Ararê? E se ele houver partido sozinho em busca da Terra sem Mal? Ou, pior, e se em uma desavença, fora morto ou preso e escravizado? Eu só tinha pensamentos ruins, mas como explicar sua ausência depois de quase um ano de pontualidade? Ir para Paris era um sonho, mas meu ouro estava com Ararê, e eu não queria perdê-lo.

    Entrei na igreja com medo do meu futuro e quis pedir ajuda. O Deus dos brancos, que o padre dizia ser nosso também, poderia olhar por mim. Fechei os olhos e pedi com fervor ao deus morto na cruz que me favorecesse e, por um instante, acreditei: quando olhasse para o lado, estaria junto de meu amado. A decepção foi pior, chorei baixinho, inconformada. Quando saímos da igreja, a vista não encheu meu coração de alegria como sempre. O sol sobre o oceano violeta nada significava diante do vazio. Chegamos em casa: tudo às escuras. O senhor e a sinhá ainda não haviam voltado. Alegrei-me por poder adiar um pouco mais a conversa que deveríamos ter e fui com rapidez esconder-me em minha cama.

    Na cama dormi logo, mas não tive um sono como os que a gente deve ter. Aqueles que nos levam a esquecer da vida e alimentam o espírito. Dormi com um peso sobre o corpo, que manteve meu espírito sem morada, vagando pelo éter sem descanso. Acordei como quem não tivesse dormido, sem esperança e com um tédio irremediável.

Pierre e Amélie assistiram à missa na Capela Imperial, com todos os ricos do Rio de Janeiro, e depois foram acompanhar o imperador ao Instituto Histórico e Geográfico para inaugurar um quadro do barão de Taunay. O barão viera para o Brasil com a Missão Artística Francesa, acompanhando o pai, pintor de paisagens e professor da Escola de Belas-Artes. O embaixador da França insistiu que Pierre e Amélie apoiassem o conterrâneo. O quadro chamava-se *Mata reduzida a carvão*. Um local qualquer, perto da cidade, onde grandes árvores eram derrubadas e a madeira nobre, densa e volumosa, era transformada em carvão para dar lugar ao café. O artista não julgou, só retratou o que via. Não colocou cores de tragédia em sua obra, mas tampouco se podia dizer que glorificava a morte da floresta. Ao artista cabe o julgamento, a tentativa de influenciar sua plateia, polemizar, prever para onde deve caminhar a sociedade, não apenas perturbar as emoções do público, mas estimular seus valores e criar novos, destruindo velhos.

Na segunda-feira, recebi a incumbência de ir ao morro de Santa Teresa buscar umas fronhas na bordadeira. Seria uma aventura, pois não conhecia os caminhos e iria sozinha, mas gostei da incumbência: por algum tempo esqueceria Ararê e poderia enxugar as lágrimas. O dia amanheceu com um sol impiedoso; desde cedo não havia nuvens, caminhei durante uma hora por ruas planas e cheguei ao Aqueduto da Carioca, o trânsito de pessoas e animais me distraía. Admirei os majestosos arcos que transportavam a água do rio Carioca e comecei a subida do morro.

No convento de Santa Teresa, a arquitetura do prédio me chamou a atenção, e parei para tomar fôlego, me perdendo em devaneios: sonhei com o futuro, com a alforria prometida, com Paris, com o Paraguai, e um aperto no coração trouxe a imagem de Ararê. Quase recomecei a chorar. Lembrei de meu pai e sorri ao imaginá-lo sabendo que eu estava em uma cidade como o Rio, livre, com dinheiro, podendo decidir o que faria da vida. Choraria no colo de minha mãe, dizendo que quase fui feliz, e que agora a esperança de uma vida esplêndida, florida e cheia de perfumes se foi com Ararê. Qual o meu futuro? Os sofrimentos africanos eram tão longínquos que eu até duvidava que tivessem mesmo acontecido, mas o sofrimento da solidão que sentia cortava minha carne a chibatadas.

A falta de brisa, o calor intenso, a boca seca, a longa e íngreme ladeira que tinha pela frente me intimidavam. Respirei pelas narinas, procurando um alento, e vi uma negra debruçada na janela, retinta, sem lustro e com bons dentes. Não era jovem, mas bonita de se olhar, com um belo colo e grandes peitos saltando do decote de um vestido branco. O sorriso amistoso convidou-me a lhe falar.

— Tenho sede.

— Senta aí na varanda, que vou buscar água.

A casa, apesar de pequena e simples, tinha eira, beira e tribeira no telhado, como nas casas dos ricos, toda caiada de branco com janelas azul-escuras. A varanda, também pequena, tinha o chão forrado de tijolos e era cercada por um murinho branco impecável que parecia ter sido pintado recentemente.

Sustentando o telhado, umas colunas de madeira também serviam de apoio a uma trepadeira frondosa, chamada carolina, que ostentava muitas flores amarelas. Três cadeiras simples guarneciam a varanda, e o seu encosto era forrado por um trabalhoso bordado com flores azuis e amarelas. Ela chegou com a água em uma caneca de barro vermelho, deliciosamente fria. Eu ia agradecer a gentileza quando uma visão me paralisou de medo e não pude conter um grito de terror. Meus joelhos tremeram, e achei que desmaiaria.

– Eu me esqueci dela. Vou guardar. Não se assuste. É minha jiboia. É mansinha e livra minha casa dos ratos.

Levantou-se e, com toda a calma do mundo, pegou com carinho o monstro de quase dois metros.

– Vou colocar um leitinho no pires como você gosta.

Falou baixinho, bem no lugar onde eu acho que seria o ouvido da cobra. Entrou com ela enroscando-se em seu corpo; continuava murmurando como quem confidenciasse alguma coisa.

Logo voltou, e eu já estava quase recuperada.

– Qual seu nome?

– Júlia Kilamba. Sou escrava de um médico francês. Moro no Flamengo. Vim buscar umas roupas no alto do morro.

– Sou Luiza Mahim, quituteira. Já fui escrava em Salvador.

– Então já nos vimos! Fui comer seus doces há um tempo. José sabia sua história, você chefiou uma revolta de escravos malês.

– Só ajudei. Entre um pouco, saia desse sol. A ladeira é difícil e sem brisa. Minha casa é para todos. Sou ialorixá e jogo búzios. Vejo como são as pessoas.

– É? Queria que me contasse sobre Salvador e essa revolta. Só conheço a história de Zumbi dos Palmares, achei que só ele havia lutado contra a escravidão.

– Vou lhe contar porque é bom que você saiba, mas não gosto dessa história. Sofro ao me lembrar de meu filho. Há uns dez anos eu já era forra e minha casa servia de local para reuniões onde conspirávamos para uma revolta de todos os negros de Salvador. Tomaríamos a cidade e fundaríamos uma nação negra, sem escravos e sem senhores. Durante mais de um ano planejamos cuidadosamente. Tínhamos quase todos os negros de Salvador, sete em cada dez estavam ao nosso lado. Mesmo os libertos estavam conosco. A maioria gente islâmica, os malês, negros que sabem ler e escrever o árabe, mas havia católicos e pagãos. Éramos muito mais numerosos que nossos inimigos, venceríamos com facilidade.

— E o que aconteceu?

— A revolta estava marcada para o dia 25 de janeiro, e na véspera o acaso pôs tudo a perder. Um dos líderes, Vitório Sule, tinha uma mulher ciumenta chamada Sabrina, e saiu de casa no dia 24 para comandar a revolta, sem contar para a mulher. Ela achou que o infeliz estava com outra e pediu para uma gente da polícia procurar seu homem. Acharam-no em uma conspiração e descobriram tudo. Ainda tentamos levar adiante, mas sem a surpresa ficou impossível enfrentar os brancos, bem armados e organizados. Muitos foram presos, feridos e mortos. Houve uma carnificina, as cadeias ficaram lotadas. Muitos negros livres foram deportados.

— E seu filho?

— Ele tinha cinco anos nessa época, e quando me livrei da polícia, fiquei com ele por mais cinco anos. Eu tinha um português rico, pai dele, que me protegia. Dava uma vida boa e foi a causa de minha perdição. Ele foi empobrecendo, bebendo todo dia, ficando velho... um dia perdeu no jogo tudo o que lhe restava e, no fim, perdeu meu filho. Quando me lembro dele, me vem a imagem de um cachorro escorraçado. Foi nisso que o português se transformou. Eles levaram meu filho para ser escravo... Mesmo eu sendo livre, tinha a cor da escravidão. Nunca mais o vi, ninguém pode ter ideia de quanto chorei.

— Como se chama? Você ainda tem esperança de encontrá-lo?

— Luís... Luís Gama. Tinha dez anos quando se foi. Sabia ler e escrever, fui eu quem o ensinou. Fazia poemas lindos para mim. Vim para o Rio atrás dele, mas acho que foi para São Paulo. Só os búzios me consolam. Luís será um grande poeta, orgulho de sua raça. Conseguirá sua liberdade com seu trabalho.

— Difícil imaginar o tamanho da sua dor. Procure-o com toda sua força. Em gente como você a esperança nunca morre e a busca do tesouro não termina. Também sei ler!

Que mulher bonita, pensei quase em voz alta, e levei a mão ao meu próprio rosto como se quisesse compará-lo com o de Luiza. Com o dedo indicador, palpei o contorno de meus lábios e vi que eram como os dela.

— Há quanto tempo chegou da África?

— Quase três anos. Tive dois bons professores. Agora minha senhora me ensina o francês. Já sei ler e escrevo um pouco. Você é africana?

— Vim criança. Sou jeje, da nação Nagô, nasci na Costa da Mina em 1812.

— Bonito o seu colar.

— Não é um colar, é um *afrit*, um talismã. Tem uma inscrição em árabe: *bism'Allāh mā šāāAllāh*. Eu sei ler. É outro tipo de letra, olha aqui. Quer dizer: *Que Deus afaste todo mal*. E você, conte a sua história. Você é muito bonita. Gente bonita como você não dá muita importância à beleza. Acha que, se não teve nenhum mérito pela aparência, por isso não deve se achar importante. Mas a verdade é que sua beleza influencia a vida das outras pessoas.

— Depois falo de mim. Queria saber de meu amado. Estou muito triste, cansada de chorar, quero que me diga o que está escrito nos búzios sobre a minha vida. Não sei por onde ele anda, se corre perigos, se voltará para mim. Minha vida era boa, achei que seria feliz. Meu senhor me libertará e eu tinha um homem de quem gostava... Agora não tenho mais nada.

— Os deuses que estão sobre nós olham por você. Posso sentir. Você faz bem às pessoas, marca quem vive com você. Tem uma alma boa, de cor forte e estranha, melhora a vida de quem está ao seu lado, guarda a luz das estrelas, a luz que cura. É bonita por dentro e por fora. É delicada e gentil, gosta dos prazeres: é uma mulher que nasceu para os homens. Vou jogar os búzios, venha até aqui, veremos os seus caminhos. Primeiro temos que ver quem olha por eles.

Luiza fechou os olhos, concentrando-se, falou palavras incompreensíveis e jogou as pequenas conchas várias vezes, como se fizesse muitas perguntas.

— É Xangô, rei de Oyó, deus do *oxé*, o machado de duas lâminas, o irmão mais moço de Obaluaiê. *Kawó kabiyèsilé*.

— É quem olha por mim? Como ele é?

— Ele é viril, atrevido, violento e justo. É o deus do trovão e senhor do raio. Seu machado de duas lâminas é a Justiça. Ele tem as sete chaves da sabedoria e carrega o Livro das Escrituras. É São João Batista dos brancos.

— Nos livros vi um deus que também tem um machado com duas lâminas. Seu nome é Zeus, senhor dos raios. É pai de Apolo, o mais belo dos deuses, senhor das sete portas e da lira de sete cordas. Será que não são o mesmo deus?

— Talvez sim, mas que importa? Para mim se chama Xangô. É ele quem responderá. Mas antes me diga, como é seu amor?

— Ele se chama Ararê, é um índio guarani. Vive perdido de seu povo, acho que é por isso que, mesmo quando está sorrindo, tem um ar triste. Além de viver aqui, também habita um universo particular, aonde só ele pode ir. Sua altura é mediana, mas ele é robusto, forte sem ser grande e sem perder a delicadeza. Tem cabelos compridos, os mais negros e lisos que já vi. À noite, refletem a lua cheia como um espelho. Seus olhos são negros como seus cabelos, pequenos, apertados pelas maçãs salientes do rosto. Eles sempre me impressionam porque transmitem honestidade, que é sua principal característica. Às vezes ela é quase cruel. Os lábios são grossos e sensuais. Suas mãos são rudes e delicadas ao mesmo tempo, a pele é grossa, de quem trabalha com as mãos, mas elas estão sempre limpas e bem tratadas. A cor de sua pele é a do cobre, tão diferente da branquidão de meu senhor. Suas roupas são simples, mas sempre que o vejo estão impecavelmente limpas. Quando fala, não desperdiça palavras, todas têm um significado que me faz pensar nas coisas da vida. Além de tudo isso, ele me faz rir como nunca em minha vida alguém fez. Viver longe dele é viver sem esperança. Durmo sem descansar, minha vida parece suspensa.

Luiza fechou os olhos, franziu o cenho, esfregou as mãos com as conchinhas entre elas e, com um suspiro, atirou-as na esteira de palha que forrava o chão.

— Xangô olha pelo seu homem, ele está bem. Os destinos se cruzam. A vida será boa e feliz. As pessoas que vivem com você são abençoadas, receberão prazeres sem fim. Seu dom é inspirar amor, ternura e desejo em quem estiver por perto. Você tem um vigor muito grande e pode transmitir essa força a quem quiser. Deixará uma boa semente que vai ser como você. Melhorará o mundo. Mas cuidado com o fogo, ele encurtará seus dias. Não chore mais. Xangô traz, em forma de abraço, saudades de seu amado. Você deve se lembrar de que a realidade está sempre tentando copiar nossa imaginação, tem que ser otimista. Ele manda um presente que deve usar em volta do seio.

De uma caixinha de madeira que estava ao alcance de sua mão, retirou uma fita vermelha com desenhos de pombas e cisnes.

— Esta fita ajudará a aumentar ainda mais os dons que lhe deram.

Tirei a camisa e cingi o seio com a fita. Preocupou-me a profecia sobre o fogo, mas eu estava tão feliz com as notícias de Ararê que logo esqueci. Desculpei-me por não ter dinheiro para pagar a consulta e segui meu caminho subindo a íngreme ladeira de Santa Teresa em busca da bordadeira. No alto do morro, enchi meu coração de felicidade com a vista da majestosa baía de Guanabara, o porto, os navios e a natureza exuberante. Lembrei-me de meu desembarque e pensei nas outras Kilambas que a sorte decidiria se seriam libertas felizes ou sofreriam os martírios da escravidão.

O dia acabou, e Ararê não veio. Chorei de novo e duvidei de Xangô e de Luiza Mahim.

Eis o que fui capaz de reconstituir com o que Ararê me contou.

Durante meu martírio, ele estava do outro lado da cidade, cumprindo seu destino, seu drama pessoal. Vestiu-se com o cuidado que a ocasião pedia. Trajava um tipo de saia de algodão, de cor natural, encimada por um cinto e, sobre este, havia mais um, emplumado com flores pendentes. Cobrindo os ombros, um pequeno poncho cujas plumas brancas do papo do imponente tucano-açu contrastavam com as plumas alaranjadas e vermelhas da arara-canindé. Tudo arrumado na mesma disposição das coisas de Nandedjará, facilitando a união da terra com o céu. Na cabeça, trazia uma testeira de algodão cujos apliques de plumas eram do topete do pica-pau, entremeados por longas penas da cauda da bela e orgulhosa tesoura. Na mão direita, o maracá, chocalho de cabaça apropriado para a comunicação com o sobrenatural. Quando agitado em direção ao céu, as sementes pretas em seu interior produzem um som que atrai a atenção dos espíritos. São iguais às do colar que lhe enfeita o pescoço. São elas que possuem um poder maior, talvez por pertencerem ao mundo subterrâneo, onde fecundam a terra e criam vida. Seu som atrai os espíritos benfazejos.

Com os pés na terra e o maracá no céu, Ararê dançou e cantou ao lado do cadáver da mãe. Do nascer ao pôr do sol, ouviu-se o lamento do índio, que se confundia com o som da floresta, o som do vento ao ser cortado pelas altas árvores. O ritmo hipnótico liberava forças ocultas em sua alma e, numa epifania, colocava-o em comunhão direta com os criadores; podia assim acompanhar a mãe à celestial maloca, a última morada do corpo, mas não do espírito, que voltaria em algum filho seu. Envolto na embira, seu corpo tinha proporções diminutas e não lembrava a valente mulher que havia sido. Sem marido e sem tribo, conseguiu criar o filho e dar-lhe a instrução que um valente necessita. A falta de homens que trouxessem na memória as lutas de seu povo não foi suficiente para intimidá-la; esforçou-se e transmitiu ao filho a honra de seus ancestrais. Não se deixou matar pelas epidemias de gripe e sarampo que haviam dizimado sua aldeia. Não deixou que a tristeza que levava os guaranis a terminarem com a vida tomasse conta de seu espírito. A esperança de que o filho encontrasse, finalmente, a Terra sem Mal movia sua vontade com obstinação. A partir da comida e das esmolas da paróquia, criou sua obra divina, um filho forte, valente, culto, bonito, que seria o orgulho da raça se houvessem outros para o admirar; se não fosse o último de sua tribo.

O funeral havia consumido dias em sua preparação. Achar embira nas matas devastadas do Rio exigiu muitas léguas de caminhada, mas Ararê sabia que ela ficaria feliz em ter as honras devidas a um morto bom e valente em vida.

O esforço valeu, e agora, em seus pensamentos, ele poderia voltar para mim e cumprir o seu destino. De alguma forma, eu conseguiria a minha alforria e partiríamos juntos à procura da Terra sem Mal. Lá construiríamos uma nova nação de gente com a pele mais escura, própria para o sol do Novo Mundo, de corpo forte, resistente às doenças dos brancos e de espírito tão leve e alegre que mesmo em face das agruras da vida pudesse cantar e dançar, orgulhando-se em poder dar alegria a quem quisesse.

A noite insone e o dia sem alimento não foram suficientes para diminuir o ânimo de Ararê e impedi-lo de ir me procurar, mesmo sabendo que não era sexta-feira e corria o risco de desagradar aos meus senhores. A morte da mãe tão querida o livrara das amarras que havia tanto tempo tolhiam sua liberdade. Quando viu que o fim era inevitável, pediu aos espíritos que o apressassem e ficou feliz quando ela suspirou pela última vez. Quando nós tivéssemos filhos, ela voltaria habitando o corpo de algum deles. Voltou pensando em mim, sentiu meu corpo e, por um momento, o gosto de minha boca. A ansiedade e o desejo de ter-me em seus braços o fez esquecer que sou uma escrava e que minha vontade não me pertence. Já havia anoitecido quando ele chegou à imponente mansão do Flamengo onde eu morava.

Só então percebeu a temeridade de chamar uma escrava à porta, de noite, com seus senhores presentes. Mas não havia outra forma, não suportaria esperar até sexta-feira. Acautelou-se e desviou da porta principal, batendo palmas com força ao lado da casa e torcendo para que eu o atendesse.

– Quem é? – gritou Isabel.

– É Ararê, amigo de Júlia.

– Mas é noite!

– Não pude vir antes.

– A sinhá nos castigará!

– Não demorarei.

– Fique aqui. Vou chamar.

Cheguei com um sorriso nos lábios e algumas lágrimas nos olhos.

– Achei que nunca mais o veria. Chorei o que era capaz de chorar.

– Não pude vir antes.

– Tenho muito que lhe contar, mas o que aconteceu?

– Minha mãe morreu, e fui fazer seu funeral. Agora sou livre e podemos ir atrás da Terra sem Mal. Vim buscar você.

– E acha que eu posso ir? Esqueceu que sou escrava? – perguntei, com um sorriso faceiro que intrigou o índio.

– Mas eu quero tanto, que vamos conseguir! Vou arranjar dinheiro para sua alforria. Se não conseguir, vamos para o sul, fugidos, para a terra dos guaranis, lá não há escravos. Seremos felizes e livres.

– Você não me vê há tantos dias que não sabe das novidades.

– O que é?

– Nem ganhei um beijo, e quer saber de tudo?

– E seus senhores?

– As novidades são sobre eles. A sinhá está prenhe! Vai ter um filho! Eles voltarão para o país deles, a França.

– Então por que está contente? Vão vender você e tenho pouco tempo para arranjar o dinheiro.

– Eles me levarão ou me darão alforria. Posso escolher entre você e ser uma mulher livre em Paris. Tenho só até amanhã para decidir.

– E o que resolveu? – perguntou ele, com angústia na voz.

– Você nem imagina?!

— Você se esforça para aprender a língua deles e sei que Paris é a cidade mais bonita do mundo.

— O que pode ser tudo isso comparado com você?

— Eu sou feliz!

— Espere aqui.

Saí apressada, saltitando de felicidade. Atravessei a cozinha correndo e entrei na sala escancarando a porta. Amélie e Pierre olharam-me com espanto.

— Eu queria falar com vocês — disse, respirando fundo, não conseguindo conter o sorriso.

Pierre, afundado em sua poltrona, levantou os olhos do livro e os fixou em mim.

— O meu amigo está aí fora. Sua mãe morreu e ele está livre para ir comigo. Finalmente, posso fazer a minha escolha. Eu vou com ele para a Terra sem Mal, que fica no sul, e serei feliz.

— Aí fora? Agora? — perguntou Pierre, surpreso.

Um incômodo silêncio se seguiu, e os três olharam-se, tentando recompor as ideias. Para espanto das duas, ele ordenou:

— Mande-o entrar, quero conhecê-lo.

— Mas ele é um índio!

— Um motivo a mais para conhecê-lo.

— Está bem.

Saí saltitante, como havia entrado, e fui chamar Ararê. Ele, incrédulo, titubeava, mas diante do meu entusiasmo e de minha segurança, acabou cedendo.

Entrou pela cozinha, com o olhar altaneiro e o peito cheio de ar. A fina camisa branca mal cobria as pinturas fúnebres de seu tronco, vermelhas do urucum e pretas do jenipapo, em belos desenhos geométricos.

Foi Pierre o primeiro a falar:

— Então foi você quem roubou o coração de Júlia.

— Sou Ararê, índio caiouá-guarani, um dos últimos de minha tribo.

— E o que pode dar para possuí-la?

Prendi a respiração com o susto daquela pergunta. Amélie olhou para o marido, surpresa.

— Darei o que possuo, que não é muito, mas sou forte e tenho saúde e disposição, conseguirei o que me pedir.

— Quero que ela tenha uma vida boa. É importante para mim e minha mulher.

— Eu tenho força e amor.

— Será o suficiente?

— Se não for, o que seria?

— Ela o escolheu. Preferiu você a uma vida boa em nossa casa; assim, só me resta concordar. Ela me disse que iriam para um lugar que se chama Terra sem Mal. O que é?

— O criador de minha gente reservou um pedaço de terra sem os males que nos perturbam. Sem fome, sem doenças, sem o trabalho extenuante, sem maldade... Mas esse lugar está escondido à espera dos bravos que o descubram.

— E você o encontrará?

— Muitos de minha gente foram para um lugar no sul, Paraguai-guá, onde não há fome, não há escravidão, e todos têm um pedaço de terra para seu sustento. Um país guarani que fala nossa língua, onde nossos deuses são adorados.

— Irão com a minha ajuda. Amanhã vamos procurar o cigano do Valongo e cuidar dos papéis de alforria. Darei uma quantia em dinheiro e deixarei com vocês meus dois cavalos. Eles são valentes e serão úteis em sua viagem.

— Júlia é valorosa. Por que esses favores?

— Talvez ela lhe conte, mas não agora. Basta que saiba que Amélie e eu devemos uma parte de nossa felicidade a ela, que encantou nossa vida. Vamos beber uma garrafa de vinho para comemorar.

Amélie levantou-se e, em uma bandeja de prata, trouxe quatro taças de cristal e uma garrafa da adega. Pierre ergueu a taça e fez um brinde:

— Em honra do fogo que nos move em busca da satisfação. Boa sorte na caminhada. Viva!

Beberam mais uma garrafa, e o vinho fez com que ficassem alegres e conversassem como amigos. Pierre queria saber sobre seu povo, a religião, os costumes, sobre os suicídios tão frequentes. Depois conversaram sobre música. Ararê contou que tocava rabeca e o mbaracá-guaçu, um violão artesanal de cinco cordas. Explicou o que era *nhande rekó*, o modo de ser guarani, mas era difícil filosofar em uma língua de poucas palavras. Ficou pior quando Ararê falou em *aquidjé*, um estado de perfeição, de plenitude, que os espíritos mais adiantados podem atingir depois de muito esforço, depois que adquirem muita sabedoria e se comunicam com um mundo maravilhoso, desconhecido para a maioria das pessoas. Eu exultava ao ver meu noivo conversando com intimidade com um médico tão importante. Olhei os meus dois homens lado a lado e pensei: a vida comArarê é a minha escolha. Agora eu sei que, entre mim e Pierre, de comum acordo, não existe amor, mas não esquecerei o prazer que dei e recebi dele e da sinhá, quanto aprendi, quanto fui feliz naquela casa. Sentirei saudades.

Alegres com o vinho, eles despediram-se de Araré, e fui acompanhá-lo até a porta. Quando voltei, encontrei a sinhá sentada no colo do marido. Estava com a blusa desabotoada e um dos seios à mostra. Beijava o marido com força, e ele acariciava o seio exposto com delicadeza. Fiquei, por alguns instantes, observando a cena da qual participara tantas vezes, mas achei que os dois queriam privacidade e, em silêncio, ia saindo quando Amélie me chamou.

— Venha, Júlia, quero você...

Levantou-se do colo do marido e caminhou em minha direção, com os cabelos soltos e a blusa em desalinho.

— É provável que esta seja a última vez... — falou Amélie.

Com as mãos brancas, apertou meus ombros negros e puxou-me para si. Aproximou seus lábios vermelhos de meu rosto e deixou que eu sentisse seu hálito quente, cheio de desejo.

— Hoje eu quero que sejamos só nós duas...

Apertou a boca contra o meu peito e entreabriu os lábios com a língua sedenta.

Era difícil me concentrar nos prazeres dos meus senhores, com a turbulência que havia enfrentado. Foram dias de desespero que acabavam de ser resolvidos, ele retornava e minha vida novamente tinha um futuro. Queria estar em outros braços, queria beijar outra boca, sentir outro hálito.

Mas o vinho me alegrava, e o desejo de Amélie tinha um cheiro forte. No começo foi difícil me concentrar, tive que recorrer a um pouco de imaginação e pensar nos lábios de Araré, mas logo estávamos envoltas na mesma teia de êxtase, e tudo ficou bom como sempre.

Eu vestia uma camisa de algodão branca, folgada e de decote largo. Amélie, com habilidade, desnudou meu tronco em um instante e desceu a cabeça até poder abocanhar um de meus mamilos. Ao sentir sua língua macia, acariciando com vigor meu seio, suspirei de prazer e deixei minha atitude indiferente para ajudá-la a se livrar das roupas. Em pouco tempo, estávamos nuas, iluminadas pelas velas, sobre um precioso tapete *nahin*, de fundo branco com pequenos desenhos de flores e pássaros em muitos tons de azul.

Pierre, afundado em sua poltrona, se contorcia, ofegante, sem coragem de se imiscuir em cena tão completa. Não havia limite na busca dos prazeres, despudoradamente nos beijávamos e nos lambíamos em todos os lugares possíveis, detendo-nos mais tempo onde obtínhamos mais prazer. Fazíamos, uma na outra, o que queríamos para cada uma de nós, e gozamos juntas vezes sem conta.

Foi só quando nos abandonamos, deitadas lado a lado, satisfeitas e relaxadas, que Pierre se levantou e, despindo-se com rapidez, deitou-se sobre mim, penetrando-me com um desejo intenso e mal contido. Amélie levantou o tronco e apoiou-se sobre os cotovelos para melhor observar o marido movimentando-se sobre sua amante negra. Minhas coxas, bem abertas, envolviam Pierre e o faziam se esforçar para dar as estocadas que o satisfariam. Amélie admirou os músculos das nádegas do marido, que se contraíam com vigor, mostrando sua anatomia. Demorou muito pouco até que ele deixasse suas secreções dentro de meu corpo. Nós três adormecemos sobre o tapete. De madrugada, nos levantamos cheios de preguiça e fomos para a cama.

No dia seguinte, logo cedo, fui com José ao Valongo procurar por Zurca, o cigano, e tratar dos papéis da alforria. Quando íamos chegando, apesar da manhã sem nuvens com o sol de verão brilhando forte, senti arrepios. Desde que fora comprada, não havia voltado a esse lugar maldito e, como se fosse possível, pensei tê-lo esquecido. Massageei o pescoço, apertando com a ponta dos dedos a última vértebra cervical, por onde entram no corpo as energias perversas. Lugar infernal... pensei em silêncio, olhando para José e tentando adivinhar se ele sentia o mesmo. Vi que ele olhava para um grupo de cinco homens acorrentados, quase nus, emagrecidos, olhos arregalados, conjuntivas vermelhas e boca aberta. Talvez ele tivesse alguma pena, mas não parecia. Pensei comigo: para sentir a tristeza que existe aqui, é preciso possuir uma ferida na alma, alguma coisa que faça a dor dos outros doer dentro da gente, como se fosse nossa própria dor.

— Estou me sentindo mal. Esse lugar é horrível, minha cabeça parece que vai explodir.

— Calma, menina. Por que esse nervoso?

— Você não sente a maldade e a dor que infestam essas vizinhanças? Se o inferno existe, deve ser assim.

— Eu vejo a miséria, mas não sei o que sinto.

— É como se estivesse no Pelourinho sendo açoitada! Estou enjoada, acho que vou vomitar!

— Tem gente que é assim, lá na minha confraria tem três mulheres que sentem coisas, enxergam o que ninguém mais pode ver. Um dia você vai comigo e elas saberão se é uma delas. Talvez você possa falar com os espíritos. Se puder, vai ajudar muita gente.

Faltavam dois dias para a Quarta-Feira de Cinzas, e as brincadeiras do entrudo animavam toda a cidade. Mesmo no triste Valongo, um grupo de crianças se divertia, mulatinhos enfeitados com panos coloridos e armados com bolas de cera cheias d'água corriam de um lado para o outro. Um dos meninos mirou com precisão minha cabeça e de longe atirou o seu projétil. Assustei-me com o banho inesperado, respirei fundo e demorei um instante para perceber o que havia acontecido. Olhei para trás e vi o pequeno que se contorcia de tanto gargalhar. A água fria escorria sob a roupa folgada, refrescando a alma e lavando os sentimentos negativos; o menino, bonito e risonho, devolveu o que o lugar miserável lhe tomara. Chegamos à casa do cigano e olhei curiosa pela porta, procurando por imagens familiares de minha chegada da África. Mas era estranho, não havia movimento de escravos. Onde estariam os negros à venda? Não demorou, e Zurka apareceu sorridente, com um belo lenço colorido na cabeça e o peito musculoso nu, coberto apenas por seus pelos.

— Que bom te encontrar! Como a vida te tratou bem. Você é a negra mais bonita que já vi! Está toda molhada. Os meninos te pegaram! Veio encantar nosso entrudo.

— Um menino bonito me acertou em cheio. Estou diferente de quando me vendeu.

— Eu vi que o doutor não iria te tratar como uma negra qualquer.

— Tratou tão bem que me deu alforria.

— O José me contou. Sem condições e sem indenização, é inacreditável. Eu irei ao cartório para fazer as cartas. Fico satisfeito que tudo tenha corrido bem para você.

— Onde estão os negros à venda? Sua casa parece vazia!

— Eu não vendo mais negros. Agora compro e vendo animais. Não quero mais saber de escravos. Me sentia mal com o sofrimento das pessoas. A maioria não é como você.

— Que bom você achar isso.

— É que antes eu não achava que os negros fossem como eu. Nossa, como você fala bem!

— Eu me esforço, e as pessoas são boas para mim. O doutor e a sinhá me ensinaram muito. Além da carta, preciso de um documento dizendo que o doutor me deu seus dois cavalos.

— Os dois? — ele arrematou, surpreso. — São animais magníficos, muito valiosos — completou.

— São. E é por isso que preciso de alguma prova de que são meus. Como explicar uma negra de pouca idade livre e dona de belos cavalos. O José vai trabalhar na casa de outro francês e não terá onde colocá-los. Eu irei para uma terra que fica muito longe. Preciso deles.

— Para onde vai? Entrem, venham tomar uma água fresca, quero ouvir essa história.

Entramos com a intimidade de quem visita um amigo. Lembrei-me de como havia saído dali, do temor que sentia pelo futuro, da humilhação de minha condição. Orgulhei-me de ter tomado meu destino nas mãos e o modificado.

Contei minha história para Zurca, falei de Ararê, da Terra sem Mal. Disse-lhe que sabia ler e escrever, até em francês, mas pedi segredo para não comprometer quem me havia ensinado. Depois foi a vez de Zurca narrar sua história: logo depois de ter me vendido, começou a perceber o absurdo do que fazia, sentiu que cada dinheiro que ganhava com os negros trazia maldição e sofrimento. Nessa época, conheceu um grupo novo de amigos, que mostrou formas diferentes de enxergar e sentir a vida. Aprendeu a ter tranquilidade. Começou a tornar-se mais feliz.

— Mas o que pode ser tão maravilhoso assim? — perguntei, curiosa.

José ouvia em silêncio, pouco à vontade na sala de visitas de um homem branco, mesmo que fosse um cigano.

— Nada que possa explicar, ou melhor, nada que se explique com palavras. É preciso sentir!

— Eu queria que você tentasse me ensinar.

— É um longo caminho, dei poucos passos. O mestre é quem sabe mais que todos. Amanhã vou te buscar em casa para ir ao cartório. No caminho, tento te explicar como mudei a maneira de enxergar a vida. E quanto ela melhorou.

Na volta para o Flamengo, vimos que o Rio de Janeiro explodia de alegria. Nos três dias antes da Quaresma, todos buscam as diversões e os prazeres. A polícia tentava cercear a folia, que incomodava as famílias mais requintadas. Laranjas, ovos, bolas de cera cheias de água, seringas de brinquedo, bacias, tigelas e, às vezes, até baldes de água eram usados. Todos se divertiam incomodando o próximo. Muitos saíam de guarda-chuva, para enfrentar o banho inevitável. Uma baciada de água vinda da sacada de uma residência elegante atingiu José. Três belas e elegantes senhoritas se curvavam de tanto rir do sucesso da traquinagem.

Em casa, agitada, Isabel nem reparou nas roupas ensopadas de José.

— Ainda bem que chegaram! A sinhá começou a pôr os armários abaixo e embalar as coisas. Parece que vão partir em quinze dias. O doutor veio com essa notícia.

— Amanhã vou com o cigano providenciar os papéis de nossa alforria.

— Não quero nem pensar nisso! O que será de mim? Você tem Ararê, e nós? Nada. Nem família, nem marido. Fui escrava a vida toda.

— Terão a vida nas mãos e trabalharão por um preço combinado. É muita coisa!

— Tenho medo!

— Não tema, tudo se ajeitará!

Trabalhamos muito. Amélie admirava-se da quantidade de coisas que havia juntado. O doutor chegou e foi nos ajudar. Dei-lhe a notícia sobre as cartas de manumissão. Respiramos aliviadas quando Pierre contou que conseguira colocação para todos. Isabel e as outras iriam para uma casa de ingleses, e José continuaria com um casal francês. Jantamos pouco, por conta da emoção e do cansaço, mas dormi bem e acordei com a energia boa.

Na manhã seguinte, Zurca veio me buscar. Conduzia um tílburi puxado por uma égua alazã tostada, de pouco tamanho, mas tão cheia de músculos que puxava o carro com facilidade. Armava-se entre os varais, elevando a cauda e as orelhas, olhando tudo com atenção e vivacidade. A crina, quase branca, enfeitada com trabalhosas trancinhas, balançava no ritmo da marcha cadenciada com que erguia alto as patas dianteiras, em um movimento gostoso de se olhar. A capota manobrável vinha arreada, pois os ciganos gostam de vento e de sol. Zurca estava bonito, vestia uma camisa branca folgada que mostrava os pelos de seu peito moreno e botas até a altura dos joelhos. Suas mãos eram belas e másculas e as unhas, bem cuidadas e limpas como as do doutor. No dedo pequeno, um pesado anel de ouro com duas serpentes enroscadas em um bastão. Eu o esperava em frente da casa, descalça, com pequenas conchas do mar num delicado fio de sisal, enfeitando o tornozelo. Um vestido de tecido avermelhado ia até o meio da canela e estava preso na cintura por uma faixa de seda colorida, cheia de brilho, presente da sinhá para enfeitar-me. A faixa acentuava as curvas de meu corpo e sugeria nádegas bem desenhadas e potentes. Uma camisa de musselina leve, quase transparente, não escondia meus seios rijos, que sacudiam um pouco com o movimento do corpo. Meu colo, enfeitado com um colar de miçangas, refletia o sol tropical como um espelho e sei que ofuscou os olhos de Zurca. Na cabeça um turbante de musselina vermelha de boa qualidade, ornando com a faixa da cintura escondia a carapinha e parte das orelhas até quase os brincos de argola que havia ganhado de Isabel. Com um pulo ágil, acomodei-me no assento de couro preto, enfeitado com botões como se fosse um Chesterfield. Senti o conforto do couro bem tratado e a maciez do molejo do tílburi.

– Cheguei no horário, não atrasei – disse o cigano, sorridente.

– Estava ansiosa. Acordei pensando que já estava na hora.

– Está bonita.

– Você também. É um homem bonito.

– Não conheço escrava mais bem tratada que você.

– Ser bem tratada não é ser livre. Eu nunca experimentei essa sensação!

— ... de ser livre?

— É!

— Você já é livre... Nada mudará!

— Não, não sou. Não sou dona da minha vontade.

— Ninguém é totalmente dono da vontade. Para viver com os outros, dependemos de regras e limites.

— É diferente quando nos submetemos por nossa decisão e quando somos forçados. Por mim, estaria viajando para a Terra sem Mal com Ararê.

— Você é mais livre do que muita gente. Tem vontade para alterar seu destino. Pouca gente é assim.

— Como sabe?

— Está nos seus olhos, no seu jeito. Quando chegou da África, vi que era especial. Achei que o doutor a queria só para sacanagem e depois, quando a mulher descobrisse, a venderia para mim outra vez. É o que sempre acontece. Quando elas descobrem, devolvem a moleca prenhe. Mas não faço mais isso, agora comercio cavalos.

— Ia me falar sobre isso. O que fez você mudar assim?

— Tenho amigos que me ensinaram a pensar diferente. São ciganos como eu. Estiveram na Índia e sabem coisas que mudaram minha vida. Ou melhor, me fizeram mudar o modo como enxergo minha vida. Sinto as pessoas de outra forma, inclusive os negros. Era como os brancos, achava que um negro era alguma coisa entre um animal e uma pessoa.

— Queria conhecer essa gente.

— Hoje tem cerimônia. Será em um bosque aqui perto, e devem ir dezesseis pessoas, além do nosso guru.

— Que é um guru?

— Alguém que sabe mais que a gente e por isso comanda.

— Como um padre?

— Mais ou menos.

— Posso ir com você?

— Eu a levaria. Mas não vai compreender. As mulheres que vão ali conhecem os ensinamentos e aproveitam a cerimônia.

— Meu maior prazer é aprender. É injusto não me dar essa oportunidade.

— É verdade, você tem instinto. Tentarei explicar. São rituais criados na Índia há séculos para melhorar a nossa vida. Não é como na igreja, o guru não diz o que é certo ou errado. Ele não tem verdades nem pecados. A festa de hoje é um desses rituais.

— Como uma missa?

— Mais ou menos. Eu me empolgo quando falo disso. O nosso corpo é um templo, e é através das sensações que alcançamos o que está além do humano. Durante a cerimônia, estamos com os deuses.

— Como é a cerimônia?

— É o acasalamento, a união do macho e da fêmea, do deus e da deusa. É a excitação que nos leva ao êxtase.

— Com um desconhecido?

— É.

— Sem nenhuma vergonha?

— Nenhuma. Vergonha não é natural. O acasalamento serve para atingir o espírito através do corpo. O prazer nos mostra um caminho. Estamos chegando, o cartório é ali.

Zurca desceu do tílburi e cavalheirescamente me ajudou a descer, e fomos juntos falar com o escrivão. Os dois se cumprimentaram como velhos conhecidos, sentaram-se e, para espanto do homem, Zurca ofereceu uma cadeira para mim.

— O senhor desta negra, Júlia Kilamba, concedeu-lhe alforria de graça e sem condições. Para ela e para mais três negras.

— Sem receber indenização? Por quê? Está no leito de morte?

— Não. Ele é jovem. É francês e irá morar em Paris.

— Quando comprada, não havia restrições à sua libertação?

— Não. Fui eu quem a vendi ao doutor.

— E por que não a vende? Bonita assim, eu mesmo a compraria e a poria em uma casa, só para me tratar bem. Estranha a luz que brilha nos seus olhos.

— Ela é bonita, mas não está à venda. Vamos é fazer uma carta de alforria, e uma certidão de doação de dois cavalos que seu senhor lhe deu. Se você visse os cavalos, não acreditaria.

— Ela deve ser muito boa de sacanagem!

— Vamos, homem! Faça o seu trabalho.

— Então vamos lá. Como é o nome do homem?

— Doutor Pierre de Ville..., médico, francês.

— Eu, Pierre de..., de nacionalidade francesa, médico de profissão, tenho entre os bens de minha propriedade uma negra africana... De onde?

— Moçambique.

— De Moçambique, de nome Júlia Kilamba, perto de dezoito anos, de boas carnes e bom aspecto. Faz algum trabalho?

— Cozinha bem – respondeu Zurca, antes que Júlia falasse.

— ... quituteira, que liberto a partir desta data e para sempre, como se assim tivesse nascido. Esta manumissão se dá sem nenhum pagamento e sem condições. Você assina como testemunha, mas é melhor que o próprio médico assine, porque é difícil acreditar em uma coisa assim.

— Está bem – respondeu Zurca prontamente.

— Você, Júlia Kilamba, precisa saber que, se for ingrata com seu senhor, ele pode anular esta alforria a qualquer tempo. São as leis do Império. – O escrivão falou com algum prazer, olhando para mim com um ar de superioridade.

Demorou até que ele terminasse as cartas de Isabel, das duas outras escravas e o documento de doação dos cavalos.

Voltamos devagar, o sol forte cansou a égua alazã. Era o último dia de entrudo.

— Essa festa é antiga. Na Grécia, se comemorava o deus Dionísio. Durante três dias, com procissões, muito vinho e orgias, o povo se divertia.

— Um deus e orgias?

— Agradeciam pela última safra de vinho e abriam os primeiros tonéis. Foi ele quem ensinou os homens a fazer o vinho. Com a bebida, os homens se libertam, saem de si, tornam-se deuses! Mesmo por pouco tempo ficam desobrigados de seus deveres. Matavam um touro para comungar com o deus, o touro era o deus encarnado. Como o padre que come a hóstia, o corpo de Cristo, e bebe o vinho, que é o seu sangue.

— Tudo igual?

— Acho que uma cópia vem da outra. Depois da festa, havia um dia dedicado aos mortos.

— Triste como a quarta-feira!

— É! Triste como a quarta-feira.
— Não gosto de tristezas. Acho que nasci só para comemorar Dionísio.
— Emendei.
— Abrindo as procissões, mulheres bonitas como você dançavam e convidavam o povo. Você daria uma bela bacante, muitos te seguiriam. Cante comigo:

*Evoé! Evoé! Venham todos*
*Venham cantar a Dionísio.*

— É como se o entrudo fosse uma festa para ele... Gostaria de ir com você à noite. Posso?
— Vou gostar. Meus amigos também, mas tenho que avisar antes. Não coma até a noite, todos estarão em jejum. Comemos um pouco durante a cerimônia.

Zurca voltou quando começou a escurecer, e Pierre, atarefado com a preparação da bagagem para a viagem, não lhe deu muita atenção. Rapidamente assinou as cartas e o despachou sem muita conversa. Eu havia me preparado para o encontro, banhei-me com escrúpulos, usei a água de cheiro de Isabel e coloquei minha melhor roupa, sem esquecer o colar de miçangas e os brincos dourados. Fomos em direção à Tijuca, e durante uma hora Zurca explicou os procedimentos da cerimônia. Ouvi atentamente, ansiosa, desconfiada e curiosa por enfrentar o desconhecido.

Chegamos a um terreno ermo, iluminado por tochas. O cheiro do óleo que mantinha o fogo misturava-se com o aroma da mata, criando um perfume que se espalhava pela clareira, cercada por árvores frondosas. Uma atmosfera mística envolvia o lugar. Um pouco afastados, dois homens, ciganos pelas vestimentas, com violinos, executavam uma música longínqua. Fomos os últimos a chegar, os outros estavam sentados em volta de um grande pano colorido. Um velho de cabelos brancos ergueu-se para nos receber, fazia as vezes de um mestre de cerimônia e apontou o lugar que devíamos ocupar.

A música suave misturava-se com o som do vento, discreta, quase imperceptível. Cantávamos com palavras ininteligíveis, mas que penetravam no corpo causando paz e excitação ao mesmo tempo. Eu estava sentada em frente a um homem do qual só podia vislumbrar o porte, pois a pouca luz não deixava que identificasse suas feições. Poderia até ser Zurca, mas era impossível saber. Fechei os olhos e senti as mãos de meu companheiro. Eram grossas e fortes, não rudes como as de um trabalhador braçal, mas firmes e secas. Senti seu calor de forma muito intensa. Embalada pela música e pelo fogo das mãos de meu companheiro, sentia-me muito bem. Estava sentada, imóvel, com as pernas dobradas e a coluna reta, os olhos fechados, a voz do velho soava como se viesse de dentro de meus próprios pensamentos.

O velho finalmente mandou que as mulheres se deitassem com as pernas abertas e os joelhos dobrados. As oito mulheres estavam com a cabeça próxima do centro do círculo cuidadosamente desenhado, e o velho cuidava para que não saíssem de seus lugares.

Foi tudo muito devagar, com calma, sem gritos e gemidos. A música continuava, e, de olhos fechados, recebi o desconhecido dentro de mim como se o esperasse há muito tempo, sem ansiedade e sem pressa, mas com muito desejo. Gozamos juntos com a intensidade das forças cósmicas que celebrávamos.

CAPÍTULO 8
# A sabedoria nasce do tempo e do empenho

> *"Êxtase é a iluminação da alma pelos deuses ou gênios que, doravante, sob a influência divina, engloba todas as coisas e prevê o futuro."*
>
> PLATÃO

> *"Eu não tenho filosofia: tenho sentidos...*
> *Se falo na Natureza não é porque saiba o que ela é,*
> *Mas porque a amo, e amo-a por isso,*
> *Porque quem ama nunca sabe o que ama*
> *Nem sabe por que ama, nem o que é amar...*
>
> *Amar é a eterna inocência,*
> *E a única inocência é não pensar..."*
>
> FERNANDO PESSOA

O TEMPO PASSOU RÁPIDO, E NA MADRUGADA DO DIA SEGUINTE, MEUS SENHORES embarcariam para a Europa. Uma carroça grande fez várias viagens até o cais, levando volumes, malas, móveis, baús, engradados com plantas secas, vasos com plantas, insetos, artesanato indígena, arcos, flechas, tacapes, bordunas, arte plumária, cocares, colares e tangas. Os marinheiros ingleses não ajudavam nem orientavam os escravos estivadores; a maior parte do tempo estavam bêbados, perseguindo as escravas e as prostitutas, fazendo algazarra, sem se importar com a polícia. Sabiam que, por serem ingleses, estavam acima das obrigações dos demais e imunes à justiça do Rio. Escravos de aluguel cuidavam do embarque, a etapa mais delicada. Ela exigia maior empenho, pois, como dizem, os negros não prestam atenção no que fazem: perdem volumes caídos no mar ou despencados do guindaste que auxiliava o embarque.

Como todas as manhãs, fui ao quarto da sinhá. Amélie já estava acordada e falou, com uma voz pensativa e tristonha:

— É nosso último dia no Brasil, e você fará nosso jantar. Quero uma comida inesquecível. Sentará à mesa conosco. Será nossa despedida. Comeremos bem e beberemos o melhor vinho da adega.

— Isabel foi hoje bem cedo para sua nova casa. Estava orgulhosa com a carta de alforria. Eu chorei quando ela foi. Não sei o que teria sido de mim se ela não tivesse me ajudado quando cheguei. As duas outras escravas foram ontem à tardezinha, acho que nem sabem o que a carta significa.

— Isabel lhe fará falta, mas agora você tem Ararê. Terá filhos e uma família para tomar conta. Eu também terei filhos. Sou a mulher mais feliz do mundo.

— Ararê e eu vamos nos casar, ele já pediu ao padre. Será no final desta semana. Viverei com ele e cuidarei de nossos filhos na Terra sem Mal.

— E será só dele?

— Como assim?

— Ele será suficiente para cuidar de seus desejos?

— Acho que sim. Vamos morar juntos e faremos nossas vontades.

— Às vezes não é só fazer. Uma vontade estranha de coisas diferentes... Antes eu achava que era coisa do demônio e sofria. Você me libertou. Vai fazer falta na nossa cama.

Pelo decote, Amélie acariciou meu seio, senti que meu mamilo se contraía com força. Gostava de ver o contraste de sua mão branca com minha pele negra.

— Que fitinha é essa? São bonitos os desenhos.

— Uma mulher chamada Luiza Mahim me mandou usar. Um deus chamado Xangô olha por mim, esta fita é dele.

— Superstição. Estamos sempre atrás dessas coisas.

— Xangô não quer nada de mim, não tenho nenhuma obrigação. Ela disse que com essa fita posso ajudar melhor os outros. Tenho esse dom. A sinhá era triste, fiz muito esforço para ajudar. Agora sei fazer melhor.

— Sentirei sua falta. Amo meu marido, mas você é como uma continuação dele.

Amélie falou com carinho e desejo. Aproximou-se para beijar meu seio enfeitado com a fita e, em um momento, o sugava vigorosamente com a boca bem aberta, parecia querer engoli-lo. Eu a ajudava com a mão, facilitando seu trabalho, como fazem as mulheres quando estão amamentando. Fechei os olhos para melhor usufruir a sensação, e a sensibilidade de meu mamilo aumentou; sentia cada detalhe e cada movimento da língua de minha amante. Durante algum tempo, ela sugou meu seio como se fosse uma criança, e depois ficou acariciando meu mamilo com a ponta da língua. Senti um prazer que me levou a um pequeno orgasmo. Amélie levantou-se e me abraçou, comprimindo seus seios contra os meus; queria sentir-me, chegar ainda mais perto, entrar em mim. Esfregou minhas costas com as mãos e beijou-me a boca, fazendo com a língua o mesmo que fizera no meu seio. Lançou um abafado gemido de prazer e afastou-se, olhando-me nos olhos.

— Ah! Como me sinto bem. Alguma coisa dentro de mim se arruma quando estou com você. Em Paris, vou sofrer a sua ausência.

— Não vai sofrer, será feliz. Não terá mais pesadelos! Quem se conhece é iluminado, e, se consegue matar os seus monstros, é realmente poderoso. Eu ajudei, mas agora pode seguir sozinha.

— Queria ter certeza. Se ficar de novo como era, estarei na Europa e você aqui. Quem me salvará?

— Agora a sinhá enxerga o que não enxergava. Tem muita gente como eu que pode ajudar. É só procurar, estão sempre por perto. Com Zurca, o cigano, conheci pessoas que gostam de ajudar. Em Paris, achará gente assim!

— Conheceu?

Contei a estranha cerimônia de que participei. Amélie ouvia e não escondia sua surpresa. Quando descrevi as sensações que havia tido, sua expressão era de admiração, surpresa e indignação.

— Como teve coragem. Um desconhecido!

— Não era um desconhecido, estava no lugar de um deus. Por isso me deitei com ele. Tive muito prazer, mas meu amor é só de Ararê.

— Difícil entender como seu amor é de Ararê, mas outro homem consegue dar a você um prazer divino.

— Não é difícil! É só olhar. O doutor me dá prazer e tem prazer comigo, mas a sinhá é o seu amor. Eu sei que a sinhá tem prazer comigo, mas é ao doutor que ama. É assim que somos feitos, todos nós.

— Sei que é assim, mas tenho medo de admitir.

— Por quê?

— Sempre me disseram coisas. O certo e o errado... difícil esquecer tudo e começar de novo. Eu compreendia o mundo do modo que me ensinaram. Você é mais livre do que eu. Agora vá. Faça um almoço rápido e capriche no jantar. Você e José esperarão o novo proprietário, que chegará em alguns dias. Ararê pode morar aqui até lá.

O dia passou devagar e tedioso, como são os dias que antecedem grandes acontecimentos. Meditei sobre várias possibilidades e finalmente decidi qual seria o jantar: para aguçar o paladar, um bolinho de feijão-fradinho, o abará. Depois, xinxim de galinha acompanhado por caruru, feito com os bonitos quiabos da horta. Depois do jantar, quindim, cocada branca e cocada queimada para adoçar as bocas cansadas do ardor da pimenta malagueta, principalmente da sinhá e do doutor, mais acostumadas com a europeia pimenta-do-reino, insossa e indigesta.

Usei panelas de barro e colheres de pau, que melhoram o gosto, e senti o sabor que tudo teria quando estivesse pronto. Gostei do que experimentei. Como uma negra versada em mandingas, acostumada a encantamentos, usei minha energia para extrair dos alimentos uma comida de sabor divino. Comecei pelo abará, o bolinho de Iansã, a senhora das tempestades e rainha dos raios. Uma massa de feijão-fradinho cuidadosamente temperada com pimenta, cebola e sal. O azeite de dendê vinha depois, aos poucos, conforme a mistura ia tomando consistência. Por último, o camarão, seco no sol matinal e bem moído, ia se incorporando à massa como se sempre tivesse feito parte dela. Quando achei que estava bom, embrulhei pequenos bocados em folhas tenras de bananeira e cozinhei em água.

Em seguida, o caruru. Amassei o camarão, que estava de molho na água fria havia mais de uma hora, com castanha, amendoim, cebola e tomate. Quando a massa ficou uniforme, acrescentei o cheiro-verde e um odor maravilhoso me deu a sensação de flutuar. Deixei a massa e fui cuidar do quiabo; coloquei-o na água fervendo com sal e pimenta até ficar no ponto, e então acrescentei a mistura de camarão, mexendo sempre, devagar e com ginga, para equilibrar o espírito da mistura. Por último, ainda com a panela no fogo, fui despejando o azeite de dendê para o toque final.

O último prato era o xinxim de galinha. Cortada em pedaços, nem grandes nem pequenos, dourei a galinha temperada com sal, pimenta e cebola, no azeite de dendê. Quando eles estavam da cor do sol, desprendendo um cheiro apetitoso, acrescentei água, cheiro-verde, coentro e camarões. Tampei a panela e deixei que cozinhasse enquanto recitava em voz baixa:

*Àpárà, ajude-me a suplicar a Xangô*
*Nunca deverá matar abo rere*
*Orógbó sempre pede paz no céu a Xangô.*

Quando estava tudo pronto, Amélie entrou na cozinha.

— Um banquete digno de Napoleão. Que perfume! Venha comigo experimentar algumas roupas.

Tínhamos a mesma altura, e os vestidos mais folgados poderiam ser reaproveitados.

— Você também precisa de sapatos. Agora é livre, não pode andar descalça. Tenho alguns que não usei porque são grandes.

— Nunca usei sapatos.

— Tudo se aprende. Você me ensinou isso, não?

Conversamos e nos deliciamos com desavergonhadas risadas; contamos casos; confessamos intimidades de Pierre e de Ararê, e depois de nós mesmas; falamos do que mais eles gostavam e onde mais gostavam. Para mim, tudo era tão natural quanto a minha própria vida, mas para Amélie a conversa foi uma profunda catarse. Falamos sobre assuntos que até havia algum tempo ela teria dificuldade só em pensar. Libertava-se ao aprender comigo como fazer para um homem gemer aos seus pés. Eu lhe ensinei o que sabia de nascença e apenas aperfeiçoei com a vida. Como mover a língua ao beijar a boca e o sexo de um homem, como mexer as mãos enquanto o beijava, como contrair os músculos vaginais levando-o ao delírio, mas sempre cuidando para ele não terminar antes da hora. Ensinava-lhe como dar e receber prazer, com êxtase e entusiasmo. Minha simplicidade e sinceridade eram uma satisfação para as necessidades morais de Amélie. Aliviavam sua alma. Depois nos vestimos para o jantar de despedida. Para mim, um rico vestido de seda branca, enfeitado com bordados delicados, sem nenhuma outra cor que não fosse o branco. O generoso decote expunha meu colo de belos seios, e um laço nas costas realçava minhas nádegas musculosas e potentes. O contraste do negro de minha pele e do branco imaculado da seda realçava meus ombros e braços roliços e delicados. Os sapatos, um pouco apertados, tinham pequenos saltos; aumentavam minha altura, tornando minha silhueta mais esbelta. Com um tecido igualmente branco, Amélie fez um arranjo que cobria minha carapinha, e argolas de ouro nas orelhas completaram a toalete para a noite de gala. A última noite.

— Ah! Que boa professora você foi, Júlia. Devo-lhe minha felicidade, queria recompensá-la mais.

— Ganhei minha liberdade e meu amor. Se tiver mais para receber, dou para seu filho. Faça a criança crescer sem medo de usufruir da vida. Agora vou ajudá-la a se vestir e a se pentear. O doutor vai se surpreender com este jantar.

Para Amélie, um vestido vermelho, mais vermelho que seus cabelos. As rendas sob o decote pareciam querer esconder os seios, mas, na verdade, os realçavam mais ainda. Era justo na cintura, um pouco mais opulenta pela gravidez, e descia até os pés. Os sapatos, com saltos mais altos do que os meus, a deixavam da minha altura. Um colar de brilhantes se misturava às sardas de seu colo. Um pouco de carmim nos lábios os fez parecerem de carne viva, sanguínea, como uma vagina ingurgitada de desejo, e realçava o branco dos dentes. Ficamos lado a lado em frente ao espelho; tínhamos a mesma elegância, a mesma juventude, a mesma vontade de viver e ser feliz. Gostamos do reflexo de nossa imagem, e, quando nossos olhares se cruzaram, vimos que essa combinação poderia levar o doutor a um delírio. Seria a comemoração da última noite tropical – tinha que ser perfeita.

— Você está linda – Amélie falou, voltando-se para mim.

Estávamos de mãos dadas e respirávamos com força.

— Sua beleza me emociona – respondi, olhando-a no fundo dos olhos.

Um beijo cheio de desejo, de boca aberta e as línguas se procurando. Se não fosse tão tarde, quase na hora do jantar, teríamos nos amado.

— Acho melhor que se vá. Vou ajudá-la a colocar a mesa. Pierre deve estar chegando.


Pierre chegou tenso, ansioso com o embarque da madrugada, não pensava em diversão. Estafado com o calor e as preocupações, se escarrapachou na confortável poltrona da sala de estar.

— Querida, estou aqui embaixo. Quando quiser, poderemos jantar. Estou com fome e exausto. Não vou me trocar.

Amélie ouviu e sorriu, antevendo a surpresa que teria. Respondeu em francês, quase gritando.

— Está bem, querido! Mandarei Júlia colocar o jantar.

Passou para a cozinha sem que Pierre a visse e foi me encontrar, enquanto eu ultimava os preparativos.

— Pierre já chegou. Leve o jantar. Eu cuidarei do vinho. Não deixe ele me ver, quero desfrutar da surpresa em seus olhos quando nos vir. Guardei para esta noite o melhor de nossa adega. Uma preciosidade: duas garrafas de Châteaux Latour. É de um lugar chamado Paulliac, na beira do rio Gironde. No ano em que foi feito, choveu pouco e fez frio, por isso ele ganhou um sabor especial.

Retirou a rolha e a levou ao nariz. Com os olhos fechados, inspirou devagar, sentiu o aroma emanando com intensidade e me ofereceu, para que eu sentisse aquela fragrância mágica. Alguns cálices alemães não haviam sido embalados e estavam à altura do vinho. Ela provou um pequeno gole para admirar o corpo e a cor.

Um vinho encorpado e vibrante para acompanhar essas comidas. Ficará bom? Acho melhor também servir uma água bem fria... Amélie falou para si mesma, sentindo o gosto do carvalho centenário no fundo da boca.

Na sala de jantar, ela segurou-me pela mão e foi até onde Pierre estava.

— O jantar está servido!

As duas mulheres se divertiram porque a expressão de Pierre foi a que esperavam: ele arregalou os olhos de uma forma divertida.

— O que aconteceu?

— Nossa última noite brasileira, nosso amor, nosso filho, nossa saúde, nossa juventude, nossa beleza, nossa riqueza e a liberdade de Júlia, o casamento com Ararê na semana que vem. Júlia caprichou no jantar.

— Vocês duas, assim, tão bonitas. É o que basta!

— Então se delicie. Nós o encantaremos com coisas saborosas. Primeiro o jantar e os doces, depois nós duas.

Amélie falava com uma desenvoltura desconcertante, nunca havia sido tão explícita. Pierre dava a impressão de que seu coração batia dentro da cabeça, sua respiração acelerava, as narinas e as pupilas se dilatavam. Devia sentir um vulcão em seu sexo, mas se conteve, e foi sentar-se à mesa de comidas perfumadas e apetitosas.

Comemos com prazer e bebemos o vinho do êxtase e do entusiasmo. Era meu primeiro jantar na sala, sentada à mesa como se fosse uma senhora, mas me sentia bem. Se alguém me visse, diria que jantávamos sempre assim. Sabia como agir com as mãos e os cotovelos, segurava os talheres e o copo com delicadeza, não falava enquanto mastigava e usava corretamente o guardanapo. No final da sobremesa, Pierre não suportava mais a espera.

– Vamos terminar essa garrafa de vinho no quarto?

– Vamos – respondeu Amélie, animada. Mas tenho um pedido.

– Qual? Já está aceito.

– Não entregue sua alma sem saber o preço – brincou Amélie.

– Fale, estou curioso.

– Como estou grávida e devo me poupar, darei ordens, e você e Júlia obedecerão.

– Eu... concordo – Pierre balbuciou, e olhou para mim, espantado.

– Eu também concordo – respondi, animada.

– Então vamos – disse, levantando-se, Amélie.

Cada um se apossou de um castiçal e de seu cálice, e foram todos para o quarto. Amélie pegou-me pela mão, e nos sentamos na cama. Ela olhou para o marido e falou peremptória:

– Vou ficar olhando você tirar a roupa. Quero bem devagar, muito mais devagar do que normalmente.

– Mas...

– Você prometeu.

– Eu sei. Mas assim... com vocês me olhando...

– E como haveria de ser? – divertiu-se Amélie.

– Está bem.

Foram horas loucas até a madrugada. A intensidade ficaria gravada em nossa memória e seria para sempre uma fantasia a ser perseguida. Pierre viu, e contou-me depois, que de meus olhos brotou um facho de luz que entrava em Amélie e, por alguns instantes, a iluminava inteira. Amélie confirmou: também havia visto a luz, mas tomara o fato como uma ilusão. Tive prazer, intenso e gostoso, gozei com ele e com ela até perder a conta. De todo o coração, quis os dois absorvendo tudo de bom que eu tinha para dar. Meu amor era de Ararê, mas eles me fariam falta.

Quando pensamos em dormir, ouvimos José se aprontando para levá-los ao porto. Deveríamos estar quase mortos, mas não. Ao contrário, nos sentíamos bem, dispostos, cheios de energia, felizes como nunca.

Despedimo-nos em casa. Fui dormir com o gosto de Pierre e Amélie na boca, e Ararê no pensamento.

Acordei no meio do dia com a voz de José:

— Ô menina. Pensei que estivesse doente. Nunca te vi dormir de dia.

— Estava muito cansada.

— Eu vou te deixar sozinha. Vou para meu novo emprego. A casa fica com você, o dono só vem daqui uma semana. Os cavalos são seus, estão alimentados e limpos. Devem sair todos os dias, não gostam de ficar fechados. Eu vou... terei saudades... sei que irá viajar com o índio e talvez nunca mais a veja. Gosto de você, negra bonita.

— Se for bom na Terra sem Mal, eu mando te buscar. Também gosto de você, negro bonito.

Com os olhos vermelhos e úmidos, uma emoção sincera e um apertado abraço, nos despedimos para sempre.

À tardezinha, Ararê apareceu. Encontrou-me no primeiro dia em que eu era livre, dona de minhas vontades e de meu destino, senhora da casa até que o proprietário aparecesse, mas me sentia um pouco apreensiva. Estava nas cocheiras, desembaraçando a crina dos cavalos.

— Estou sozinha nesta casa enorme. Eu, meus cavalos e minha carta de alforria.

— Vim para te ajudar. Falei com o padre novamente. Dentro de quatro dias ele nos casará. Queria me convencer a casar com uma índia e não com uma negra.

— Esta semana seremos o senhor e a senhora desta casa — eu lhe disse. — Você cuidará dos cavalos e eu de você. Queria que dormisse aqui, comigo.

Depois que nos casarmos e o proprietário chegar, partiremos para a Terra sem Mal. Mas antes preciso falar com você...

Ararê ficou em silêncio e anuiu com os olhos, esperando ouvir o que eu tinha para contar. Eu quase desmoronei, as palavras estavam em meu pensamento e sabia a importância delas, mas apertavam meu coração e minhas pernas tremeram, respirei fundo procurando energia.

Eu subira em um pequeno banco para alcançar as orelhas do garanhão, e ele deve ter sentido meu coração se descompassar, pressentiu um perigo e empinou, arrebentando o cabresto, derrubando-me do banquinho. Caí de costas e fiquei sem respirar por um momento; estava consciente, mas a falta de ar dava-me a sensação de morte. Pude ver o desespero de Ararê. Ele soltou um grito, e o cavalo, tomado pelo susto e com a sensação de liberdade, se pôs a galopar e corcovear, sacudindo as crinas e fazendo os cascos ferrados ressoarem sobre os pedregulhos.

Eu agora estava nos braços de Ararê, emocionada pelo susto e pela preocupação dele comigo. Como nossa vida é frágil, como é tênue a separação da morte, como é importante viver o que temos de viver, de uma forma boa, com o espírito leve. Um acidente fútil, e o que tinha para contar perderia o significado. Aquilo me deu forças, e quando me recuperei lhe disse:

— Meu sangramento está atrasado e talvez eu esteja prenhe.

— Eu gostaria muito.

Fiz mais uma pausa, hesitei por um instante.

— Mas é que...

— O quê?

— Talvez...

— Por que está preocupada?

— Talvez... é que... não sei quem é o pai... pode ser o doutor.

Abaixei os olhos como nunca fazia.

— Vamos nos casar e você terá o meu filho — ele disse, encerrando a conversa.

Sua expressão era tranquila e natural, como se o que acabava de dizer fosse indiscutivelmente o óbvio.

O garanhão deve ter ficado curioso com nossa conversa ou desconfiou de sua liberdade repentina; voltou sozinho para a cocheira.

No início da noite, servi o que havia sobrado do jantar de despedida. Ararê deliciou-se.

— Sua comida tem um gosto diferente. Acho que tem um pouco de magia.

— Ontem havia um vinho que tinha sido feito com mágica. Pena que não sobrou. Queria que experimentasse.

— Será a primeira vez que passaremos a noite toda juntos.

— Dormiremos no quarto da sinhá, que tem uma cama bem grande e bonita.

— Então vamos — respondeu Ararê, entusiasmado.

Eu ainda sentia nas entranhas as consequências da noite anterior, e concordei sem calor. Mas logo meu amor por Ararê acendeu a imaginação e o desejo.

— Hoje será diferente, sem pressa. Temos a noite toda.

Voltei a pensar no incômodo entre as pernas.

— Trabalhei muito. Estou um pouco cansada.

Ararê deitou-se com o sexo rijo à mostra. Esqueci as dores e deitei-me ao seu lado, enchendo-o de carinhos. Ele veio com calma, muito devagar, como se cada movimento, cada contração, cada respiração fosse motivo para se deleitar. Ficava dentro de mim, grande e duro, mas conversava como se estivesse na cozinha, ao lado do fogão, tomando um café. Falava do casamento, dos cavalos, da viagem, do Paraguai, e continuava dentro de mim, às vezes mexia um pouco e gemia baixinho, e logo continuava falando em meu ouvido. Podia ouvi-lo respirando.

Foi assim por horas e horas. Já estávamos no meio da madrugada, e ele não dava sinal de que mudaria de atitude. Gostei desse jeito de se amar, mas o esgotamento físico, a trabalheira da última semana e a noite de despedida me incomodavam. Deitada de lado, com as pernas encolhidas e a cabeça apoiada no braço do noivo, sentia-o dentro de mim, mas estava com sono, minhas pálpebras pesavam, o corpo parecia levitar. Então dormi, profundamente, pesadamente e só acordei com o barulho dos pássaros na manhã seguinte.

Surpreendi-me: eu estava na mesma posição e Ararê dormindo calmamente, cheio de amor e nudez, continuava dentro de mim, grande e duro. Não quis me mexer temendo incomodá-lo, mantive até a respiração como se ainda dormisse, mas não pude evitar um espasmo forte e o acordei. Ele então me apertou de encontro ao peito e recomeçou de onde havia parado, como se não houvesse dormido. Devagar e com muita calma.

Saímos da cama porque tínhamos fome e o dia já estava na metade. Ararê foi cuidar dos cavalos, eu fui fazer o almoço.

Os dias foram intensos, afogados em um amor interminável, e o tempo passou em um raio. Logo era o dia de nos casarmos, e eu ainda argumentei:

— Mas Ararê, por que esse padre irá nos casar? De que nos serve? Ele e o deus dele não gostam muito de nós, nem eu deles.

— Foram os padres que ajudaram a me criar. Ensinaram-me a escrever e a ler.

— Seu povo está se acabando. Muitos se matam. Não pode ser porque eles os trataram bem, os fizeram felizes. Não é preciso pensar muito para ver algo errado. Essa religião não faz bem para nós.

— Muitos de nós perdem os motivos para viver, não conseguimos conviver com as coisas dos brancos. Somos mais fracos... pode ser isso. Mas o padre faz o que acha certo, ele tem um coração bom.

— No mato, vocês viviam melhor.

— Eu sei, e será novamente assim. O papel de casados terá muita utilidade. É um documento importante, sem ele teremos problemas. Isso nos ajudará na viagem. O braço deles é comprido, nos alcança em qualquer lugar.

— Está bem. Eu tenho uma roupa nova que a sinhá me deu. Você vai achar linda.

— Aluguei um carro para irmos até a igreja. Daqui a pouco ele chega, é melhor que se vista. Assim que o novo dono chegar, vamos embora.

— Aonde vamos, tem mar?

— Acho que não, tem um grande rio.

— Gosto de viver perto da água; o cheiro, o barulho das ondas, a brisa... olhar e não ver o fim.

— Minha gente acreditava que a Terra sem Mal ficava no leste, depois do mar.

— E por que você acha que é no sul?

— Tenho ouvido histórias. Quando se chega lá, o corpo desaparece. É o que conta quem fica. Ninguém anda sobre o mar, e à Terra sem Mal se chega andando.

O carro de aluguel chegou, e na igreja o padre já nos esperava. Em uma rápida cerimônia, nos casamos e, com orgulho, recebemos o documento oficial. Voltamos no carro de aluguel conversando animadamente, estávamos felizes como duas pessoas doentes de amor.

– Gostou? – perguntei.

– Gostei. Conheço o padre, hoje ele estava bem-humorado. Nos tratou bem.

– Também gostei. O deus que mora naquela igreja não olha por mim, e o padre não acha que os negros sejam lá grande coisa, mas mesmo assim eu gostei.

– Gostou do que, então?

– O padre juntou nossas mãos e disse: estão unidos para sempre. Era esse o desejo de seu coração. Era o que ele pedia ao deus dele. Tinha fervor na sua expressão. Senti calma e alegria, estava cheia de esperanças. Sonhei mil sonhos de amor, com você em meus braços, numa vida cheia de calor, cercada de belezas.

– Eu senti um vapor me envolver, como se fosse uma mágica – disse Ararê. – Queria ficar assim por dias inteiros, foi muito bom! Se não foi um deus, o que foi então? Nós dois sentimos.

Enternecida, olhei para meu marido.

– Foi nosso amor e a vontade de ficarmos juntos, e não um deus. Estamos cheios de desejos. O ar em nossa volta fica diferente.

– Deus sabe tudo e vigia tudo, o padre sempre me disse.

– Tenho os deuses dos negros, você tem os dos índios e ele tem o dos brancos. Às vezes, acho que é o mesmo com muitos nomes... Mas não acredito que qualquer um deles tome providências sobre nossa vida. Não acho que se ocuparam com nosso casamento. O deus dos brancos está dentro de nossa cabeça, vigia nossos pensamentos e nos castiga por eles; o padre diz isso, eu não acredito.

– Não sei se é verdade, mas senti um deus no nosso casamento.

– E como eles acreditam em um só deus? Primeiro, era um cheio de ira e fez o dilúvio, matou todos, homens, mulheres, velhinhos e crianças. Depois queimou duas cidades, chamadas Sodoma e Gomorra, porque não encontrou nenhum homem bom. Queimou tudo, jogou enxofre em todas as crianças. Porque não há uma cidade sem crianças, e na Bíblia não se fala que tenham tirado elas antes do fogaréu, esqueceram delas. Ameaçou com coisas piores outras cidades, depois resolveu ficar bom e misericordioso, mandou seu filho morrer na cruz para nos salvar. Mas ele não pode ter um filho. Seriam dois deuses.

— O padre diz que isso é um mistério, temos de acreditar e não perguntar. A pomba também é deus.

— Mistério porque ele não tem resposta. Também diz que sou escrava e não devo perguntar o porquê!

— Não fique brava, estamos chegando em casa.

— Preciso tirar essas roupas, para não sufocar. Não sei como elas podem passar o dia assim.

Ararê foi cuidar do estábulo, e quando voltou me encontrou junto ao fogão, com minhas roupas habituais e os pés descalços.

— Acho você mais bonita assim.

— Ah! Eu achei que tinha gostado do meu vestido branco. Tive um trabalhão para ficar bonita, e você me prefere assim!

— Com aquelas roupas você não é você. São bonitas, mas prefiro uma negra a uma branca. Gosto de você assim.

— Como escrava, de pés descalços.

— Como uma negra linda — disse Ararê, com ternura.

Estava sentado na beirada do fogão e puxou Júlia pela cintura, prendendo-a entre os joelhos.

— Me largue, seu índio atrevido, ou vai ficar com fome. A comida está no fogo! — falou Júlia, amolecendo o corpo e entreabrindo a boca à espera dos lábios do marido.

— Enquanto cozinha, vou levantar seu vestido e encher você de carinho. Mexa as panelas e eu mexo em você.

— Então vou mexer devagarzinho. Tenho mais vontade de você do que destas comidas.

Dei-lhe as costas, levantei o vestido até a cintura, curvei levemente o corpo, de tal modo que minhas nádegas ficaram entre os joelhos de meu marido.

Ararê sentiu o cheiro de meu desejo, eu estava úmida, pronta para recebê-lo. Gemi mansamente e gritei baixinho, como se houvesse quem pudesse escutar, e rapidamente gozei. Meus músculos contraíram-se com força para aumentar o êxtase de Ararê.

— Seu gozo é a melhor carícia, é minha recompensa.

Depois, com a calma dos desejos saciados, tivemos fome.

— Como é bom ser dona da própria vontade e poder fazer o que quiser! Comer quando a fome vem, dormir quando o sono chama, ter você quando o desejo pede.

— Assim são os bichos, e é assim que devemos ser.

— Mas não dá para ser assim se vivermos com outras pessoas.

— É verdade. Para conviver, não podemos fazer tudo, os outros limitam nossa liberdade, mas temos que tentar levar a vida como gostamos.

— Amanhã vamos partir. Seremos livres num lugar nosso.

— Partiremos bem cedo. Você sabe montar?

— Sei, e monto bem. O doutor me ensinou. Sei fazer muitas coisas com o cavalo.

— Poderíamos ter ido casar montados, em vez de usar um carro de aluguel, como brancos.

— Não poderia montar vestida daquele jeito.

Gastamos o resto da tarde em pequenas conversas, arrumando as tralhas, e preguiçosamente desfrutamos a companhia um do outro. Carne, fogo e volúpia transformados em mansa convivência de espíritos irmãos, até que o fim da tarde trouxesse a escuridão e, com ela, os mistérios e novamente os desejos. Amamo-nos até a madrugada, e depois dormimos pesadamente.

Na manhã seguinte, entregamos a casa ao novo proprietário e partimos.

— Queria mudar os nomes dos cavalos. Esses nomes franceses são estranhos para os cavalos de uma negra e de um índio — falei, enquanto acariciava o focinho do belo lusitano.

— Que tal Tupã? O deus do raio.

— Pode ser. O outro será Xangô, rei de Oyo, o orixá dos raios e trovões dos iorubas.

— Dois deuses irmãos — falou Ararê baixinho, pensativo.

— Ouvi que não é bom trocar o nome, mas raios, ventos, tempestades, tudo lembra cavalos fogosos e velozes. Os malês dizem que o deus deles usou o vento para fazer o primeiro cavalo. Eu mudei de nome quando cheguei aqui, e tive muita sorte. É em homenagem a um general que fez coisas importantes. Ficou famoso por gostar muito daquilo que eu também gosto. Levei a mão ao sexo e fiz uma expressão com o rosto, fingindo estar envergonhada pela confissão, mas realmente senti que o sangue subiu ao meu rosto. Ararê olhou para o chão forrado de palha, e, se não fosse a ansiedade de partir, nos deitaríamos ali, aos pés dos cavalos.

— Acho que o nome influencia a nossa vida, nosso destino. É uma marca, uma cicatriz.

Enquanto falava, Ararê me olhava com desejo.

Eu retirava, com uma escova, os pequenos fiozinhos de palha que estavam grudados na crina de Xangô, e Ararê limpava Tupá com um trapo.

— Se meu nome fosse outro, teria um destino diferente? Se em vez de Júlia eu me chamasse Benedita ou Maria, acha que teria feito diferença?

— Teria.

— Não te conheceria?

— Não sei, mas sei que não seria tudo exatamente como foi.

— Para os gregos, três mulheres teciam o destino dos homens e dos deuses. O doutor me contou. Não gosto de pensar assim. Quero minha vontade guiando meu destino, independentemente de qual seja o meu nome. Não sei que influência pode ter o nome. Somos nós e nossos companheiros que decidem o nosso destino.

— Mas ainda acho que um nome influencia. Ninguém espera que um cavalo chamado Tupá seja pequeno, fraco, feio, insignificante.

— É verdade.

— Se aparece um cavalo como este, forte e bonito, ninguém se espanta, é o que esperavam. Mas se aparece um pangaré cheio de sarnas, a decepção é grande.

— E daí?

— Por ser menos do que esperam, as pessoas irão tratá-lo de outro jeito. Estão decepcionadas, e isso influi no destino. O jeito de tratarmos muda o modo como enxergamos o mundo.

— É verdade... mas arreio pesado e peso inútil: é isso que Xangô terá de carregar — disse eu, e fiz uma careta com o esforço de jogar o arreio sobre o cavalo.

— Você irá montar como homem? Com as pernas abertas?

— Eu gosto assim. As brancas não conseguem abrir as pernas direito — disse eu, e sorri com desfaçatez. — Olhe a minha saia: é dividida no meio como se fosse uma calça de homem, foi o doutor que me ensinou. Em seu país, algumas mulheres montam assim. É muito melhor. Você sabe os caminhos?

— Acompanharemos o mar e depois iremos para o interior, por uma antiga trilha. No caminho, encontraremos muitos de minha gente, e eles nos orientarão.

— Então, Paraguai-guá, Terra sem Mal, estamos a caminho.

Ararê viu meu entusiasmo e gostou; o sonho guarani me tomava. Deve ter pensado em quanto seu povo já havia sofrido na busca desse sonho e nos muitos que morreram nessa busca imemorial. Mas só se sabia dos insucessos, dos que haviam morrido, dos escravizados, dos que se perderam. Com exceção de um homem, retornado havia muito tempo, ninguém voltara da Terra sem Mal. Eu percebi uma sombra pairar sobre seu espírito; arriscar o futuro da mulher que amava e do filho para correr atrás de algo incerto, procurar um lugar no mundo que não sabia ao certo se existia. Levar-me ao desconhecido quando a gravidez precisava de tranquilidade, abandonar o Rio e tudo o que era familiar. Uma mulher grávida precisa é de segurança.

Mas qual era nossa alternativa? Morrer devagar, consumindo nosso amor próprio em um lugar que não era nosso e não nos queria? Sempre estrangeiro, sempre inferior, sempre subalterno, sempre não dono do lugar onde moramos. Passar a vida nos queixando da injustiça, da má vontade, da falta de oportunidades? Que herança deixaríamos para nosso filho? O que ele teria nesse mundo? Nem índio, nem branco, nem negro, uma mistura sem identidade, sem possibilidades. Mestiço, sem lugar naquele Brasil que conhecíamos. Precisávamos da perseverança dos fortes, e tínhamos que agradecer aos deuses o amor que nos unia. Eu não olharia para trás, arriscava com um sorriso nos lábios, corria para meu futuro, queria conquistá-lo.

Ao meu lado, ele podia finalmente partir. Deixaria a Igreja e a proteção dos padres, e partiria em busca do Éden de clima ameno, águas abundantes, vegetação luxuriante e fauna exuberante. Iríamos povoá-lo com uma nova espécie, homens cor do cobre e de coração alegre. Um lugar protegido pelos quatro rios mágicos e cercado por uma montanha tão alta que sustenta o céu, onde estaremos livres da maldade e do sofrimento e nosso filho cafuzo crescerá forte.

# CAPÍTULO 9
# Contempla no presente o passado e o futuro

*"... o que desejam esses pequenos resíduos tribais é simplesmente poder ser e seguir sendo simplesmente índios. Querem o direito de ser o que são."*

THIAGO DE MELLO

NUMA MANHÃ DE PRIMAVERA TROPICAL, CHEIA DE CORES E AROMAS, PARTImos em estranha caravana: eu, uma negra da África oriental, de belas formas, e forra por meus próprios méritos; Ararê, índio guarani, forte e altivo, perdido de sua gente; dois cavalos lusitanos, Xangô e Tupã, que, mesmo não havendo nascido para servir a índios e negros, marchavam imponentes como se tivessem orgulho dos novos donos. Sabiam que todos se voltavam para vê-los passar. Mentalmente procurei as cartas de doação dos animais e de minha alforria, como se também eu duvidasse que era a dona.

Íamos felizes em marcha acelerada, e rapidamente deixamos o porto e o Corcovado para trás. A brisa amainava o calor, e a paisagem em movimento inspirava o coração: ondas mansas e mar calmo alternando com a arrebentação revolta e poderosas correntes de retorno, gigantescas dunas em locais inesperados, costões e costeiras onde a resistência das rochas não é suficiente para impedir as marcas da força do vento e da brisa constante. Ao nos afastar do mar, encontramos manguezais e planícies de flora e fauna fervendo de vida, obra-prima da natureza.

Tentamos permanecer na orla, era mais seguro; cavalgamos sobre as areias mais duras para poupar os cavalos. Eu exibia o que havia aprendido com Pierre. Aumentava a amplitude da marcha com o movimento dos quadris; com um toque do calcanhar pedia que Xangô se deslocasse lateralmente, marcha cadenciada, marcha alongada, galope curto, pirueta com um dos pés fixo, marcha com a espádua para dentro e depois para fora.Ararê olhava admirado. Usava um generoso decote e meus seios balançavam ao ritmo da marcha, numa sincronia agradável. Sentia-me elegante e bela. Além de mim, o mar verde emoldurado de um lado por delicadas ondas brancas e do outro pelo horizonte azul imaculado. O som da maresia e do canto do sabiapoca completavam a cena. Olhei para Araré embevecida com minha fortuna e agradeci ao destino. Paramos para comer, e eu disse a Araré:

– Nasço hoje. Faço força para me lembrar do passado e só você aparece. O tempo por vir está em meu pensamento como se sempre tivesse sido. Minhas feridas cicatrizaram sem marcas. A chama de meu amor jamais se apagará. Você é meu homem.

– Meu pé descansará em teu pé, e tua mão dormirá em meu peito para sempre. A terra dos guaranis será nossa cama, e nós a povoaremos de mestiços com a pele escura e o coração nobre e bom. Continuaremos a dominar nosso destino como fizemos até aqui, a sorte se dobrará à nossa vontade. Você é minha mulher.

– Sem bênção e sem pecado, nos amaremos para sempre. Vou me ocupar de tudo de que nossa felicidade necessitar.

Uma suave aragem nos roçava o corpo como um agrado gostoso, a areia guardava o calor do sol e convidava a que nela nos deitássemos. A natureza despovoada nos serviu como um quarto bem protegido. Nos amamos com a gula dos famintos, satisfizemos nossos desejos com gemidos, sussurros e gritos que atraíram todos os bichos curiosos do lugar. O gaturamo, a jandaia e a maritaca observaram a cena sem ter medo da violência daquele amor. Depois dormimos um sono tranquilo como duas crianças imunes aos males do mundo. Araré acordou quando a força do sol diminuía.

– Dormimos demais. É quase noite. É melhor ficarmos por aqui mesmo. Com algumas folhas, farei um abrigo para passarmos a noite.

– Depois você pesca um peixe e eu cozinho para o nosso jantar. Também estou com preguiça, amanhã sairemos cedo e andaremos bastante.

Jantamos sob um céu estrelado. Araré pescou uma gorda tainha que, por ser primavera, se aproximara temerariamente da praia. Sobre a brasa da fogueira improvisada, a gordura do peixe ia derretendo devagar, cozinhando e dando sabor à carne.

— Tainhas são boas assim... assadas em brasa suave... que derrete bem a gordura. Na panela sempre ficam com ranço desagradável da gordura.

Eu falava com os olhos fixos no peixe, como se estivesse hipnotizada.

— A felicidade está perto da gente, nas coisas simples... um céu, um peixe, a areia quente.

Satisfeitos, comemos e depois contamos as estrelas; observamos os desenhos da lua; procuramos as estrelas que caíam na água e a luz que subia do mar para o firmamento. Ararê contou-me sobre Iara, mãe d'água, senhora do mar, sereia dos rios e dos lagos, e depois ouviu com atenção sobre Iemanjá, orixá das águas salgadas, rainha do mar, princesa de Aiocá. Contei-lhe a história da disputa entre Palas Atenas e Possêidon, o deus do mar, sobre quem seria o preferido da cidade. Ararê ouviu em silêncio, com admiração e amor. Dormimos sob a palhoça recém-construída. Estávamos sincronizados com a natureza, e acordamos com os primeiros sinais da aurora e o canto dos pássaros. Com a peia nos membros anteriores, Xangô e Tupã pastavam ao lado e pareciam se alegrar com os preparativos para a partida.

Ainda não havíamos montado quando um mulato forte, jovem e bem-apessoado cruzou conosco. Aproximou-se e, fixando os olhos nos de Ararê, perguntou-lhe com um ar amistoso para onde estávamos indo. Ararê, temendo o estranho, respondeu com outra pergunta.

— Como se chama este lugar?

— Mangaratiba. Aqui já são terras da Fazenda Santa Cruz.

— Não há nenhum povoado perto? Saímos da cidade ontem e não cruzamos com ninguém.

— A fazenda é como uma cidade. Tem de tudo lá. Ela começa aqui e vai até uma cidade chamada Vassouras, que fica muito longe.

— Quem é o dono de uma fazenda tão grande?

— O imperador é o dono.

— Ele vem aqui?

— Vem muito, e fica em seu palácio, enorme e bonito. No verão do ano passado, seu filho morreu, e eles foram embora depressa. Agora, o medo da febre amarela faz com que ele e todos os ricos fujam para Petrópolis.

— O que tem na fazenda? — a curiosidade afastava aos poucos a desconfiança de Ararê.

— Gente e gado. Muita gente e muito gado. Tem até uma aldeia de índios carijós. Negros escravos são mais de dois mil, vacas e bois são pra lá de oito mil. No tempo dos padres, era ainda maior. Tem ainda plantações, pomares e oficinas de tudo que imaginar.

— Você é escravo?

— Não. Nasci livre. Minha mãe era uma escrava forra, morreu quando eu era pequeno. Meu pai comprou sua alforria. Eu canto no coral e toco flauta. Já estive na Corte duas vezes. Cantei e toquei na Capela Imperial. O imperador me cumprimentou as duas vezes.

Interessei-me pela conversa e pelo belo mulato, e perguntei:

— Como se chama?

— Meu nome é Joaquim Araújo.

— Você fala como quem tem estudo.

— E tenho, sei ler e escrever. Tenho uma caligrafia bonita. Aprendi na escola da fazenda. Também sei ler música, toco flauta só com partitura. Quando ficar mais velho, serei maestro e viajarei por todo o Brasil com o coral.

— No Rio é proibido ensinar os negros.

— Mas eu não sou negro, e nasci livre. Na fazenda os negros podem ir à escola dos padres.

— Você conhece outros lugares? Já viajou? Nós nunca saímos da Corte.

— Já fui a Valença, Realengo, Marapicu, São Paulo, Santos e a São Vicente... andei muito. Fomos até Campo Grande, no fim do mundo, um inferno de calor. Trinta e cinco escravos e eu, o único músico livre. Somos bons, e nossa fama vai longe. A fazenda sempre teve bons músicos, desde o tempo dos jesuítas, antes da Independência.

— Estamos indo para o sul, você conhece os caminhos que vão para lá?

— Conheço até São Paulo... Em casa tenho um mapa. Se eu viajar com vocês, eu mostro.

Ararê e eu nos consultamos com o olhar e concordamos.

— Pode vir.

— Então me esperem, já volto.

— Nós esperamos. Aonde vai?

— Vou ali adiante buscar um filhote de cachorro que ganhei. Não demoro, vou correndo. Vão indo e me esperem na ponte de óculos.

Fiquei surpresa com o nome estranho.

— Ponte de óculos? O que é?

— A ponte sobre o rio Guandu. Tem quatro arcos que parecem óculos. Foi construída pelos jesuítas há muito tempo. Tem umas comportas de madeira que represam o rio e regulam as enchentes. É só seguirem essa trilha e chegarão lá.

Ararê pensava no cachorrinho que Joaquim ia buscar e não prestou atenção no que falávamos.

— Se houver um filhote sobrando, gostaria de ficar com ele. Se for preciso pagar, tenho um pouco de dinheiro.

— Se tiver, eu pego. Esperem na ponte. Até logo!

Caminhamos pela trilha, sem pressa, contendo Xangô e Tupá, que estavam indóceis, querendo uma marcha mais alongada. Ararê veio contando sobre o desejo de ter um cachorro e de como eles são importantes para os índios, que os adotam como se fossem alguém da família. Contou que os índios não alimentam seus cães para que eles não fiquem moles e preguiçosos e possam caçar seu próprio alimento. Os brancos caçoam da magreza dos cães das aldeias e atribuem isso à crueldade e avareza, não suspeitam do amor que lhes é dedicado. O padre não gostava de cachorro e sempre me impedia de possuir um, comentou Ararê, ressentido. Algum poeta disse que se deve desconfiar de quem não gosta de cães.

Chegamos à ponte de óculos e apeamos para esperar o rapaz. No solo turfoso da região, crescia uma flora exuberante que avançava para o leito do rio como se a intenção fosse cobri-lo, protegê-lo. A correnteza fazia movimentos hipnotizantes, redemoinhos surgiam sem motivo e em seguida desapareciam sem seguir nenhum padrão. A ponte era ornamentada por dois pilares de granito, encimados por capitéis em forma de pinha portuguesa. Na parte central, um brasão com o símbolo da Companhia de Jesus: IHS, que significa Jesus Salvador dos Homens, e, logo abaixo, a data da construção, 1752. Uma inscrição despertou minha curiosidade: "Dobra teu joelho diante de tão grande nome; dobra-o, viajante. Porque também aqui, refluindo as águas, se dobra o rio".

Não demorou muito para que Joaquim chegasse saltitante de felicidade, trazendo dois cachorrinhos nas mãos. Vi Ararê vibrar e se controlar, com um profundo suspiro. Conhecia os seus olhos e sei que era difícil que brilhassem assim.

– É para mim? – perguntou, com a voz trêmula.
– É. Um machinho. Você pediu, eu consegui.
– Quanto custa?
– Nada, é um presente.
– Não poderei te dar outro presente tão valioso quanto esse.
– Mas eu disse que é um presente. Não pode aceitar e só agradecer?
– Eu agradeço. Então dê o meu aqui... quero segurá-lo.

Ararê estendeu a mão e pegou com delicadeza o pequeno animal. Quando montou, Tupá olhou desconfiado o novo passageiro.

– Vamos... mostrarei o caminho até a minha casa – convidou Joaquim.

Deixamos a ponte e fomos pela estrada. Joaquim, saltitante, ia à frente, na velocidade do trote dos cavalos. Ararê, calado, encantado com o pequeno cão que se aconchegava na palma de sua mão. Estudava a sua aparência, admirava-se com o olhar curioso e sem medo, sentia a maciez do pelo, a fragilidade do corpinho.

Envolto nesses pensamentos, não percebeu quando me aproximei e perguntei:

– Será difícil alimentar esse bichinho viajando. Como faremos?

Ararê, deslumbrado, demorou em compreender o que eu falava, e então, julgando-me insensível por não compartilhar de sua alegria e por retirá-lo do mundo de sonhos em que se encontrava, pela primeira vez me repreendeu.

– Mulheres! Não conseguem ter alegrias sem pensar nas dificuldades. Se nós vamos comer, por que ele não comerá? Darei um jeito.

Fui o resto do caminho de cara amarrada, me sentindo mal com a sua resposta áspera, e Ararê sonhando com seu cão e as aventuras que teriam juntos. Chegamos à vila de Joaquim, e todos se voltavam para observar forasteiros tão peculiares, montando cavalos imponentes, com arreamentos de gente rica. Negros transportando cargas entre as diversas oficinas: casa da farinha, olaria, forno de cal, serralheria, carpintaria, fiação. Depois currais com centenas de cabeças de gado: vacas sendo ordenhadas, bois amarrados para que suas feridas fossem curadas e outros para que seus testículos fossem cortados. Olhei um negro magro, longilíneo, de olhos amarelados, segurando um canivete cheio de sangue e na outra mão os testículos de um boi que gemia caído ao seu lado. Por um momento, a viagem africana me veio à mente e sofri, mais ainda por me dar conta de que minhas feridas ainda estavam na memória.

— Apeiem, amarrem os cavalos neste cavalete. Acho que meu pai está em casa. Esperem por mim aqui, vou falar com ele e pegar meu mapa. Já volto. Depois farei um pouco de chá. O chá da fazenda tem a fama de ser melhor que o trazido da China, um país muito distante.

Aproximei-me de Ararê, querendo fazer as pazes.

— Como chamaremos nosso cãozinho?

— Não sei. Ainda não pensei. Você tem algum nome?

— Nós já temos o Tupã e o Xangô, então acho que deveríamos chamá-lo de Apolo.

— Apolo?

— É um nome bonito de um deus que tocava lira.

— Apolo está bom. Quero mesmo que seja um cão bem bonito, mas também o quero esperto e forte.

— Apolo era forte, e sabia fazer as melhores poesias, mas não fazia sucesso com as mulheres, acho que era porque queria tudo muito certinho e comedido.

— Mas não era o deus mais bonito?

— Era, mas mulheres não gostam só da beleza... é preciso mais que isso.

Enquanto conversávamos, Joaquim voltou. Trazia um mapa nas mãos e uma expressão triste que não ornava com seu jeito.

— Vamos desdobrar o mapa aqui no chão.

— Mas por que ficou assim, desenxabido? Entrou com uma cara e saiu com outra – perguntei, curiosa com a súbita mudança.

— É mesmo, fiquei triste.

— Por quê? – insisti.

Ele hesitou em revelar, temia nos ofender sem motivo.

— Meu pai está em casa e não deixou que eu convidasse vocês para tomar o chá que eu tinha oferecido.

— Não tem importância – disse.

Tentei consolá-lo, mas não me contive e perguntei:

— Por quê?

— É porque você é negra e ele índio. Eu disse que eram livres, mas ele respondeu que índios e negros não entram em casa.

— Mas a sua mãe era negra, e vocês são tão pobres quanto eu e Ararê.

— Eu sei disso, mas ele é um bronco. É filho de portugueses, eles casam com as negras, têm filhos com elas, vivem na mesma casa, mas não acham que negros e índios possam ser amigos. Só porque sou branco, não posso ter negros como amigos.

— Mas você é branco?

— Sou! Não está vendo?

Não discuti mais a cor da pele de Joaquim. Durante quase uma hora, ouvimos explicações detalhadas dos caminhos que deveríamos seguir para alcançar Santos e São Vicente.

— Seguindo a trilha por umas dez léguas, encontrarão uma aldeia carijó. Os índios moram na fazenda desde os tempos dos padres e são hospitaleiros. Poderão pernoitar lá, serão bem tratados.


Havíamos percorrido cerca de quatro léguas em pouco mais de três horas, os cavalos já não mostravam o vigor da partida e pareciam mesmo ter emagrecido um pouco. Cavalos de estirpe, europeus de nascimento, não suportam alimentar-se só de capim, necessitam de milho e aveia, que são fontes de energia mais concentrada. A bonita e confortável marcha do cavalo lusitano era um desperdício de energia, quando a trilha afilava e os obrigava a colocar todos os cascos na mesma linha, ficavam exaustos com rapidez, sendo necessário apear e seguir a pé. Numa parada para que descansassem, Ararê foi atrás do mel da jataí em um grande jatobá morto. Trouxe favos com o líquido dourado, fino, claro, de sabor delicado, que escorria através dos dedos. Até Apolo comeu e, alegre, agradeceu como só os cães sabem fazer.

Subimos uma montanha íngreme, e quando chegamos ao topo, os cavalos estavam ofegantes e com fome, mas encontramos um pasto de capim-gordura denso e apetitoso. Sentamos para comer, em frente estava o mar; a imensidão e o infinito. Por instantes ficamos em silêncio, respirando fundo pelas narinas, enchendo os pulmões de baixo para cima, absorvendo a intensa energia do lugar. Apoiei-me no braço forte de Ararê:

— Preciso de ajuda para olhar essa beleza. É como se estivesse diante do divino, de alguma coisa que me esmagaria com um suspiro.

— É bom que se acostume. A Terra sem Mal deve ser assim. Lá colheremos a mandioca mais tenra, faremos o beiju mais branco e a farinha mais saborosa. Teremos frutas suculentas e caça gorda e saborosa. Eu a perfumarei com resinas cheirosas e enfeitarei seu corpo com colares de contas e urucum brilhante. Teceremos bonitas redes para o nosso amor, panacus coloridos guardarão nossas coisas e alegres xerimbabos nos divertirão. Nenhum homem da terra pode ser mais feliz que eu.

Olhei dentro dos olhos de Ararê e disse:

— Eu lhe darei os carinhos de que sou capaz e trarei as delícias que existirem. Os prazeres possíveis serão seus, seu gozo será minha alegria. Este filho que cresce em mim será seu amigo, seu companheiro. Será nossa alegria, nosso orgulho e, mais tarde, nosso amparo.

Estávamos abraçados e nos beijávamos roçando os sexos. Pensamos em nos deitar sobre o capim macio que cobria o chão e satisfazer o desejo que vinha com força e urgência. Eu ansiava por Ararê quando ele me tocava. De qualquer forma e em qualquer lugar, acendia uma fornalha em meu ventre. Muito mais agora do que antes. No começo, logo que o conheci, tinha o doutor como homem; ele era bonito, limpo, cheiroso, tinha roupas elegantes e jeito delicado; sabia um universo de coisas, tratava-me bem e com respeito, mas, acima de tudo, tinha comigo um prazer intenso. Ararê foi surgindo e ocupando todos os espaços. Durante algum tempo, eles conviveram em minha mente. Imaginava-me deitada com os dois, possuída ora por um, ora pelo outro, às vezes pelos dois ao mesmo tempo. O doutor com seu desejo urgente, intenso, barulhento, e ejaculações de amor quentes e imensas; o índio natural, manso, apaixonado, demorado, delicado como Amélie, cheiroso como ela. Ficava horas dentro mim, às vezes se agitando com violência para então se aquietar e conversar, fazendo carinhos e beijando-me o pescoço, então dormitava, sonhava e voltava a se mexer com força. Eu vibrava, sentia o sangue correr para o meu ventre, aquecendo-o até que parecesse em brasa. Ventre e coração, em sístoles ritmadas, faziam Ararê gemer como se uma dor forte o martirizasse. Depois de muito tempo, ele gozava, e então parecia a tempestade de granizo no final da tarde de janeiro; era belo e aterrador. Quando o doutor sumiu de minha imaginação, Ararê dominou meu desejo e meu corpo. Eu estava apaixonada pelo meu marido, parecia impossível viver sem essa sensação. Esse amor duraria para sempre.

Quando nos preparávamos para deitar, um velho cego, com a mão apoiada no ombro de um menino de sete ou oito anos, se aproximou. Eram dois índios. O curumim estava nu e ainda era impúbere, mas tinha o corpo bonito, forte, com músculos aflorando e pele esticada. O velho era feio e magro como cachorro de índio. Faltavam-lhe os dentes da frente, seus cabelos longos e sujos cobriam uma parte do rosto, tinha um trapo envolvendo a cintura e os olhos, fixos e esbranquiçados, assustavam como alma penada. No corpo dos dois havia desenhos de urucum e jenipapo, os tornozelos e o pescoço estavam enfeitados com miçangas e penas azuis da arara-canindé. Chegaram bem perto. Quando pararam, o menino puxou o velho pela mão e cochichou em seu ouvido. O velho então se empertigou e falou em um português carregado de sotaque:

— Estão nas terras dos carijós. Quem são?

— Sou Ararê, guarani como você, o último de minha tribo. Esta é Júlia, minha mulher, negra forra.

— Para onde vão?

— Para o sul. Queremos pernoitar na aldeia carijó que fica adiante.

— Não existe mais aldeia... do nosso povo só sobramos eu, quatro mulheres e este menino. Pusemos fogo nas malocas... não tem mais ninguém.

— O que aconteceu?

Emocionei-me com a tristeza na voz do velho, mas ele pareceu não ouvir a pergunta.

— Sul? Mas lá é frio.

— Não é para o sul, vamos para o Paraguai, terra dos guaranis. Vamos para a Terra sem Mal.

O velho ficou pensativo e em silêncio. Admirei o menino, e pensei no belo homem que seria em alguns anos, talvez tão bonito quanto Ararê.

— Pode ser que seja lá a Terra sem Mal... não sei... achavam que era no leste, depois do mar, para onde foi Sumé quando o expulsaram. O velho falava devagar, procurando as palavras. Falou em guarani, e Ararê respondeu em português para que eu pudesse entender.

— Minha mãe falava em Sumé, mas não me lembro mais. Contava que os tupinambás queriam matá-lo, mas as flechas que atiravam voltavam-se contra eles... não sei mais nada... sou o último de meu povo... não sei muitas coisas.

— Nós não temos muito que comer porque não há homens para caçar e plantar... Mas as mulheres sempre pegam alguns peixes e colhem frutos. Venham, vamos comer e vou contar o que sei sobre Sumé.

O velho falou com o menino e caminhamos para a maloca dos sobreviventes, andamos quase uma hora. Chegamos a uma maloca mal construída, feia, o lugar exalava mau cheiro. Um pequeno cachorro, feio como tudo mais, perambulava sem direção, mas eriçou o pelo ao perceber o pequeno Apolo nos braços de Ararê. Latiu com ferocidade desproporcional ao seu tamanho, como se tivesse que dar tudo de si para proteger aquele local da invasão de intrusos. Quatro mulheres de idades variadas os esperavam. A mais moça era quase uma menina e a mais velha tinha os cabelos brancos, estavam de torso nu, onde se via figuras geométricas desenhadas com o negro jenipapo. Os cabelos lisos e compridos eram bem tratados, sedosos e brilhantes, pequenas penas brancas davam-lhes um toque gracioso que afrontava a fealdade do local. Alvoroçaram-se com a chegada do casal forasteiro e deram pequenos gritos de alegria. Calaram-se quando o velho ralhou com voz alta e autoritária, seguiram-no em silêncio esforçando-se para conter os risinhos. Xangô e Tupã, cansados, permaneceram imóveis quando Ararê prendeu as rédeas em uma arvorezinha. No centro da maloca uma pequena fogueira fumegava sem cozinhar nada, nos esteios as redes de dormir balançavam vazias, dando um aspecto lúgubre ao lugar. Com um gesto, o velho nos convidou a sentar na esteira perto da fogueira. Ao meu lado sentaram-se as quatro, bem juntinhas, sempre com um sorriso nos lábios.

— É aqui que moramos desde que pusemos fogo em nossa aldeia. Na desesperança de nossa vida, a morte é a última esperança.

— Meu coração chora a sorte de seu povo.

Ararê estava condoído com a miséria de seus irmãos.

— Lá, de onde vim, era comum aldeias sem morador... todos vendidos aos brancos como escravos. Eu era pequena... tinha muito medo das choupanas vazias, do silêncio, do zumbido das moscas, de tudo abandonado. — As lembranças de minha infância doeram em meu coração.

— Nossa morte é triste, mas é mais leve que a escravidão de seu povo. As guerras, os assassinatos, as doenças são o nosso fim. O sol e a lua se escureceram para nós, o brilho das estrelas acabou. Nossas mulheres preferem ter filhos com os brancos... talvez seja a vontade dos deuses: sobreviveremos nesses filhos mestiços. Neles o sangue dos guaranis viverá para sempre, serão os novos guaranis.

— Nós vamos para onde nosso povo tem orgulho, vive e prospera.

— Não sei se existe este lugar, minha esperança acabou com as desgraças que vi.

— Paraguai-guá, Terra sem Mal. Nossa redenção, nosso caminho.

— A Terra sem Mal fica no leste, depois do mar. Ouvi de meu pai e do pai dele. Mas sei por que você pensa assim; tenho ouvido que, no sul, os guaranis têm um país só deles. Mesmo assim não sei se é lá a Terra sem Mal.

— E você sabe o caminho?

— Fica no caminho que vai para as Montanhas do Sol, um peabiru antigo.

— Já ouvi isso.

— É o caminho que Sumé construiu antes de os brancos chegarem.

Ararê, em silêncio, esperava as palavras do velho cego.

— Sumé foi o grande feiticeiro branco barbado que veio pelo mar para ensinar coisas aos tupis. Antes dele só comiam raízes amargas, não conheciam a mandioca e o beiju. Ele nos ensinou a fazer redes, esteiras, armadilhas como o mundéu e a arapuca, o covo e o juqui. Escavar o tronco do garapuvu e fazer velozes canoas. Os tupinambás, indomáveis e maus, tentaram matar Sumé e o flecharam com violência. Mas as flechas envenenadas, na metade do caminho, voltavam para os tupinambás e os matavam. Sumé não gostava de lutar e precisava ensinar a outros povos. Foi embora por um caminho onde deixou suas pegadas marcadas na pedra dura. Elas estão lá até hoje. Foi para as Montanhas do Sol. Outros acham que ele atravessou o mar andando e foi a um país muito distante.

— Será que vou conseguir achar esse caminho?

— O caminho começa em São Vicente. São duzentas léguas até Assunção, a grande cidade do Paraguai. Passa por São Paulo e depois Sorocaba. Segue pela margem do rio Paraná, passa pelo Tibagi, pelo Piqueri e pelo Ivaí. Tem oito palmos de largura e um de fundura, está forrado com uma erva bem miúda, diferente da vegetação em volta, e as marcas dos pés de Sumé aparecem de quando em quando. Às vezes, as pedras estão copiando as estrelas. Os carijós iam e vinham por esse caminho. Antes dos brancos, havia nas Montanhas do Sol um enorme e poderoso povo que se chamavam de incas. Construíram um país com uma capital e uma cidade mágica que ficava junto ao céu. Falavam com os deuses sempre que queriam. Os avós dos carijós conheceram essa cidade chamada Cuzco, e iam até lá por esse peabiru.

— Eu acharei.

— Você quer muito, vai descobrir os sinais. Sua mulher tem magia, consegue enxergar onde os outros são cegos. Confie nela. Desde aqui, passando por São Paulo, o nosso povo está pelo caminho a pedir ajuda.

— Ela está prenhe e não gostaria que nosso filho nascesse antes que chegássemos.

— Você tem cavalos, mas não sei se serão úteis. Em muitos trechos terão que ir caminhando... são fortes... talvez três ou quatro meses. Sou velho e cego, se pudesse, iria com vocês. Aqui só esperamos a morte.

— Sumé não voltou mais?

— Os padres dizem que Sumé era São Tomé. Depois de andar por aqui ensinando os índios, foi caminhando sobre as águas até a Índia e nunca mais voltou. Se foi lá ou nas Montanhas do Sol, não sei, mas aqui nunca mais voltou.

— E sua aldeia, o que aconteceu? — perguntei.

— Há muitos anos moramos nessa fazenda. Primeiro com os padres jesuítas, mas eles brigaram com os brancos e foram expulsos. Tomaram a fazenda e a deram para o avô desse imperador. Vivemos protegidos pelos padres e depois pelo imperador, sem as visitas dos brancos, seus sorrisos, seus presentes, seu convívio, que só trazem desgraças, grilhões e venenos aos índios. Os carijós do resto do país estavam desaparecendo, mas nós conseguimos viver apartados e em paz por muito tempo. Mas queriam nossas mulheres, e elas gostavam deles... traziam cachaça para os homens e colares de miçangas, tecidos bonitos e, em troca, elas dormiam com eles. Estranhos, os brancos, fazem muito esforço por pouca coisa, ficam satisfeitos rapidamente, empurram a mulher e dormem. Eles foram trazendo doenças, cada vez piores... cada vez mais sofrimento... cada vez mais mortes. As mulheres urravam para mijar, e os índios que dormiam com elas ficavam mijando um pus malcheiroso, diziam que era como se mil abelhas os picassem por dentro. Mesmo assim, muitas foram embora com os brancos. Há um ano veio uma doença que enchia o peito de catarro, eles ficavam quentes, o nariz purgava o tempo todo e não conseguiam respirar, muitos morreram. Logo depois veio o sarampo, as crianças esquentavam, os olhos congestionavam e depois de alguns dias a pele avermelhava. O peito fechava e morriam. Então veio a bexiga, uma doença de branco, a pele apodrece, os homens cheiram mal antes de morrer. Sobraram uns poucos que se mataram, não aguentaram viver com tanta dor. Nós ficamos para contar essa história, mas nosso tempo também está para terminar. Seremos esquecidos.

— E os médicos? Eu morava na casa de um e sempre ouvia contar que ele salvava muitos com doenças parecidas — eu disse, com os olhos úmidos.

— Nunca vi um médico branco, não sei o que podem fazer. Eu era o pajé e tentei tudo que pude. Invoquei os deuses e o espírito dos mortos, fiz feitiçarias, encantamentos e magias. Usei todas as ervas que conhecia. Passei muitas noites fazendo remédios e, outras tantas, rezando para os santos dos brancos... para o Deus deles. Nada deu certo. Invoquei Jacy, a deusa da lua, das ervas, da natureza. Ela nunca havia me faltado. Muiraquitã, a deusa das águas, desistiu de olhar por nós. Depois que os homens começaram a beber cachaça e as mulheres a dormir com os brancos, os espíritos nos abandonaram e não pude mais curar ninguém. Eu chorei na barriga de minha mãe, sou pajé desde que nasci, já curei muita gente de doença comum e de doença de espírito, feitiço, quebranto, flechada de bicho, assombração, possessão. Meu maracá era poderoso. Antes, eu benzia erisipela e ela sumia no dia. Vinha gente de longe me procurar para curar. Sou cego de nascença, mas conheço todas as ervas que dão no mato e sei fazer todos os remédios, todas as beberagens. Mas estávamos mortos antes da doença chegar. Minha magia desapareceu com a cachaça que os homens adoravam no lugar dos deuses, com as mulheres adorando o pinto dos homens brancos. Não queriam mais a rede do índio, queriam a cama do branco.

Depois, eu e Ararê contamos as nossas histórias, e foi a vez do velho e das índias chorarem com a minha captura e a viagem para o litoral, e depois para o Brasil, com a solidão de Ararê, perdido de seu povo, só com a mãe e os padres. Comemos beiju e frutas, e bebemos um pouco do cauim que restava. As índias não falavam bem o português e riam sempre que Ararê falava em guarani. A tarde foi passando sem notarmos, e eu me assustei quando vi que o sol perdia sua força. Ararê foi cuidar dos cavalos, passaríamos a noite na maloca, pois estava tarde para sair em busca de outro sítio para dormir.

As índias falavam muito, riam alto e conversavam com o pajé. Só pararam de falar quando Ararê voltou e se sentou no círculo em volta da fogueira. O pajé então falou:

— Elas querem que vocês fiquem aqui por um tempo. Tratarão Ararê como se fosse o marido da viúva. Providenciarão as melhores comidas, trabalharão muito para que possa ter o maior conforto possível. Farão mais cauim e beiju.

— O que é o marido da viúva? — perguntou Ararê, surpreso.

— É um homem jovem e bonito que as viúvas escolhem. A única obrigação que ele tem é satisfazê-las. Ele tem a melhor rede da maloca dos homens e passa os dias a se distrair e tocar o *m'baraká*. Não tem que trabalhar. Cada noite uma delas vai à sua rede. Em nossa aldeia, um rapaz servia de marido delas. Acabou ficando mole e gordo, e foi um dos primeiros a morrer com o peito fechado, cheio de catarro. As mulheres choraram a sua morte.

— Não posso ficar. Escolhi meu destino, vou atrás da Terra sem Mal, e não quero muitas esposas. Quero só a minha.

— Talvez então possa ser o marido por alguns dias, ou mesmo só uma noite. Pode satisfazer essas pobres mulheres e, se os espíritos ajudarem, plantar sua semente na barriga de uma delas. Se isso acontecer, talvez ainda tenhamos um pouco de esperança... um pouco de vontade de viver... então os guaranis viverão um pouco mais. Elas foram fazer mais beiju e cauim para lhe agradar.

O pajé falava em guarani, e, embora eu prestasse muita atenção, não conseguia entender tudo. Ararê ficou embaraçado para explicar o que o velho queria.

— Eles são seu povo, sua gente — eu disse. É tão pouco o que pedem. Plante a sua semente no ventre delas, dê um pouco de esperança a essa gente quase morta.

— Achei que não fosse gostar de me ver deitado com elas.

— Seu gozo é meu prazer. Diga ao velho pajé que ficaremos esta noite e você se deitará com elas. Menos a mais velha, que já não pode ter filhos.

— Mas e você?

— Dormirei na rede ao lado. Vou ficar olhando você... acho que gostarei de olhar.

Vieram em minha lembrança as noites em que me deitava com Pierre e a sinhá. O quarto ficava iluminado por um candelabro de prata cinzelado, e na espaçosa cama, feita por artesãos cariocas com o mais nobre e escuro jacarandá-da-baía, nós nos amávamos noite adentro. Protegidos pelo dossel recoberto de veludo vermelho e observados pela imagem da Vênus, vibrávamos de excitação. Como eu gostava de colocar meu ouvido perto da boca de Amélie para ouvi-la arfar e gemer ao ser possuída por Pierre. Às vezes me afastava um pouco para ver os corpos do casal se retorcendo de prazer, estudava os músculos retesados de Pierre e as gotículas de suor que escorriam de sua testa até o queixo e depois iam macular o lindo rosto da sinhá. Quando eu e ela nos acariciávamos, Pierre observava extasiado. A sinhá me beijava os mamilos, depois os colocava gulosamente dentro de sua boca, e Pierre gemia, quase atingindo o clímax. Amélie também gostava de nos ver e, às vezes, parecia gostar mais de ver do que de participar. Eu ficava sob o corpo de Pierre, sendo penetrada por ele, com uma mão pousada em suas costas e a outra entrelaçada na branca mão de Amélie, que nos observava, sentada ao lado. Ela se masturbava e, por várias vezes, depois gozar com satisfação, deitava esgotada.

Ararê comunicou nossa decisão ao pajé, e as mulheres receberam a notícia com gritinhos de satisfação.

As mulheres apanharam frutas na mata, derrubaram uma alta juçara e retiraram seu tenro palmito. Fizeram beiju e colocaram para cozinhar um gordo mutum, de penas negras encrespadas e um topete vermelho como sangue vivo. Ainda havia um pouco de aaru, um bolo preparado com tatu moqueado, triturado em pilão e misturado com farinha de mandioca. Estava pronto o banquete para as núpcias do marido da viúva. A mulher mais velha ficou trabalhando e as outras três se prepararam para ir ao igarapé tomar banho. A índia mais jovem, a mais bonita das três, forte, com uma cintura bem delineada como são as virgens, veio até Ararê e perguntou se ele não queria acompanhá-las ao banho.

— Como se chama?
— Meu nome é Iratembé.
— Seus lábios são mesmo de mel, como diz seu nome?

— Não sei, nunca ninguém provou, sou virgem. Ia me casar quando veio a mortandade. Meu pai não quis me dar aos brancos. Eles ofereceram muitos presentes.

Ararê reparou em seus traços delicados, no cabelo longo e negro, no colar de miçangas enfeitando o seu pescoço, nos seios firmes recém-nascidos e no pano colorido que lhe envolvia a cintura, escondendo nádegas fortes e bem formadas.

— Irei com vocês, Júlia também.

— Vamos logo, que Iara, a que mora no fundo d'água, não gosta de ser incomodada à noite.

Ararê me chamou, e lá se foi a caravana ao som dos ganidos de Apolo, que não se conformava em ser deixado para trás. Caminhamos pouco para chegar a um igarapé protegido por árvores altas, floridas e enfeitadas por cipós, bromélias e orquídeas; uma pequena enseada de areia dava acesso a águas claras e mornas. Como era tarde e o sol esmorecia, o sabiapoca e o joão-de-barro se esforçavam para animar o ambiente com cantos que os saguis queriam atrapalhar com assobios doloridos. As índias se livraram dos trapos da cintura e mergulharam com gritinhos de prazer. Eu me vesti com roupas de negra e tinha os pés descalços; em um instante estava nua e dentro da água, brincado com as índias como se fosse uma delas. Ararê estava como branco, e demorou em se despir e descalçar as botinas. Quando estava nu, envergonhou-se por alguns instantes de seu corpo, mas era um índio, e a sensação desagradável logo passou, e foi encontrar as mulheres felizes, que faziam algazarra com a água pela cintura. A inocência do banho durou pouco; os corpos nus e o compromisso assumido para aquela noite haviam me excitado, e sem pudor fui acariciar meu marido; ele parecia esperar por isso e imediatamente mostrou, para o júbilo das quatro mulheres, a força de seu desejo. Eu acariciava Ararê, e ele, com os olhos, chamou por Iratembé; ela nos observava. Em vez dela, quem se aproximou foi a mais velha das três, uma índia ainda na idade de criar, mas cheia de gordura na cintura, seios sem vigor esparramados até o abdome e muitos dentes faltando. A índia tocou o peito de Ararê com as duas mãos e, por alguns instantes, permaneceu assim, com os olhos fechados e o cenho franzido como se estivesse a absorver uma energia de que muito precisava. Fiquei ao lado de Ararê para ela poder livremente ver sua força de macho e desfrutá-la como quisesse, mas a água pela cintura atrapalhava. A índia nos conduziu para um banco de areia próximo e a água ficou pelos joelhos, expondo o sexo endurecido de Ararê. Ela se virou, dobrou o tronco para a frente, com as mãos apoiadas sobre os joelhos e as pernas ligeiramente abertas, e, de costas, aguardou que ele a penetrasse. Iratembé observava a cena um pouco mais afastada, com a mão apoiada sobre o braço da companheira. Tomei a iniciativa de aproximar meu marido da índia que o aguardava e, com as mãos, dirigi seu membro endurecido para o local que lhe pertencia. Ele apoiou as duas mãos sobre os quadris da índia e começou o movimento de vaivém com uma violência e rapidez que não lhe eram de costume. Eu o empurrava com as mãos, como se o incentivasse a ir mais fundo. Rapidamente Ararê despejou no ventre da carijó seu sêmen guarani. Nesse momento, o joão-de-barro e sua fêmea fizeram um dueto afinado e potente que calou o resto da bicharada. Talvez comemorassem a concepção de um espírito. A índia, agradecida, deu um beijo em minha face, e voltamos em silêncio para o acampamento dos sobreviventes.

Apolo ainda gania quando chegamos, e fui salvá-lo da solidão. Sentamos em volta da fogueira, onde o pajé cego e o curumim nos esperavam. Experimentei o tatu moqueado e fechei os olhos de prazer, a carne dissolvia-se em minha boca como se fosse mágica e deixava o gosto forte da caça. Com dificuldade e muitos sinais, fiz a índia que Ararê acabara de possuir me ensinar a receita da iguaria; o segredo estava na forma de triturar a carne no pilão. Ararê conversava com o pajé sobre o peabiru, bebia cauim, comia beiju, e às vezes olhava para mim e para Iratembé e lambia os lábios.

O dia havia sido comprido, e estávamos cansados; a índia mais velha parecia minha amiga de longa data, conversamos e rimos com uma intimidade gostosa. Foi ela quem se levantou e indicou as redes largas e confortáveis destinadas a nós. Não eram juntas, mas próximas o suficiente para que pudéssemos nos tocar. Ararê foi para sua rede com a vista enevoada pelo cauim, eu o ajudei a se livrar das calças de branco e se deitar preguiçosamente. Aproveitei o lusco-fusco da maloca e beijei seu sexo; como sempre, este respondeu imediatamente ao meu carinho; em pouco tempo estava pronto para mais uma batalha. Ao meu sinal, a índia mais velha, como se houvéssemos combinado, trouxe a segunda índia que deveria ser possuída. Ainda não era a vez de Iratembé. Tinha uns vinte e poucos anos e não era mais virgem, seus peitos já haviam sido usados e seu filho morrera de sarampo ou bexiga. Rechonchuda, de barriga proeminente e pele fria, não parecia feliz ou infeliz, apenas se submetia a seu destino. Os cabelos estavam bem cuidados e seu cheiro era bom, esperava por esse encontro. Fiquei em pé, ao lado da rede, e mais uma vez minha mão serviu para apontar ao meu marido o caminho que deveria seguir. Ao penetrá-la, Ararê foi rápido. Após poucos movimentos, derramou dentro dela sua semente. Tentei, em vão, observar a expressão da índia enquanto meu marido gozava, mas a escuridão não permitiu, ou talvez a falta mesma de expressão dela tenha dificultado. Levantou-se conformada com seu destino; se ficasse prenhe seria bom.

Quando a índia se foi, Ararê arregalou os olhos; parecia que acordava, suas narinas se dilataram, sua respiração acelerou e seu desejo voltou como se não houvesse ido. Com a luz trêmula da fogueira, me surpreendi com sua excitação. Era a vez de Iratembé. Ela veio pela mão da índia mais velha, parecia bem noivinha, cheia de encantamento e ansiedade. Quando se deitou na rede de Ararê, seu coração disparou e seus músculos se retesaram, mas, mesmo assim, parecia uma flor atraindo um beija-flor; suas pernas se abriram para abrigar seu homem como se sempre o houvesse hospedado. Ararê beijou-lhe a boca com sofreguidão. Não gostei.

Iratembé tinha treze anos quando começou a mortandade, estava prometida para um tio mais velho que, abandonado pela esposa, foi viver com os brancos. Tinha uma graça natural; sua força interior se manifestava em seu olhar e a distinguia das outras meninas de sua idade. Não era a mais bonita de sua geração, mas sem dúvida era a mais desejada das mocinhas casadoiras. Seu pai era assediado por pretendentes; recusou muitas ofertas antes de ser irresistivelmente pressionado pelos parentes para aceitar o tio como futuro genro. Mas o que a diferenciava das outras? Por que era singular se não era a mais bela? Naturalmente provocante, era um desses casos raros em que a natureza resolve dotar a mulher de um jeito perturbador, nos olhos, na boca, no modo de falar e de andar, que exerce uma atração imponderável sobre os homens. Parece que está sempre a convidá-los ao prazer com recompensas divinas. Desde pequena, distinguia-se entre as amigas da mesma idade. Estas eram bonitinhas, mas não tinham o encanto que a acompanharia para sempre. Ararê estava com ela na rede, e ela pronta para recebê-lo dentro de si como se fosse uma promessa de imortalidade. Ela o desejava porque precisava salvar a sua raça e porque ele era bonito. Eu, em pé, ao lado da rede, percebi ali algo mais do que um ato animal e tive ciúmes. Pensei até em puxar a menina, em solicitar de volta meu lugar, retomar a posse de meu homem. Mas me contive: meu reinado não correria risco por um instante de envolvimento. Não podia nem queria ser a dona de Ararê. Quis participar da alegria de meu marido. Acariciei-o e o beijei junto com Iratembé. Ararê percebeu meu drama e, agradecido, correspondeu aos carinhos. Logo estávamos os três na rede, nos amando por muitas horas. A bicharada na floresta já dava sinais de querer acordar quando, com minha assistência, Ararê plantou sua semente no ventre de Iratembé, perpetuando a raça dos guaranis.

Dormimos pesadamente e acordamos tarde. Ararê foi cuidar de Tupã, Xangô e Apolo, e eu fiquei com minha nova amiga.

– Olhe, Ararê... ganhei de Iratembé!

– Que bonito. Um muiraquitã em forma de serpente. Nos protegerá dos maus espíritos e da má sorte.

– É precioso, Iratembé me contou como são feitos e a trabalheira que dá para conseguir um barro com essa cor.

Consegui conversar em guarani com ela.

– Elas têm que esperar a luz da lua cheia banhar as águas do lago e só então mergulham em busca desse barro verde. Só as cunhantains que ficaram em jejum durante todo o dia e pediram a proteção dos espíritos podem ir ao jacy-uaruá, morada da deusa-que-floriu-das-águas. Ainda no escuro, só com a luz de Jacy, elas moldam os muiraquitãs e esperam pelos raios quentes de Guaraci, que os endurece. Tocam os maracás e cantam pedindo pelos amuletos. Minha mãe, quando era virgem, pegava o barro para sua gente. Ela sempre me contava essas histórias.

– Fiquei comovida... é um presente importante para gente tão pobre.

– Talvez seja tudo que ela possui de valioso. Uma serpente mordendo a própria cauda... estranho, não é?

– Eu já vi uma assim no livro do doutor. Chama-se uróboro. No ventre de Iratembé deve haver um irmãozinho desse aqui, disse eu, apontando o ventre. – Sua linhagem será infinita como essa serpente.

– É... talvez seja isso. Uma troca. Nós lhe demos uma coisa importante e ela quis retribuir.

— Você gostou dela, não é? No começo, tive ciúmes, achei que você estava gostando mais do que devia.

— É verdade. Ela é diferente das outras. Parece ter sido feita com o mesmo barro que você. Fico com dó de deixar ela aqui.

— Ela é uma menina, e nós temos um caminho longo... Eu até gostaria que ela fosse, mas seria ainda mais difícil chegarmos à Terra sem Mal. Um índio casado com uma negra já é um problema; casado com uma índia e uma negra... os brancos não permitem a um homem ter duas mulheres. Nosso futuro é incerto... Eu gostei dela... me ensinou a fazer aquele tatu moqueado. Quando der, vou matar você de prazer – disse eu, sorrindo e tentando adivinhar os pensamentos do meu marido.

— Minha cabeça está pesada, meus pensamentos, enevoados. Acho que foi o cauim de ontem. Mas está tarde e devemos partir. Os cavalos estão prontos. É só pegar Apolo e montar, já disse adeus ao velho.

— Eu também me despedi. Podemos ir.

CAPÍTULO 10
# Escolha, como amigos, aqueles que possuam virtudes

> *"Eu sou Euterpe, a musa da música. Afina tua lira com os astros e que com ela vibrem as esferas celestes, pois com a música poderás transmutar a alma de todos os seres."*
>
> MITOLOGIA GREGA

POR UMA TRILHA BEM BATIDA E COM INTENSO MOVIMENTO DE TROPEIROS E viajantes, seguimos nosso caminho em direção a Nossa Senhora da Conceição de Angra dos Reis da Ilha Grande. Ararê e eu havíamos nos informado sobre o que encontraríamos: um povoado decadente, longe dos bons tempos de ouro farto das Gerais, quando este era o porto preferido para contrabandear o metal; a Inglaterra lucrava, e El-Rei ficava sem a sua parte. Com o fim do ouro, os navios ingleses de contrabando foram substituídos por navios negreiros, que burlavam o controle inglês sobre o tráfico. Os cafezais paulistas, ávidos de mão de obra, pagavam um bom dinheiro pelos fortes africanos, e assim, com o tempo, a vila transformou-se em um entreposto de negros. Os alambiques e a afamada cachaça também contribuíam para manter a vida econômica do lugar.

A vizinha cidade de Paraty disputava com Angra a primazia da aguardente, gerando discussões acaloradas sobre a qualidade; mas, de qualquer forma, toda a produção era vendida e seguia para São Paulo ou para o Rio de Janeiro em pequenos tonéis, no lombo das mulas. A cachaça, além de suavizar as dores da vida, serve como fonte de energia barata para o trabalho braçal extenuante. Também havia o apoio necessário às tropas de mulas de ir e vir entre São Paulo e Rio; ferraduras, comida, cachaça e redes para os tropeiros. Mesmo depois de os viajantes abandonarem a rota de São Vicente, preferindo a serra da Bocaina para chegar ao planalto e ao vale do Paraíba, Angra continuou um entreposto da viajem.

Lembrei-me das conversas com Pierre; ele me contava como a natureza havia sido generosa nestes recantos: além do mar incomparável, a mais bela floresta tropical do planeta emoldurava a costa, as montanhas e os vales; cascatas de águas cristalinas descendo pela encosta matavam a sede dos viajantes, como nos tempos remotos haviam saciado os poderosos tupinambás, agora praticamente desaparecidos.

Havia ainda as baleias que os homens matavam sem se importar com a ira da Senhora-que-Nasceu-do-Mar. Se a sorte ajudasse, achavam dentro de seus intestinos partes de lulas gigantes, não digeridas, recobertas por uma substância gelatinosa, fétida e cinza, valiosa como ouro para os europeus confeccionarem perfumes. A carne não tinha nenhuma utilidade e teimava em recobrir a cidade com uma fedentina enjoativa. Às vezes um vento benfazejo tentava uma trégua.

No vale do Ariró, os manguezais formavam extensos atoleiros com uma lama viscosa, uma armadilha para as mulas vindas de São Paulo. A quantidade de ferraduras perdidas servia de matéria-prima para as pequenas fundições das vizinhanças, abastecendo uma legião de ferreiros. Serviço não lhes faltava, podiam cobrar caro para acertar os cascos estropiados. Os tropeiros tentavam regatear e em vão procuravam um ferrador mais barato, mas a guilda estipulava o preço, evitando o aviltamento.

O som da ferradura solta da pata dianteira esquerda de Xangô incomodava a cada passo; o esforço de Ararê em repregá-la foi em vão por falta de cravos novos. No atoleiro do Ariró, Xangô a perdeu de vez, e também a da pata traseira direita. Nunca fora obrigado a andar desferrado, e logo demonstrou sua indignação, mesmo na trilha macia de terra batida. A cada passo, hesitava antes de apoiar o casco sem ferros no chão; claudicava de forma exagerada.

O sol, encoberto pelas nuvens, era um borrão de fogo se extinguindo, mas ainda iluminava os comboios que iam chegando. Estávamos cansados, mas antes de procurar um abrigo paramos na primeira ferraria, preocupados com os cascos de Xangô.

Um ferreiro se preparava para ir embora, mas nos recebeu. Era um mulato forte, com cabelos lisos até os ombros e olhos claros, talvez verdes, de traços delicados que contrastavam com a potência dos braços e dos músculos dos ombros, prestes a saltar para fora de seu corpo. Estava com o avental de couro sobre o peito nu.

— Meu cavalo está manco. Tenho medo de aguamento. Poderia ferrar ainda hoje?

— Hoje não dá mais. O carvão está frio... estava indo para casa.

— Mas o casco está quebrando...

O mulato encarou Ararê com má vontade. Pelo seu jeito, ia nos despachar, mas seu olhar cruzou com o meu, e eu lhe pedi com os olhos, seu humor mudou.

— Está bem... puxe ele para cá, darei um jeito até amanhã.

Apeei e segui os dois homens; enquanto caminhava, examinava o belo mulato.

— Faço uma bota de couro e amanhã ferro. A bota não deixa o casco apodrecer. É um cavalo português?

— É. Está sentindo a viagem, emagreceu muito — respondeu Ararê.

— Cavalos nobres não servem para cá. Os terrenos são difíceis. Para onde vão?

— Para São Vicente, São Paulo, e depois para o Paraguai.

— Muito longe. Só com capim não aguentam; precisa dar um pouco de milho. Tem energia. Mas por que São Vicente? Ninguém mais vai para São Paulo por lá.

— Por onde, então?

— Pelo "caminho novo" até Cunha, e depois beirando o rio Paraíba. É por onde vão todos.

— Não sabia. Queremos uma pousada. Temos dinheiro para pagar.

— Tenho uma casa aqui perto, alugo quartos para tropeiros. Só tenho redes. É para você e essa negra?

— É, ela é minha mulher. Somos casados na Igreja.

— Lá em casa tem uma boa cozinheira, e o jantar deve estar pronto. A comida é bem boa... e esse cachorro, é seu?

— É, sim. Tenho ele há pouco tempo, ganhei na Fazenda Santa Cruz. Ele se chama Apolo.

— Nome estranho!

— É um deus antigo, como Xangô e Tupã.

— Ê índio! Deixa o padre te ouvir. Ele te esconjura. Deus aqui só o dele – disse, sorrindo e com ironia no olhar.

— Eu sei... um padre me criou.

O mulato recortava o couro enquanto falava com uma voz grossa que ressoava na ferraria vazia. Chamava-se Benedito.

— Acredito em todos os deuses. Acho que Cristo tem um lugar entre eles. Cristo é um Deus triste, precisamos também de deuses alegres.

Benedito aproximou-se de Xangô, fez-lhe um agrado no pescoço, deu-lhe as costas, curvou-se e prendeu a pata do cavalo entre seus joelhos. Assim podia trabalhar com as duas mãos. Com uma pequena faca curva, cortava os pedaços quebrados e acertava a ranilha. Um cheiro ruim se espalhou, mas ele continuou falando.

— O Cristo enxugou as lágrimas dos sofredores, consolou os humildes e trouxe esperança. É tão querido porque inventou o perdão. Mas é mais um entre tantos. É um bom deus, e o problema nunca foi ele.

— De quem é, então? – perguntou Ararê.

— Para crer nele, querem matar os outros. Não tem lugar para mais nenhum... Esse casco está mesmo muito ruim... faço um preparado de sebo de carneiro derretido misturado com petróleo. Fortalece e não deixa ressecar, mas não sei se vai dar para ferrar amanhã.

Eu estava com Apolo no colo e segurava uma lamparina. A noite veio escura, sem nenhuma lua. Perguntei ao ferreiro:

— Você fala bem. Tem estudo?

— Aprendi a ler e tenho livros. Gosto de aprender.

— Eu e Ararê sabemos ler e escrever.

— Júlia fala e lê em francês também – disse Ararê, orgulhoso.

— Aqui já está bom. Vamos ver o outro...

Repetiu o mesmo gesto. De costas para Xangô, prendeu seu casco entre os joelhos.

— Você é um mulato diferente. Tem os cabelos lisos e os olhos mais claros – comentei, levantando as sobrancelhas.

— É uma história comprida. Meu pai tem um avô branco, um português dono de engenho com muitos escravos, e minha mãe era uma mestiça de índio e branco. Daí meus olhos e meu cabelo. Eu tenho alguns livros em casa e um em francês, que não sei ler. Vou lhe dar... que cheiro podre... este casco está pior que o outro. Vou limpar e fazer um emplastro com barbatimão torrado. Vai demorar uns dois ou três dias para poder ferrar.

Na noite escura, tivemos dificuldade para acompanhar Benedito até sua casa. Ararê ia puxando Xangô. Estranhando as botas, ele elevava as patas ainda mais do que lhe era natural. A casa ficava em um outeiro de onde se ouviam as ondas do mar quebrando mais abaixo.

Era espaçosa, em estilo açoriano, com amplas janelas pintadas de azul-escuro, viradas para o mar. O chão, de terra batida, era muito limpo e perfeitamente regular. O pé-direito de três metros e paredes de dois palmos de espessura, feitas de terra de formigueiro, estrume e um pouco de açúcar, garantiam uma temperatura agradavelmente amena em seu interior.

Perto da casa, em um piquete cercado com troncos de duras aroeiras, pudemos acomodar os cavalos, que, embora fossem garanhões, estavam amadrinhados e podiam ficar juntos.

Jantamos carne-seca com abóbora, e ganhei de Benedito uma edição francesa de *Candide, ou L'Optimisme*, de Voltaire. Li esse pequeno livro logo no começo de minhas aulas com o doutor, mas agora poderia entendê-lo melhor. Havia um quarto só para mim e Ararê; os outros hóspedes, uma meia dúzia de tropeiros, foram para o grande quarto nos fundos da casa. Na rede, falei para Ararê:

— Benedito falou bem.

— O quê?

— O deus dos brancos é mais um entre muitos. Tem que haver um lugar para todos.

— Eu ouvi.

— Penso muito nisso. Eu achava que eram muitos nomes para um deus só e ele acha que são muitos deuses.

— Pode ser. Quando nos ensinava, o padre dizia: Pai, Filho e Espírito Santo, e eu perguntava se eram três. Ele respondia: é um mistério!

Na manhã seguinte, Ararê foi com Benedito para a ferraria, levou os cavalos, e puderam ferrar Tupã, mas Xangô ainda tinha os cascos em péssimo estado. Passei a manhã deitada em uma rede sob uma gigantesca mangueira, emocionando-me com as venturas e desventuras da viagem de Cândido e seu amor pela bela Cunegundes.

Pelo meio do dia, a mulher que cozinhava foi levar o almoço para Benedito. Fui com ela, e encontrei meu marido trabalhando na ferraria.

— Você não voltou. Fiquei preocupada.

— Fiquei ajudando e aprendendo. Teremos que esperar alguns dias para ferrar Xangô.

— Então cace um tatu e arranje farinha de mandioca. Quero cozinhar para vocês.

Benedito respondeu:

— Esta noite haverá lua, e podemos caçar. Tenho um cachorro bom.

— Posso ir? – perguntei, com um pouco de ansiedade a voz.

— Por mim... – respondeu Benedito.

— Pode, sim – concordou Ararê.

Passei a tarde na rede com Cândido, até que vieram preparar-se para a caçada.

— Ararê, posso usar uma calça sua? Vestidos não são para caçar.

Fiquei graciosa com a roupa de meu marido; a calça grande, presa na cintura por uma corda, acentuou-me a cintura fina e o quadril forte e arredondado. Ararê quis levar Apolo na esperança de ele aprender a arte da caça, mas ouviu os apelos de que só iria atrapalhar e deixou-o ganindo insistentemente.

Durante horas seguimos o cachorro; ele entendia de seu ofício e procurava, com o focinho rente ao chão, cheiros que denunciassem sua vítima. Julgando-se protegido pela escuridão, o tatu estava atrás de seu prato favorito, formigas e pequenos insetos, mas percebeu a presença dos caçadores. Numa manobra temerária, fugiu do cão em nossa direção, pois estávamos entre ele e a toca mais próxima. Era um tatu grande e pesado, de uns três palmos de comprimento. Passou correndo e, com o susto, me derrubou sobre o capim macio, deixando-me por um tempo deitada de barriga para baixo, pensando no que havia acontecido.

Ararê estava à frente do grupo, iluminando o caminho com a lamparina; quem vinha perto de mim era Benedito, que se voltou para me ajudar.

Com as mãos em minha cintura, ele me puxou com força. Fiquei em pé, com o tronco fletido e as mãos apoiadas nos joelhos, encostando as nádegas no sexo de Benedito. Percebi o corpo do mulato e senti onde estava encostando, era assim que o doutor gostava de me possuir. Não fiquei embaraçada, ao contrário, gostei daquelas mãos fortes em minha cintura e do corpo dele contra as minhas nádegas. Foi um instante, durou o espaço de algumas poucas batidas do coração, mas a excitação foi grande, uma faísca pulou de um para o outro e nos transtornou.

O tatu achou o buraco que procurava e, seguido de perto pelo cachorro, tentou salvar sua vida. Embora fosse uma toca grande, o cão não conseguiu entrar. Com uma pequena enxada, Benedito se pôs a cavar. Alcançando o animal exausto, o cão pegou-o pela cauda, e Ararê, com habilidade e pontaria, acertou-lhe a cabeça com o bastão que trazia; em poucos movimentos ele estrebuchou.

Voltamos felizes, cantando, como se fôssemos amigos desde sempre. Na cozinha, a mulher admirou-se com o tamanho do tatu e ajudou a destrinchá-lo; havia carne para muita gente. Era um belo tatu-galinha macho, de quatro ou cinco quilos.

A casa estava vazia, os hóspedes andavam pelos bares, bebendo quanta cachaça pudessem suportar. Então nos reunimos na varanda. O ar quente da noite e a lua discreta pareciam se preocupar em não ofuscar as miríades de astros do universo.

– Você sabe ler o céu? Sabe ver as constelações dos índios?

– Sei um pouco – respondeu Ararê. – Lá está a constelação do Homem Velho, anunciando o tempo da chuva. Veja, Júlia – disse, apontando –, a perna cortada e a pena na cabeça. Mais para cá fica a constelação da Ema, que aparece por inteiro quando o inverno vai começar. Os brancos a chamam de Escorpião. O Cruzeiro do Sul, aquela estrela muito brilhante, é a sua cabeça.

– Não aponte as estrelas com o dedo – falei, rindo da crendice boba.

– Aquele clarão é o Caminho dos Espíritos, lá fica a constelação da Anta. Ela é bem visível na primavera. Daqui não dá para ver, mas por ali fica a constelação do Veado no outono – dizia Benedito, animado, feliz em explicar.

– É um céu bonito – suspirei.

– E o livro que lhe dei?

– É ótimo. Já tinha lido, mas adorei ler de novo. Estou quase terminando.

– Sobre o que é?

– Sobre a viagem de um herói à procura de sua felicidade.

– Ele a encontra?

– Por enquanto, não. Ele passa por muitas situações de abundância e por muitos desastres, mas não encontra o que procura.

– Não é a abundância que traz a felicidade.

– E o que é? – perguntei.

– Difícil responder. Acho que não tem resposta. Ou então existe uma resposta para cada pessoa.

– Amanhã eu lhe conto a resposta de Cândido.

Benedito voltou-se para Pararê e lhe disse:

– Eu tenho algo que qualquer guarani gosta muito.

– O quê? – perguntou Ararê, curioso.

– Um violão de seis cordas. Você sabe tocar?

– Sei.

– Vou pegar.

– Cantarei para meu filho. É uma canção de meu povo, e só dá para cantar em guarani.

Acompanhado do violão, sua voz suave e doce encantou a mim, a Benedito e aos tropeiros, que haviam voltado de suas bebedeiras.

*Jeguakáva porangue i,*
*Considera com fortaleza a morada terrena*
*E, mesmo que todas as coisas, em sua variedade*
*Apresentem-se por vezes horrorosas*
*Deves enfrentá-las com valentia*
*Jachukáva porangue i*[3]

Eu estava aconchegada ao meu marido, e, com os olhos umedecidos de emoção, passei a amá-lo mais ainda. Nunca tinha ouvido essa canção.

– É bonita. Gosto dos versos.

– Cante mais, Ararê! Pelo menos mais alguns versos.

– Está bem, é a continuação...

---

[3] Tupã Tenondé, Kaka Werá Jecupé

*Mitã ñanemboú ma vy*
*Os que estão acima de nós dizem*
*Irás à terra e recordarás de mim em seu coração*
*Assim circulará minha palavra*

*Tupã Tenondé, Kaka Werá Jecupé*

— É um poema longo, outro dia eu canto todo para você.
Ficamos em silêncio. Eu pensei no meu filho em voz alta:
— É importante o nome que nos dão.
Depois conversamos sobre cavalos, sobre os cuidados com os cascos, com os dentes, com a crina, sobre o tatu e o jantar do dia seguinte.
— Eu preciso de um moquém para o tatu. Você me ajuda, Ararê, antes de ir para a ferraria?
Conversamos mais um pouco e fomos dormir. Demonstrei meu desejo com carinhos. Talvez pelo conforto, talvez pelo belo céu ou pela música de Ararê, ou ainda pelo contato das nádegas com o corpo de Benedito, queria meu marido com mais intensidade que o habitual. Gozei, e nas entranhas apertei Ararê com tanta força que o deixei deslumbrado de prazer. A luz saiu de meus olhos e o envolveu todo, iluminando o quarto.
Levantamos bem cedo, e Ararê foi cortar as madeiras para o moquém. Com habilidade, montou o estrado e acendeu o fogo enquanto fui à horta escolher os temperos que usaria. Concentrada, eu inspirava o aroma de cada plantinha e mentalmente as combinava com o gosto da carne branca e macia do tatu. Macerei os temperos, misturei com água e sal, depois untei os pedaços de carne, um a um. Em cada gesto, colocava meu espírito e minha vontade. Depois do moquém, iria pilar a carne com farinha de mandioca e acrescentar temperos avermelhados.
Ararê foi para a ferraria, e eu fiquei junto ao moquém, terminando de ler o *Cândido* e cuidando do jantar. No meio da tarde, achei que a carne já estava seca o suficiente e fui para o pilão. Devagar, com ritmo, ia pilando-a junto com a farinha branca, ainda mais saborosa agora com os temperos que eu acrescentara. E me lembrei da minha ama na África, com os mesmos gestos, amassando a carne crua, cantando uma canção em sua língua estranha,

que de tanto ouvir acabei decorando. A canção de minha infância veio-me à memória como se estivesse a ouvi-la naquele momento. A música e o pilão iam no ritmo, e, sem perceber, comecei a cantar:

*Habibi ia aini*
*Ia aini ia Leili*
*Iamsahara aini...*

A canção, vinda de algum lugar nas profundezas de meu espírito, trouxe lágrimas que se misturaram à farinha pilada. Inspirei fundo e senti o perfume; o jantar ficaria bom.

Diretamente nas brasas que aqueciam o moquém, assei aipim, um bom acompanhamento, um gosto mais doce para contrastar com o tempero carregado do tatu. Para sobremesa, colhi mangaba, cajá, araçá e jabuticaba, que serviria com mel de jataí. De onde estava, podia avistar a vila e os navios no porto. Uma embarcação grande atracou cedo e começava a desembarcar a carga de negros. Senti um vazio no peito quando distingui uma fila de gente esquálida, com as mãos atadas e um feitor agitando o chicote ameaçadoramente. Cenas de minha viagem africana vieram-me à memória. *Preciso me livrar desta lembrança,* falei em voz alta, como se alguém estivesse me ouvindo, mas não me abati e voltei ao livro e ao tatu.

Amor dos meus olhos/ Olhos da noite/ Enfeitiçam os olhos/ de dia e de noite...


À tarde, os homens voltaram. Ararê, feliz com seus progressos como ferrador, mas as costas doídas pela falta de costume em permanecer com o tronco fletido e a pata do cavalo presa entre os joelhos. Com as mãos untadas em óleo de baleia, com uma massagem lhe devolvi a disposição. Depois, como o doutor havia me ensinado para lhe curar uma dor nas costas, com um espinho cutuquei um ponto três dedos abaixo do tornozelo, na face externa do pé, e, como em uma mágica, a musculatura das costas relaxou e a dor desapareceu. Sentamos perto do moquém e conversamos sobre as coisas do dia, enquanto eu colocava o tatu e o aipim em igaçabas decoradas com linhas vermelhas e pretas. Servimo-nos com as mãos, ninguém falava, mas as feições de felicidade, a voracidade e os suspiros eram mais do que elogios. Condoí-me de três tropeiros que observavam a comilança e lhes ofereci um pouco, mas não o suficiente para saciar o apetite deles. Logo estavam discutindo em voz alta e se esbofeteando na disputa por um pequeno bocado. Foi preciso Benedito interferir na briga, antes que alguém fosse ferido.

– Nunca comi nada tão bom – me disse Benedito com ternura na voz.

– A intenção era essa mesmo – agradeci sem modéstia.

– E o livro?

– Acabei, é pequeno. Para Cândido, o mundo é cruel, e ele descobre sua felicidade quando se conforma com o trabalho rotineiro e sossegado numa existência simples, sem ambições.

– É assim que devemos ser? Simples e sem ambições?

– Ararê e eu queremos uma vida simples, mas tenho ambições. Não sou como Cândido, e meu mundo não é ruim como o dele.

– Seu mundo é bom?

– Você deve estranhar uma escrava forra, casada com um índio sem povo, achando o mundo bom. Já fui muito maltratada, sofri mais do que pode imaginar, agonizei perto da morte por vários dias. Mas sou feliz. Terei um filho do homem que amo e vou para uma terra onde serei a dona das minhas vontades. Satisfaço com livros e com pessoas de sabedoria, como você, o meu prazer em conhecer. Gosto de sensações como as que sinto com a música de Ararê e a comida que faço.

– Tenho outros livros, amanhã te mostrarei. Seu cavalo está melhorando, mas ainda demora três ou quatro dias para poder ser ferrado.

Nos dias que vieram, vivemos uma rotina agradável. Ararê ia para a ferraria, e eu ficava lendo e cozinhando. Chegavam esfomeados e se deliciavam com o jantar. À noite, víamos as estrelas e contávamos casos, Ararê tocava violão, cantava e depois nos amávamos por muito tempo. Mas finalmente Xangô pôde ser ferrado e decidimos que era hora de partir. Quando voltou da ferraria à tarde, Ararê me falou:

– Benedito me chamou de *ikamí* e a você de *inikiê*. Na língua dos caiapós, é irmão e irmã.

– Eu gosto dele.

— Mas, não só nesse sentido, ele gosta de você. Ele quer se deitar com você, e como é meu irmão, pode me pedir. Se ele tivesse uma mulher, eu a teria... você irá se tiver vontade.

— Eu tenho vontade, mas você ficará sozinho na rede essa noite?
— Pode ir.
— Tenho medo de você sentir ciúmes.
— Pode ir. Ciúme é coisa de branco que quer ter as coisas, quer ser dono.
— Então eu vou... gostarei de ir à sua rede.
— Pode ir, dormirei sozinho.
— Não dormirei na rede dele. Eu volto para você.
— Está bem. O que teremos para o jantar?
— Cozinhei ovos de pássaros. Achei aqui perto. E tem parati. Sequei esse peixe no moquém do tatu, e gafanhotos que a mulher da cozinha pegou. Eu fiz com uma mistura de ervas; são grandes, e você vai gostar. Ainda temos um pouco de mel. Quer um pouco de cachaça? Vou tomar um pouco.

Sentamos na varanda, e Benedito veio se juntar a nós.
— Eu falei com Júlia e ela vai se deitar com você.
— Você é meu *ikami*, esta sempre será sua casa.

Eu trouxe a comida e uma garrafa de aguardente. Comemos até nos fartar e bebemos até nos alegrar. Nada é melhor para o espírito do que a conversa entre amigos e uma dose de aguardente pura e forte para alegrar o espírito e criar o entusiasmo que melhora a vida. Ararê cantou em guarani, e, depois de alguma insistência, concordei em cantar.

— Vou cantar uma música bonita e animada, que me emociona toda vez... Sempre acho que eu poderia ter feito estes versos. Me lembro do Valongo e do sofrimento da viagem, lembro da minha gente que continua chegando ao Rio como se o tráfico fosse permitido, lembro de Xangô, que cuida de meu destino.

*Que noite mais funda calunga*
*No porão de um navio negreiro*
*Que viagem mais longa candonga*
*Ouvindo o batuque das ondas*
*Compasso de um coração de pássaro*
*No fundo do cativeiro*

*É o semba do mundo calunga*
*Batendo samba em meu peito*
*Káwo-kabiesile-káwo*
*Okê-arô-okê*[4]

Ararê levantou-se para dormir e eu o acompanhei sem lembrar o que tínhamos combinado. A cachaça, a música, a temperatura agradável, a conversa boa, a comida gostosa, tudo contribuía para meu desejo. Senti o sexo umedecido, querendo receber meu marido, mas naquele momento me lembrei de Benedito e do compromisso assumido. Já havia me livrado das roupas e ia subir na rede, coloquei novamente o leve vestido de negra e olhei para Ararê, mal iluminado pela luz da vela. Senti-o sedento, à minha espera; o álcool também o tinha feito esquecer o combinado, mas também o deixara entorpecido, e logo dormiu.

Fui tateando na escuridão à procura do quarto e da rede de Benedito. Encontrei-o como havia deixado Ararê, deitado na rede, acordado, à minha espera. Preocupei-me com meu ventre e com a criança dentro dele. *Ele deve ser delicado*, pensei, enquanto lhe fazia um carinho com a mão. Mas assustei-me com o tamanho de seu membro endurecido, e logo temi que pudesse me machucar. Parecia-se com Ararê, tinha gestos calmos e hálito doce, respirava com a boca encostada em meu ouvido e beijava-me o pescoço delicadamente.

Não nos falamos, não conversamos, não nos perguntamos nada: satisfazíamos um desejo. Não havia outra pretensão a não ser o prazer imediato. Lentamente e com cautela, ele me penetrou. Passou o receio, me desinibi, e o fiz se sentir no paraíso. Benedito gemeu, agonizou, urrou, ficou ofegante, se acalmou e retribuiu o prazer que recebia. Gozei com força e vontade, minha luz iluminou o corpo de meu amante, e por um momento pude ver a sua expressão de tranquila felicidade. Ele sentiu a energia que lhe transmiti e dormiu profundamente logo em seguida. Vesti minha roupa e fui procurar a rede de meu marido, estava cheia de saudade.

Encontrei Ararê em um estado entre o sono e a vigília, e, com poucos movimentos para não incomodá-lo, deitei na rede, aconchegando-me para

---

[4] "Yáyá Massemba", de Roberto Mendes e Capinam.

dormir. Mas o calor de meu corpo foi suficiente para despertar seu desejo, e em instantes ele me queria. Eu o satisfiz com entusiasmo, ninguém sabia possuir-me como Ararê.

De manhã, beijamos Benedito, acomodamos Apolo, montamos em Xangô e Tupã, e seguimos viagem em busca de nosso ouro.

Esperei por um local agradável para sugerir uma parada, remoía um pensamento e queria conversar com Ararê. O movimento de tropeiros era intenso, às vezes a trilha se estreitava e não havia espaço, éramos obrigados a aguardar a vez de passar.

Já havíamos percorrido quase duas léguas e estávamos no pé da serra quando surgiu um riacho com um remanso convidativo, uma praia de areia amarela, sombreada por árvores frondosas, com bromélias floridas e orquídeas de formas e cores impossíveis. Coloquei os pés na nascente transparente e fria. Um arrepio percorreu meu corpo e arrancou-me um gritinho de prazer e um suspiro. Levantei o vestido e fiquei olhando os pequenos lambaris que vinham mordiscar minhas coxas, mas as preocupações não desapareciam. Senti meu semblante carregado.

— Quero falar com você.

Ararê respondeu com o olhar.

— Sei que já caminhamos muito, mas acho que não é por aqui que devemos seguir.

Ararê continuou olhando, agora com surpresa.

— Este caminho é mais fácil e rápido, mas não é o nosso. É o caminho dos brancos, dos comerciantes e dos fazendeiros.

— Todos vêm por aqui. Vamos até a cidade de Cunha e depois, seguindo o rio Paraíba, até São Paulo. Lá procuramos o caminho para o Paraguai, o Peabiru.

— Mas não é aqui que eu queria estar. Este é o caminho deles, e quero o nosso.

— Talvez... não achei que encontraríamos tantos tropeiros. Que movimento! Mas já que estamos aqui... é mais fácil.

— O nosso é o caminho dos índios e não este. Quero o Peabiru, desde o começo. É por lá que devemos ir. Seguir pelas praias até São Vicente... Se é lá que começa, é por lá que devemos ir.

— Mas é mais difícil. Você está prenhe, e já estamos subindo a serra.
— Mais difícil... mas é o nosso caminho. Nós precisamos dele.
— Precisamos por quê?
— Porque é nele que você saberá quem é, de onde veio e para onde vai. É lá que nos acharemos, nos conheceremos. Sou uma negra sem pátria, não me lembro da língua que falava em minha aldeia, esqueci o rosto de meu pai e de minha mãe. Precisamos de um lugar que fique em nossa memória como o lugar-de-onde-viemos. É pelo caminho dos índios que chegaremos à Terra sem Mal!
— Então?
— Voltamos!
— Voltamos.

Voltamos por onde viéramos, não olhamos para trás, não havia dúvidas. Quando nos aproximamos da casa de Benedito, já passava do meio do dia, e pensamos em ficar para dormir, mas resolvemos seguir em frente. Numa cumplicidade silenciosa, preferimos a privacidade da mata, que uma grande lua cheia iluminaria. À noite me aconcheguei ao peito de Ararê e nos amamos como se amam as criaturas que se querem; tínhamos algo além do desejo.

Acordamos com o sol e seguimos viagem costeando o mar, em direção a Paraty. Quase vinte léguas de trilhas, às vezes pedregosa, às vezes com atoleiros, ladeiras íngremes, precipícios assustadores, mas sempre a paisagem exuberante, com flores coloridas que interrompiam o verde intenso e o mar imenso, emoldurado pelo céu limpo e claro. Fazia calor, mas a brisa agradável cuidava de refrescar. O movimento de tropeiros entre Paraty e Angra não era grande, e nos três dias de viagem cruzamos com pouca gente. Bebíamos nos riachos de águas limpas e frias, nos alimentávamos dos frutos, das raízes, dos pássaros, das larvas e dos peixes que a mata e o mar nos davam generosamente.

No terceiro dia nos aproximamos da cidade. Os negros que nos viam tinham duas reações: ou abaixavam os olhos com vergonha de sua situação servil ou nos olhavam com admiração. Uma negra e um índio, montando cavalos de andar elegante e ricamente encilhados, não era corriqueiro.

Apolo foi mordido no focinho por um marimbondo e estava deformado com o inchaço; o olho ao lado da mordida estava praticamente fechado, e seu aspecto piorava aos poucos. O inseto abusado o picou quando estava em meu colo, e ele me assustou com os ganidos sem explicação. Ararê quis ir à procura de barbatimão para curá-lo. Então nos desviamos da trilha mais batida e fomos em direção ao mar. Chegamos a uma praia desabitada e extensa, caminhamos por ela na esperança de encontrar água para beber, barbatimão e um lugar para pescar. A praia terminava no sopé de um morro de vegetação rala e pedras enormes que pareciam ter rolado para invadir o mar; a foz límpida de um riacho tornava o lugar aprazível.

Os cavalos havia muito tinham perdido o ânimo e marchavam com a cabeça baixa, mas se reanimaram com o conforto do local. Despimo-nos para banhar os cavalos e nos divertir na água gostosa, até que Apolo deu sinal de que não estávamos sozinhos. Latiu e eriçou os pelos do dorso como um valente; o focinho deformado e o pequeno tamanho não o acovardaram. Olhava fixamente para uma grande rocha onde três mulheres cobertas por uma lama de cor clara se expunham ao sol da tarde, imóveis como lagartas. Demoraram em dar sinal de vida, apesar de Apolo se esforçar para fazer barulho. Uma das mulheres levantou-se e, com voz firme e forte, gritou:

— O que fazem aqui? — perguntou em guarani.

— Viajamos para São Vicente e paramos para descansar e comer — respondeu Ararê em sua língua, o que fez a mulher se tranquilizar.

Mesmo sob a máscara de barro, percebi suas feições se relaxarem.

— Onde estamos? — perguntei, como se nada houvesse de anormal na roupa de lama que a mulher usava.

— Na praia do Jabaquara. Paraty está bem perto.

— Amanhã iremos para lá. Vocês vivem aqui?

— Vivemos aqui perto, na toca do Kassununga. Um lugar assombrado por espíritos sem repouso, que perturbam os vivos à noite. Os brancos têm medo. Os espíritos não gostam de estranhos — falou ela, como se fosse um aviso a ser respeitado.

As três mulheres eram índias, percebia-se por seus traços inconfundíveis mesmo por trás do barro. Estavam nuas, mas perfeitamente cobertas pela lama seca, quebradiça, que lhes moldava o corpo como uma roupa justa.

— Que espíritos são esses?

— Dos guainás, nossa gente.

— Sua gente são espíritos? Vocês são espíritos?

— Somos viventes, mas nossa gente já morreu... uns matados, outros se mataram, alguns morreram de doenças dos brancos e de beber cachaça. Uns foram embora, principalmente as mulheres que queriam virar brancas. Mas os espíritos não sossegam, os dos matados e os dos que se mataram. Azucrinam quem vem aqui. Vocês não são brancos, talvez eles os aceitem – disse com um pouco de cordialidade a mulher que estava em pé.

— Vocês são sozinhas?

— Não, temos um homem. Ele foi pescar, deve voltar logo.

— E onde estão seus filhos?

— Eles partiram há muito tempo, e já passamos da idade de ficar prenhes. Nossos filhos já tiveram filhos. Mas todos se foram.

Olhamos surpresos com a vitalidade daquelas avós.

— A aldeia era aqui?

— Eram duas aldeias, uma aqui e a outra, em cima da serra. O nosso caminho é o que os brancos usam hoje para chegar em Cunha.

— Se não perturbar vocês, passaremos a noite aqui. Preciso achar barbatimão para curar meu cachorro – Ararê falou em guarani.

— O que houve?

— Foi mordido.

— Quero ver.

Ararê saiu da água, pegou Apolo e o levou até a mulher. Ela ficou em pé e passou o dedo sobre o focinho de Apolo. Este se aquietara nos braços de Ararê. Só então as outras duas se levantaram. Tinham o corpo forte e esbelto, e chamavam a atenção.

— Não precisa do barbatimão. Cubra a ferida com o barro e o segure até que seque.

— Como é seu nome?

— Aracê.

— Temos o nome parecido. O meu é Ararê. Seu nome é mais bonito. Sou *o que gosta de papagaios* e você é a *aurora, o brilho*. Como elas se chamam?

— Jacy e Potira.

— A lua, mãe do dia; e a flor. A aurora, a lua e a flor. Minha mulher se chama Júlia, é o nome de um grande guerreiro branco. Este barro é curador? Por isso estão cobertas com ele? Estão doentes?

— Fazemos isso todos os dias. Não ficamos doentes. Quando o sol se põe, nós nos cobrimos com a lama. Nosso marido também. Somos muito velhas.

— Achei que ainda tinham idade para emprenhar.

— Nossa vez de parir passou. Nosso marido também é velho, mas ainda tem a força dos homens... Olhe! É ele quem vem chegando.

Era um índio forte e tinha uma expressão de poucos amigos. Nada falou, e se colocou de frente para Ararê como se fosse enfrentá-lo. Foi Aracê quem o acalmou, explicando que eram apenas viajantes em busca de comida e abrigo para a noite.

— Esta mulher é sua?

— É.

O índio olhou atentamente para mim e falou com a voz mais baixa.

— Ela tem um poderoso manitô. Ele a protege. Posso ver! Mesmo não sendo de nossa gente, tem a proteção dos espíritos.

Acalmou-se mais ainda quando tocou em mim, olhando-me com reverência, como se estivesse na presença do sagrado. Sua animosidade terminou, falou com cortesia para Ararê.

— Não precisa pescar. Temos comida suficiente, beiju e paraty moqueada. Uauira não perdoa quem pesca e mata sem necessidade. Um vaso cheio de cauim forte nos espera. Vamos fumar e conversar. Venham até a toca. Uma rede de sapucaia dará conforto durante a noite.

Ararê colocou a peia de imbira nas patas de Xangô e Tupã, que não se importaram, pois se refestelavam com o capim-gordura viçoso, coberto de sementes roxas, ao lado do riacho. Apolo estava em seus braços, coberto com a lama curativa. Seguimos o índio para a toca do Kassununga. Caminhamos pouco, e logo pedras curiosamente depositadas, uma em cima da outra, formavam grutas e passagens tortuosas. Seria difícil encontrar o caminho de volta sem um guia.

Chegamos a uma gruta. Depois da entrada estreita, ela se abria em um salão espaçoso, com paredes cobertas por pinturas iluminadas pelo sol poente, que se esgueirava pelo labirinto de pedra. Desenhos de animais, peixes, cenas do cotidiano: trabalho, caça, pesca, pessoas se amando em todas as posições possíveis, deuses de muitas formas, constelações com as estrelas principais em destaque. A tinta de óxido de ferro, argila e carvão dissolvidos, ora no óleo vegetal ora na gordura animal, tinha tonalidades de vermelho. Com a luz, os desenhos assumiam um aspecto mágico, uma vida própria, como se não estivessem confinados à imobilidade da pedra.

Espalhados, objetos do dia a dia, potes de argila, arcos, flechas, facas, bordunas, redes, gamelas com frutas, beiju, peixes, restos de fogueira, esteiras, misturavam-se com adornos feitos de penas de aves, principalmente da longa pena azul do rabo da araraúna, e delicados colares de penas do papo do tucanuçu. Aqui e ali instrumentos musicais: o *m'baraká miri*, chocalho ritual para as curas e limpezas espirituais, o *anjú'á pu*, tambor de pele de jaguatirica ou de outra onça, e o taquaruçu, bastão oco para as mulheres marcarem o ponto da dança.

Um ambiente aconchegante, que só se encontra onde moram pessoas felizes. O índio convidou Ararê a se sentar ao seu lado, e logo as três mulheres se aproximaram, munidas de uma cuia com uma pasta vermelha feita de urucum e outra com tinta preta de jenipapo.

Ararê despiu-se, e as mulheres fizeram, no corpo dos dois homens, delicados e belos desenhos com a tinta preta. Usavam um estilete de madeira com a ponta afiada para as margens não ficarem borradas. Trabalharam intensamente, e depois de mais de uma hora deram-se por satisfeitas, com risadas e gestos de aprovação. Então passaram a cobrir os locais sem pintura com a pasta vermelha de urucum, criando um contraste que agradava aos olhos. Dois homens musculosos enfeitados com tanto primor. Eu, de lado, observava a alegria de meu marido por estar em seu lugar natural.

– Por que tudo isso, Ararê?

– Ele nos convida para beber o vinho da jurema.

– O que é?

– É o suco fermentado da raiz da jurema misturado com cachaça e alho. Liberta o espírito, e ele fica por aí, meio sem dono. Os pajés o tomam para falar com os deuses e apreender a magia da cura. Ouvem as respostas para as perguntas. Mas você está prenhe. Pode lhe fazer mal!

– Tomarei pouco, não se preocupe... ficarei bem. Quero sentir meu espírito se afastar do corpo... e também quero respostas. Olhe para Apolo. Desapareceu todo o inchaço da mordida.

— A lama tem poderes. As índias e seu marido têm mais de oitenta anos. Com a lama, demoram a envelhecer.

As mulheres acenderam o fogo e começaram a preparar o peixe. Ararê e eu nos sentamos na esteira, ao lado do índio.

Em uma cabaça, Jacy serviu cauim. O índio enrolou fumo cuidadosamente picado e acendeu o baseado com um tição retirado do fogo que cozinhava o peixe. Repetiu o ritual; deu uma tragada e passou para o casal de convidados. Eu não sabia fumar e engasguei ruidosamente na primeira tentativa, mas traguei novamente e consegui aspirar uma pequena quantidade de fumaça. Não gostei de sentir o coração batendo com força e os pensamentos se embaralharem.

Jacy serviu o peixe assado em uma folha de bananeira e Aracê a seguia com o beiju. Colocaram os alimentos no meio da roda e sentaram-se ao meu lado. Com as mãos, arrancavam pedaços do peixe e os embrulhavam no beiju, saboreando os bocados com a fome de um dia todo. Depois chegou Potira, trazendo uma jarra de barro e o *m'baraká*. Entregou o chocalho para o índio, depositou a jarra ao lado do peixe e sentou-se junto de Aracê.

— Nesse pote está o vinho da jurema.

O índio foi o primeiro a beber. Serviu-se de um grande gole e passou a jarra para Ararê.

— Se você vai beber, eu não beberei. Se precisar, estarei aqui – disse Ararê, compenetrado.

Peguei a jarra e, sem titubear, bebi um bom gole. Em alguns instantes comecei a sentir os seus efeitos.

Uma sensação de bem-estar começou no meio do peito e logo foi se espalhando por todo o corpo. Depois, tomou conta de meu espírito. Fiquei poderosa, senhora do que me rodeava. Senti-me agradavelmente relaxada, mas atenta, pronta para qualquer trabalho. Minha força se multiplicava como quando eu amava com desejo. Estava junto às figuras vermelhas da parede, observando a mim e aos outros de uma posição superior. Vi meu marido, bonito, nu, corpo forte e colorido, vermelho de urucum e com belos desenhos pretos de jenipapo. Ao seu lado, o índio chacoalhava a *m'baraká* e cantava hipnoticamente. As três mulheres, abraçadas, moviam-se monotonamente, marcando o ritmo com o taquaruçu. Com precisão, percutiam o solo duro da toca. Senti-me estranha no grupo, e, por não ser como eles, fui embora.

Passei pela entrada, pelo labirinto que a separava do mundo, e subi até as nuvens. Não fazia esforço, meu peso era igual ao do ar, flutuava mais facilmente que um pássaro. Avistei Paraty, Angra e fui de volta ao Rio de Janeiro. Fiquei sobre o Flamengo e vi Pierre montado em Xangô, ensinando-me equitação. Dentro de casa, Amélie, na banheira, nua e bela, com os cabelos vermelhos presos sobre a cabeça, chamava-me para massagear seu pescoço, falava em francês delicadamente. Passei sobre o Valongo, o depósito de Zurka, me vi seminua, suja, com medo.

O bem-estar acabou, eu quis voltar, mas não consegui, e logo estava no navio que me trouxera. O capitão me fez voltar momentaneamente à sensação boa. Estava estudando, aprendendo a comer, conhecendo livros, falando o português pela primeira vez, veio a tempestade e meu primeiro sangramento. Senti um medo maior que o de morrer. Flutuei até o porto dos escravos, senti desesperança e solidão. Meu peito estava oprimido, e me senti sufocar, mas o pior estava por vir.

Cheguei à procissão dos desgraçados, com canga no pescoço e mãos amarradas, descendo a serra em direção ao mar. O acampamento onde fui estuprada; era Kilamba novamente. Vi o negro de olhos vermelhos que me machucou com seu monstruoso membro, senti a dor daquela noite. Quis acordar, chamar Ararê, pedir socorro. Ele não respondeu. Gritei por Pierre. Ninguém me ouvia, me desesperei. Minhas entranhas estavam diladeradas e a alma, despedaçada. Cheguei à minha aldeia. Lá estava a ama de leite, a família, o pai e a mãe. Senti o cheiro da comida, o cheiro de minha casa, segurança, conforto.

Meu pai perguntava por onde eu havia andado, porque demorara tanto para voltar. Tentei responder, explicar que tinha conhecido um mundo novo, que aprendera muitas coisas que ele não conhecia, coisas que tornavam a vida melhor, que confortavam o espírito, que davam sentido aos sofrimentos inevitáveis. Disse-lhe que há um mundo de ideias, de palavras que compõem livros que elevam a vida a outra dimensão, de infinitas possibilidades. Prazeres sensuais nos tornam mais parecidos com os deuses, mas necessitam de um aprendizado para serem usufruídos. Uma serra resplandecente cercando uma lagoa dourada, um paraíso a ser descoberto e habitado.

Mas aquelas novidades enfureceram meu pai, ele não gostou de saber do mundo que não via. A mãe acompanhou o pai em sua fúria, mais ainda quando tentei explicar que a escravidão é um mal em si, a ama e ninguém mais merecia esse destino. Meu pai transformou-se no negro de olhos vermelhos que me violentou, avançou sobre meu pequeno corpo infantil e machucou-me outra vez. Senti a dor, indizível e conhecida, e outra vez pedi socorro a Ararê.

Ele não podia me deixar ali. Era muito sofrimento, sabia que não suportaria. Mas agora Ararê não me faltou. Socorreu-me, libertando-me do pesadelo, do sofrimento sem fim. Eu estava de volta à toca do Kassununga, às paredes desenhadas com figuras vermelhas, estava nos braços fortes e seguros de meu amado, outra vez a caminho da Terra sem Mal.

– O que houve?

– Sofri muito. Senti toda a dor que já conhecia e mais ainda. Vi meu pai e minha mãe. Sofri para chegar até lá. Foi como se abandonasse a luz e a felicidade. Tinha tanta saudade, mas eles se enfureceram quando lhes falei de outra forma de enxergar o mundo, de uma luz que iluminaria melhor a vida deles, como o sol ilumina o dia e as coisas bonitas da natureza. O conhecimento liberta, elimina os grilhões, as ideias trazem a razão e a verdade. Mas eles não queriam que nada mudasse. Preferiram machucar-me a ouvir a boa nova. Não quero voltar, não adianta voltar.

– E os deuses?

– Não vi!

O índio continuava com seu canto monocórdio, marcado pelo som oco do taquaruçu e pelo chacoalho do *m'baraká*. As três índias, abraçadas, dançavam com graça e delicadeza. Aracê de belas faces, Jacy de sedutora beleza e a amável Potira. Ainda zonza pelo vinho da jurema, eu me apoiava em Ararê e acompanhava a dança com os olhos.

O fogo iluminava com uma luz bruxuleante, e repentinamente, sem aviso, o índio parou de chacoalhar o *m'baraká* e deitou-se em sua esteira. As três continuaram a cantar e dançar, mas agora em sua volta. Aracê se desfez do abraço das companheiras e com agilidade sentou-se sobre o índio, introduzindo seu membro dentro de si sem dificuldade. A expressão da índia era de êxtase; parecia enxergar o paraíso. Ficou dançando sobre o índio, com um movimento de vaivém nos quadris, a caminho do gozo. Um pequeno grito, rosto contraído, músculos retesados, respiração acelerada, narinas dilatadas e boca semiaberta, foi assim o clímax de Aracê, que sossegou e levantou-se para se juntar às companheiras, que continuavam a dançar. Abraçou-as e seguiu a cadência dos passos com as secreções do marido a escorrer-lhe pelas pernas.

Não demorou muito e foi a vez da meiga Potira substituir a companheira. Sentou-se sobre o marido pronto para recebê-la, grande e duro. Retraída, tinha dificuldade em acomodar-se, e só depois de algumas tentativas ele conseguiu penetrá-la. Seu olhar era diferente do de Aracê; ocupada em observar as reações do marido, não parecia enxergar o paraíso. O índio a fez apoiar-se nas mãos e inclinar-se adiante. Segurou-a pelos quadris e com estocadas vigorosas a fez gozar. Eu e Ararê observávamos, sem desviar o olhar, os corpos nus, cheios de movimentos, embebidos em prazer.

Quando Potira apeou, o índio pareceu acordar de seu transe e levantou a cabeça à procura de Jacy, que, concentrada na dança, com os olhos fechados e o suor escorrendo pela fronte, esquecia-se de que era a sua vez e que o marido a aguardava. Apoiado sobre os cotovelos, ele acompanhava os movimentos das três mulheres. Ensimesmada, Jacy não ia até ele, que, cheio de desejo, a convidava com os olhos. Impaciente, o índio a puxou pelo tornozelo, desfazendo o abraço e trazendo-a para si. Desperta do transe, Jacy foi de bom grado ter com o marido, pois também o desejava.

Como as outras, sentou sobre o índio, colocou-o dentro de seu corpo e deliciou-se ao fazê-lo. Fechou os olhos e mordeu o lábio inferior; sentia um prazer grande demais para ser suportado sem esforço. Os movimentos de seus quadris eram discretos, mas contraía o abdome e apertava os joelhos, e, quando o fazia, o índio gemia, no começo pouco, mas depois cada vez mais. Ela não o deixava ir até o fim, obrigava-o a se deliciar e, repentinamente, relaxava para logo se contrair novamente. Voluptuosa, vibrante, impudica, sensual, quase libidinosa, Jacy demonstrava o prazer em servir aos desígnios da natureza, e transmitia essa sensação a todo o ambiente. Que virtude a fazia ter esse poder e contagiar a todos? Quanta vibração emergia de seu corpo. A energia do cosmo concentrava-se em seu ventre para deleite de quem conseguisse se servir.

Ararê exibia sua excitação para mim, mas eu estava melancólica com o mal-estar produzido pelo vinho da jurema. A visão do amor de Jacy, embora me tivesse excitado, não havia sido bastante para trazer o bem-estar físico. Depois de um longo tempo, o índio gozou, e Jacy, assim que se recuperou, levantou-se e, incontinenti, flutuou até Ararê. Percebi sua intenção, coloquei meu marido deitado sobre a esteira e Jacy sobre ele. Depois me levantei, abracei Potira e Aracê, e dançamos em volta do casal. O índio tocava novamente o *m'baraká*.

Despertamos com o sol a pino. Ararê cuidou dos animais, comeu tainha e beiju, e foi comigo ao riacho se cobrir de lama e secar ao sol. Deitamos aquecidos pelo sol da tarde e dormimos novamente. Quando acordamos, uma brisa fria anunciava o começo da noite.

— A modorra se foi. Estou forte, cheia de disposição. Muito ruim a sensação que o vinho da jurema deixa. A sua imagem, deitado com a índia, não sai de meu pensamento.

— Também me sinto diferente. Esse barro é poderoso.

O ar fresco da tarde e a água deliciosamente quente. Ararê retirou o barro seco de mim, esfregou-me as costas, o pescoço, o seio, o abdome delicado e musculoso, as nádegas potentes. Fechei os olhos e abri os lábios de meu ventre, recebendo meu marido dentro do riacho. Amamo-nos até a noite chegar, escura e sem estrelas. Se não fosse o índio ter voltado para nos guiar, teríamos dificuldade em encontrar a toca. À noite, em volta da fogueira, conversaram em avanheenga, a língua das pessoas que sabem falar.

— Você procura por Iuijuporã, a Terra Perfeita.

— É lá que nascerá meu filho. Vou achar o Peabiru, e caminhando por ele, chegaremos ao Iuijuporã, no Paraguai-guá.

— Você tem a mulher para te guiar. Ela é mágica. Em seu olhar brilha o *chi*, energia feminina criadora, e Rudá, deus do amor, está em seu coração. Ela é o que são as minhas três esposas, o brilho, a alegria e a primavera, o cio do mundo. Ela achará os sinais.

— Amanhã partiremos.

— Trouxeram luz para nós. Farão falta. Minhas esposas chorarão até que Eçaira, o esquecimento, venha.

CAPÍTULO 11
# Tanto a verdade quanto o erro têm os seus admiradores e seguidores

Fomos como se tivéssemos pressa, do Kassununga para Paraty. Entramos deslumbrados com a beleza singela da cidade, admiramos as construções elegantes e simples, harmonizadas às montanhas do fundo e ao ir e vir das marés. As ruas, traçadas do nascente para o poente, se entortavam apenas o bastante para amainar o vento marítimo e impedi-lo de encanar, e adoecer quem transitasse por ali. O calçamento pé de moleque suportava a invasão das águas nas marés de lua cheia e embelezava o lugar com seu desenho irregular, mas o som das ferraduras no granito era incômodo, os cavalos decerto prefeririam o chão de terra batida. Nos sobrados de esquina, símbolos maçons adornavam os cunhais de pedra; diziam-nos de quem era a cidade; lembravam-nos quem foram os poderosos até o tempo do primeiro imperador. Que bom se tivessem persistido no poder. O Grande Arquiteto do Universo era o nome que davam ao divino, e se aplicava a qualquer deus. Com eles, não haveria sentido brigas ou discussões em torno de um nome. Eram contra a escravidão, não acreditavam numa raça inferior que devesse ser tutelada por outra.

Apeamos em frente à Igreja de Santa Rita, e, embora as pesadas portas de madeira entalhada estivessem abertas, não havia movimento, ainda não era hora de missa. Sentamos em um banco do pátio ajardinado para apreciar o encanto da cidade, enquanto descansávamos. Cercando o largo, casarões brancos de muitas janelas azul-escuras, belos telhados terminando em beirais de cimalha com telhas em louça. Alguns iam além das beiras e possuíam graciosas tribeiras, que protegiam os pedestres da chuva. Era onde moravam os ricos da cidade, primeiro os que negociavam com o ouro, e agora os donos de engenhos de cachaça e açúcar. Depois, a cadeia pública e, em frente, a baía de Paraty, com um manso e belo mar esverdeado; barcos coloridos faziam o cais parecer em festa.

— Quero ver a igreja por dentro — falei, distraída. — Vamos, ninguém se importará... ficaremos no lugar dos negros e índios — insisti, pois Ararê não respondia, de olhos perdidos no mar.

— Amarrarei Apolo, vamos.

Ararê concordou, finalmente.

— Esta cidade é diferente. É bom estar aqui.

— Também gosto, é tudo bonito.

— Sinto um bem-estar. É como se a maldade por aqui fosse menor.

— Talvez sejam esses maçons. Não sei direito o que eles fazem, sei que o pai do imperador era um deles.

Ararê estava feliz e bem-disposto.

A brisa que soprava trazia um cheiro bom, como se fosse o hálito de alguém ofegante de desejo. Acariciava e massageava o rosto de quem admirasse o horizonte infinito e as palmeiras de longas folhas penadas, com coloridos cachos repletos de frutos roxo-escuros. O mar delicado movimentava-se com os barcos coloridos que iam e vinham com velas estufadas.

Ararê e eu, envoltos pela cidade transbordante de magia, esperávamos que a realidade se inspirasse em nossos sonhos e os tornasse reais. Uma vida livre de medos, da amargura da servidão, da humilhação de ser sempre outro o dono de nosso lugar, de sermos sempre estrangeiros onde quer que morássemos. Falávamos do futuro que teríamos como se fôssemos uma só pessoa: nossos espíritos tinham os mesmos anseios. Nós nos orgulhávamos de nossa vida deliciosa, repleta de belos momentos. Estávamos tecendo o nosso destino sem esperar que ele fosse tecido por alguém. Fazendo o nosso caminho e seguindo por ele, sorrindo porque estávamos em paz. Bons presságios para o início da caminhada.

Sentados na igreja, silenciamos, deixando a mente se esvaziar. Entregues às boas sensações, nos encantamos com a luz que atravessava os vitrais coloridos e enchia a nave de cores, transmitindo vida e movimento às imagens dos santos e mártires.

— Essa quietude assenta meu espírito.

— As igrejas são feitas para mostrar a beleza de Deus. No silêncio, olhamos para dentro de nós. Pode ser que deus more aqui. Ararê apontou meu peito, tocando-me com delicadeza.

— Por isso, gosto mais da igreja vazia do que com padres. Eles fazem aqueles sermões gritando o que está na Bíblia como uma ameaça.

— A igreja vazia fica mais bonita mesmo, esses vidros coloridos parecem um sonho que às vezes tenho.

Na beleza cheia de graça da igreja, ficamos por um tempo numa contemplação silenciosa que nos deu paz e alegria, a mais eficiente das orações. Depois, fui de detalhe em detalhe, olhando os adornos, as pinturas, a prataria, os vidros coloridos. Uma janela com a figura de Abraão lembrou-me das discussões que tive com Pierre. Abraão era o favorito de deus; por muitos motivos vinha falar com ele e nunca se lembrou de mandá-lo libertar os seus escravos. Dentre eles, havia uma escrava chamada Agar que, por ordem de sua senhora, a esposa de Abraão, estéril pela idade, deitou com seu dono e engravidou. Nasceu Ismael e depois, por um milagre de Deus, Sara, a esposa velha, também engravidou. Agar não era mais necessária, e foi expulsa da casa de Abraão. Ismael e a mãe foram salvos da morte no deserto, e ele se tornou o pai dos árabes. Como o mundo vai melhorar com esses exemplos? Tudo isso está na Bíblia, o livro escrito com a inspiração de Deus. Então, Ele aprova a escravidão e, desse modo, não pode ser bom. Se não é bom, não pode ser Deus.

Ararê perguntou no que estava pensando.

— Um lugar onde ninguém fale com Deus seria bem melhor! São os que falam com ele e interpretam suas vontades que cometem esses erros. Eles é que são o inferno, colocam na boca de Deus o que acham certo ou o que é do seu interesse. Não haveria um povo escolhido, uma pessoa escolhida, uma cor de pele melhor... haveria menos medo e escravidão.

— Como fazer para as pessoas só escutarem a razão?

— Com o fim da ignorância. É assim que caminhamos para a liberdade. Com a sabedoria. Um dia haverá mais homens sábios do que brutos, e seremos todos donos de nosso destino. Não precisarão existir os que falam por Deus.

— Vamos fazer a nossa história, procurar por onde vai nosso caminho. Vamos achar o Peabiru.

De Paraty a Ubatuba, depois Caraguatatuba, São Sebastião, Boraceia, Bertioga, Monte Cabrão, Santos e finalmente São Vicente. Atravessamos manguezais inóspitos e perigosos, rios caudalosos, trechos escarpados e difíceis, praias de um branco imaculado e areias tão finas que não grudavam na pele, algumas eram tão compridas que pareciam se dobrar no infinito como o oceano. Nas noites estreladas, dormíamos ao relento. Quando as nuvens nos ameaçavam, Ararê improvisava uma cabana e então nos amávamos com mais força. O mar e a floresta nos davam o que comer com fartura e qualidade, eu era a cozinheira e sempre que podia fazia uma refeição mais elaborada para Ararê se deleitar.

Cruzamos com pessoas de variadas aparências, algumas hospitaleiras, simpáticas e acolhedoras, outras agressivas, biliosas e indispostas com o mundo, umas ensimesmadas e outras expansivas e cordiais, umas bonitas, outras feias. A variedade humana competia com a da natureza que nos cercava, não havia duas paisagens ou duas pessoas iguais. As crianças tinham admiração pelos arreamentos e pelo tipo nobre dos cavalos, e uma empatia imediata por mim: cumprimentavam-me e aproximavam-se sem medo, perguntando e respondendo sem inibição.

Os humildes se atrapalhavam com a aparência de nossa indumentária e o fato de se tratar de uma negra e um índio; de início ficavam ressabiados só depois confiavam. Os negros nos olhavam deslumbrados, enxergavam em meu destino uma possibilidade, uma luz em sua vida escura: se eu pude, talvez eles também pudessem. Mas negros e humildes só confiavam sinceramente em um índio e uma negra, mesmo forra e bonita, depois de perceberem que não tínhamos lugar no mundo dos brancos, éramos párias como eles. Os índios, sempre previsíveis, nos recebiam de coração alegre e braços abertos; sem reservas, punham à nossa disposição tudo o que possuíam, como se nós fôssemos hóspedes sagrados.

Os ricos não nos olhavam, passavam como se não existíssemos. Nas pequenas cidades e nos caminhos, era a mesma realidade do Rio de Janeiro: uma trágica desigualdade, em que alguns parecem viver em outro mundo. Eu havia convivido e amado Pierre e Amélie, ricos e bonitos; se não fossem eles, julgaria que todos os de sua classe são tolos e desagradáveis.

Os cavalos depauperavam-se e certamente não suportariam por muito tempo. Desacostumados com esforços tão prolongados, ressentiam-se da falta de grãos na alimentação. Os cascos estavam bem, a ferragem de Benedito e o banho de lama em Paraty haviam sido eficientes, mas a perda de peso preocupava. Já entardecia quando nos aproximamos da vila de Santos, a última antes de São Vicente. Talvez fosse preciso um descanso.

Logo depois de uma curva na trilha, um frondoso ipê-amarelo, carregado de cachos de flores, sinalizava o começo da cidade. Sob sua sombra, uma espaçosa casa de pau a pique, com amplas portas que davam para a rua, fazia as vezes de venda e casa de divertimentos. Era dia, mas no seu interior as lamparinas já tremulavam, criando um bonito contraste. O som da viola e da cantoria animada atraía quem passasse, e, junto da porta, vários cavalos amarrados aguardavam seus donos se divertirem. A música atraía Ararê de forma irresistível, e ele nem reparou nos meus pedidos por um canto para dormir, eu estava cansada depois de montar o dia inteiro. Apeamos, e Ararê foi em busca da música, que o encantava. Demorei um pouco, cuidando para que Apolo se aquietasse em seu embornal, e, quando me virei para seguir meu marido, ouvi um estrondo alto como um trovão.

A música parou, seguiu-se uma agitação de pessoas correndo apavoradas, empurrando umas às outras. Procurei Ararê e não o encontrei. Indecisa entre acompanhar os que corriam e procurar meu marido, fiquei parada por alguns instantes. Enquanto os fregueses saíam, dois militares de arma em punho surgiram da rua e entraram na casa. Fui atrás deles. No espaço entre as mesas e um balcão improvisado, havia um mulato forte, vestido com calça e camisa branca, caído de bruços, e, ao seu lado, uma poça vermelho-viva aumentava devagar, movendo-se como se fosse um monstro. A venda já estava vazia, só Ararê e um jovem negro permaneciam ali, olhando assustados para o cadáver. Os policiais não titubearam e, com as armas apontadas para o peito dos dois, deram-lhes voz de prisão. Demorei para compreender o que acontecia, e depois, desesperada, fiquei entre a arma do policial e meu marido, queria protegê-lo e explicar o mal-entendido.

Tudo em vão; amarraram as mãos dos dois e, sob a mira das armas, levaram-nos para o prédio da delegacia. Na caminhada, sob os olhares curiosos, implorei, pedi, chorei, gritei, tentei até ser faceira e explorar o desejo dos homens. Nada deu certo. Na delegacia, um homem feio, vestido com desleixo, de barba negra, olhos vermelhos e sinistros, me colocou para fora sem explicações. Quando o soldado fechou a porta, senti uma solidão do tamanho do mundo e me desesperei. Sentei no chão para chorar. Apesar da agitação de meu espírito e das batidas descompassadas do coração, o mundo parecia imóvel, inanimado, morto. A noite veio escura, sem lua, a brisa costumeira não soprava e os curiosos haviam sumido. Ararê preso e eu na rua de uma cidade estranha, sem ter a quem recorrer, a quem implorar por ajuda. Pensei no doutor, como queria poder contar com ele nessa hora.

Lembrei-me dos cavalos e do dinheiro guardado entre as roupas, no embornal amarrado nos arreios. Precisava cuidar disso, talvez nessa situação o dinheiro fosse importante. Voltei até a venda e a encontrei fechada, nem lamparina havia, tudo às escuras. Retirei Apolo do lombo de Xangô. Ele balançava o rabo e tentava me dar lambidas, como se pudesse me consolar. Recostada em uma árvore, chorei até chegar o sono.

Acordei antes da aurora, inspirei profundamente, sentindo o ar vir até meu abdome e depois aos pulmões. Aliviando aquela enorme angústia, uma lágrima quis umedecer meus olhos, mas falei comigo mesma: "Não sou uma mulher fraca, já estive em situações desesperadoras. Ainda viverei com Ararê por muito tempo e realizaremos os belos sonhos que sonhamos juntos". Procurei uma hospedaria, onde aluguei um quarto e guardei nossas coisas; com um pouco mais de dinheiro também aceitaram cuidar de Apolo. O albergueiro estava acostumado a receber tropeiros, gente humilde de todas as cores; desconfiou quando me viu sem um homem responsável, mas sossegou ao receber a diária adiantada e acomodou-me em um pequeno quarto de chão batido e sem janelas, uma alcova.

Coloquei minha melhor roupa e calcei os sapatos, que nunca usava; providenciei cocheira para os cavalos e fui para a delegacia, mas encontrei as portas fechadas. Esperei muito até um soldado sonolento, cheio de preguiça e remelas nos cantos dos olhos, vir abri-la.

— Queria ver Ararê, o índio, é meu marido.
— Não pode.
— ... e quando poderei?
— É o delegado que sabe.

— Quando ele vem?

— Quando quiser, como vou saber? — respondeu de mau humor, mas reparou em meu olhar faceiro, que o provocava, e amenizou sua má vontade. — Se você tiver, pode trazer comida... eu entrego a ele.

— O que vai acontecer?

— Vamos fazer uma investigação, ele estava ao lado do morto.

— Chegamos naquele momento.

— Não adianta falar para mim, quem manda é o delegado e o juiz.

— Como posso falar com eles?

— Não pode. Só doutor pode.

— Tenho dinheiro. Pagarei um doutor.

Ao ouvir essa revelação, os olhos do homem brilharam em um lampejo de interesse.

— Tem dinheiro, é... antes do advogado vou falar com o delegado. Volte à tarde, pode trazer a comida, que eu entrego.

Não vi Ararê, mas voltei mais animada à hospedaria, pensando na comida que levaria. Fui à procura do hospedeiro.

— Senhor, preciso comprar comida pronta para levar ao meu marido.

— Pode entrar na cozinha e pegar o que quiser, depois me mostra e lhe dou o preço. Estava esperando você, queria lhe falar sobre os cavalos.

— Fale — respondi, desinteressada.

— Antes de vir morar em Santos, eu trabalhava para um homem em Minas Gerais, o dr. Gabriel Junqueira, barão de Alfenas. Ele vivia procurando cavalos iguais aos que você tem. A família dele planta café e tem sempre alguém por aqui embarcando as sacas. Eu quero comprar os dois. Vou dar comida a eles e, quando engordarem e ficarem bonitos, vendo para os Junqueira.

— O que farão com eles?

— Servirão de garanhões. Eles cruzam cavalos de marcha como os seus com éguas da terra, para criar animais de canelas curtas e quartelas não tão inclinadas. Nascem potros de marcha trotada, macios, que não se cansam elevando as patas tanto quanto os seus. O barão os chama de mangas-largas. Ele gostava muito de cavalos com a cabeça igual à dos seus, olhos grandes, orelhas médias e chanfro reto.

— Quero vender... acho que vou precisar de dinheiro. Quanto paga?

Quando o homem viu que eu precisa vender, quis um lucro maior e me dispensou, resolveu aguardar melhor hora.

Voltei à delegacia com o almoço, mas outra vez não viArarê, era preciso esperar o delegado, que só chegaria à tarde. Retornei à hospedaria num calor infernal, sem brisa e com muitos mosquitos. Estava triste e desanimada, tudo era feio e lembrava sofrimento. Os negros pareciam mais maltratados do que no Rio, os ricos mais cheios de soberba, o calor mais quente e os mosquitos mais valentes. Fiquei estatelada na cama, olhando para o teto com o espírito vagando.

À tarde, lavei-me, enfeitei-me e fui para a delegacia. O soldado, que já me conhecia, falou baixo com o delegado e indicou um banco para que eu esperasse. Por mais de uma hora conversavam, riam, mexiam sem finalidade em uma pilha de papéis, nada faziam. Sofri sem me mover, sem esboçar revolta, sem gritar a dor que me sufocava. Sentia que me sobravam forças para esganar os dois homens com as mãos.

Finalmente, o soldado me chamou para sentar em frente à escrivaninha do delegado. Permaneci calada até que ele levantou a cabeça e, sem me olhar nos olhos, perguntou:

— O soldado falou que vai contratar um advogado.

— Vou, eu posso — respondi com firmeza.

— Custa muito!

— Ele me avisou.

— Talvez se possa evitar um gasto tão grande.

— Como?

— Você paga diretamente a mim. O índio será libertado rapidamente.

— Quanto?

— Calma, não é assim tão rápido. Você sabe que essas transações devem ficar só entre nós. Seria uma pena se alguém soubesse e o índio tivesse que voltar para a cadeia.

Concordei com um gesto da cabeça. O homem era gordo e o calor o fazia suar mais que todo mundo, tinha uma barba negra que por vezes conduzia um pingo de suor para a pança amolecida. Os olhos não eram vermelhos como haviam parecido na noite anterior e sim amarelados, era provável que sofresse do fígado. Ele continuou:

— Você sabe... os funcionários do governo não ganham bem, e precisamos um pouco mais para sobreviver. Se cooperar, evitamos o inquérito e o índio sai antes que o juiz saiba que ele esteve aqui.

— Quanto custa o seu serviço?

— Bem! Você entende que os soldados também recebem uma parte. Isso encarece um pouco.

— Se eu puder pagar, não haverá problemas. Quanto é?

O homem suava, coçava a barba suja, bocejava, se enxugava em uma toalha encardida e calculava quanto uma negra forra e um índio poderiam ter guardado. "Às vezes essa gente tem muito dinheiro", dizia o sórdido para si mesmo. Eu aguardava com ansiedade, sabendo que o dinheiro que tinha era muito, o doutor quis garantir meu futuro, mas o barbudo nunca poderia imaginar uma negra forra e um índio com tal fortuna. Nesse momento, algo aconteceu e a expressão pensativa do delegado transformou-se. Tornou-se repentinamente lívido e se pôs em pé, dirigindo o olhar assustado para além de mim.

— Juiz! O senhor por aqui a esta hora?

— Vim me inteirar do ocorrido. Soube que tem dois presos, suspeitos de uma morte na venda vizinha.

— Sim, sim... um deles é um índio, marido desta negra forra. Ela queria vê-lo, e eu lhe explicava que não é horário de visita. Soldado, venha cá... Coloque essa mulher para fora e pode fechar a porta.

O soldado pegou-me pelo braço e fechou a porta com violência atrás de mim. Sentei no chão e chorei com amargura. O que fazer? Esperar o homem sair e tentar falar-lhe sobre a inocência de Ararê e a tentativa de extorsão do delegado? Era um homem de bom aspecto e, pelo temor do delegado, devia ser honesto. Mas e se não fosse um justo? Se fosse um corrupto como os outros, Ararê estaria perdido. Melhor voltar para a hospedaria e esperar pelo dia seguinte. Mais uma noite de desespero. Mais uma noite com o coração ressequido, clamando por Ararê. Calor, mosquitos, noite insone, solidão, injustiça, voltei para a hospedaria com o lusco-fusco do fim da tarde. O hospedeiro me esperava, ansioso, e nem reparou em meu ânimo horrível.

— Queria conversar sobre os cavalos.

— Ah...

– Perguntei por aí quanto poderiam valer.

– E...

– Me disseram 30$000 réis cada um. Sei que é pouco, mas estão maltratados e terão que comer muito até engordar.

– Há...

– Se aceitar, não precisa pagar a hospedagem.

– Está bem, aceito... pode ficar com os cavalos. E meu cachorro Apolo, onde está?

– Está lá fora, amarrado. Vou buscar...

Estava desanimada, minhas forças pareciam insuficientes para enfrentar o que estava por vir. Se o juiz fosse corrupto como o delegado, a liberdade de Ararê seria só uma questão de dinheiro; se fosse um homem íntegro como parecia pela importância que se dava, libertaria Ararê por justiça. Eu tentava me animar com esses pensamentos, mas, por não ter dormido nas duas últimas noites, meu espírito teimava em achar que nada daria certo. Os insones são sempre pessimistas. Lembrei-me do delegado, da barba negra e espessa, camuflando a crueldade dos lábios sem carne, a barriga estufada e perfeitamente redonda, cheia de água pela ruína do fígado envenenado pela cachaça. Morra logo, figura asquerosa. Desapareça, cidade infernal, lugar maldito.

Apolo chegou com a alegria gratuita que os cães têm. Levei-o para o quarto, exausta e triste; sem jantar, tentei dormir com ele no colo. De um sobressalto a outro, ouvi o barulho do morcego, o chiar da coruja, o cantaricar do galo, o ladrar dos cães, o vento que chacoalhava as árvores, ouvi até o delicado andar do gato em sua caçada noturna, todos os barulhos que a noite tem. Uma ou outra vez, adormeci por instantes e logo acordei acreditando que já amanhecia, mas ia até a janela e me decepcionava. A lua alta e a umidade do cosmos condensando-se e caindo em forma de orvalho não mentiam, ainda faltava muito para o sol aparecer.

Enfim amanheceu, e lá estava eu outra vez em frente à porta da delegacia, esperando o soldado. Ele chegou, sonolento, esfregando o rosto.

– Oh, negra. Já por aqui? O delegado demora.

– Eu espero.

– Não trouxe comida? O índio deve estar com fome.

– Esqueci.

— Vá à venda e compre. Eu levo.

Corri até a venda ondeArarê havia sido preso, entrei com pressa, ainda me recriminando por esquecer a comida. Quando revi o local da noite fatídica, uma vertigem tirou-me o equilíbrio como se alguém me golpeasse. Fui obrigada a me apoiar no balcão para não cair. Uma rajada de vento frio percorreu meu corpo a partir de um ponto nas costas logo abaixo do pescoço, onde há um osso saliente, e terminou no peito, num ponto entre os mamilos.

— O que foi, moça? Tá passando mal?... — perguntou o mulato dono da venda.

— Já melhorei. Aquele homem ainda está por aqui, seu espírito não se foi.

— Que homem?

— O que morreu.

— Está vendo?

— Não... estou sentindo o infeliz.

— Morreu sem merecer. Acho que não sabe mesmo que morreu... nunca vi uma morte tão rápida.

— Por que aconteceu?

— Por causa de mulher... por que seria?

— Você sabe quem foi?

— Todo mundo viu o negro Anastácio louco de ciúme da mulata... esvaziou a garrucha no peito do infeliz sem dó e sem remorso. Homem mau...

O juiz haveria de ser justo, e seria só convocar alguns dos presentes, ouvir o testemunho e livrarArarê. Voltei à delegacia cheia de esperança, entreguei ao soldado os biscoitos de polvilho, a linguiça, um bolo de fubá e fiquei esperando que retornasse.

— Como está meu esposo?

— Está bem... só meio calado, acho que é meio triste, como todo índio... eles pensam muito.

— E o delegado? Quando posso falar com ele?

— Só à tardinha... ele não trabalha antes.

— Volto depois do almoço.

Quando fui escravizada, embarcada para o desconhecido, estuprada e me vi sem futuro, não tive essa sensação, não senti uma solidão tão grande. Agora, não era minha vida e minha sorte, era o destino deArarê, que eu amava mais do que a mim mesma e pelo qual me sacrificaria mil vezes. Sentia-me impotente, fraca e com medo. Ainda que os deuses estivessem longe e não escutassem os pedidos que lhes fazemos, voltei-me para eles. Andei sem rumo, rezando em voz baixa para os deuses de minha gente e depois para Tupã, o deus de Ararê, mas não rezei para o deus dos brancos, porque ele gosta de sofrimentos.

Logo desanimei de tanto suplicar e pensei no que poderia ser feito. Talvez comprar uma arma, matar o soldado, libertar Ararê e fugir ou, com uma silenciosa faca, esfaquear-lhe o peito e aguardar feliz que ele estrebuchasse com a boca entreaberta lambendo o chão. Depois esperaria pelo delegado e o mataria antes de partir com Ararê, para que não nos perseguisse.

Sem sentir o chão firme sob os pés, aguardei até o meio da tarde, quando vi o delegado entrar no prédio. A barba preta e o andar de gente fraca eram inconfundíveis. Enchi o peito de esperança e fui em busca de Ararê.

— Já por aqui, mulher! Ainda nem sentei.

— Quero resolver isso agora.

— Mas apareceu um problema, viu o juiz ontem aqui, né? Ele sabe do índio, e, para não abrir um inquérito, precisamos pagar os seus serviços.

— Quanto?

— Bem... é bastante. Precisamos de 500$000 réis. Sei que é muito, mas o juiz é homem de bem... rico. Sabe como são os ricos. Mas se não tem o dinheiro, não se preocupe, temos uma solução. Esse é o preço de uma escrava gostosa como você, e o juiz quer comprar. Você tem sorte. Ele te coloca numa casa, às vezes passa por lá, e você abre as pernas e pronto. Deixa o índio escondido em algum lugar. Casa, comida, o índio em troca de abrir as pernas para o juiz de vez em quando. É lógico que eu também sou filho de Deus, e quando o juiz não for, eu vou, mas isso é outra conversa. Depois acertamos. Fazemos um contrato, e você passa a pertencer ao doutor. Tá bom assim? Negra de sorte!

— Eu sou casada com o índio... na igreja... tenho os papéis, quer ver?

— Não. Papel é só rasgar. Quem vai saber?

— O senhor me espera? Não demoro mais que um instante.

Correu até a hospedaria e retirou do grande maço de dinheiro a quantia extorquida. Admirou-se ao perceber que o tamanho do pacote pouco havia diminuído; como o doutor havia sido generoso! Voltou, depositou o dinheiro na mesa do delegado e não pôde deixar de se regozijar com a expressão de surpresa do homem.

— Mas assim... tão rápido? Como uma negra pode ter tanto dinheiro?

— É meu e tenho os papéis que dizem de onde veio. Quer ver?

— Mas acho que o juiz prefere você na cama a esse dinheiro...

— Não importa o que ele prefere, isso é o que vocês pediram.

— Não tão rápido... você faz uma sacanagem com o juiz e eu tento resolver por aqui. Você vai ficar me devendo uma...

— Quando saí da hospedaria, mostrei ao dono o dinheiro que carregava. Hoje de manhã fui à venda onde aconteceu o crime e tenho testemunhas de que meu marido não tem nada com isso. Muitos viram o acontecido! Além desse dinheiro, tenho mais, e se não aceitar e não soltar Ararê, vou daqui procurar um advogado que cuide do caso.

Falei com firmeza, elevei o tom da voz e empertiguei minha postura.

Eu conheço esse tipo, homem de fisionomia sem fibra, balofo, frouxo na mente e no corpo, abjeto, indigno, debochado, covarde. Mesmo uma negra como eu pode fazê-lo colocar o rabo entre as pernas se mostrar decisão e disposição de ir às últimas consequências. Asqueroso, vive de extorquir gente fraca, oculto pelo emprego público que lhe dá autoridade.

O delegado parou de sorrir quando viu minha força.

— Calma... não se exalte... esse dinheiro está mesmo fazendo cócegas. Depois eu conto alguma história para o juiz.

E gritou para o soldado, que estava perto da porta que dava para a rua:

— Ô Chico... busca o índio e entrega para essa dona... ela pagou muito mais do que ele vale.

Ararê estava pálido e emagrecido, mais do que era possível em dois dias. Eu o apoiei, e fomos andando devagar e em silêncio até a hospedaria; quase não o reconhecia nesse estado. Não era tristeza, raiva, medo ou angústia o que tinha nos olhos, era uma dor profunda que o sofrimento físico não consegue causar. Uma dor que só podia vir da humilhação do espírito, que sufoca a condição humana e faz com que se queira dormir para sempre. Compreendi o que se passava com os de sua raça que preferiam enforcar-se a enfrentar a realidade da desonra, do aviltamento e da indignidade.

Ararê dormiu pesado, não se mexeu, mas tinha o cenho contraído e os músculos do pescoço e dos ombros tensos. Deitei-me ao seu lado e senti o seu mal-estar. Adormecemos quando ainda havia luz da tarde e os pássaros faziam a algazarra de antes do sono. Não jantamos, não nos queixamos da vida, não maldissemos os que nos haviam feito mal.

Dormimos até a manhã do dia seguinte. Depois de noites em claro, o sono profundo e ininterrupto, embora tenso e perturbado por sonhos ruins, opera milagres; o espírito encontra uma morada, se fortalece e consegue dominar a visão pessimista da realidade. Acordamos com o sol alto. Contei a ele sobre a venda dos cavalos, sobre as propostas que recebi e o pagamento do suborno ao delegado e ao juiz.

— Gente asquerosa... mas eles é que são os donos do mundo.

— Como tanta injustiça pode continuar sem castigo? Pensei em matar. Mas esse desejo passou, quero continuar o nosso caminho e não cruzar mais com aquele gordo imundo, já tão perto da morte. Ele não terá tempo de gastar nosso dinheiro.

— Eles exploram quem pode menos. Acha que ir para o inferno é castigo suficiente?

— Não acredito em inferno nem em castigo do céu. Na justiça dos homens também não, porque os que roubam são os donos de tudo. Mas há um castigo violento e rápido.

— Qual?

— A força com que desejamos o mal àquele homem. É pior do que a cadeia e do que o chicote. Leva-o a definhar por dentro, come seu espírito como o urubu come um animal agonizante. É o maior sofrimento do mundo... O boi deitado, fraco, não consegue se levantar, e o urubu começa a comer pelos olhos, devagar, nem se assusta quando ele ainda tenta um mugido. Sabe que não precisa ir, que o bicho está fraco. Assim tiramos pedaços de seus espíritos sem que eles possam se defender.

— É que isso a gente não vê. Você acredita mesmo que é assim?

— Eu "sei" que é assim! Ele já está secando... sua barriga está cheia de água, mas as carnes estão secas.

— Sofri muito... fui humilhado e achei melhor morrer. Mas o remordimento me faria secar igual ele. Não quero definhar. Vamos a pé até São Vicente e subir a serra até São Paulo pelo Peabiru. Lá compramos uma mula e seguimos para Yvy Mará Ey, o País da Felicidade, a Terra sem Mal. Em São Vicente, temos que achar as marcas que Sumé deixou para mostrar o caminho.

O dia azul, o mar bonito, o calor mais suave da manhã e a brisa gostosa foram aos poucos descontraindo a expressão de Ararê, e durante a caminhada até São Vicente seu coração ficou novamente alegre, como era natural. Bem depressa, deixou a amargura para trás, transformada em uma lembrança ruim, que guardamos como um aprendizado. Um momento horrível que não deve se repetir. Chegamos à tarde na barra do rio São Vicente. Faltava menos de um quarto de légua para a povoação, eu pedi para descansar.

– Mas falta tão pouco para a vila... lá perguntamos e amanhã seguimos – protestou Ararê.

– Iremos depois. Venha comigo até aquela penha onde começa a praia. Sinto que devemos ficar aqui.

As rochas que se projetavam desde a montanha, invadindo o mar, tinham o aspecto de uma pluma e convidavam o viajante a subir para admirar o horizonte. Ararê havia caminhado o dia todo, estava cansado, ansiava pelo início do Peabiru, mas mesmo contrariado, me acompanhou. Subiu no penedo e ficou com o olhar perdido no infinito, enquanto eu olhava para baixo, como se procurasse algo perdido. Repentinamente gritei, chamando Ararê de volta.

– Achei! Venha correndo... achei!

– Achou o quê?

– O pé de Sumé. Aqui! Todo o pé! Olhe... os dedos... impressos na pedra, como dizem.

– Aqui tem outro, do mesmo tamanho!

– São quatro pegadas perfeitas. A planta, os dedos... todos apontam naquela direção. Este é o nosso caminho. É o Peabiru! É por aqui que iremos.

# CAPÍTULO 12
# Pois é no meio que reside o bem

> *"O cristianismo foi desde o início, essencial e basicamente, asco e fastio da vida na vida, que apenas se disfarçava, apenas se ocultava, apenas se enfeitava sob a crença em "outra" ou melhor "vida". O ódio ao mundo, a maldição dos afetos, o medo à beleza e à sensualidade, um lado-de-lá inventado para difamar melhor o lado-de-cá, no fundo um anseio pelo nada, pelo fim, pelo repouso, para chegar ao sabá dos sabás (...) Contra a moral, voltou-se então, com este livro problemático, o meu instinto, como um instinto em prol da vida, puramente artística, anticristã. Como denominá-la? Na qualidade de filólogo e homem de palavras eu a batizei, não sem alguma liberdade — pois quem conheceria o verdadeiro nome do Anticristo? —, com o nome de um deus grego: eu a chamarei dionisíaca."*
>
> FRIEDRICH NIETZSCHE, O NASCIMENTO DA TRAGÉDIA

SE NÃO FALTASSE POUCO PARA O FIM DA TARDE, SEGUIRÍAMOS E COMEÇARÍAMOS a escalar a grandiosa muralha. Mas entrar numa mata tão densa perto da noite seria imprudente, e então achamos melhor esperar para não correr perigos desnecessários. O marulho mora dentro de mim, e é bom para meu sono, por isso quis dormir perto da praia, e assim que o sol nascesse, enfrentaríamos a serra que defendia o interior do Brasil. A descoberta do rastro de Sumé trouxe um novo ânimo, a certeza do caminho e a possibilidade da Terra sem Mal fizeram desaparecer o sabor amargo dos últimos acontecimentos.

Alguém achará que a ignorância e a simplicidade me fizeram acreditar na existência da Terra sem Mal. Para Ararê, é natural acreditar, pois esse lugar semelhante ao paraíso faz parte da cultura de seu povo e é algo indiscutível, aprendido desde o nascimento. A ignorância deixa mesmo o espírito vulnerável a todo tipo de crendice, mas também é próprio dos presunçosos desdenhar tudo o que lhes pareça inverossímil. Reduzir o que existe à nossa possibilidade de compreensão nos faz estúpidos e nos priva do conhecimento.

 Com folhas de palmeira, fizemos um abrigo no vão de duas pedras e forramos o chão, transformando o lugar em um confortável ninho onde poderíamos dormir e amar. Providenciamos lenha para o fogo e enchemos um embornal com suculentos e alaranjados mandacarus; repletos de flores brancas, abertas com o final da tarde, eles convidavam quem passasse para apanhar seus frutos e espalhar suas sementes. Depois, Ararê foi mais longe e trouxe jabuticabas, guabirobas, bacuparis, dois ovos da mariquita-de-sobrancelha-branca, que, descuidada como sempre, os botara no chão, sem a proteção da altura das árvores, um grosso palmito juçara e, envoltos em uma folha de bananeira, favos de mel da abelhinha irapuá. Em pouco tempo, recolheu da floresta uma refeição cheia de sabores que nos encantou os sentidos. Grande recompensa para tão pouco trabalho!

 A natureza tropical dava de bom grado o que nós precisávamos: sombra, boa água, calor e alimentos. Outros povos, em outros climas, precisam de grandes esforços e obras complexas para obter o que aqui se ganha estendendo a mão. Essa dádiva criou os irmãos de Ararê na boa preguiça – o ócio –, que é diferente da lassidão mental de alguns europeus e que os condena ao inferno, lá os preguiçosos expiam seu pecado em um lugar cercado pelos iracundos e avaros.

 Assamos o palmito, comemos as frutas, nos deliciamos com o mel e demos os ovos para Apolo, que recusava as frutas. Saciada a fome, assistimos à escuridão invadir o dia, o horizonte se encher mansamente de cores. Depois, para salvar a noite de todo o seu negrume, a lua nasceu, cheia e orgulhosa. O barulho sossegado do mar misturava-se com a zoada do periquito-verde, do cuiú-cuiú e da tiriba, que se preparavam para dormir, criando a sinfonia de fundo para as juras de amor que nos fazíamos na cama de palmeira. A brisa suave refrescava e trazia o doce cheiro da maresia, enquanto as estrelas esforçavam-se para permanecer brilhando sob a luz da lua, que aumentava mais e mais.

 Com a voz sussurrante, percorri as entranhas de Ararê, com afagos mágicos o fiz sentir o desejo queimando a pele como um ferro de marcar. Seus gemidos ecoaram pela noite e, em vez de perturbar a natureza que nos rodeava, integraram-se a ela, embelezando-a e enfeitando-a, com a naturalidade de uma tempestade tropical. O som do prazer era uma sagrada comunhão com o divino, com o mais que humano, com o eterno. Dei minha energia, eArarê pôde bebê-la à vontade, iluminei a noite com luz que saía de meus olhos e por alguns instantes a da lua tornou-se opaca. Araré purificou-se do sofrimento, da humilhação de seu cárcere, da solidão. Nessa noite nasceria novamente, amanheceria um herói que tomaria o Peabiru e nele cresceria, ultrapassando sua condição.

– Olhe, Ararê, passe a mão em minha barriga. É a primeira vez que sinto ela crescer. Passe a mão por aqui, neste lugar mais duro mora nosso filho.

Estávamos cheios de um cansaço delicioso e adormecemos nos braços um do outro. Dormimos um sono reparador, e acordamos um pouco antes de amanhecer. Assim que abriu os olhos, Ararê pediu:

– Júlia, antes de irmos corte meu cabelo.

Não perguntei o porquê. Apenas peguei a faca e cortei os longos cabelos de meu marido como se fosse natural fazê-lo. Gostava tanto dos cabelos negros e compridos de Ararê, mas também gostei do homem novo que surgiu com a cabeça raspada. Lavamo-nos nas águas do rio São Vicente, e com o urucum que restava untei sua cabeça para protegê-la do sol e dos insetos. Logo começamos a andar, estávamos perto do início do caminho do Peabiru, tínhamos pressa!

Abandonamos o lagamar, caminhando a montante do rio, até que dobramos à direita em direção a Piaçaguera de Baixo e depois direto para o rio Cubatão, seguindo sempre o que eu adivinhava ser o rumo certo. Foram dois dias de caminhada forçada, sob um sol inclemente e mosquitos agressivos, mas estávamos animados e nada era muito ruim. Chegamos à raiz da serra, que se alevantava como uma barreira invencível, da terra ao céu, da terra até a morada dos deuses. Olhando o colosso, tinha-se mesmo a impressão da necessidade de ser sobre-humano para galgar aquelas alturas; era incompreensível imaginar que alguém houvesse concebido aquele lugar como ponto de partida para algum projeto. Estávamos na serra de Cubatão, na altura da passagem de Itutinga, onde corre o rio das Pedras. Até esse momento, eu estava segura do caminho, mas agora não sabia para onde ir, estava perdida.

Andamos em círculos por um bom tempo, até algumas pedras atraírem minha atenção. Apolo, cansado, respirando esbaforido e suando pela língua, deitou-se no chão à espera de alguém para carregá-lo. Recolhi-o ao embornal, pensando se fora uma boa ideia um cãozinho tão novo em uma viagem tão longa.

– Ali! Perto do guapuruvu grande! Quero ver aquelas pedras de perto – pedi a Ararê, com ânimo renovado.

Caminhamos por um quarto de légua para chegar à sombra da frondosa árvore. As pedras pareciam estar ali desde a criação do mundo, nada as distinguia das outras tantas que ficavam entre o pé da serra e o mar. Por um bom tempo fiquei absorta, em silêncio, concentrada, olhando-as, querendo desvendar-lhes o segredo, até que uma luz nova brilhou em meus pensamentos.

– Já sei! Sei o que elas estão dizendo! São onze pedras, estão formando a constelação de Órion, o Arqueiro. Essas três são as Marias, formando a cintura do arqueiro, e aquelas outras três formam o arco. É como se ele estivesse atirando uma flecha naquela direção. É para lá que devemos ir!

– Também enxergo o Arqueiro nessas pedras, e sua flecha vai em direção àquela mata cerrada, onde não se enxerga nada. É um labirinto escuro, quente e abafado. É difícil andar lá dentro, um descuido e nos perdemos.

– Será difícil até encontrarmos o caminho. Vamos, teremos uma luz para nos guiar lá dentro.

Seguimos a direção da flecha, direto para a muralha coberta por um manto verde-escuro, imaculadamente homogêneo. Cansados, chegamos à orla da floresta vasta e intransponível; no fundo, uma montanha parecia terminar no céu, mas lançava-se para além dele, no infinito. Penetrava as nuvens com todo o vigor. Ararê estava confiante, mas assustou-se com a enormidade da missão.

– Deve ser aqui, junto a essa figueira. Ela é tão antiga... parece estar aqui desde sempre...

– Vou na frente – disse Ararê, afastando a unha-de-gato que nos ameaçava.

Andamos com dificuldade; passamos por árvores gigantescas, algumas com mais de trinta metros de altura, cercadas por um emaranhado de cipós e taquaras. Se não fosse minha convicção, Ararê teria desistido de procurar o caminho por ali. O calor era insuportável; a floresta absorve a energia do sol e o vento não pode entrar. Ararê suava em bicas e eu, com náuseas, sabia que estava certa, mas pensei que não suportaria. Na escuridão, um se apoiava na vontade do outro. A vegetação parecia querer nos engolir, teias de aranha entupiam as narinas e a boca, formigas vorazes feriam as nossas pernas. Tudo para progredir quase nada. Estávamos na escuridão de uma noite sem lua. Era preciso chegar a algum lugar ou voltar, não suportaríamos por mais tempo. Apalpei o embornal onde viajava Apolo, pois já fazia algum tempo que não o sentia se mexer. Com a mão, envolvi seu tórax e senti seu corpo inerte já sem vida. Apoiei uma das mãos no ombro de Ararê, segurei-o, e depois amparei a cabeça em suas costas; ele achou que o esgotamento se apoderava de mim e se voltou para me animar. Na escuridão, com o rosto encharcado de suor, ele percebeu que eu estava chorando e que meu choro era de tristeza.

— Por que chora? Quer voltar? Está muito cansada?

— Choro porque Apolo morreu, não aguentou o calor e a falta de ar.

Ararê também chorou, e, em silêncio, preparou um pequeno jirau onde depositou o cadáver do companheiro. Uma cerimônia fúnebre para o cãozinho que havíamos batizado com o nome do deus da justa medida, do equilíbrio, da vida regrada, do nada em excesso. Convivemos durante pouco tempo, mas a afeição já era grande.

Progredimos mais um pouco, e um sopro de ar fresco me fez pressentir a luz antes de enxergá-la; logo ela apareceu, foi lentamente aumentando de intensidade, até surgir um caminho deslumbrante. Uma indescritível sensação de bem-estar nos invadiu. Apertamos os olhos para suportar a luminosidade e enchemos os pulmões de ar puro e fresco. O caminho do Peabiru estava à nossa frente: oito palmos de largura forrados pelo capim-puxa-tripa. As árvores, as aranhas e os cipós não ousavam invadir o espaço perfeitamente delimitado, como se estivesse separado da floresta umbrosa por uma cerca invisível. Como descrevi, o leito do caminho estava um palmo abaixo do nível do terreno, e a luz do sol o atingia diretamente, delineando-o e dando-lhe um aspecto mágico. A umidade da floresta se condensava, formando uma bruma que flutuava aqui e ali, cingindo os pés até os tornozelos. Seguimos de mãos dadas, admirando tudo. Era como se passeássemos no Flamengo, encantados com o vermelho invernal tingindo o poente com cores impossíveis. Flutuávamos.

Ararê olhou para o chão, para ver se ele ainda se encontrava sob seus pés; a maciez do capim era igual à de uma nuvem, e ele estava aparado como se fosse usado com frequência. Uma jacutinga passeava despreocupada e não se assustou com o casal de intrusos, continuou a perambular como se não tivesse companhia; o tucano-do-bico-verde, de peito amarelo e barriga vermelha, nos recebeu com um chilreio acompanhado pelo araçari-banana, seu vizinho no galho de manacá-da-serra. Retomamos o fôlego, e Ararê falou baixinho, como se não quisesse perturbar a paz que reinava ali.

– Acho que chegamos. Deve ser aqui a Terra sem Mal.

– Não. Não é. Aqui é o começo do caminho. Falta muito para chegarmos.

Caminhamos muito, mas a sensação de bem-estar persistia, e não sentimos cansaço, sede nem fome. No começo da subida da serra, encontramos uma escada em ziguezague, calçada por pedras engenhosamente colocadas. Parecia não ter fim, e estava estranhamente limpa, livre do musgo. De quem era esse caminho tão bem escondido? Estranhamente, a saída para o litoral estava perfeitamente oculta. Mas já era tarde e não demoraria a escurecer; decidimos passar a noite no pé da escada e começar a subida no dia seguinte. Comemos frutas, mel, larvas, palmito, e conversamos muito.

– Tenho a sensação de que sempre estive aqui. Estou em casa, sinto segurança e bem-estar.

Estava feliz e radiante.

– A Grande Mãe mora aqui, na floresta. Nosso coração pulsa com o dos seres. Somos um só.

– Alguém nos olha. Sei que temos companhia.

– Quem será?

– Não sei, mas sinto que alguém nos observa.

Eu não estava assustada; meu bem-estar me dava segurança, fazia-me absorta, atenta, à procura de alguém ou de alguma coisa. Antigamente os homens conversavam e viam os seres-espíritos da natureza; com o passar do tempo, os mundos se distanciaram, e nós passamos a nos encontrar só no caminho dos sonhos e da ilusão. Alguns, no entanto, com maior aptidão, são uma ponte entre esses mundos apartados, e comunicam-se com os companheiros do sono, filhos da noite. São os pajés. Eles possuem o poder de interpretar as visões e os sinais espirituais, são os que aplicam a melhor medicina.

Não sou uma benzedeira, mas sentia minhas energias internas em ebulição.Ararê me falou:

— Você sente mais que todos. Recebeu a bênção sobre a orelha direita trazendo *mbaekua*, a sabedoria, e sobre a orelha esquerda trazendo *aranduka*, a inteligência. É como a coruja que anda pela noite.

— São boas sensações, nada temo.

Deitamos sobre a relva, que parecia uma rede macia, e Araré me beijou com carinho e paixão.

— Cante para mim — pedi, sonhando acordada.

*Néi, tatachina range i emboupa*
*A cada primavera circulará*
*os jakaira de grande coração,*
*a neblina da morada terrena.*
*Por isto Tupã Ru Ete*
*foste concebido com frescor*
*para se alojar no coração de nossos filhos e filhas*
*que viverão em harmonia por entre chuvas*
*e trovões de amor.*

— Por que chora? — me perguntou Araré, com ternura na voz, como se precisasse me consolar.

— Sou mais feliz do que posso, e a sua voz me faz lembrar disso.

— Às vezes também tenho essa sensação. Mas é só uma sensação. O que vivemos é que é a realidade!

— O que é *jakaira*?

— É a bruma que contém o que é divino do homem. Contém as belas palavras. A fumaça do cachimbo dos pajés e dos profetas evoca *jakaira*, e escutamos o que os deuses estão falando. Da mesma forma, quando estou dentro de você sou forte, posso escutar os deuses falando.

Amamo-nos com o vigor dos animais e a calma dos sábios. No lusco-fusco do entardecer, excitamos com nosso amor o mico-leão-de-cara-dourada e o mono-carvoeiro, que, de perto, nos observavam. Depois, dormimos embalados pelo som que os bichos da noite fazem, deitados no capim-puxa-tripa, mais macio que a rede tecida com o maior carinho.

Acordamos com o primeiro raio de sol. Ararê foi o primeiro a se assustar com a mulher que nos observava a pouca distância; logo também abri os olhos, e nós três ficamos parados por alguns instantes em silêncio, um estudando o outro para saber que atitude tomar. A mulher era uma negra de pele clara, jovem, alta, forte, e tinha o torso nu, mostrando belos seios de virgem. Músculos torneados nos ombros e braços, um cordão de buriti, vermelho de urucum, como se fosse uma índia. Os cabelos enfeitados por pequenas tranças, cada uma segura por um laço, lembrando negras africanas. Grandes brincos dourados lhe emolduravam o rosto, de traços delicados e incisivos. Olhos amendoados, maçãs salientes, queixo duro de valente guerreira, boca voluptuosa e narinas dilatadas, prontas para a luta. Ararê levantou-se, mostrando a palma das mãos, num gesto desarmado.

— Viemos em paz – disse em português.

— Fiquem em paz – foi a resposta, em guarani. – Quem são, para onde vão, como chegaram aqui? Ninguém jamais veio por esse caminho!

— Sou Ararê, guarani embiá, o último da minha maloca. Esta é Júlia, negra livre, minha mulher. Vamos para o Paraguai-guá pelo antigo caminho de Sumé – respondeu em guarani.

— Sou Arapoty, guardiã da cidade. Como acharam a entrada?

— Júlia viu os sinais, as pegadas de Sumé e as pedras com as estrelas do Arqueiro indicando o caminho. De onde é guardiã?

— De Yvý Tenondé, nossa cidade, morada sagrada.

— Onde é?

— O caminho é segredo.

— Por quê?

— Somos como vocês, uma mistura de índios e negros fugidos. Primeiro havia uma aldeia guarani perdida, ao seu lado nasceu um quilombo com negros de todo o país, e tudo se misturou. Somos uma cidade cafuza, protegida pela mata. Vivemos de maneira diferente da dos brancos, que não gostam. Eles nos destruiriam, se soubessem que existimos.

Ela falava com clareza e pausadamente, entendi perfeitamente seu guarani.

— Se não podemos ir até lá, seguiremos nosso caminho — Ararê respondeu com sequidão, como se estivesse contrariado.

— Não gostamos de estranhos... temos medo... não sei se posso. Esperem aqui, antes da metade do dia estarei de volta. Vou conversar com os outros e decidir. Vou perguntar aos *tamãi*, os conselheiros. Se eu não voltar, é porque eles não querem, então vocês poderão seguir, não vamos incomodar.

A guardiã fez a volta e se foi, desaparecendo de nossa vista como um encantamento. Ararê lamentou não ter podido segui-la. Talvez voltasse e então nós iríamos conhecer a cidade cafuza, Yvý Tenondé, a Primeira Terra, a Terra Mãe. Talvez fosse lá a Terra sem Mal. O caminho mágico, a sensação de bem-estar e felicidade, não era isso que nos esperávamos? Aguardamos pela guardiã no conforto do lugar e a espera não foi custosa, uma brisa refrescante penetrava na mata pelo alto e trazia o perfume da primavera, de orquídeas e begônias. Sentíamos um bem-estar repleto de energias saudáveis, só bons augúrios no espírito. Conversamos, rimos, comemos, comemoramos com alegria a força da natureza. Quando o sol estava a pino, Arapoty voltou. Ficamos felizes em vê-la e admiramos com mais atenção a sua beleza.

— Os *tamãi* acharam que, se chegaram até aqui, são bons. Podem ir até Yvý Tenondé. São bem-vindos. Andaremos duas léguas.

Caminhamos pela trilha até um desvio escondido e um novo caminho, mais estreito, também forrado com a erva fininha e macia. As duas léguas foram vencidas sem sentir. Ararê, encantado com a beleza do caminho, da mata e da guardiã, continuou a achar que estávamos na Terra sem Mal. O Paraguai-guá era um engano, a aldeia cafuza incrustada na serra era o Paraíso. Mas para mim era só o início de uma longa jornada com um final ainda suspeito; estávamos no caminho correto, mas longe do destino final.

Uma clareira no meio da mata densa abrigava a aldeia. Quatro palmeiras grandes e muito azuis limitavam os quatro cantos cardeais, e outra palmeira, também azul e enorme, marcava o centro. Nunca havia visto uma palmeira azul, mas naquele lugar elas pareciam perfeitas, como se o comum das palmeiras fosse ser azul. Quatro malocas grandes, cada uma com capacidade para 50 pessoas, ficavam debaixo delas. Eram diferentes das malocas comuns aos índios, com paredes de pau a pique e janelas. Em frente à porta principal de cada uma delas partia uma rua de terra batida, escrupulosamente limpa, que terminava em uma praça central, com a maior das cinco palmeiras azuis, onde várias mesas compridas se dispunham lado a lado.

Chegamos no meio da tarde e encontramos todos os habitantes de Yvý Tenondé na praça central. Entre adultos e crianças, quase duzentas pessoas para nos recepcionar com um misto de cuidado e alegria; muitos deles viam pela primeira vez um viajante. As mulheres vestiam-se com panos coloridos, de tons de vermelho, algumas com o peito nu, outras com o tórax coberto. A maioria, com a cabeça envolta em turbantes, recordava a África. Traziam no pescoço, nos punhos e tornozelos, muitos enfeites de miçangas. Alguns homens tinham uma corda feita da *pindora* envolvendo a cintura, e o corpo nu, com desenhos de jenipapo; outros vestiam camisolões, abadás à maneira dos malês, que, fugidos da Bahia, perambulavam no Rio de Janeiro. Nas crianças impúberes, não havia desenho sobre os corpos nus. Os cabelos lisos, cortados como os dos índios, enfeitados com pequenas penas coloridas, brilhavam refletindo o sol. A cor de sua pele era jambo como a da guardiã, e os dentes eram fortes e brancos como os dos negros. Fomos em direção a um grupo de quatro homens mais velhos, musculosos, encanecidos, vestindo abadás imaculadamente alvos. Ararê assombrado e eu pensando nas palmeiras azuis como o céu. Como poderiam ser dessa cor? Um dos senhores se adiantou em nossa direção.

– Sou Dandará, governo este lugar com meus companheiros, Dassalu, Werá e Jecupé.

Convidaram-nos para sentar a uma das mesas sob a palmeira azul, *pindo-i*, a palmeira sagrada, e os quatro *tamãi* se acomodaram nos bancos em frente. Com olhares curiosos, fizeram uma infinidade de perguntas. Falavam guarani, a língua-de-gente, nossa língua, e fiquei admirada quando me dei conta de que estava falando com desenvoltura e segurança. Respondemos quem éramos, de onde vínhamos, para onde íamos, quem era o imperador, como andava o tráfico de negros da África. Falamos sobre os castigos no Pelourinho, contei de minha aldeia na África e da viagem para o Rio. Ararê falou sobre sua mãe e a vida com os padres.

Quando a curiosidade deles diminuiu, expliquei-lhes que eu também queria saber de muitas coisas. Dandará foi quem me explicou: Yvý Tenondé era no começo uma aldeia de índios guaranis que penetraram na mata virgem para se esconder dos brancos e da escravidão. A maioria era embiá, mais da metade, e o restante, dividido entre nhandevas, vindos do interior de São Paulo, e caiouás, que tinham peregrinado desde o Paraguai e o Mato Grosso. No começo a convivência foi difícil; por causa das origens muito diferentes, não se consideravam parentes, muito menos irmãos, e não se queriam bem. Mas todos estavam na mesma busca: o mar, e atravessá-lo à procura de Yvý Marâeý, Terra sem Mal, Terra Perfeita Onde Tudo É Bom. Achavam que o paraíso ficava no leste, depois do mar. Ao se depararem com a impossibilidade de continuar, se desesperavam; alguns se mataram achando que Nhanderu os havia traído. Todos, independentemente de sua origem, chegaram a São Vicente trazendo *avaxiarei*, as sementes do milho original, que deveriam plantar nos locais verdadeiros. O Peabiru estava perdido desde o início da invasão dos brancos, quando o governador Tomé de Sousa o proibiu, sob pena de morte. Todos o perderam, até os índios. Depois, chegaram os negros fugidos da escravidão. Perdiam-se na mata até a morte; alguns encontravam o caminho, e os índios os salvavam do destino trágico que a floresta dá aos que a invadem. Rebolos, benguelas, hauçás, cabindas, nagôs, tapas, bornus: a África inteira reduzida a um punhado de gente fugida e sofrida. Aos poucos se misturaram, índios e negros diversos, com uma infinidade de deuses, línguas, costumes e crendices. A ameaça do branco os fez continuar convivendo e cruzando entre si. Com o tempo, surgiu um povo cafuzo, isolado, pois havia uma geração não aparecia uma alma nova no povoado.

Depois de uma pausa, Dandará explicou:

— Aos deuses, nós lhes tiramos os nomes. São proibidos em nossa cidade. Cada um reza e faz pedidos a quem quiser, mas não pode nomeá-lo para os outros. Com o tempo, por não terem nomes, eles foram se distanciando. Hoje estão tão longe que não fazem parte de nossa vida. Na hora da morte ou nas doenças em que há muita dor, as pessoas pensam em um deus, buscando conforto na possibilidade de outra vida. Fazem pedidos, imploram por seus destinos, mas logo desistem. Sabem que os deuses existem, porém não se importam com o destino de gente ou de animais. Mas as pessoas gostavam de cultuar os antepassados, como se depois da morte se transformassem em entes divinos, interferindo nos acontecimentos dos viventes. Isso aumentava os laços familiares, escraviza a mulher e obriga o homem a uma vida que muitas vezes o faz infeliz. Os sábios não gostavam dessa devoção. Com o tempo, as mulheres passaram a se deitar na rede do homem que lhes atraísse e convidasse. Os *tamãi* criaram um código, obedecido por todos. Por ele, as mulheres mais velhas e as mais feias são as primeiras a ser escolhidas. Todos são pais de todos. Os homens são respeitados segundo seus méritos, mas as crianças tratam a todos como se fossem seus pais. As mulheres prenhes ou com crianças no peito exigem de qualquer um o auxílio que necessitam. As refeições são sempre feitas nessas mesas, sob a *pindo-i*, com todos juntos, homens, mulheres e crianças. As crianças são educadas por quem se encarrega disso, e são divididas em espíritos de cobre, de prata e de ouro, segundo a sua aptidão. Todas valem a mesma coisa, essa divisão só leva em conta a raridade. As de espírito de cobre recebem alguns anos de educação, suficientes para elas poderem desempenhar sua tarefa de prover os alimentos e vestuário para todos. As de espírito de prata recebem mais anos de ensino, sabem tocar instrumentos, escrever, caçar e lutar. São os guardiões e guardiãs de Yvý Tenondé. Os espíritos de ouro devem seguir estudando até os cinquenta anos, e serão os *tamãi*: cuidarão dos destinos da aldeia até sermos destruídos, como está escrito.

Ararê aproveitou uma pausa e disse:

— Os espíritos de cobre não vão querer o mal dos espíritos de prata? A natureza humana é assim, o poder e o mando sempre atraem. Para os índios, as riquezas não têm o sentido que têm para os brancos, mas querer o poder sobre os outros também faz parte de nossa natureza — afirmou Ararê.

— Aqui em Yvý Tenondé, não é mais assim. Todos têm que trabalhar da mesma forma. Cada um dá quanto pode. Não há privilégios. Ninguém é dono de nada. Não existe herança, como os brancos gostam. As mulheres e os homens mais bonitos pertencem a todos. Não há melhores mães ou melhores pais. Todos são mães e pais de todos. Não há homens que falam com os deuses para nos dizer o que eles querem. Os mais fortes trabalham mais. Os de espírito mais aguçado curam melhor, e sabem que esse é um dom natural. Deve ser compartilhado e não homenageado. Li em um livro antigo uma frase que nos serve de exemplo: "Amamos o que é belo e bom sem extravagâncias, e amamos a sabedoria com hombridade".

— Mas, e quando um homem ou uma mulher sente preferência por outro? Eu tenho amor por meu marido e o quero acima de todos os outros. Como resolver esse problema, se é assim a natureza do homem? — perguntei, pensando em Ararê.

— É... às vezes acontece, principalmente entre os jovens. Não é proibido, mas não gostamos. Não incentivamos, ninguém os olha com bons olhos. O comum é, depois de um tempo, tudo voltar ao normal... raramente toma o rumo que não devia. Alguns casais vão embora... correm os riscos do mundo e vão. Nós choramos a partida deles, mas é melhor assim.

— Achei que aqui poderia ser a Terra sem Mal que procuramos. Posso me deitar com outros homens, mas não poderia viver sem Ararê. Estou prenhe e terei um filho que saberá quem é seu pai e o honrará. Aqui não é meu Yvý Marâeý.

— Não. Não é aqui. A procura não terminou. A forma como vivemos não é boa para todos, mas é para muitos... A mata nos dá caça e frutos, mas muitas vezes passamos fome. Não podemos ter roça de coivara, os brancos nos achariam. Também há muitas febres que vêm da mata. Nossas mulheres só podem ter dois filhos, se formos muitos não poderemos mais viver aqui. Por isso, paramos de salvar os negros fugidos. Sempre estamos ameaçados. Sermos descobertos significa morte ou escravidão, o que não deixa de ser a mesma coisa. Agora chega dessa conversa séria, vocês são bem-vindos; no fim da tarde faremos uma festa. Cozinharemos coisas boas, cantaremos, dançaremos e beberemos em homenagem a vocês. Ficarão aqui até quando quiserem. Logo vamos comer.

Ali perto, ao lado de uma das malocas, mulheres e homens cuidavam da comida. Uma trombeta chamou todos para as mesas. Eu, Ararê e os *tamãi* sentamos com os outros da aldeia. As crianças, cuidadas por duas mulheres e um homem, comiam junto às panelas. Todos se serviram em ordem e sem pressa, e, como se houvesse um sinal, começaram a comer ao mesmo tempo. Conversavam, riam, nos perguntavam coisas e ouviam-nos com interesse; a cidade toda sentada às mesas sob a *pindo-i*, se confraternizando. Ficamos felizes por participar. Depois descansamos em redes separadas, como mandavam os costumes da cidade dos cafuzos; a praça central se esvaziou, cada um tinha um afazer.

À tardinha, quando o sol pensava em se recolher, cerca de dez pessoas, homens e mulheres, chegaram com instrumentos musicais: dois tambores altos que iam até a cintura e dois pequenos, para se tocar sentado, três violas de seis cordas e três flautas de tamanhos variados. As mulheres, de roupas coloridas com miçangas e finos adornos, feitos das penas de muitas aves, embora sempre se destacassem as compridas penas azuis do rabo da araraúna. Tinham a cabeça coberta, à moda das africanas, por panos mais bonitos que os usados no almoço. Os homens traziam pinturas geométricas no tórax, negras de jenipapo, entremeadas pelo vermelho do urucum, e cordinhas de imbira apertavam seus braços, tornando os bíceps mais delineados e bonitos. Alguns, seminus, traziam apenas pequenas penas no sexo. Dois deles, de abadás brancos e cabelo liso, com a cabeça empastada de urucum, compunham uma bela figura. As mesas do almoço foram retiradas, e sob a palmeira azul, todos ficaram a esperar pelo que viria.

Eu e Ararê, na porta de nossa maloca, observávamos a banda de músicos tomar seu lugar; tudo silenciou. De um ponto dentro da mata, nos confins da cidade, perto da palmeira azul que marcava o sul, começaram a ressurgir os habitantes de Yvý Tenondé. À frente do cortejo, quatro jovens, dois homens e duas mulheres, tocavam pequenas flautas. Bonitos, fortes e nus, as mulheres com a cabeça descoberta, somente com alguns enfeites de penas e chocalhos amarrados nas canelas. Tocavam as flautas e dançavam em harmonia e com graça.

Atrás deles, uma carroça de carga, puxada por dois casais igualmente enfeitados, levava um personagem estranhamente vestido com um folgado abadá; um enchimento na barriga lhe dava um aspecto de obeso. Cabelos longos e encaracolados, bochechas pintadas de vermelho, um tipo sanguíneo, desses que gostam de comer e beber em quantidade. Na carroça, atrás dele, um caldeirão de bebida fermentada desprendia vapores perfumados.

Logo em seguida, dois homens traziam com esforço um esteio nos ombros, e nele, amarrada pelos pés, uma pesada anta, eviscerada, ainda com a cabeça e a tromba, pendia para um lado e para o outro, no ritmo do andar, pronta para ser assada. Seguindo, uma multidão de cafuzos, ao ritmo das flautas, dançando e girando, enfeitados de muitas formas, com jenipapo e urucum, arte plumária, miçangas, tecidos coloridos de tons fortes.

Dançavam, aproximando-se do centro. Os músicos começaram a tocar ao ritmo da procissão, e esta, com o acompanhamento dos tambores, aumentou mais a vibração. A anta ficou sobre o fogo e perto de todos, o caldeirão, onde se serviam à vontade. Eu e Ararê fomos tragados pela multidão; sem percebermos, estávamos no meio de todos, dançando e bebendo.

A noite veio morna, com uma brisa discreta e refrescante, mas todos suavam em bicas e não queriam descanso. A música invadia os corpos, tomava conta, era impossível não seguir a corrente que se formara. Percebi que cultuavam aquela música como a um deus. Ela aperfeiçoa o espírito, requinta os sentimentos, restaura a saúde, cria êxtase e contentamento; existia ali como uma entidade, comandando a tudo e a todos. A bebida de doces vapores ajudava a tirá-los de si e transcender a realidade. A carne da anta, arrancada aos pedaços, devorada quase crua, sanguinolenta. Movimentavam-se em uma agitação ritmada e ao mesmo tempo possessa, hipnótica, libertavam-se de seus corpos, tornavam-se divinos.

O frenesi prosseguia; os corpos, contorcendo-se, tocavam-se, esfregavam-se, exalavam odores excitantes. Músculos retesados, peles molhadas pelo suor, música mágica, êxtase, epifania. Eu e Ararê, perdidos um do outro, misturados com o povo, dançando, bebendo, comendo a sanguinolenta carne, ninguém era dono de si. O primeiro casal que se deitou foi um sinal para muitos outros; a luz da fogueira iluminava-os pouco, mas percebia-se que se amavam com vigor. Alguns dos pares eram formados apenas por homens e outros por mulheres.

Vi quando uma bela cafuza de traços leves e cabeça coberta por um pano vermelho segurou Ararê pelo braço e o puxou para si envolvendo-o em um abraço sensual. Ele não resistiu e logo se entregou à desconhecida, acariciou-lhe o corpo e beijou-lhe os seios com a delicadeza que conhecia. Logo estavam deitados e a sápida desconhecida o continha com as longas e potentes coxas. Ararê sentia suas entranhas úmidas, sedentas da semente que frutificaria mais um cafuzo.

A música continuava intensa e ritmada, homens e mulheres dançavam e se amavam como se aqueles momentos definissem suas vidas. Duas mulheres acarinhavam um homem grande e bonito que delirava de prazer, e perto deles dois homens se amavam como se fossem um homem e uma mulher, beijavam-se com os músculos retesados e o suor escorrendo. Vi o momento em que um deles se virou, apoiou as mãos sobre os joelhos e foi penetrado com ardor, arfando de prazer. Depois do gozo os casais se desfaziam e seus personagens voltavam a fazer parte da corrente que dançava freneticamente.

Eu levitava, os limites de meu corpo se desfizeram, a música me penetrava até as entranhas. O tambor que os negros usam para falar com os deuses tomava conta de mim como no sonho que tive na toca do Kassununga. Dancei e sem tocar no chão fui até onde estavam Ararê e a cafuza. Demorei para chegar, como se o caminho fosse longo e tortuoso, ia roçando nos corpos quentes e suados de homens e mulheres em êxtase e me demorava nesses contatos que proporcionavam um grande prazer. Ajoelhei-me ao lado de Ararê, de frente para a cafuza que o montava, estendi o braço e acariciei seu seio como um homem faz. No primeiro instante, ela se assustou e interrompeu por um momento a dança sobre meu marido, mas logo mostrou que gostava da nova companhia, e puxou-me para si, procurando minha boca. Chupei os lábios grossos da cafuza irresistível, depois a beijei com gula, sentindo o turgor de sua língua, o relevo de seus dentes e fartando-me de beber sua saliva. Jovem e bonita, senti sua pele macia, seus músculos fortes esculpidos em formas graciosas, seu hálito doce. Beijei seu seio juvenil de mamilo rijo e perfume de mil flores, ouvi seus gemidos de prazer, enquanto Ararê se movimentava dentro dela. A multidão repentinamente desapareceu para nós: estávamos nós três naquela festa. Senti minhas entranhas liberarem uma energia violenta, uma enxurrada de tempestade tropical. De meus olhos, brotaram feixes luminosos multicoloridos; primeiro iluminaram a mulher e depois envolveram Ararê. Os dois recebiam a luz, mas, concentrados, não percebiam o que se passava. De olhos fechados e feições contraídas, gemiam alto, como se estivessem sofrendo. A luz foi se espalhando, tornando-os luminosos. Logo estávamos envoltos em uma aura de luz multicolorida; de tão intensa ela iluminava tudo ao redor. A energia que eu doava aos dois os tornava fortes, invencíveis. Num urro uníssono, anunciamos o clímax violento, e nos demoramos nele. Logo depois, um cafuzo nu, com seu desejo à mostra, aproximou-se dançando e levou a bela companheira para o tumulto. A seguimos e nos misturamos à multidão para continuar a epifania.

A missa orgástica de Yvý Tenondé continuou sem tréguas. O homem de abadá branco e bochechas vermelhas distribuía o destilado de frutas e jurema, e, com bom humor, todos o reverenciavam como se fosse o mais importante. A música dos tambores, violas e flautas hipnotizava; a batida dos percussionistas penetrava os ouvidos, ressoava em nós como um enorme coração. Ao som da música, embalados pela jurema, os cafuzos saíam de si num êxtase coletivo. Era possível, nesse estado, ter a inspiração e a verdadeira intuição que a consciência e a razão embotam.

Ararê e eu submergimos na dança frenética, enfrentamos com valentia os primeiros raios de sol e, só quando ele já estava alto, nos demos por vencidos e fomos para nossas redes repousar.

Nos dias seguintes, desfrutamos da vida de Yvý Tenondé, fácil e rica. A música motivava a cidade, era fonte de sua riqueza de espírito, moldava o caráter, criava sentimentos requintados e restaurava a saúde. Ararê deliciava-se com os instrumentos e os sons que povoavam o lugar, aprendia o ritmo do batuque, assoprava os pífanos, as flautas doces e as transversais, mostrava o que sabia com o violão e deslumbrava-se com o violino, dedicando-se, com vontade, a aprendê-lo. Como é comum nos guaranis, tinha o dom natural para os instrumentos.

Na praça central, sob a palmeira azul e o céu estrelado, o povo se reunia como se estivesse em uma *porã-hei*, a casa de orações. Não rezavam a um deus, mas cantavam, diziam poemas e escutavam os *tamãi* sobre as coisas da vida e sobre as ideias, os modelos espirituais, dos quais o mundo visível é cópia incompleta. Discutiam a busca do perfeito, do ideal, do modelo. Ensinavam aos jovens que a comunidade é mais importante que o indivíduo, que longe de Yvý Tenondé a vida era amarga para gente como eles. Cada um dependia da cidade, dependia dos outros para ser livre. A natureza agreste só é transformada num lugar favorável pela ação do trabalho coletivo, e essa transformação é necessária para emancipar todos materialmente. Dando um pouco de suor para a cidade todos se libertam do jugo da natureza e podem se dedicar ao progresso do espírito por meio da educação e da instrução. Fora da cidade ou se é escravo ou animal selvagem, e o selvagem não é livre, é escravo da natureza indômita. A liberdade individual é um reflexo da consciência de homens livres e irmãos. Quanto mais homens livres houver, mais extensa e profunda será a liberdade de cada um. Quanto mais escravos obrigados à obediência, quanto mais homens escravizados pelo poder e pelo mando, maiores os obstáculos à liberdade pessoal.

Existem dons, aptidões com que a natureza presenteia alguns. Quem não os tem pode esgotar suas forças: não alcançará os privilegiados. Os talentos podem ser físicos ou da inteligência; o importante a saber é que são presentes dados pela natureza sem nenhum critério. A natureza não tem o dever de ser justa. Assim, quem os possui não se deve sentir superior, deve agradecer a dádiva e colocar-se a serviço da cidade e dos outros. Isso também acontece com quem é bonito, possui um rosto harmonioso. Por que esse deveria ser mais considerado do que outros, nascidos sem essa harmonia?

Em Yvý Tenondé, mulheres e homens têm o mesmo valor e quase as mesmas funções: caçadores, guardiões, instrutores, cozinheiros, pajens, amas-secas, distribuíam-se todos igualmente quanto fosse possível. A manutenção, a educação e a instrução das crianças é dever da comunidade e não dos pais. As crianças são amamentadas até os quatro anos de idade pelas mulheres que têm leite; a partir daí, começam a receber educação. As de espírito de ouro se tornarão *tamãi* e passarão longos anos sendo instruídas.

Nas reuniões sob a palmeira sagrada, Ararê cantava, declamava, contava histórias. Nós descrevíamos a vida no Rio de Janeiro, a escravidão, o pelourinho, o açoite, a servidão dos índios, as vicissitudes dos despossuídos, o sermão do padre justificando tudo com a vontade do deus branco. Contei sobre minha vida africana, a escravização, os terrores da travessia até o litoral e o navio negreiro, a boa sorte de ter sido comprada pelo doutor, meu encontro com Ararê e o amor imediato pelo belo índio solitário. Foi aí que surgiu um mal-estar nos habitantes de Yvý Tenondé. O amor exclusivo, a relação monogâmica, dormir na mesma rede todas as noites, parecia-lhes uma restrição inaceitável, incompatível com a dignidade e a felicidade. Nenhum casal quer sempre dividir a mesma rede, todos os dias, continuamente. Na verdade, a estabilidade de um casal não fazia parte dos planos dos *tamãi*. Com o passar do tempo, foram se impacientando. Houvera outros casais que teimavam em permanecer juntos, mulheres com o desejo de um só homem e dele ter filhos; esses casais não suportaram a má vontade dos habitantes e foram embora. Nunca mais voltaram, nunca mais se soube deles. Eu e Ararê subvertíamos os ensinamentos dos sábios.

Mas Ararê, encantado, achava que encontrara seu lugar no mundo, que ali poderia ser a Terra sem Mal, o mundo perfeito, sem sofrimentos. Sentia-se bem com aquela atmosfera povoada de sons. Saíamos com os guardiões em busca de antas, cutias, pacas, veados, perdizes, mutuns, galinhas-do-mato, pombos selvagens, tucanos, araras, macacos, saguis, pacovas, abacaxi, caju, maracujá, pitanga, sapoti, guabirobas, tudo com fartura. Ainda havia peixes, tantos e tão variados que se perdiam em nomear as qualidades, os insetos, os vermes, as larvas, o mel, os ovos...

Mas também havia as chuvas torrenciais. Às vezes, persistiam por semanas, impedindo a caça e a pesca. Nessas ocasiões, a dieta se resumia aos frutos da mata, mas em algumas ocasiões a chuva era tanta que acabavam passando fome. As febres palustres das águas estagnadas e dos calores malsãos eram piores que a fome esporádica. A febre amarela e a malária atingiam mais os pequeninos. Os adultos também adoeciam, ficavam em suas redes durante os acessos, assistidos por outros, mas era mais difícil que morressem. Enfraqueciam, seus músculos minguavam, mas, ao contrário das crianças, sobreviviam. Três dias depois de nossa chegada, uma criança pequena morreu e por toda a aldeia se oscilou entre o silêncio e as músicas fúnebres. A morte sempre desperta curiosidade, fascínio e tristeza. Em Yvý Tenondé acreditavam que a força vital do morto seria devolvida à floresta e, depois, de alguma forma, voltaria à aldeia. Não era uma perda irreparável, mas era triste e afetava a todos da mesma forma. Ararê, tocando violão, tentou consolá-los cantando, com emoção na voz e lágrimas nos olhos, uma canção em tupi antigo que sua mãe lhe havia ensinado:

*A-ker-y-ne Ka'a-atã*
*Dormirei nos cerrados e nas matas*
*Respirarei capim seco como de costume*
*Vamos para Terra sem mal*
*Onde moram nossos parentes*
*A-ker aîpó ka'a-pe-ne*

O espírito sobreviveria ao morto? Ararê acreditava, eu duvidava e os *tamãi* ensinavam que, se a vida cessou e o corpo se desfaz, a força vital que o mantinha dilui-se pela natureza e volta em qualquer forma de vida. Uma formiga, uma planta ou outra criança.

A cidade também me agradava, saboreava a comida como uma dádiva da natureza. Em Yvý Tenondé, cuidava-se do corpo com esmero, mesmo os mais velhos eram musculosos e bonitos. Com resinas da floresta, sempre cheiravam bem. Faziam dos prazeres um dos objetivos da vida. Mas eu sabia que algo não ia bem. Quem sabe por conta da gravidez ou por causa da magia da cidade, tomei consciência de uma percepção que sempre tivera, mas que agora se tornava mais aguda: ao aproximar-me de uma pessoa, eu enxergava cores emanadas do seu corpo e sabia, conforme o tom e a intensidade, a sua atitude. Divertia-me com a aura vermelha dos jovens que admiravam minha beleza. A de Ararê variava com frequência e rapidez: azulada quando se enternecia, lilás quando estava sonhando com seu futuro e vermelha quando tinha desejo. Preocupava-me, no entanto, o fato de os *tamãi* serem dourados com reflexos azuis, quando eu os via de longe, mas, quando me aproximava, empalidecerem e perderem o brilho. Eles não gostavam da nossa presença em Yvý Tenondé. Se eu quisesse ficar com Ararê, se quisesse que ele fosse o pai de meu filho, deveria partir. Logo soube que aquela não era a minha Terra sem Mal. Estávamos na aldeia havia uma semana, quando falei para Ararê:

— Precisamos partir. Sinto meu corpo mudar, e ainda temos muito a percorrer.

— Achei que poderíamos ficar. Gosto daqui, talvez seja esse o nosso lugar. Nosso filho poderia nascer aqui.

— Este não é nosso lugar. Se ficarmos, não poderemos dividir a mesma rede, e nosso filho não nos pertencerá. Você sabe disso. Tem ouvido os *tamãi*. Também gosto daqui, mas não é o que quero.

Ararê demonstrou preocupação, mas, por seu semblante, entendeu a minha mensagem e, no fundo, pareceu concordar.

— Talvez você tenha razão. Vamos pensar um pouco mais. Mas, se for o caso, partimos amanhã. À noite falaremos.

Quando anoitecia, reuniam-se sob a palmeira azul. A decisão tinha sido tomada. Anunciamos nossa partida e nossos motivos. Fui eu quem falou:

— Iremos em busca da Terra sem Mal. Talvez seja um lugar parecido com Yvý Tenondé. Ararê e eu não queremos viver longe um do outro, dormimos na mesma rede porque só assim dormimos bem. A cidade tem costumes que admiramos. A maioria é feita de bons e justos; os brancos deveriam imitá-los, melhoraria o mundo deles. Mas alguns dos costumes não queremos para nós. Somos o sol um do outro, compartilhamos nossa luz e levamos as mesmas esperanças. Teremos saudades daqui e ensinaremos ao nosso filho muitas das coisas que aprendemos com vocês. Ele será um cafuzo como vocês. Nossa descendência mestiça trará a semente de uma nova forma de vida. Uma gente boa e alegre, e sua maior ambição será viver bem. Com o tempo, transformará a gente do mundo em uma gente musical, que cantará e dançará como vocês.

Deitamos na mesma rede, senti o corpo de meu marido, admirei a maciez de sua pele, o calor e o bem-estar que me transmitia. Por algum motivo, não pude dormir. A pequena fogueira no centro da oca iluminava o rosto dele, e a pele dourada brilhava como um espelho mágico, refletia mais luz do que recebia. Tentei captar sua essência e perguntava-me o que o fazia diferente dos outros. Por que ao seu lado eu tinha as sensações que tinha? Um amor delicado e suave brotava em mim, desejo de fazer carícias, de lhe sentir a textura da pele, de beijar seus lábios, de lhe agradar com comidas, com cheiros, com músicas, com danças. Queria embalá-lo como se fosse pequeno, como se coubesse em meus braços, como se precisasse ser protegido, como se não fosse forte como era. Também o sentia no pensamento, na razão, queria a vida junto dele, partilhar as surpresas da fortuna, influir no destino que as Parcas urdiam. Conheceria com ele o mundo das ideias; repartiria o conhecimento e a sabedoria que nos libertariam e dariam um sentido mais elevado à nossa existência.

Pensava assim quando senti que o sangue se acumulava em meu ventre e o aquecia, percebi quanto o amava com minhas entranhas. Um amor diferente daquele proveniente do coração e da razão; mais aflito, mais urgente, mais violento. Queria tê-lo dentro de mim para guardá-lo com egoísmo, marcá-lo com as unhas, com os dentes, machucá-lo para senti-lo meu, para saber que o corpo dele era meu domínio. Arrancaria os gozos que quisesse e teria as sensações e prazeres reservados aos deuses. O amor brotava da minha cabeça, do meu coração e do meu ventre. Repentinamente, num lampejo, percebi que não era só isso – havia mais. Tudo o que eu intuíra não era o suficiente para justificar o sentimento. A certeza de ter meu amor correspondido, de gerar em Ararê as mesmas sensações que ele me dava, contribuíam tanto quanto todo o resto. Era isso. O amor correspondido é perfeito, e eu tinha isso. Sabia que ele me amava na mesma intensidade, na mesma medida.

Acordamos com o sol, despedimo-nos dos *tamãi*, e voltamos ao Peabiru para seguir o caminho em direção ao alto da muralha que nos separava do planalto de Piratininga e da cidade de São Paulo.

CAPÍTULO 13
# Grava em teu coração as palavras que proferes

> *"O Peabiru constituiria a via por excelência para se chegar ao Ivý Marâeý, a Terra sem Males do povo guarani. Terra sem Males corresponde, por certo, aos modelos míticos universais do paraíso primordial, da Idade de Ouro e das utopias presentes nas tradições dos povos."*
>
> LUIZ GALDINO

AMANHECIA QUANDO DEIXAMOS A CIDADE SEM PATRÕES OU EMPREGADOS, senhores ou escravos. Uma hierarquia proporcionava mais deveres que direitos aos mais bem dotados pela natureza; os cafuzos de Yvý Tenondé acabaram por inventar uma nova forma de convivência que, se fosse conhecida, iria melhorar o mundo. Mas os sábios tinham razão em se esconder; seguramente seriam dizimados antes de poder explicar que reverenciavam o divino de uma nova forma e que os homens não eram donos das mulheres porque assim a vida de todos era melhor e mais feliz. Fui embora com saudade; era um mundo melhor do que o mundo dos brancos, mas sei que não seria feliz se não pudesse ter Ararê e meu filho ao meu lado. Yvý Tenondé, uma emanação da África e da América, poderia ser um exemplo para todas as gentes.

Voltamos ao Peabiru, e novamente nos encantamos com o chão forrado de erva fininha com oito palmos de largura e quarenta centímetros de profundidade, em torno da mata esplendorosa, cheia de vida, magicamente respeitando o espaço do caminho. Começamos a subir; a montanha feria as nuvens, trespassando-as, querendo chegar à morada dos deuses, mas o caminho era inesperadamente confortável com a inclinação amainada pelo traçado em ziguezague; às vezes com degraus de pedra, com patamares compridos o bastante para o caminhante não se cansar.

A floresta era densa, mas aqui e ali abria-se para pequenas fontes que sangravam de barrancos cobertos com musgos aveludados. Cursos rápidos e mais volumosos desciam das nascentes mais altas, de águas cristalinas, produzindo um agradável rumor. Árvores frondosas, inclinadas, guardavam as nascentes de água boa de beber. Para saciar a fome apenas estendíamos os braços e recolhíamos os frutos, de qualidades e sabores infinitos. A família de um mico-leão-dourado nos seguia fazendo algazarra, assobiando e divertindo-se com esses seres estranhos que, sem pedir licença, invadiam a sua casa.

Caminhamos distraídos com os habitantes da mata. Além dos pequenos micos, os macacos-prego e os monos-carvoeiros também nos seguiam, curiosos. Araras multicores viravam a cabeça de uma forma impensável para melhor nos enxergar, os tangarás, saíras, pintassilgos, sabiás, arapongas, cigarras e grilos cuidavam de produzir um som alto, contínuo e agradável. A umidade da mata se condensava sobre nosso corpo e escorria misturada ao suor; às vezes uma brisa mais fria amainava inesperadamente o calor.

Para onde olhássemos havia a natureza bruta: orquídeas delicadas em simbiose perfeita com árvores copadas, bromélias de todas as cores e formas possíveis, samambaias minúsculas forravam o chão e samambaiaçus com tronco de até quatro metros de altura; figueiras parasitas em um abraço mortal em portentosas vítimas, raios de sol atravessavam gigantes teias de aranha, iluminando a poeira em suspensão e criando belos efeitos; a vida pulsava com intensidade.

Um perfume embebia a atmosfera com tal força que parecia ter volume, vindo aos poucos com uma gradação e nova fragrância. Meu olhar tentava descobrir sua origem: um tronco desmanchava-se coberto por cogumelos, uma nascente formava um alagadiço com o cheiro da terra molhada, um casal de jandaias se beijava, uma colmeia transbordava repleta de mel, pequeninas flores com vários tons de vermelho forravam o chão, belas orquídeas habitavam o andar superior da mata. Descansamos em um outeiro confortável na passagem do Itutinga, onde corre o rio das Pedras. Deitamos na relva macia e nos fizemos carinhos ao som da água que corria devagar num suave remanso, e a bicharada, deslumbrada com nosso amor, zoava feliz. Levantamos sem nenhum cansaço, mas andávamos devagar, pois sabíamos estar em um lugar encantado.

Chegamos ao topo da serra, na altura onde ela toca as nuvens. O sol ainda não havia se posto, mas havia pouca luz. A neblina parecia permanente, enfeava a paisagem, embaçava os contornos e as cores da natureza, os pássaros se arrepiavam para se proteger do frio e da umidade. Dali em diante, a mata tinha sido derrubada e substituída por pastos e plantações, a paisagem ficava monótona. O caminho tão bem demarcado desaparecia, estávamos sem rumo.

Armamos nossa rede de embira, trabalho de cunhatãs caprichosas, na beira da mata, sob a proteção de um frondoso jequitibá. Comemos frutos e mel com uma pasta de formigas defumadas. Havíamos vencido a muralha, estávamos no planalto Paulista, nas terras de Piratininga. Um vento cortante e úmido não se comparava ao do pior inverno do Rio de Janeiro, machucava a pele e arrepiava os pelos.

Acendemos um fogo, aconchegando-nos de uma forma tão íntima que um se transformou na pele do outro. Todos os contornos se encontravam, mesmo os pés e o rosto, com saliências agudas, encaixavam-se como peças de um quebra-cabeça. Espíritos e corpos gêmeos, os calores de nossos corpos se somaram e dormimos bem. São Paulo de Piratininga, ainda uma pequena cidade, parecia já prenunciar que viria a ser a maior do país, pois era um aglomerado de gente de todos os cantos, estrategicamente localizada no entroncamento das varias vias secundárias do Peabiru.

Na madrugada, Ararê acordou assustado com um pesadelo. Insisti para me contar o que havia se passado. Dizem que sonhos são como os deuses: nos falam o que será do futuro. E o doutor me dizia que eles são nossos pensamentos escondidos, nossos problemas não resolvidos ou que não compreendemos.

– Era um monstro muito estranho.[5] Tinha um corpo e três cabeças, uma de bode, uma de onça e a terceira de cobra, grande como a de uma sucuri.

---

5 Ararê sonhou com uma criatura quimérica. A maior cabeça era a da serpente que representa a vaidade, a perversão espiritual, o perigo principal do mundo exterior e interior. O bode é a perversão sexual, os desejos egoístas, o ciúme espiritual e físico. A perversão social, a dominação do outro, o querer ser mais, estavam na cabeça da onça. O cavalo é o oposto de tudo isso: a imaginação sublime que eleva o homem, os desejos exaltados podem ser dominados com o freio de ouro, desde que seja usado com cuidado por alguém habilidoso. O homem doma e domina o cavalo impetuoso, senta-se sobre seu dorso e ele o serve. Assim, os desejos dominados também servem ao homem. Mas, às vezes, a ambição toma conta dele, e o homem, por possuir o cavalo, fica tentado a voos mais altos, inacessíveis a ele. Dar a missão por cumprida e soltar o cavalo foi o grande triunfo de Ararê, o arremate de sua vitória. Ele havia vencido a primeira parte do caminho; matou o monstro que o habitava. Matou a quimera e tornou-se um herói.

Montei um cavalo que voava, tinha asas como um grande pássaro. Era muito bravo, mas logo se acalmou, quando coloquei um freio de ouro em sua boca. Esperto, ajudou a matar o monstro, dirigindo minha lança direto ao seu coração. Foi apenas um golpe, e o bicho estrebuchou. Desmontei do cavalo voador, tirei o freio de ouro e ele se foi.

– Talvez o cavalo e o monstro morem dentro de você. Nós vencemos a primeira parte do caminho, e com o cavalo mágico você matou um monstro que vivia dentro de seu espírito. É como nas histórias, você se tornou um herói, cumpriu sua missão e não precisava mais do cavalo.

O vento frio da madrugada cessou, os bichos da noite se calaram e deram lugar aos do dia, o sol forte clareou uma manhã finalmente sem nuvens. Preparamo-nos para partir.

– Não sei que rumo tomar. Aqui os brancos criam gado e fazem plantações. Destruíram a mata. O caminho desapareceu – falava Ararê, como se fosse para si mesmo.

Olhava o horizonte tentando achar alguma pista.

– Os sinais aparecerão. Iremos na direção daquelas trilhas – disse eu, e apontei os caminhos de vaca entre os cupinzeiros que dominavam a paisagem descampada de pastagens.

– Acho que por aí chegaremos à cidade. Não gostaria de ir até lá, não queria mais passar por cidades.

– Iremos para onde o caminho nos levar – respondi, peremptória.

Seguimos por quase uma légua sem nenhum sinal que nos lembrasse o caminho, o chão das trilhas pisoteadas pelas vacas era duro, incômodo aos pés, nada que lembrasse a maciez do capim-puxa-tripa que forrava o Peabiru.

Eu me amofinava com Ararê ressabiado por estarmos indo em direção à cidade, e a distância que normalmente percorríamos sem esforço agora era custosa, pois estávamos com o espírito pesado e preocupado. O que importa para nosso corpo é a leveza do espírito e não do caminho. Nós nos atormentamos pelas opiniões que temos das coisas e não pelas coisas em si. Depois de São Vicente, as cidades eram ruins para Ararê.

Um desânimo ruim nos abatia, e sentamos para descansar em uma grande formação de granito aflorada em meio à pastagem. Recostei-me em uma pedra, que parecia ter sido esculpida para o apoio de alguém, e senti o sol penetrar minha pele, enchendo-me de energia. Melhor de humor, olhei ao meu lado e não pude conter um grito de satisfação.

— Olhe o pezão do Sumé gravado na pedra. Os cinco dedos e o pé. Foi por aqui que Pay Sumé fez o Peabiru. Aqui ao lado, dois pés da criança que o acompanhava. Apontam em direção à cidade. É para lá que devemos ir, estamos na direção certa. O caminho passa por dentro de São Paulo. Não tenha medo... O que aconteceu não se repetirá.

— Aqui tem uma pedra estranha. Venha ver, Júlia... tem umas figuras desenhadas.

Em forma de pirâmide, com base triangular, havia muitos sinais gravados em duas de suas faces. Lembravam uma escrita e a figura de um homenzinho. Na outra face, havia poucos elementos: dois traços compridos, um maior que o outro, e, saindo deles, linhas sinuosas. Lembravam dois rios maiores e seus afluentes. Alguns desenhos espalhados identificavam acidentes geográficos, serras, aldeias, setas em várias direções, um quadrado indicando os pontos cardeais, e novamente algumas letras de um alfabeto perdido.

— É um mapa do caminho que devemos seguir. Está escrito com letras que não conheço, mas aqui parece o desenho de dois rios maiores, que devem estar à nossa frente. Aqui mostra onde nasce o sol. Estamos na direção certa, vamos para o oeste.

— Quem escreveu isso? O padre disse que os índios nunca souberam escrever.

— Não sei. Pode ser coisa dos habitantes das cidades do sol, que ficam sobre as montanhas, depois do Paraguai-guá. Lembra, nos contaram que eles vinham por esse caminho até o mar? Talvez tenham sido eles e não o Sumé quem construiu o Peabiru.

— Mas lá é a Terra sem Mal. Por que viriam até aqui?

— Não sei. O padre pode estar enganado. Os guaranis podem ter tido uma escrita que se perdeu, e este caminho talvez seja mesmo o que Sumé fez. E a Terra sem Mal pode não ser como você imagina. Talvez seja um lugar para onde se vai quando se quer, como a casa da gente, que nos protege e é boa, mas não nos prende.

— Nunca tive uma casa, não sei como é esse lugar. Eiretá, onde tem mel abundante é bom, talvez seja assim.

Seguimos a direção indicada pelo pé de Sumé, e logo fomos dar em uma estrada maior, com muitos viajantes indo e vindo. Escravos a pé, senhores montados, tropeiros cuidando de mulas que pareciam levar um peso superior ao seu próprio, carros de boi, carregados até o limite, rangendo uma música monótona, senhoras e senhores em carruagens puxadas por cavalos de boa raça, ocultos por cortinados, como se o rosto do dono da riqueza não pudesse ser mostrado, boiadas gordas a caminho do matadouro para abastecer a cidade de carne. Passamos ao largo de Santo André da Borda do Campo sem nos animar a deixar o caminho e ir à cidade. Agora parecíamos ter pressa em alcançar São Paulo, como se toda aquela gente agitada nos contaminasse.

Entardecia, o sol perdia seu calor e o vento frio voltava a incomodar. Procuramos um local protegido onde pudéssemos pendurar a rede, nos aquecer ao fogo e passar a noite. Achamos um pouso confortável perto do acampamento de tropeiros escravos, chefiados por um mulato feitor. Eram cinco negros fortes, parecidos, de traços rígidos, com cicatrizes profundas no rosto. Sentavam em volta da fogueira, perto um do outro, e se esquentavam com cachaça. Contavam histórias, riam, cantavam, grandes goles escorriam pelo canto de suas bocas, comiam farinha com pedaços de carne-seca retirados com as mãos de um saco de aniagem. O mulato, apesar de feitor, se dava com todos e ofereceu cachaça a Ararê. Queria conversar ou então me cobiçar, não pude perceber ao certo. Perguntou o motivo da viagem, e, ao saber que buscávamos Terra sem Mal, no Paraguai-guá, contou que era neto de uma guarani caiouá e conhecia o assunto. Era um bom contador de histórias, e todos pararam para ouvi-lo:

*Um holandês chamado Hanequim, que morava nas montanhas de Minas Gerais, onde nasce o ouro, contava uma história em que muitos acreditaram. Ele dizia que o Paraíso não terminou com a expulsão de Adão e Eva. Deus achou melhor ocultá-lo até que um justo o descobrisse. Escolheu o Brasil, e fez do Amazonas e do São Francisco os rios que a Bíblia diz que limitam e protegem o Éden. Também os fez nascerem de uma fonte comum: a fonte da juventude. Deus Filho, Nossa Senhora e os Anjos possuíam um corpo humano e podiam ir e vir do Paraíso. Por conta dessa história, levaram Hanequim para Portugal e no dia 21 de junho de 1771 a Igreja o afogou, enforcou, esquartejou, salgou, queimou na fogueira e espalhou suas cinzas no rio Tejo. E essa história nem era invenção do pobre Hanequim. Um conselheiro do rei da Espanha chamado Pinello achava que Adão tinha sido feito com barro da América do Sul e que seria o Amazonas e não o Tigre e o Eufrates que limitavam o Paraíso. Também cria que a serpente deu a Eva um maracujá e não a maçã. Dizia que a arca de Noé foi construída com madeira das nossas florestas e depois do dilúvio ficou na América, estando oculta aí em algum canto. Alguns portugueses acham que foi a banana que a serpente ofereceu a Eva. Contam que ela ficou em êxtase ao vê-la descascada. Só não sei o que ela fez para que Adão aceitasse comê-la...*

Riram, divertiram-se, embebedaram-se e dormiram bem. Eu quase não falei, era a única mulher e sabia como se comportam os homens bêbados e em bando; uma centelha causa um incêndio que não se sabe onde terminará.

Acordamos ao amanhecer, junto com os tropeiros que iam e vinham com as mulas de carga, os bois de carro, as seriemas, os canários-da-terra e a passarada que ainda habitavam os campos de Piratininga devastados pelas fazendas de criação de gado e plantações de café. Não se viam mais os tamanduás que pululavam nessas paragens antigamente, à procura das formigas que comiam os piratiningas, peixes aprisionados nas margens dos rios que o sol ressecava. Os tamanduás se dão bem com índios, mas não com homens brancos. Foram embora procurar formigas em outras plagas, mas o nome Tamanduateí deixa a lembrança do tempo em que estavam por aqui.

Cruzamos o rio Pinheiros, que acreditei ser um dos dois da pedra triangular. Num barranco, reconheci pedras dispostas como aquelas do começo do caminho. Ninguém percebia, mas não estavam ali por acaso, eram um mapa estelar. Uma pedra maior marcava o Cruzeiro do Sul, as outras apontavam em direção ao oeste, direto para o centro da cidade. Estávamos no caminho certo.

Atravessamos a periferia e finalmente chegamos à esquina da rua Direita com a rua São Bento, em frente a uma fábrica de luvas de pelica, chamada A Luva Paulista. Paramos, cansados com a caminhada forçada que fizemos, contaminados pela pressa de todos. Os que passavam eram na maioria gente rica: senhores bem-vestidos, de terno e colete, corrente de ouro segurando valiosos relógios, todos com chapéu; a maioria das mulheres usava vestido longo de tecido escuro, acinturado, todas igualmente de chapéu, parecia ser obrigatório cobrir a cabeça. As ruas eram limpas, apesar do trânsito intenso de cavalos, charretes, carroças e carros de boi. Admirada, falei paraArarê:

— É por aqui, por essa rua que chamam de Direita, que passa o Peabiru. Os brancos aproveitaram o traçado do "caminho" e fizeram essa rua, que não é torta como as outras.

Andamos, deslumbrados com o comércio dos ricos: lojas de chapéus, tecidos, armarinhos, luvas, consultórios de dentistas e médicos. Uma senhora passou com o cortejo privado que deve acompanhar as ricas quando vão à rua; cercada por suas mulatas e pretas, vestidas com saias de cetim, becas de lemiste finíssimo, camisas de cambraia bordadas com fios de ouro, enfeitadas com fivelas, cordões, pulseiras, colares e braceletes. Somado, o valor dos ornamentos que cada escrava levava daria para comprar duas ou três negras fortes.

Os verdadeiros donos da rua eram os negociantes, proprietários de vendas e tavernas, escravas de ganho, negras e mulatas que comerciavam pela cidade aumentando os lucros de seus senhores e juntando ninharias para comprar sua liberdade. Chegamos ao Mosteiro de São Bento, construído onde era a casa de Martim Afonso Tibiriçá, o nome cristão do cacique guaianá que salvou São Paulo da destruição pelos bravos índios tamoios. Seguimos até o final da rua, que terminava em um barranco que se despenhava no vale de um riacho chamado Anhangabaú. O céu estava escuro, uma tempestade vinha chegando. Com o olhar longe, Ararê falou, pensativo:

— Estou longe do meu lugar, não gosto de cidades, mas olhando a imensidão, esqueço o medo. Os raios e trovões são o pensamento de Tupã, Senhor das Tempestades e das Sete Águas. Você duvida de Deus, eu sei. Acha que, de tão distante, ele se torna sem importância. Mas eu O sinto nesses montes, no sol, na tempestade que vem vindo, na natureza toda.

— Se ele quisesse que pensássemos nele, não apareceria como tempestade, ou sol, ou lua, mas como ele mesmo. A tempestade se aproxima, e não temos onde nos esconder. Vamos... vamos por ali. A chuva e o vento serão fortes.

Fugindo do temporal, entramos por ruelas de terra, tortas, esburacadas, lixo acumulado, esgoto fétido correndo aberto, crianças mulatas e negras, quase nuas, sujas, enxovalhadas. Já era tarde; além de nos proteger da chuva, tínhamos que procurar onde passar a noite. Um som de tambores nos atraiu para longe do burburinho do comércio do centro e, com medo do aguaceiro, fomos depressa à procura de gente igual a nós. Logo a encontramos. O som vinha de uma casa de pau a pique, no centro de um grande terreno cercado por árvores altas. Não havia ninguém do lado de fora da casa; hesitamos em entrar sem convite. Mas, por algum motivo, eu senti que era bem-vinda. O som de tambores marcava um ritmo monótono, intrigantemente convidativo. Com um pouco de atenção, consegui distinguir na multidão de sons o pandeiro, a viola, o chocalho, o berimbau que marcava o ponto e até o arranhar de faca num prato de cozinha, tudo acompanhado com o bater de palmas. Em um pátio nos fundos da casa, uns vinte negros e mulatos, homens e mulheres, formavam um grande círculo e dançavam animadamente. No centro, uma mulher negra de corpo esbelto e roupa colorida, várias voltas de miçangas no pescoço, pequenas tranças arrematadas por uma fita, os pés descalços e os tornozelos envoltos por uma cordinha de buriti, entremeada com delicados búzios. A mulher dançava graciosamente e prendia o olhar de todos, com passos simples e repetidos. Sua vitalidade encantava. Nos aproximamos do círculo sem que nos estranhassem, como se tivéssemos sido convidados.

— Onde estamos? — Ararê me perguntou no ouvido.

— Não é um terreiro, não vejo orixás nem oferendas. Acho que é uma festa. Não fomos convidados, mas estou gostando.

— Só há negros e mulatos. Sou o único índio — Ararê disse, admirado.

— Vamos dançar... eles nos convidam com os olhos, nos querem aqui.

Entrei no círculo acompanhando a dança com palmas e gingando como todos. Ararê me seguiu, no início meio sem jeito, mas a música penetrou-lhe o espírito, e com descontração ele imitou a ginga dos negros.

A negra que dançava como oiá, a iabá do corpo perfeito, saiu do meio da roda, se achegou a um forte mulato e com uma umbigada intimou-o a substituí-la. Neste, de traços másculos, rudes, o tórax nu e torneado e uma calça branca dobrada até os joelhos lhe realçavam a potência dos músculos das pernas. Sem titubear, substituiu a dançarina solista; seus pés rústicos levitavam ao som da música, uma figura harmônica e bonita como Oxóssi, o caçador, seu orixá protetor. Havia nascido para aquilo, dançava porque tinha que o fazer; como o escritor não pode deixar de escrever, ele não podia deixar de dançar. Mostrava a alegria e a liberdade de seu espírito. Como o homem primitivo nas primeiras danças, exprimia o que se passava em seu interior. Os gestos corporificavam uma poesia, eram as palavras de belos versos. Os que admiravam o entendiam, e ficavam embevecidos; sua dança era uma declamação emocionada; naquele momento, nada existia a não ser o mulato bailarino e a música em sua comunicação com o divino.

A tempestade ameaçava, mas não vinha; também parecia não haver quem se importasse com ela. A ginga, o batuque, a cantoria e as palmas iam num crescente de êxtase e entusiasmo. Um negro de voz potente puxava o canto, os demais respondiam ao seu chamado:

*Branco diz que preto furta*
*Preto furta com razão*
*Sinhô branco também furta*
*Quando faz a escravidão*

O mulato hipnotizou a todos por um bom tempo até que com a umbigada me intimou a tomar seu lugar. Fiquei feliz por estar com minha melhor roupa, escolhida para entrar em São Paulo, a cabeça coberta por um turbante branco, à moda dos malês muçulmanos, o pescoço, os punhos e os tornozelos forrados por miçangas coloridas entrelaçadas com búzios, um vestido branco de bom tecido com um decote suficientemente grande para expor meu colo e parte de meus seios túrgidos, bem formados e à vontade. A cintura, marcada por um cinto com detalhes de prata, presente de d. Amélie. Mesmo não sendo mais escrava, estava descalça como a maioria.

Fechei os olhos e deixei a música me levar. Como uma Terpsícore africana, levitei até o centro da roda, dançando com os calcanhares e as pontas dos pés agilíssimos, requebrando os quadris num movimento que acentuava a beleza de minha cintura e dos seios de mármore negro. Meu porte, minha postura e minhas ancas inquietas eram um presente para o deleite dos negros e mestiços. Obedecia a uma música interior, os gestos começavam dentro de meu espírito; antes do músculo, havia a intuição. Transmitia aos participantes da roda minha força e energia como uma brisa benfazeja. Cada passo, movimento ou expressão era um desenho, uma pintura, uma escultura exaltando o corpo, síntese de todas as formas de beleza. Dançava havia algum tempo quando a estranha luz começou a brilhar em meus olhos. Eu não percebi, mas Ararê depois me contou de seu susto quando reconheceu a luz que o banhava enquanto nos amávamos. De meus olhos, fachos luminosos emergiam e se distribuíam por toda a gente. Eu parecia ser a fonte do som que animava a dança, a emoção de todos estava comigo, e creram que Iemanjá, a rainha do mar, a princesa de Aiocá, havia encarnado na negra forasteira. Batiam palmas como se as mãos tivessem adquirido vontade própria; os músicos tocavam sem a consciência de seus movimentos. Perplexos diante da manifestação do divino, a roda de samba transformou-se em uma epifania, em uma missa sagrada. Então veio a tempestade, com ventos, raios e trovões, aumentando ainda mais a impressão de minha dança. O aguaceiro me acordou do transe, e com uma umbigada, convidei alguém da roda para me substituir. Em silêncio e reverência, todos me olhavam. A música parou, só se ouvia a tempestade.

 O que havia se passado? Por que me olhavam com tanta reverência? Que poder mágico minha dança possuía? O doutor me chamava de Terpsícore negra, mas me olhava com desejo e admiração, não com a devoção daquela gente. Demorei para perceber, foi Ararê quem me disse no ouvido que a luz de meus olhos havia aparecido e todos haviam visto. Para eles, eu não era apenas o belo, era muito mais, era a encarnação do Bem que transforma o espírito. Respiraram meu hálito e beberam minha luz. O "samba de roda" foi substituído por um sonho divino, uma beleza radiante, eterna, o esplendor do deus que habita cada um, a certeza de que o paraíso era ali mesmo. Tinham as verdades divinas. Cumprimentaram-me como se pedissem a bênção à mãe das almas, à dona da luz celeste. Quiseram ouvir a história da Terra sem Mal e do caminho do Peabiru, depois se foram, e os donos da casa nos ofereceram comida e insistiram em nos dar pousada.

 A casa era pobre, de chão batido, paredes sem reboco e sem forro, mas espaçosa e limpa, de grandes janelas e cortinas de tecido encorpado servindo de porta nos quartos. Nas paredes, uma infinidade de pequenos objetos pendurados para alegrar o ambiente, fitinhas coloridas, pandeiros, violas. As pinturas pareciam feitas por crianças, em seus traços infantis, mas com temas de adulto: cenas de festas, casais dançando, bebendo, tocando atabaques e berimbaus. Algo chamava a atenção: todas as figuras eram dentuças. No quarto destinado a nós, além da rede de casal, um grande desenho de São Jorge: montando seu imponente cavalo, cravava sua lança no coração do horrendo dragão alado. Ele e Ararê haviam vencido o monstro habitante de seu espírito. Nossos hospedeiros, um casal mais velho: Maria e José Antonio da Silva. Ele, baixinho, curvado, pele bem escura, cabelos brancos, a energia lhe aflorava no rosto, simpático como quem já tivera tudo o que quisera da vida. Tinha sido escravo de aluguel e comprou sua alforria quando fez cinquenta anos. Maria, de pele cor de jambo, também baixinha, mas mais corpulenta, nariz aquilino, queixo duro, andar firme, filha de escrava e pai português, nasceu livre. Seu pai era o dono de sua mãe, de quem era afeiçoado; tiveram muitos filhos, todos criados livres, ao lado dos filhos legítimos. Era Maria quem tomava providências a respeito de tudo, e nos levou até o quarto. Na casa moravam os seis filhos do casal, os genros e noras, e um incontável número de netos que perambulavam por todos os cantos. Éramos mais de vinte para dormir; no nosso quarto havia três adultos espalhados no chão, dormindo em esteiras.

Eu estava cansada devido ao dia extenuante e me deitei achando que dormiria imediatamente, mas meu nome ardia nos lábios de Ararê: a dança tinha acendido seus desejos, mesmo com a proximidade de tantos estranhos. Estávamos em uma rede macia, aconchegados, corpos colados, inibidos de nos amar com ruídos e chamar assim a atenção dos anfitriões, mas Ararê não se conteve e, devagar, sem movimentos bruscos, penetrou-me sem suspiros nem gemidos. Eu agonizava de sono, meus olhos se fechavam e não sabia mais o que era realidade ou sonho. Trazia Ararê dentro de mim, grande, duro; à medida que a excitação aumentava e o sangue afluía para nosso ventre, eu ia ficando mais e mais apertada; as minhas contrações, cada vez mais potentes, começavam de fora para dentro, pareciam querer ordenhar o seu membro. Ficamos assim por muito tempo, até que Ararê se entregou, e imóvel, sem um ruído, gozou copiosamente seu sêmen quente em minhas entranhas. Eu aumentei ainda mais a intensidade das contrações, acompanhando-o em um prazer silencioso. Tivemos um sono bom, embalados pela segurança que sentíamos naquele lugar.

Demoramos para acordar. O sol começava a esquentar quando resolvemos sair da gostosa rede. Não havia mais ninguém dentro da casa, mas ao abrir a porta da frente, nos surpreendemos com uma pequena multidão.

Traziam flores, espelhos, lenços, colares de miçangas, águas de cheiro como oferendas. Esperavam em respeitoso silêncio. Eu, surpresa, procurei com os olhos indagar o que acontecia. Maria estava à frente, percebeu o embaraço e veio ao meu encontro.

— O que eles querem? — indaguei, preocupada.

— Eles acham que você fala com os orixás. Ontem era Iemanjá que dançava. Você é uma ialorixá.

— Por que acham isso?

— Sua beleza e graça vêm dos deuses. Só alguém com muito axé, amado por eles e instruído em suas coisas, pode ter a luz que você tem. Você é encantada, querem que interceda por eles.

— Eu?

— Alguns nascem assim, preferidos dos deuses. Em geral, são os que não têm necessidade de riquezas nem gosto pelo mando.

— Não sou santa para homenagens!

— Não os decepcione. Só precisa entrar, sentar e receber as prendas. Nada custa, e fará bem a todos.

Ararê concordou e incentivou-me a aceitar as homenagens.

— Você acha que os deuses estão longe e não se importam com o que acontece aqui, mas essas pessoas serão mais felizes se você aceitar os presentes de Iemanjá.

— Não sei se isso é bom.

— As homenagens são para Iemanjá.

Então aceitei. Sentei-me em uma cadeira no centro do cômodo principal da casa, e os devotos, cerca de trinta adultos, silenciosamente, depositavam as oferendas, pediam a bênção, e eu encostava a palma da mão na testa, como se agradecesse o presente. Primeiro foi Ararê quem viu, mas depois todos foram testemunhas: do centro da palma de minha mão partia um facho de luz que iluminava um pequeno ponto entre as sobrancelhas, logo abaixo da fronte, de quem me pedia a bênção. Um vento percorria o corpo do devoto e uma sensação de bem-estar e força que persistia mesmo depois de a bênção terminar. O assombro tomou conta do casebre. Eu, na cadeira tosca, vestida com roupas simples, parecia Iemanjá num trono deslumbrante, vestindo roupas de prata. Do lado de fora, alguns que haviam recebido a bênção choravam de emoção e outros, em um transe contínuo, olhavam para os céus à procura da confirmação do que tinham sentido havia pouco. Os donos da casa assumiram a organização e, depois que todos haviam passado, fecharam as portas, pedindo que se fossem.

— Estou assustada, não sei o que foi tudo isso — falei para Ararê, que também estava atônito.

— Também não sei, mas vi suas mãos brilhando. Antes eram só os olhos.

— O que aconteceu?

— Não sei.

Esgotada, fui para a rede e dormi profundamente, velada por Ararê, e com a casa quieta, respeitando seu sono. Quando acordei, fui surpreendida com um almoço rico e saboroso.

— As vizinhas trouxeram comidas para homenageá-la — avisou a dona da casa.

Ao terminar o almoço, ouvi um burburinho de gente do lado de fora da casa, e logo Maria veio me avisar que umas cinquenta pessoas, trazendo flores e oferendas, estavam à espera para receber a bênção.

— Pelo jeito, não arredam daqui se não a virem — avisou.

Outra vez tentei evitar, mas acabei cedendo aos argumentos. Sentei-me na cadeira, abriram-se as portas, e recebi as oferendas impondo as mãos. Todos viram a luz que emergia de minha palma e o ponto que se iluminava na testa do devoto. A cena se repetia: alguns choravam, outros olhavam para o infinito aparvalhados, outros ainda se compenetravam de que era uma experiência religiosa. Permaneci firme até o último devoto. Maria cuidava de receber as oferendas e Ararê punha ordem na fila.

Quando estávamos deitados na rede, falei para Ararê:

— Não gosto disso. Amanhã virão de novo.

— Mas eles parecem precisar tanto de você. Trazem presentes e é tão pouco o que você faz.

— Fico cansada, a dor deles dói em mim. Alguns transmitem sensações horríveis. Tenho medo de que isso faça mal ao nosso filho e de que não nos deixem seguir nosso destino.

— Nada mudará se atrasarmos um pouco.

— Estou prenhe... todos os dias minha barriga aumenta... daqui a pouco não poderei andar rápido. Agora estou cansada... vou dormir. Amanhã resolvemos.

No dia seguinte, antes de o sol aparecer, a fila começou a se formar; a notícia de uma poderosa ialorixá que podia diminuir os sofrimentos se espalhara como fogo em mato seco entre a gente pobre da periferia. Muitos não se contentavam com apenas uma experiência e queriam sentir novamente a onda que percorria o corpo causando bem-estar. Maria, que desempenhava bem sua nova função, assustou-se com a quantidade de gente; gostava do novo movimento e mais ainda das prendas que diligentemente guardava como se fosse ela a Iemanjá encarnada. Enquanto se ocupava em ordenar a fila, temeu a reação dos que não conseguiriam ser atendidos. Não paravam de chegar. Eu não gostava, não entendia o que estava acontecendo e o que a multidão queria de mim; não acreditava que recebesse favores de Iemanjá nem sabia se acreditava nela. Sem entender como, tinha consciência de que fazia algum bem àquela gente, sentia fluir de mim uma energia, sentia os que mais precisavam e por eles me esforçava por dar mais. Mas homenagens, presentes, ser tratada como poderosa, alguém que merecesse mais do que os outros: isso não me agradava.

No meio da tarde, apareceram dois soldados fardados e armados à procura da mulher que distribuía bênçãos. Afastaram o hospedeiro que tomava conta da porta e entraram no cômodo onde eu estava com Ararê e Maria. O soldado mais alto dirigiu-se a mim, ignorando a presença dos outros.

— Você é a negra que abençoa como se fosse Iemanjá?

— Sou uma negra e agradeço ao povo que me traz prendas, mas não tenho nada com Iemanjá. São eles que dizem... são eles que querem. É contra a lei?

— Você é forra ou fugida?

— Sou livre. Tenho meus papéis.

— O padre mandou que você fosse até ele.

— O padre? Pra quê? E se eu não quiser ir?

— Estamos aqui para levá-la. Vamos indo!

— Meu marido vai junto.

— Marido? Você tem marido?

— Ararê é meu marido, tenho os papéis. Quer ver?

— Mas ele é índio...

— É índio e meu marido, casamos com padre na igreja, como os brancos mandam.

Os soldados forçaram a passagem pela multidão agora, eu seguia entre eles e Ararê ia logo atrás. Uma hesitação teria sido o bastante para que os crentes se jogassem sobre os dois homens da lei, fazendo-os refazer. Caminhamos refazendo o caminho que nos havia levado até aquela cidade, voltamos ao centro, à rua Direita e ao Mosteiro de São Bento. Os passos leves da gente simples deram lugar às senhoras elegantes acompanhadas por escravas enfeitadas; homens de casaca escura e altas cartolas destoavam do clima de São Paulo, em nada quente como o do Rio, mas longe de ser o de Lisboa ou Londres. Passamos pela rua da Boa Morte, caminho dos escravos para o Pelourinho, e um arrepio me atravessou como um vento frio. Logo chegamos à igreja paroquial.

Longe da imponência das do Rio de Janeiro, era um prédio bem construído, bem-acabado e recentemente pintado, contrastando com o aspecto da vizinhança. Fomos recebidos por um coroinha vestido com roupas de missa que afetava ar de superioridade; seu olhar denunciava a soberba e a pequenez de seu espírito. Com a voz cheia de modulações, anunciou que deveríamos aguardar que o padre nos chamasse. Dobrou com delicadeza artificial a roupa que estava sobre a mesa e as guardou na cômoda barroca que dominava a sacristia. Era exasperante que ele não fosse nos anunciar ao padre. Esperamos em pé, irritados, até que ele se decidisse. Quando finalmente saiu, os soldados riram e comentaram, em voz baixa, que o menino era a mulher do padre.

O coroinha voltou, dispensou os guardas, ordenou que Ararê aguardasse e mandou que eu o acompanhasse. Reparei que ele balançava as nádegas como as mulheres e caminhava com pequenos passos. Empunhou decididamente o trinco da pesada porta e, quando ela se abriu, rangeu agudamente, provocando um arrepio. O padre estava sentado atrás de uma grande mesa que lhe servia de escrivaninha, toda em jacarandá-da-baía, apenas os pés torneados e nenhum outro detalhe; essa simplicidade de formas realçava a beleza da madeira preciosa, escura e lustrosa. Sobre a mesa, dois castiçais de prata cinzelada de seis velas, impecavelmente limpos, pareciam se orgulhar de sua origem europeia. A cadeira em que se sentava era a peça mais sofisticada do

...lhes finos, recoberta por uma pátina dourada, o gabinete. A madeira e... ...dos por uma tapeçaria com cenas da caça de um javali, sugeriam... ...feita para ornar algum castelo francês. Em frente, duas poltro... ...veis, cobertas por couro macio.

...pé, entre as poltronas, esperando que o padre me dirigisse o ...lavra. Ele era um homem de meia-idade, aparentando um pouco ... conta da calvície que lhe dominava toda a cabeça. Ostentava uma barba proeminente para compor uma aparência de autoridade; provavelmente tinha dificuldade para andar, mas não devia pensar em diminuí-la; um homem poderoso deve exibir um regime alimentar condizente com sua condição. A pele de seu rosto balofo, como seus olhos, era desagradavelmente vermelha e brilhava mesmo com a pouca luz que entrava no gabinete. Poderia ser causada pelo sol tropical, mas as pequenas aranhas formadas por capilares não deixavam dúvidas de que a quantidade excessiva de vinho era a razão do fogo que extravasava pelo rosto. Um pesado anel de ouro enfeitava a mão de dedos gordos e unhas bem cuidadas, contribuindo para tornar mais hedionda sua figura.

Assim que entramos, ele olhou para o menino. Seus olhos brilharam e sua boca entreabriu-se, facilitando a respiração acelerada; devia ser a hora em que o coroinha aliviava as pulsões irrefreáveis que a natureza lhe impunha. Não sobreviveria nesses trópicos se não tivesse alguém que acalmasse seus desejos, e devia preferir um meninote a uma mulher, que pode ficar grávida e causar transtornos com a incapacidade de se calar. O menino devia ser delicado e eficiente, masturbava-o em silêncio e limpava discretamente sua sujeira; quando ia embora, não falava, não se queixava, não pedia nada, gostava do que fazia. Esporadicamente devia sodomizar o garoto, então suava em bicas, porque tinha dificuldades com sua enorme barriga. Com certeza achava que corpos ágeis são para negros, de espíritos fracos e almas flácidas, mas preparados para o calor tropical.

– E então, negra... você é batizada?

Olhou-me nos olhos, mostrando o verde de suas pupilas e o vermelho das conjuntivas. Mantinha um carregado sotaque francês, apesar de estar no Brasil há mais de vinte anos.

– Sou – respondi, sustentando o olhar.

– Como é seu nome cristão?

– Júlia.

— Quem lhe deu?

— O padre que me batizou. Foi em homenagem a um general romano que era a mulher de todos os homens e o homem de todas as mulheres.

O padre não compreendeu a frase, mas mexeu-se na cadeira, incomodado.

— Você dá bênção?

— Não!

— Cura doenças?

— Não!

— Disseram que dá e que é poderosa. Iemanjá desce em seu corpo?

— Não acredito nisso.

— Acredita em Deus, no Filho e no Espírito Santo.

— Acredito em tudo.

— Tudo o quê?

— Acredito em todos os deuses.

— Não, filha, não são deuses, os três são um só. É um mistério. Você não tem que entender, tem só que acreditar. Tem que ter fé, temer o castigo, o fogo do inferno!

— É que não sei a diferença entre esse e todos os outros.

— Que outros?

— Os outros... são muitos, Xangô, Jeová, Tupã, Zeus, Jesus, Brahma, Vishnu... o mistério é que tenham inventado tantos nomes e construído templos a todos.

— Esses não existem. São falsos. Invenção do demônio para enganar os ignorantes. Gente simples como vocês.

— Multidões cantam preces e adoram as imagens de cada um deles, dão o seu trabalho para erguer templos e morrem em guerras por um nome.

— É a luta da Igreja: salvar essas multidões do fogo eterno.

— As orações, os gemidos e os suspiros são iguais para todos. Não acho que faça diferença o nome.

— Que acinte falar assim! Coloque-se no seu lugar, negra... não sei onde aprendeu essas ideias, mas não deve ter sido em um bom lugar. Nos bons tempos da Inquisição, isso bastaria para condená-la à fogueira, mas ainda posso lhe providenciar a cadeia por uma temporada. Uma palavra ao delegado e...

Senti que ele cumpriria a ameaça, lembrei-me de Ararê preso e me arrependi do desafio.

— Além de batizada sou casada na igreja, tenho os documentos. Meu marido foi criado pelos padres.

— Isso é bom. É o caminho para satisfazer a Deus. O Deus verdadeiro! Ter filhos para trabalhar essa terra. Deus quer gente com o corpo forte para trabalhar a terra! Os senhores daqui têm mandado buscar escravos na Bahia e no Rio para trabalhar nas novas lavouras de café, e você, em vez de contribuir para o progresso, tira os trabalhadores de sua labuta para enganá-los com truques de luz. Deus não gosta disso, criou o Inferno para punir quem o desafia. Gente simplória...

Irritei-me e respondi com mais agressividade do que eu queria:

— Não convidei... não queria presentes, não fiz nenhum truque, só quero ir embora, seguir meu caminho. Não acho que Deus tenha me favorecido com poderes, nem acredito que Ele se importe com o que faço ou deixo de fazer. Nem o seu Deus, nem Iemanjá, nem qualquer outro.

— Blasfêmia, heresia, negra insolente! Sua alma irá arder no Inferno, porque Deus ouve sua impiedade, e seu corpo vai apodrecer na cadeia, porque eu sou o guardião das vontades Dele!

Imediatamente me arrependi e, tentando apaziguar, respondi com humildade em minha voz:

— Senhor, não quis ofendê-lo. Garanto que não me acho possuída por Iemanjá nem quero distribuir bênçãos. Quero apenas seguir meu caminho em paz. O senhor precisa entender que para minha gente seu Deus não se mostrou, não fomos escolhidos por Ele e por isso temos mais dificuldades. Muitos dizem que outros deuses chegaram antes do seu e por isso tem seu lugar nos altares. Talvez isso acabe.

— Crendices de ignorantes! Negros e índios têm um espírito fraco, mas nós vamos ajudá-los a se superar. Às vezes precisamos usar rigor. Como com um filho desobediente, usamos a vara para dobrar-lhes a vontade, precisam apanhar — falou, acentuando o sotaque francês.

Novamente o sangue esquentou e atrapalhou meu raciocínio.

— Cruel meio de ensinar. A chibata nunca foi boa professora, o que causa é muito ódio e humilhação. Estranho esse Deus gostar tanto de chibata, Ele que morreu para nos salvar — respondi em francês com sotaque elegante, para o espanto do padre.

— Há...

— Não entendo de onde vem sua certeza — continuei boquiaberto padre. — Em minha terra são muitas gerações crendo em outros deuses, até que chegassem os brancos. Todas essas gerações para o dendo no inferno?

— *Vade retro*! Você está possuída! Como pode falar assim, um perfeito?

— Ninguém me possui, nem Satanás, nem Iemanjá. Fui escrava de um médico francês que me ensinou. Sei ler e escrever em sua língua. Já li Voltaire, Rousseau e muitos outros de seu país.

— Então uma negrinha erudita e ateia! Acho que não é nada que uma chibata não endireite... a mesma chibata que critica fará com que se cale!

Mais uma vez me arrependi, respirei fundo e continuei falando em francês, mas agora olhando para o chão e voltando a dar uma entonação humilde a minha voz.

— Sou uma negra africana tão sem importância que duvido que Deus vá tomar providências a respeito de minha vida. Ele não dita regras ou leis para gente como eu. Somos um grão de areia e ele está muito longe. Não acredito em uma vontade que maneja o mundo de negros e índios. Somos desgraçados.

Ele pareceu ter desistido de me escutar, seu olhar passou da raiva para a indiferença, mas continuei falando:

— O Deus da Bíblia gostava que houvesse escravos. Eu li no livro de Jó que ele deixou Satanás matar todos os seus escravos só para ver se Jó se revoltava. Se Ele olha por nós, é para sofrer e morrer. Deus não pode ter nada com isso...

Levantou-se e caminhou ameaçadoramente em minha direção; seus olhos injetados assustavam, e ele pareceu maior do que era. Sustentei meu olhar, mas tremi por dentro, pensando que seria esmagada. Em voz alta e firme, ele falou quase em meu ouvido:

— Chegue para a frente, em nome de Deus. Só quem acredita em Deus pode chegar para a frente. Quem não acredita em Deus tem que ir para bem longe de mim, porque a pessoa que não acredita em Deus é perigosa. Ela

...esmo um negro que não acredita em Deus atrapalha mata, rouba e destró... acredita em Deus está perto da felicidade.
os outros. M... para sua cadeira e, olhando para uns papéis sobre a mesa,
... ...z mais calma:
De... ...posso mais perder tempo com uma negrinha cheia de empáfia. Se fa... índio forem embora, não falo com o delegado, e tudo acaba por aqui.
– Quero ir embora.
– Pode ir, mas se voltar, vai para a cadeia.

O coroinha esperava na saída e me escoltou até a rua, onde encontrei Ararê, angustiado e mudo. Fui pensando no padre e nas pessoas que se deixavam influenciar por ele, e acham que justiça e dignidade são coisas que dependem de religião. Chegamos perto da casa, mas fiquei observando de longe. Ararê passou com dificuldade pela multidão que cercava a entrada. Eu temia que o reconhecessem, ninguém sabe qual será a atitude de uma multidão. Não demorou, Ararê voltou com nossas coisas. As oferendas ficaram para Maria. Ele veio assustado com a ansiedade das pessoas. Algumas choravam pedindo meu retorno, outras amaldiçoavam os policiais por terem me levado. Senti uma pequena satisfação em imaginar a reação deles quando soubessem que o padre havia me mandado embora.

Avistamos de longe as lavadeiras cantando e trabalhando às margens do Tamanduateí; caminhamos até a confluência com o Anhangabaú, para a aldeia de Tibiriçá. Passamos pelo Pátio do Colégio e seguimos para o norte, pelo caminho do Guaré, até o Guarepe e a Capela da Luz, que abrigava uma imagem de Nossa Senhora, réplica da que havia sido descoberta em Portugal escondida em uma fonte. Contam que um facho de luz indicou onde se ocultava a milagreira imagem, uma luz misteriosa, estranha e inexplicável. De lá chegamos à Ponte Grande, próximo da barra do Tamanduateí e do porto do rio Tietê. Barcos, barcaças, canoas, marujos, prostitutas, escravos, mascates, vendedores, bois gordos a caminho do matadouro municipal. Demos uma volta para evitar a confusão do cais e os perigos que a gente que ali frequentava representava. Margeamos o Tietê, procurando os sinais que indicassem a continuação do Peabiru.

A cidade feia e sem cor ia ficando para trás, um emaranhado de ruas e vielas de terra batida, malfeitas, habitadas por mais de vinte e cinco mil pessoas.

Os espaços vazios entre as pequenas casas de pau a pique iam aumentando, e a cidade dava lugar às fazendas, ao gado e às plantações. Caminhamos por trilhas estreitas e tortuosas beirando o rio Tietê, desviando dos bosques mais densos que queriam esconder o rio, como se pudessem protegê-lo da devastação que vinha vindo.

Eu andava à frente e Ararê, alheio à paisagem, observava as mudanças que ocorriam em meu corpo. Com a gravidez, meu nariz empinou, mostrando o orgulho que eu tinha de meu estado. Não era magra, mas continuava esbelta, os braços torneados mostravam bíceps destacados, mãos com tendões e veias salientes, dedos magros e ágeis, caminhava com equilíbrio e leveza, sem fazer esforço para me deslocar. Os seios, um pouco maiores, exibiam-se apetitosos. Meu rosto negro se iluminara ainda mais, traduzindo força, tranquilidade, modéstia e dignidade. Em meus olhos e em meu espírito a energia intensa se acumulava.

As pessoas me olhavam de um modo diferente, não desviavam o olhar. Tomavam-se por uma comoção que as fazia reverentes. As roupas simples, os pés descalços como se ainda fosse escrava, o colar de miçangas, os brincos de argola, o enfeite no tornozelo harmonizavam minha figura, como se fosse uma melodia. Ararê quis acariciar-me naquela hora imprópria, lembrando-se da Igreja do Flamengo e de quão perplexo ficara quando me viu, e depois, quando nos amamos pela primeira vez e ele conheceu sensações que nunca antes havia provado. Lembrou que essas sensações cresceram, aperfeiçoaram-se e, quando parecia que não poderiam ser melhores, eu mostrava um carinho inédito, um beijo diferente, uma posição nova. Eu descobria como lhe dar algo que nunca dera, em uma sequência interminável, como se minha sabedoria nas coisas do amor fosse infinita.

O Anhembi, depois rebatizado Tietê, nasce nas encostas da cordilheira marítima, a poucas léguas do mar. Caprichoso, contraria o esperado e corre de costas para o mar, transformando-se em caudalosa estrada rumo ao interior. Desde sempre serviu de sustento a quem quisesse saborear os dourados, as traíras, as prepetingas, os pacus, as piracanjubas, os mandejus, os grandes jaús, saupés, piracambucus, piracará. Decidiu que ninguém passaria fome em suas margens; em suas matas havia uma vida vigorosa: cutias, antas, quatis, veados de muitas espécies, capivaras, gordos e saborosos tatus-galinhas, macacos-prego, apreciados como iguarias, e muitos porcos bravos, cheios de gordura acumulada com a fartura das plantações ribeirinhas. A quem aprouvesse carne de aves, fornecia jacus, jacutingas, macucos, saracuras, frangos-d'água, codornizes, socós, patos e marrecos-do-mato. Para acompanhar o banquete: o cará, a mandioca, o inhame e a abóbora. Ao alcance da mão para a sobremesa: o araçá, a amora, o cambuci, as goiabas, as guabirobas, grumixamas, jabuticabas, a pitanga, o sapoti e as bananas de muitas espécies. O Tietê era uma cornucópia de recursos, impossível suspeitar como seria a cidade sem ele.

Seguimos o rio à procura dos sinais que indicassem o caminho certo. As plantações e os pastos haviam destruído o caminho original, e agora, para descobri-lo, dependíamos de minha intuição, dos pés de Sumé gravados na pedra, dos mapas astronômicos, das inscrições rupestres com letras desconhecidas e estranhas figuras que pareciam ter vindo de outro mundo.

Em Osasco, fomos obrigados a um grande desvio pelas várzeas inundadas, onde bandos de garças engordavam com a fartura de lambaris. Não nos importamos com a volta e nos deliciamos com novas paisagens, era como se estivéssemos em um grande passeio. As plantações de cana e as pastagens iam dando lugar a cafezais, que fariam aumentar a fortuna dos que já eram ricos. Cruzávamos com pouca gente, não era o caminho dos tropeiros, que iam mais para o interior, evitando as enchentes. De longe, os negros trabalhando pesado até o sol começar a se pôr, ouvíamos sofridas canções de africanos saudosos. Dormíamos em redes e nos abrigávamos das chuvas com folhas largas. O fogo da lenha farta nos aquecia e nos alimentávamos com banquetes fornecidos pelo rio. Passamos ao lado da capela de Nossa Senhora da Expectação do Ó e avistamos os índios guaranis cuidados pelos padres. Feios, vestidos como brancos pobres, sem as pinturas e as penas que os enfeitavam antigamente, sem armas de caça e guerra, não eram mais nômades porque não procuravam mais nada, não tinham mais sonhos, nem esperanças. Quem os conhecesse um pouco saberia que morreriam logo, porque não tinham mais alma. Eles são como as matas, os rios, os bichos, os pássaros e desapareceriam com eles. Ararê não quis se aproximar; sabia que não iria ouvir as belas palavras do povo que provavelmente não sabia mais falar a língua de gente.

Atravessamos o Jurubatuba, seguimos o Apotribu, Quitaúna, Maruí, Cutia e, daí em diante, ficamos aliviados porque as vilas iam se distanciando umas das outras e cada vez passávamos mais tempo sem cruzar com pessoas. Chegamos às várzeas do Tietê e acampamos ao lado de um jerivá enorme para assar uma gorda marreca-ananaí que Ararê caçou. Seguíamos o caminho que eu julgava ser o certo, havia tempos não encontrávamos qualquer indicação de que estávamos na direção correta. Algumas vezes nos desviamos para passar longe das sedes das fazendas e evitar os brancos e seus capatazes, mas de longe apreciávamos a beleza e a imponência das construções, escadarias de mármore, varandas mobiliadas com móveis rebuscados, jardins bem cuidados com palmeiras imperiais e canteiros que lembraram os desenhos dos livros franceses do doutor. As casas das fazendas, mais do que as da cidade, eram o retrato da fartura da gente paulista.

Caminhamos juntos, nos remansos do rio, nas cachoeiras, cercados por orquídeas de todas as cores e tamanhos. E nos amávamos com calma e intensidade. Eu, Ararê e a natureza que nos rodeava éramos uma coisa só. O cheiro da pitanga-brava nos excitava tanto quanto um sofisticado perfume de complexos ingredientes. Os infinitos tons da mata, da várzea e do rio, flores e pássaros de impossíveis cores, a luminosidade revelando todas as nuances transformavam a paisagem numa tela impressionista.

Na tarde do quarto dia de caminhada desde São Paulo, chegamos a um remanso onde o rio corria sob um alto paredão, descoberto de vegetação e formado por areias de uma cor peculiar. Coroando-o, uma vegetação exuberante, árvores frondosas e floridas ocupadas por bandos de araras azuis e vermelhas em algazarra ensurdecedora. As araras partiam das árvores em direção ao barranco, seguravam-se em pequenos ramos e saliências e, em festa, bicavam as areias salitrosas.

Chegamos em Araritaguaba, a pedra-de-arara-comer, onde cresceu a vila de Porto Feliz. O rio largo e calmo fazia embarcadouros confortáveis, de onde partiam as monções bandeirantes em direção aos diamantes da longínqua Cuiabá. Nos divertimos observando a cena insólita de milhares de araras devorando a pedra. Era um bom lugar para dormir; fizemos uma fogueira e assamos um suculento dourado.

– Que lugar bonito! Gostaria de morar aqui. Este rio nos dá comida boa e as araras nos alegram. O paraíso deve ser um lugar parecido com este.

Eu admirava o sol vermelho por trás do paredão das araras.

— Também acho... mas a maioria das pessoas que conheci não pode pertencer ao paraíso.

Ararê estava pensativo, com o olhar distante, a voz melancólica.

— Acho que a Terra sem Mal não é só um lugar. É um lugar com uma gente diferente.

— O quê? — Ararê pareceu interessado.

— Acho que o paraíso é feito de um lugar e sua gente. Os dois juntos. Não é só uma natureza bonita.

— Não deve ter lugar para brancos. Por onde eles passam, deixam um deserto manchado de sangue.

— É que eles não aceitam perder para a natureza. O caminho certo tem um pouco de cada um. O índio, o negro e o branco se misturarão na raça cósmica que transformará o mundo. Nossos filhos não serão nem europeus, nem americanos, nem africanos. Será impossível dizer a que família humana pertencem. Acho que nunca houve nada parecido.

— Minha gente crê num lugar de fartura sem sofrimentos, doenças, guerras, mortes — completou Ararê.

— Gosto de imaginar um lugar assim, mas não acho que é isso o que acharemos.

— Então não existe o paraíso?

— Existe como uma semente. Os que chegarem lá viverão livres: com a ciência do branco aliada à música e à força do negro saberão viver em paz com a floresta, como o índio. Sem depender, sem dominar, sem obedecer ninguém, florescerão e serão reconhecidos por sua humanidade, espalhando um novo modo de vida pelo mundo.

— O homem branco é forte e esperto... vai sempre dominar o índio, o negro e o mestiço.

— Não é assim. O mestiço tem sangue branco em suas veias, vai saber enfrentar. Também tem sangue de índio e de negro, e pode seguir o ritmo da natureza. O branco não consegue. Contemplar sem dominar, sem destruir. Viver em paz com a terra, cuidar dos prazeres, da alegria, ter êxtase e entusiasmo, satisfazer os sentidos será mais importante do que ter, do que dominar. É isso a raça cósmica. Ela ensinará isso e por isso será respeitada.

— Os brancos matarão.

— Matarão muitos. São poderosos e resistirão, mas um dia perceberão que o mundo assim é melhor... a vida é melhor. Em harmonia, num ritmo natural, com as alegrias que a natureza dá sem cobrar. E também as alegrias que criamos. A finalidade da vida é ser alegre, usufruir os prazeres do corpo e os do espírito, os mais sublimes, mais complexos, mais gratificantes. Além disso, queiram ou não, nossos sangues se misturarão. É como se nós nos alimentássemos deles.

Após o dourado, as frutas e o mel, a fogueira e as araras silenciaram; apenas o barulho do rio vagaroso, o murmúrio do vento da noite nas altas árvores e, às vezes, o de um peixe que saltava em busca de um inseto e, de volta à água, fazia estardalhaço como se comemorasse. Penduramos a rede e nos amamos sem pecado, à maneira dos bichos. Revigorado com minha luz, Ararê resfolegava como um cavalo.

— É bom sentir você crescendo dentro de mim. Tinha saudade. Estava exausta nesses últimos dias... minha barriga pesou um pouco. Agora sinto você dentro de mim, sinto minhas entranhas cheias de suas secreções e de sua energia — falei no ouvido de Ararê, depois que ele havia gozado com êxtase.

Acordamos com a algazarra das araras. Ararê foi atrás de frutas e mel, eu acendi o fogo para aquecer o frio da manhã. Sob os gravetos que apanhava, encontrei uma grande pedra. Tinha mais de dez palmos de comprimento, cinco de largura e três dedos de espessura, sendo perfeitamente lisa, regular demais para ser obra da natureza. Limpei-a, era bonita, parecia esperar que alguém escrevesse sobre ela. Com esforço e cuidado, enfiei as mãos embaixo dela e fui descolando-a da terra, levantando-a para enxergar o verso. Escorei a pedra em uma árvore e a limpei com folhas de bananeira até que, maravilhada, pude observar os desenhos: ocupando o centro, uma figura composta de uma série de quadriláteros concêntricos, delicadamente entalhada. O quadrilátero central estava livre e vazio, e os demais, secionados no sentido vertical e horizontal. Achei que eram uma representação esquemática do mundo e identificavam os quatro pontos cardeais. Uma linha sinuosa mais grossa cortava o desenho todo, apontando o sudoeste como a direção a seguir. Ainda se identificava uma baleia ou um golfinho, apoiado em sua cauda, e uma figura em espiral, desenhada em escorço, lembrando uma cornucópia. Na ponta da linha sinuosa, uma figura com corpo de homem e cabeça de ave de rapina segurava um machado cuja lâmina, bem-acabada, lembrava aquelas feitas de ferro ou cobre. Muitos caracteres incompreensíveis, mas aparentemente alfabéticos, se espalhavam pela pedra.

Fiquei estudando minha descoberta: estávamos perto, concluí, mas na direção errada. Sumé não havia passado por ali. O Peabiru não acompanhava o rio. Assim que Ararê chegou, mostrei-lhe a descoberta e o convenci de minhas intuições. Concordamos em abandonar o Tietê e com ele a fartura de alimentos e água, o conforto do terreno mais plano, a proteção das matas mais densas.

Atravessamos cerrados ondulados de vegetação rasteira e árvores retorcidas. A região mais seca oferecia poucos frutos, o solo menos consistente, predisposto a rasgões causados pela enxurrada, fez os índios batizarem o lugar de Sorocaba. Às vezes, éramos obrigados a nos desviar do caminho em virtude de voçorocas enormes, verdadeiros sumidouros que com facilidade engoliriam um homem. Caminhamos o dia todo e, no final da tarde, chegamos em São Filipe do Itavuvu, lugarejo vizinho a Sorocaba.

Ficamos surpresos com o movimento de gente indo e vindo: tropeiros, vaqueiros, tangedores, peregrinos, comerciantes, vendedores de bugigangas, benzedores. Uma negra viajando com um índio não chamava a atenção, tal era o burburinho. Onde começavam as construções simples de casas de periferia, um tropeiro mulato falava alto para uma plateia de cinco homens recostados em troncos de árvores caídas. Paramos para ouvi-lo:

— O sexto mandamento está errado. A fornicação entre gente desimpedida não é pecado. Não se pode condenar ao fogo eterno por causa de uma fornicaçãozinha. Se fosse assim, não haveria mais lugar junto ao coisa-ruim. Só os índios já teriam lotado o inferno. Condenação eterna não combina com Deus. O padre quer me excomungar porque digo que os condenados um dia poderão sair do inferno e ver Deus. Como carne quando tenho e não pergunto ao padre se posso ou não. Pecado é passar fome. Como se Deus fosse se dar ao trabalho de ficar escolhendo os dias que pode e os dias que não pode. Meu nome é Luiz Carvalho Souto. Se algum valente quiser me pegar, moro na freguesia de Nossa Senhora Mãe dos Homens de Araritaguaba.

O homem estava inflamado. A cachaça tinha aumentado sua coragem. No final do discurso, o povo prestou atenção e o saudou. Um índio guarani maltrapilho, com olhos vermelhos de embriaguez, veio em direção a Ararê e conversaram: estavam em Sorocaba, na maior feira de muares do país; gente de todos os lugares vinha para comprar e vender cavalos, mulas, jumentos, vacas e bois. Era só ir em frente e logo estaríamos entre os vendedores. Quanto ao Peabiru, Terra sem Mal e Sumé, o pobre coitado nada sabia. O álcool já havia corroído sua memória mais antiga. Não era mais um índio.

Caminhamos umas léguas e chegamos a uma multidão de tropeiros, vaqueiros e vendedores de facas, facões, redes, doces de todos os tipos, cachaça, peças de ouro para adornar arreios, estribos, freios, selas, cabeçadas, rédeas, cabos de chicotes feitos por ourives sorocabanos, cabrestos de couro cru torcido que poderiam suportar a força de muitos cavalos, alforjes, embornais e tudo mais que pudesse ter qualquer utilidade para um tropeiro.

– Nossa viagem ficará mais fácil. Temos dinheiro. Vamos comprar uma mula e a tralha toda que nos será útil.

Os olhos de Ararê brilhavam com a possibilidade de ter um animal.

Em pouco tempo negociamos e compramos a mula, os arreamentos e tudo mais que precisávamos, comemos tapioca com carne-seca, bebemos suco de manga. Passamos em frente à igreja da Invocação de Nossa Senhora da Ponte, ao recolhimento das mulheres, à ermida de Nossa Senhora do Rosário, e lá assistimos a uma cena grotesca. Um mulato escravo, de nome João, foi agarrado por dois soldados que seguiam um padre. Abriram-lhe a camisa e retiraram um grande patuá de seu pescoço. Enquanto o homem gritava como se estivesse possuído, o padre abriu o objeto e examinou o seu conteúdo: um pedaço de sanguíneo (o paninho que o padre usa para enxugar as gotas do sangue de Cristo que ficam no cálice depois da consagração), um pedaço do corporal (a toalhinha que abriga partículas da hóstia), uma hóstia inteira, uma parte da página de um missal, algumas raízes, cabelos e dentes que pareciam humanos. O padre examinou peça por peça. Disse que o sanguíneo ainda cheirava a vinho, devia ter sido roubado recentemente. Jogou fora o que não pertencia à Igreja e inquiriu o apavorado escravo. Gaguejando e arfando, o homem disse que o patuá o protegia do mau-olhado de uma escrava, invejosa do bom trato que seu senhor lhe dispensava por manter o corpo fechado. A hóstia era para que comungasse na hora de sua morte. Alegou ignorância quando o padre lhe disse que as mãos de qualquer um não poderiam tocar no corpo de Cristo. Terminado o interrogatório, o padre ordenou aos policiais que amarrassem o preto no pelourinho e lhe aplicassem uma dúzia de chicotadas e depois jogassem uma dose de cachaça bem forte sobre as feridas, para que ele soubesse como arde o fogo do inferno.

Vi que do homem emergia uma luz fraca, menos pelo pavor do que pela humilhação. Sua vitalidade estava esmagada, não havia como se rebelar, como reagir. Não quis acompanhar a multidão que, rindo e divertindo-se, foi assistir ao suplício. Triste, caminhei calada ao lado de Ararê em direção ao outro extremo da cidade. Fiquei remoendo os pensamentos até que um rapaz que vendia jornais chamou nossa atenção.

– Compre um jornal, Ararê. Custa pouco dinheiro e quero ler o que está acontecendo.

Caminhamos acompanhando o rio Sorocaba. Nós avistávamos a cidade quando paramos para descansar numa praia que se formava num remanso do rio.

– Dê um nome para essa mula. Pessoas, coisas e animais não existem sem nome. Lembra de Yvý Tenondé? Tiraram o nome de Deus, ele deixou de existir.

– Que nome, um nome índio?

– Queria outro.

– Qual?

– Evoé. É mais que um nome. É uma palavra que anuncia a chegada. É muito antiga, de uma língua que não sei falar. Evoé nos anunciará quando chegarmos à Terra sem Mal.

– Então está feito – disse Ararê.

Olhando para o animal e rindo, feliz por possuí-lo, continuou:

– Você não se chama mais mula. Seu nome agora é Evoé. Eu te batizo com esta água.

– Vamos ler o jornal? Podemos descansar um pouco mais? Minha barriga está mais pesada hoje.

– Você pode montar Evoé. Leia o jornal, quero saber.

— "Um baiano chamado Antônio Pereira Rebouças ganhará uma homenagem, vai ser Oficial da Ordem do Cruzeiro.[6] Ele é filho de uma escrava forra com um alfaiate português. É advogado e deputado." Como pode? Um mulato.

— Aprendi com os padres que o primeiro imperador, depois da independência, terminou com a "mancha de sangue". Ela impedia negros, judeus e índios de trabalhar para o governo. Só quem nasce escravo é que não pode ter estudo, mas ainda duvido que um mulato possa chegar a ser advogado e deputado.

— Esse Rebouças quer que escravos forros tenham direitos e os libertos possam ser oficiais da Guarda Nacional. Diz que, se alguém nasceu escravo e foi capaz de obter a liberdade, é porque tem virtudes e talentos e deve poder ser o que quiser, ter o emprego que conseguir. Até o imperador o homenageia. Mas é estranho...

— O quê?

— Ele acha que é obrigação dos negros conseguir a própria liberdade... arranjando dinheiro para indenizar o seu senhor, como se o senhor fosse realmente o dono do escravo. Aqui tem um trecho do discurso... não pede a abolição, só acha que o negro nascido escravo não deve ser considerado inferior a qualquer outro. Não fala que a escravidão é injusta. Diz que pela nossa Constituição somos todos iguais. Dependendo do quanto tem de dinheiro, qualquer um pode eleger e ser eleito.

— Ele esqueceu que sua mãe era uma escrava, que podia apanhar como aquele negro do patuá.

— Não pode ter esquecido. Ele não sabe que o mundo pode ser diferente. Muitos não sabem. Mas já é alguma coisa um mulato ser um homem tão importante. Não sabia dessa lei de que somos todos iguais.

— Queria saber como é no resto do mundo.

— Na Europa, onde mora o doutor, não há mais escravos e há poucos negros. Na América do Norte existe um grande país com muitos escravos, mas é um país estranho. Não há mulatos, os brancos não gostam de sacanagem com as negras. Não é como aqui, que reviram os olhos pela bunda da gente. Talvez nem gostem de bundas. Li que, no Brasil, os mulatos são

---

[6] Em 1861, seria nomeado conselheiro do imperador.

tantos quantos os brancos, e lá, ou são brancos ou negros. Quem tiver sangue negro só pode ser empregado, não interessa se é livre e se seus pais já eram livres. O Rebouças fala num pequeno país chamado Haiti onde os mulatos e os libertos se uniram aos escravos e mataram todos os brancos. Ele diz que isso aconteceu porque, nesse lugar, mesmo os mestiços nascidos livres não sentiam que o país era deles, e que a mesma coisa pode acontecer aqui se não derem os direitos aos forros.

– Eu também não sei se esse país é meu – disse Ararê pensativo.

– Vim para cá à força, mas aqui me transformei em uma pessoa melhor. Aprendi a ler e a escrever e muitas outras coisas que nunca aprenderia em minha terra. Sou feliz com você e vou ter um filho. Essas matas e rios nos abrigam e nos dão de comer. Acho que gosto daqui e acho que será a terra dos mestiços. A terra de meu filho.

Ainda restava algum tempo de dia claro, mas o remanso era tão agradável que pedi para passar a noite ali. Ararê improvisou uma peia de couro cru e atou as patas dianteiras de Evoé, assim ela pastaria à vontade sem poder ir longe. Cortou e apontou um galho bem reto, improvisando um pequeno arpão para poder pescar nas águas claras do rio Sorocaba. Afastou-se um pouco do remanso procurando um local mais raso de onde um incauto peixe se aproximasse o suficiente para ser arpoado.

Logo achou uma pedra que aos poucos invadia o leito do rio, deixando que a água passasse calmamente sobre ela. Entrou até que a água atingisse seus joelhos e, em silêncio, esperou de olhos atentos e braços preparados. Na superfície dura da pedra sentiu que seu pé direito se encaixava como em uma forma. Estranhou e passou um tempo explorando a pedra com os pés, buscando uma explicação para a sensação. A água não era suficientemente clara para permitir enxergar onde estava pisando. Andou mais um pouco e, adiante, encaixou novamente o pé em outra forma, um pouco maior, mas dessa vez pôde sentir com clareza a pegada. Demorou para que, de estalo, pensasse que poderia estar sobre pegadas de Sumé. Eufórico, largou o arpão e veio correndo me avisar.

– Descobri o pezão do Sumé ali na frente... naquela praia, numa pedra dentro do rio. Senti com meu pé. Não consigo enxergar, mas acho que é.

Fomos correndo:

— São as marcas! Devem ter destruído o leito da estrada com capim-puxa-tripa, mas estamos na direção certa. Amanhã olharemos em volta com mais atenção e descobriremos o caminho. As pegadas apontam naquela direção, o sudoeste.

Desistimos do peixe fresco e comemos a carne-seca comprada em Sorocaba, jantando como se fosse uma comemoração. Havia muito esperávamos a confirmação de estar na direção certa. Acordamos com a manhã, comemos frutas, arrumamos as tralhas no lombo de Evoé e fomos procurar vestígios do caminho original. Sabendo a direção, não foi difícil perceber que havia um rebaixo no terreno formado pela estrada havia muito abandonada; não passava de um vestígio, mas sabendo onde estava, era fácil percebê-lo. Era o Peabiru, caminho da Terra sem Mal, do Paraguai-guá.

Seguimos os resquícios do antigo leito, e doze léguas depois entramos na pequena vila de Nossa Senhora dos Prazeres de Itapetininga, na margem do rio que lhe havia dado o nome, pouso de tropeiros e vaqueiros que viajavam a Sorocaba para comerciar. Não havia novas pegadas, mas quanto mais inculta ia ficando a paisagem, mais o leito rebaixado do caminho, forrado com o capim-puxa tripa, ficava nítido. Atravessamos campos ondulados, fáceis de serem transpostos. A caça, as frutas e o mel rareavam, mas Evoé carregava sem dificuldades uma boa quantidade de carne-seca, farinha de mandioca e rapadura.

De longe, avistamos uma mata mais densa e, no meio dela, uma pequena vila; estávamos perto de Capão Bonito de Paranapanema, uma ilha de mato no meio do campo, *caapuã* na língua da gente. Na orla, em uma área descampada, na extremidade oposta da vila, duas malocas grandes, uma defronte da outra, ligadas por uma estradinha que passava por uma praça central. De longe se percebia que era uma pequena aldeia de índios. Ararê estranhou a forma de construção das malocas, não pareciam guaranis.

Fomos recebidos com desconfiança, eram índios craôs, desalojados de suas terras no interior do Maranhão, nas margens do rio Vermelho, um afluente do grande Tocantins. A história deles era a de muitos outros. Um pouco de ouro apareceu na bateia de um curioso, perdido naquelas paragens, e em pouco tempo uma invasão de garimpeiros trouxe o sarampo, a varíola, a sífilis, a gonorreia e a morte. Os timbiras, grande família que inclui, além dos craôs, os gaviões, os cricatis, os canelas e os apinajés, sofriam nesses anos o avassalador e inevitável contato com o branco. Esse grupo, por sorte, havia escapado do extermínio, dos quase trezentos índios que habitavam a aldeia, quarenta e cinco chegaram nessas lonjuras em uma viagem épica que durou muitos meses.

Finalmente, armaram as tendas em terras que eram dos guaranis e que agora, como todas, pertenciam aos brancos. Viviam de prestar serviços para a vila vizinha, e, como não roubavam o gado dos fazendeiros, foram deixados em paz. Com pouca caça mas pesca abundante, sobreviviam sem fome e estavam novamente fortes e com saúde.

O morubixaba tinha uns quarenta anos e era um homem forte, com os bíceps do tamanho da coxa de um homem comum, tórax amplo e musculoso. Sua barba rala se acumulava no queixo, dando a impressão de que cultivava um cavanhaque. Enfeitado com desenhos de urucum e jenipapo, tinha enfeites de penas na cabeça, os lobos das orelhas furados, preenchidos por pedaços de madeira redonda. Talvez estivesse pronto para uma festa, pois fazia uma bonita figura. Falamos português porque ele não sabia a língua da gente.

— Nestas terras a caça é nossa, vocês não podem matar.

Falou com agressividade, batendo com força o pé no chão, tentando intimidar Ararê.

— Não vamos caçar. Temos mantimentos no lombo da mula para muitos dias. Estamos de passagem, viajamos para longe. Só entramos porque são vocês índios e achamos que podíamos pousar aqui por uma noite. Se não somos bem-vindos, vamos embora — respondeu Ararê com firmeza, desarmando o morubixaba.

Inteirando-se de nossas intenções, o índio demonstrou a índole dócil e repleta de afetos dos craô. Em pouco tempo estávamos sentados em uma esteira confortável na porta da oca.

Toda a aldeia nos observava com curiosidade, e um índio bem jovem, adolescente ainda, aproximou-se e sentou-se ao lado do morubixaba para ouvir a conversa. Ararê contava as peripécias que havíamos feito para chegar até ali. O jovem foi recostando a cabeça no peito do índio mais velho, que o recebeu com carinho, fazendo cafuné em seus cabelos enquanto prestava atenção no visitante. O morubixaba usava uma calça cortada na altura dos joelhos e o menino estava nu, sem enfeites nem pinturas. Púbere, mas de poucos pelos, o que deixava seu sexo exposto.

Enquanto conversavam, o rapaz me olhava como se conferisse pedaço por pedaço de meu corpo, e se aconchegava no peito amplo e forte do cacique. Com frequência, arrumava os genitais como se o incomodassem, abria as pernas e, sem nenhum pejo, os ajeitava para um lado e para o outro. Às vezes mexia no membro como se estivesse se masturbando e, realmente, logo estava tendo uma ereção. Olhando para mim e esfregando-se com lascívia no morubixaba, ele parecia estar mergulhado apenas em seus pensamentos, não prestava atenção na conversa.

Era um menino bonito, saudável, forte, cheio de vitalidade. Eu enxergava nele uma luz vermelha e forte, era estranho vê-lo excitado naquela situação. Ararê parou de falar e ficou por alguns momentos prestando atenção no rapaz. Embora havia muito convivesse com pessoas vestidas, a nudez não o ofendia, ainda mais estando em uma aldeia, mas a excitação do rapaz e sua atitude para com o mais velho surpreendiam-no. O morubixaba percebeu o constrangimento de Ararê e repreendeu o rapaz.

— Ele é meu amigo, mas quer fazer *cunin* o tempo todo — falou o índio para Ararê.

— Mas ele quer fazer *cunin* com você? — perguntei, demonstrando surpresa.

— É — respondeu o morubixaba, com simplicidade.

Entardecia na aldeia craô, esdruxulamente deslocada em São Paulo, e uma refeição melhor do que a habitual havia sido preparada em honra dos hóspedes inesperados. Um inhambu gordo foi embrulhado em folhas de bananeira e enterrado num buraco forrado de pedras previamente aquecidas por uma fogueira. As pedras assaram o inhambu, derretendo lentamente sua gordura, e aproveitando o calor do buraco também assaram uma suculenta batata-doce.

Comemos na esteira do chefe, na companhia dele, de suas duas mulheres e do menino seu amigo. Bebemos uma boa cachaça feita num alambique de Porto Feliz. Estávamos felizes, com o espírito solto pela cachaça e agradado pelo sabor raro da caça quando um grito de dor ecoou dentro da maloca.

— É um velho que tem os ossos tortos e vai morrer. Pena que tenha que sofrer tanto — explicou o morubixaba.

— Eu quero ir lá. Talvez possa acalmar sua dor — disse eu, um pouco acanhada.

— Pode ir — retrucou o índio.

Já escurecia, e uma fogueira dentro da maloca iluminava mal o ambiente, além de enfumaçá-lo. Ajoelhei ao lado do homem que agonizava e aproximei a palma das mãos de suas têmporas; assim fiquei por uns momentos. Então me abaixei, coloquei a boca sobre a boca do homem e, como quando fazia amor, dois fachos de luz vermelha brotaram de meus olhos e penetraram nos olhos do velho; o homem sossegou.

Estava morto, parecia dormir com tranquilidade. Todos viram, só Ararê não se surpreendeu. Quando o velho sossegou, voltamos para saborear o resto do inhambu com beiju e batata-doce, mas os índios olhavam para mim com espanto e respeito. Logo toda a aldeia sabia das luzes.

Falaram comigo.

— Você deu alívio ao velho. Querem dar um nome para você ser uma craô, nossa irmã.

— Vou gostar de ser uma índia. Mesmo que não seja guarani.

Olhei para Ararê em busca de aprovação e fiquei feliz ao encontrá-lo entusiasmado com a homenagem.

— Esta noite nos reuniremos e decidiremos. Amanhã faremos uma festa para lhe dar o novo nome.

Deixamos a esteira e fomos dormir em uma grande rede dentro da maloca. O morubixaba e outros três índios mais velhos ficaram em volta do fogo cantando, tocando tambor, conversando, pensando, bebendo cachaça, decidindo que nome dariam à convidada cheia de luzes. Eu e Ararê, entrelaçados, observando os outros se prepararem para dormir; próximo havia mais uma rede e duas esteiras grossas e confortáveis; em cada uma deitou um índio mais velho, uma mulher e um adolescente. Os trios dormiam entrelaçados numa confusão de braços e pernas.

A fogueira no centro da maloca iluminava pouco e só se enxergavam vultos, mas mesmo assim vi com nitidez quando o índio penetrou o adolescente por trás, como se ele fosse uma mulher. Ouvi o gemido quando o mais velho fez força contra suas nádegas, segurando-o com as mãos. A índia estava deitada de lado, com o corpo todo encostado no índio e se esfregava nele procurando prazer. Tudo com calma, sem gestos violentos, devagar, como os índios gostam. Eu sabia que homens podiam ter relações, sabia que alguns prefeririam outros homens a uma mulher, mas nunca havia presenciado.

Na manhã seguinte, o morubixaba nos chamou.

— Durante muito tempo conversamos sobre seu nome. Pensamos em muitos, e a lua já estava alta quando decidimos.

Eu esperava com curiosidade.

— Deve ser Kupaakã. Que quer dizer *casca de árvore*, de onde tiramos os remédios que curam.

— Será meu terceiro nome. Sinto que trará boas coisas.

— Faremos uma festa. Agora você tem um nome craô e deve nos proteger sempre que puder. Nosso destino é desaparecer.

Logo depois vieram algumas mulheres. Haviam abandonado as roupas de gente branca. Estavam nuas e pintadas, enfeitadas com penas e cordinhas de embira. Levaram-me para uma esteira no meio da praça e me despiram. Por alguns instantes, ficaram admirando meu corpo, mais forte e musculoso do que estavam acostumadas. Riram de meu púbis intensamente coberto por espessos pelos encaracolados. Depois, dois índios fortes me sustentaram nos ombros e, correndo, foram para um ribeirão a quase meia légua de distância.

Toda a aldeia corria atrás: primeiro as crianças, depois as mulheres e por último os homens, entre eles Ararê, orgulhoso da homenagem. No ribeirão, formaram uma grande roda para ver cinco índias me banharem. Esfregaram todo o meu corpo, parte por parte, com cuidado e dedicação, depois me trouxeram até uma pequena praia e novamente dois índios me sustentaram nos ombros de volta para a aldeia e me colocaram na esteira. Com um pincel de taquara, fizeram desenhos com jenipapo e riram muito porque na minha pele negra os desenhos não apareciam. Mesmo assim capricharam. Depois foi a vez do urucum. Gostaram, ficou bonito o contraste do vermelho com a pele. Na cabeça, rasparam os cabelos de uma fina faixa circular. Não estavam acostumadas com o cabelo pixaim, mas gostaram do efeito.

Banhada e enfeitada, permaneci no centro da praça, sobre a esteira. Eles dançaram em minha volta; a aldeia comemorou a irmã que havia conquistado. Comemos assados, bebemos cachaça, ouvimos música e dançamos até que nosso corpo não aguentasse mais. Então fomos descansar nas esteiras, e novamente se formaram alguns trios como os da noite anterior. Deitei-me com Ararê na rede. Estávamos felizes com o que o destino nos dava.

– Você gostaria de ter um rapaz? Como eles... – falei, indicando com o olhar um índio e um adolescente que se acarinhavam ali perto.

– Acho que não. Nunca senti vontade – Ararê respondeu, sem dar muita importância.

– E fazer comigo como eles fazem? Queria ver se gosto, tenho curiosidade.

– Como?

– Assim... por trás... como ontem aqueles três na esteira.

– Se você quiser, eu faço.

– Eu quero... não sei se vou gostar, mas queria saber como é.

Ararê foi devagar, com paciência, sabia e queria me dar prazer. Por um tempo beijou-me no pescoço, na boca, nos mamilos, nas axilas, mordeu-me as nádegas e a nuca, beijou minha vagina como quem chupa doces jabuticabas, e só quando me sentiu encharcada com as secreções do desejo é que me deitou de lado para me possuir por trás. Senti dor, gemi alto, me contorci, quis parar, mas pedi para continuar.

Demorou até que eu pudesse sentir Ararê todo dentro mim. Continuava com dor, mas cada vez menos, e então uma súbita sensação de prazer me dominou. Talvez pela excitação da novidade ou pela dor de uma forma desconhecida, um orgasmo do fundo de minhas entranhas arrancou-me um gemido de prazer que ecoou pela aldeia, mas não chamou a atenção; estavam acostumados a gemidos de prazer. Um halo de luz vermelha me envolvia, claro e forte, tão poderoso que chegava a iluminar em volta de mim e dele, mas durou pouco e, com meu gemido visceral, se apagou. Ararê nunca havia visto a luz vermelha, e se surpreendeu ao ver que ela o envolvia.

# CAPÍTULO 14
# Não tenhas preconceito algum

> *"Eu tive um sonho! O criador do mundo apareceu e me disse que os animais estão desaparecendo, morrendo ou fugindo. Se os índios deixarem de comer carne de caça, vão deixar de sonhar. São os sonhos que mostram o caminho que devemos seguir..."*
>
> SIBUPÁ XAVANTE

DE CAPÃO BONITO, SEGUIMOS PARA ITAPEVA sobre o capim-puxa-tripa, como se fosse sobre nuvens, sem sentir o chão e sem nos cansarmos. Evoé balançava o rabo, colocava as orelhas para trás e corcoveava como se não carregasse nenhum peso. Onde as pastagens e plantações tinham destruído o caminho, a viagem era mais custosa, pedras incômodas machucavam os pés e eu sentia o peso da gravidez. Evoé sabia onde pisar, apoiava os pequenos cascos desferrados onde não machucasse, sem errar um passo. Ficávamos admirados como a pata traseira se assentava com precisão no local mais confortável. Muitas vezes a trilha se estreitava tanto que Evoé parecia resumir suas quatro pernas em apenas duas, para não perder o equilíbrio.

Passamos ao largo de Itapeva, avistamos as casas da vila, mas não nos animamos em fazer uma pausa e continuamos para Itararé. Paramos para descansar em um alto e Ararê me disse:

— Não sei mais andar só. Sem você não seria eu. Com você, sou completo e feliz, nada temo, sinto-me forte.

Unidos, enfrentamos a chuva, o vento, o sol forte. Tínhamos a sensação de que o caminho nos enriquecia a cada dia. Usufruíamos dos prazeres físicos que se percebem pelos sentidos, mas ansiávamos pelos prazeres do espírito, trazidos pela sabedoria e pelo conhecimento. Será que na Terra sem Mal iríamos encontrá-los em abundância? Que tipo de gente nos aguardava em Yvý Maráeý?

— Será que somos todos iguais, como o Rebouças acha? — Ararê falou, distraído com o som do canto de uma araponga que vinha de longe.

— Acho que não. O que cada um pode fazer depende de sua capacidade. Existem pessoas boas e outras que sempre fazem o mal. Parece que já nascem más. Li o livro de um francês que achava que as pessoas eram iguais e boas quando nascem, depois os outros as transformam. Não acredito nele. Muitos nascem maus e mesmo com uma vida de bons exemplos continuam sendo maus.

— Então, se nascem assim e não mudam, o que fazer? — Ararê me perguntou, como quem pensa em voz alta.

— Impedir que prejudiquem os outros. Para isso servem as leis — redargui sem hesitação.

— As leis servem para escravizar. Se fossem justas, nem iríamos em busca da Terra sem Mal.

— O mundo é injusto, a natureza do homem é assim. A justiça deve proteger e obrigar ao respeito de um pelo outro. É a única solução. As leis ruins têm que mudar.

— Na Terra sem Mal não é preciso justiça. Os maus não vão para lá.

— Os índios vivem com a natureza. Não precisam dominá-la, aceitam seus caprichos. Preferem a festa e o descanso na rede, mas não sei se obedecer às vontades da natureza é sempre uma boa coisa, e os índios também fazem maldades, gostam de ir para a guerra matar os vizinhos.

— Os brancos são piores! Querem tudo, sem limites. O outro é sempre o inimigo que impede que ele seja o dono de tudo. A natureza é inimiga, por isso tentam mudá-la.

Ararê falava como se estivesse se defendendo.

Ficamos uns momentos em silêncio, e eu continuei.

— Naquele jornal tinha a Declaração de Independência dos Estados Unidos da América. Ela começa dizendo que todos os homens são iguais, com os mesmos direitos. O Rebouças acha que ela é um exemplo. Mas a escravidão lá é igual. Eles escreveram que somos iguais, ficou bonito no papel, mas não existe justiça. Negros e índios não fazem parte da humanidade dos que escreveram.

— Não há solução?

— A solução é a justiça. Não sei se é possível, mas é a única.

— Os brancos fazem a justiça que querem para si — disse Ararê, franzindo o cenho e prosseguindo: — São fortes, dominam tudo... eles dizem como devemos ser. Escravizam e matam. Nós somos fracos perto deles.

Ararê me olhou com uma careta de indignação.

— Não são sempre maus. Constroem e fazem coisas que ajudam o homem a melhorar. Mas nós não somos fracos, é que temos conhecimentos diferentes.

— Não podemos enfrentar as armas e tudo o que os brancos sabem.

— Nossos filhos mestiços aprenderão. Eles é que irão melhorar tudo.

— Os nossos filhos? De índio com negro?

— Não só. Todos os mestiços.

Depois de Itararé, entramos na província do Paraná. Num meio-dia cheio de luz e calor, tingido de azul pelo céu imaculado, nos banhamos nas águas frescas das cabeceiras do Tibagi. Ararê me viu nua e surpreendeu-se com as mudanças em meu corpo: o abdome mais proeminente, a cintura e o desenho dos músculos tinham desaparecido. Na lateral das coxas, havia um acúmulo de gordura, os mamilos estavam mais escuros, os seios, maiores, e uma linha negra riscava meu corpo. A gravidez avançava.

Seguimos e encontramos o Ivaí; pescamos e comemos lambaris e carás; sentimos falta dos gordos e saborosos peixes do Tietê. O caminho ainda estava bem preservado e por muitas léguas não tivemos dificuldade em segui-lo, nem nos preocupamos em achar as pegadas de Sumé; estávamos na direção certa. Depois do rio Piquiri, chegamos a uma estrada com movimento de tropeiros que, vindos do sul, iam para Sorocaba comerciar gado, cavalos e muares, beber cachaça e dormir com prostitutas que vinham de todos os lugares do Brasil.

Nós os acompanhamos por pouco tempo e logo, numa laje na margem de um pequeno rio, achamos as maiores pegadas de Sumé que já havíamos visto: dois grandes pés esquerdos e quatro menores, de crianças. Todos bem-feitos, com detalhes dos dedos e do arco plantar, as crianças acompanhando Sumé em sua caminhada. Numa grande pedra que limitava um dos lados da laje, havia homenzinhos zoomorfizados, entalhados com perfeição, caminhando na direção de setas que cruzavam quadrados superpostos. A orientação a seguir não era a mesma da estrada, apontava para um grotão de mato cerrado que intimidava quem quisesse penetrá-lo. Abandonamos a estrada e nos embrenhamos na mata à procura do caminho, que não demorou a ressurgir, majestoso, rebaixado e forrado de capim, limpo como se o estivessem utilizando. O trajeto seguia com alguns desvios a margem do rio Piquiri. A viagem era fácil, mas caminhamos devagar porque eu sentia meu corpo pesado, as pernas não tinham mais a força costumeira. Evoé sabia por onde ir, e quando enfrentava alguma subida mais íngreme, eu segurava em seu rabo e deixava que ela me puxasse.

Passamos ao lado de Castro, Pitanga, Campina da Lagoa e finalmente, onde o Piquiri salta no rio Paraná, chegamos em terras paraguaias. Nesse ponto, encontramos uma grande pedra com quase quatro metros de altura por um metro e cinquenta de largura, encimada por uma figura em forma de arco convexo. Uma grande variedade de signos gravados em sua face: quatro letras semelhantes às primeiras do alfabeto grego, uma quinta, o *pi* radiano, e depois uma cruz indicando o oeste e o noroeste. Parecia que dali em diante o caminho se dividiria em dois, mas ainda havia o grande rio a ser transposto. Dois caminhos: decidir qual deles seguir era um problema tão grande quanto atravessar o enorme rio Paraná. Dormimos sob a pedra e no dia seguinte decidimos descer o rio à procura de algum lugar onde fosse possível fazer a travessia.

Caminhávamos contornando as matas mais densas, mas às vezes era impossível e éramos forçados a nos embrenhar nas capoeiras. Foram as primeiras queixas que Ararê ouviu de mim sobre as agruras da viagem. Não havia mais o caminho forrado pelo capim que o matagal misteriosamente não invadia. Cada dia rendia pouco, mesmo com a ajuda de Evoé. Ficávamos desanimados por não sabermos quando e como encontraríamos novamente o Peabiru. A mim não restava muito tempo para achar onde tivesse sossego e conforto, minha hora estava chegando.

Numa tarde, passando a jusante do rio Paraná, enxergamos sete colunas de fumaça que subiam ao encontro das nuvens. Conforme íamos nos aproximando, um barulho rouco e intenso fazia vibrar o chão e ia aumentando a cada passo, parecia vir do centro da terra. Ararê imaginou estar chegando; as estranhas colunas de fumaça e o barulho ensurdecedor poderiam ser prenúncios da Terra sem Mal. Subiu em uma ravina para enxergar mais longe e avistou um grupamento de casas construídas a esmo, amontoadas sem nenhum padrão, desnecessariamente próximas umas das outras, mas não era dali que vinha o som.[7]

Eu estava cansada e fiquei na ravina esperando que ele verificasse a origem do estardalhaço. Ararê foi preocupado, não estava acostumado com minhas queixas. Voltou mais depressa ainda, para que eu não ficasse sozinha, esbaforido com a carreira e me descreveu o que havia visto:

— À medida que o barulho aumenta, uma névoa úmida encobre tudo. Senti o medo que se sente quando a natureza mostra sua força. Vi os saltos mais altos que devem existir: o espetáculo de um oceano de água despencando para o abismo, e escondida sob o vapor da água havia uma enorme cabeça de homem esculpida na rocha. Você tem que ir lá. Saberá se é a cabeça de Sumé.

Eu queria ter ido, mas não consegui. O desconforto era muito grande, a barriga pesava e uma dor na bacia não parava de crescer. Precisava descansar, pedi para Ararê me conduzir até a vila de casas amontoadas e procurar um pouso confortável.

Andamos devagar e finalmente chagamos ao estranho sítio onde poucas pessoas circulavam, não havia ruas nem praça central. Sem saber se era uma vila de brancos, um quilombo ou uma aldeia de índios, fomos nos aproximando. O lugar era semideserto, silencioso, a maioria dos adultos devia estar atrás de comida. Perambulamos por vielas tortuosas e estreitas entre os casebres mal construídos, fétidos e empilhados, procurando com quem falar, tentando descobrir que fim de mundo era esaquelese. Os poucos que encontramos pareciam esconder-se quando nos aproximávamos. Crianças no chão cheio de pó, com rostos em carne viva, observavam-nos arregaladas com atenção e medo. Tristes, brincavam devagar e faziam um silêncio pesado, mais pesado ainda por ser um silêncio de crianças. Acho que suspeitavam, com a inércia ancestral, de sua morte prematura.

---

[7] Mais tarde, quando o país dos guaranis foi dizimado, mudou-se o nome dessas cachoeiras para Sete Quedas. Maravilhas da natureza que seriam sepultadas sob as águas do enorme lago Itaipu, para a produção da energia indispensável ao homem branco. Os saltos de Guayrá, nome que homenageia o cacique que chefiou a luta contra a invasão dos tupis, foram sepultados com um epitáfio do poeta Drummond: "[...] Sete quedas por nós passaram/ e não soubemos, ah, não soubemos amá-las,/ e todas sete foram mortas,/ e todas sete somem no ar,/ sete fantasmas, sete crimes/ dos vivos golpeando a vida/ que nunca mais renascerá".

Demorou até encontrarmos uma velha sentada na soleira de um casebre; encarou-nos firmemente e não se foi quando caminhamos em sua direção. Era feia, tinha os cabelos brancos, ralos e desgrenhados, e seus dois dentes caninos saltavam sobre o lábio inferior quando fechava a boca. Do peito nu, suas tetas murchas pendiam até quase o umbigo; na cintura, uma saia de mulher branca, feita de tecido ordinário, sujo e rasgado. Cheirava mal, como todo o lugar.

— Onde estamos? — perguntou Ararê, em português.

A velha continuou a nos olhar, sem esboçar nenhuma reação. Ararê repetiu a pergunta, em guarani, por três vezes. A última, falando muito alto, pois a velha dava a impressão de ser surda.

— Na cidade. O rio está aqui perto — respondeu finalmente, em um guarani tosco e truncado.

— Mas qual é o nome deste lugar? Você fala guarani como eu, mas não se parece comigo... não parece uma índia.

— Não sei — respondeu, olhando para o chão.

— Não sabe o quê?

— Não sei se sou índia.

— E o nome desse lugar?

— Não sei... tinha um nome, mas não sei mais... esqueci.

— Aqui já é o Paraguai?

— Aquela é a casa da Tiré, ela é velha... não enxerga, mas fala melhor que eu e sabe muita coisa.

Com os olhos, apontou um casebre quase em frente que não diferia muito da pobreza do lugar.

Na porta do barraco indicado, Ararê pediu licença para entrar: uma voz gutural, do interior escuro, respondeu algo que parecia um assentimento. Entramos, enojados pelo cheiro, e encontramos uma velha semelhante à anterior e vestida como ela. Apenas por um detalhe: tinha o aspecto um pouco melhor, uma tirinha de embira cingia-lhe a testa, segurando seus cabelos maltratados.

— Você é Tiré? — Ararê perguntou, em guarani.

— Sou.

A velha errava algumas palavras e a concordância, mas ainda falava guarani com certa elegância.

— Estamos no Paraguai?

— Não sei.

— Vamos para o Paraguai-guá, a terra dos guaranis. Procuramos a Terra sem Mal. Disseram que você saberia. Caminhamos pelo Peabiru, mas no rio o caminho desapareceu e não conseguimos atravessar.

— Não sei onde passa o Peabiru. Nossa aldeia não tem mais nome. Quando meu pai era pequeno, isto aqui se chamava Huyuk.

— Depois o lugar ficou sem nome?

— Nunca saímos daqui e por isso nunca temos que voltar. Ninguém vem aqui. Não precisamos ter um nome.

— Vocês são índios guaranis?

— Somos... não sei se ainda somos. Não temos deuses, não sabemos curar, não fazemos festas, não sabemos caçar. Só pescar com os anzóis dos brancos. Os pequenos não sabem mais falar direito. A cada dia sabemos menos palavras. Um dia não saberemos mais falar e então deixaremos de ser gente.

— O que aconteceu?

— Não sei. Eu me lembro de histórias do meu pai. Coisas de um tempo muito longe.

— Que histórias? — perguntei, vivamente interessada e condoída daquela miséria.

— Há muito tempo os padres vieram e ensinaram muitas coisas. Ensinaram a plantar comida: mandioca, milho, cana e outras coisas que não conheço. Foi um tempo bom. Aprendemos a cantar e fabricar instrumentos. O trabalho era pouco e sobrava tempo para aprender. Em troca desses ensinamentos, queriam que esquecêssemos nossos deuses. Só podia existir o deles. Os homens não podiam ter mais de uma mulher e só podiam se deitar com uma. Um dia, sem aviso, foram embora. Uma briga entre os brancos e eles se foram. Nunca mais voltaram.

— E depois?

— Os brancos vieram e levaram muitos como escravos, mataram, trouxeram doenças. Fugimos para cá, lugar ruim de viver e nos esqueceram. Ninguém vem aqui.

— Vivem miseráveis, escondidos e esquecidos — falei, consternada.

— Não sabemos mais caçar, esquecemos como vivem os animais. Não pintamos o corpo com urucum e jenipapo, não temos mais festas, não curamos os doentes com mágicas e remédios. Ninguém toca o maracá para falar com os deuses. Os brancos levaram nosso espírito.

Depois de um tempo de conversa, compreendemos que estávamos em um povoado habitado por pessoas que haviam sido índios guaranis embiás. Degradados, foram viver em um alagado insalubre nos remansos do rio Paraná, que ninguém haveria de cobiçar. Nunca os expulsariam daquele lugar calorento, fétido, úmido e infernal. Entre adultos e poucas crianças, umas duzentas pessoas, maltrapilhas, seminuas, vestindo restos de roupas de brancos com aspecto miserável. Nenhum enfeite de urucum e jenipapo, nem de plumas da arara, nem cordinhas de embira colorida nos tornozelos, punhos e braços exaltando o contorno dos músculos. A pele cor de bronze, o porte franzino, os traços fortes e feios: nem índios, nem mestiços, muito menos brancos. Um cansaço de gerações os dominava, seus movimentos eram lentos e medidos, a letargia mental os obrigava a viver em silêncio, calados para o mundo e para si próprios. A miséria e a desesperança se incorporaram à sua herança.

Enquanto conversávamos, comecei a sentir que a barriga se contraía com muito mais força que o habitual, e uma dor intensa me impedia de falar. Demorou para Ararê perceber que algo não corria bem; a iluminação fraca, o cheiro enjoativo, a sujeira, a fumaça o levaram a pensar que eu me sentia mal por conta do ambiente. Procurou me levar para o ar livre, mas não consegui me apoiar sobre as pernas e não quis que ele me carregasse nos braços. Quando viu que minha barriga estava dura, contraída, desesperou-se por não saber o que fazer. Meu rosto tenso mostrava que a dor era forte, meu silêncio o angustiava ainda mais. Segurei suas mãos, e a cada contração dolorida as apertava. Gotas de suor gelado, de aflição e medo, brotaram da testa de Ararê. Esquecemos a velha.

— O que devo fazer? — perguntou angustiado.

— Não sei! Ainda não está na hora — respondi com dificuldade. — Tem alguma coisa escorrendo em minhas pernas.

Mesmo com pouca luz, Ararê percebeu o sangue no chão de terra batida. Fechou os olhos, contraiu o rosto e mordeu o lábio, desnorteado, cheio de dúvidas e hesitações.

— Sou cega, mas se colocar as mãos posso sentir o que está acontecendo.

Tiré, a velha, aproximou-se de mim engatinhando. Seus seios, compridos e murchos, os cabelos ralos, brancos e desgrenhados, as mãos sujas, o cheiro horrível, compunham um quadro desolador. Sem alternativas, Ararê permitiu que a velha me examinasse.

— Ela fez muito esforço. A criança está querendo nascer antes da hora. Deve faltar uns dois meses.

Tentei me controlar, respirei pelo nariz, trazendo o ar para o abdome. Depois me imaginei respirando um ar luminoso e azul que penetrava em meu interior e o iluminava. As contrações foram se espaçando e diminuindo de intensidade. Senti o medo ir embora, recobrei a calma e o domínio. Abri os olhos e vi a triste figura com a mão sobre minha barriga e, ao seu lado, meu ansioso marido com a expressão sofrida de medo e impotência. O pior havia passado, e Tiré, olhando para o infinito com seus olhos brancos e cegos, pediu para Ararê:

— Procure uma arvorezinha de nome agoniada. Alguns chamam de sucuuba. Há muitas beirando o caminho que vem para a aldeia. Você reconhecerá pelas florzinhas brancas e os frutos pequeninos e compridos. Preciso da casca do tronco. Um punhado está bom.

Ararê fixou os olhos em mim. Eu estava mais calma e, por algum motivo, confiava na velha feia e cega, acho que me lembrei da África e de quando estava no cercado sem conseguir urinar depois de estuprada. Com os olhos, assenti, e com um sorriso, mostrei que o pior havia realmente passado.

— Está bem... eu vou agora — Ararê titubeava, preocupado em me deixar com a velha.

— Mas enquanto arranca a casca da planta deve dizer umas palavras.

— Que palavras?

— Deve falar baixinho: Deus te salve, venho te visitar. Peço um pedaço seu para nunca mais voltar.

— Faz diferença? Essa árvore escuta?

— Você fala e ela entende a intenção. Faz diferença.

— Vou falar.

Assim que Ararê saiu para cumprir sua missão, a velha disse com doçura:

— Você vai ter que descansar, se não quiser parir antes da hora. A criança ainda não tem tempo para vingar.

— Estamos viajando. Acho que agora estamos perto...

— Acho que terá que esperar.

Não demorou e Ararê voltou com um punhado generoso da casca de agoniada. Tiré colocou-o em um pequeno pilão e, com rapidez e habilidade inesperadas, se pôs a triturá-las. Depois pediu a Ararê que aumentasse o fogo, e em uma panela de barro torrou a casca triturada. Com água fervendo, fez uma infusão com o pó, separando uma parte para que eu bebesse e outra, para fazer uma massagem em minha barriga. Enquanto me esfregava com suas mãos molhadas, falava baixinho uma simpatia para os sofrimentos do corpo:

*Eu te benzo pelo nome que te puseram na pia, em nome de Deus e da Virgem Maria e das três pessoas da Santíssima Trindade, eu te benzo. Deus Nosso Senhor te cura. Deus te acuda nas tuas necessidades. Se teu mal é quebrante ou qualquer outra enfermidade, Deus Nosso Senhor há de tirar. Vai chamar um anjo do céu que está deitado no fundo da água, onde não ouve galinha nem galo cantar, para que peleje com os sofrimentos de teu corpo.*

Melhorei. Aos poucos as contrações desapareceram e o sangramento também. Ararê sossegou, pôde cuidar de Evoé, descarregar seu lombo e dar-lhe de comer. Ao regressar, eu já estava com uma expressão disposta e comia pedaços de peixe que a velha me oferecia.

— Quero lhe falar... — disse-lhe eu, com a voz baixa, olhando Ararê nos olhos.

— Estou aqui — respondeu ele, ajoelhando-se solícito, ao meu lado.

— Tiré acha que tenho que esperar minha hora sem fazer esforço. Senão, ele vem antes da hora, e ainda não tem tamanho para vingar. Acho que ela tem razão. Temos que esperar para continuar.

— Vamos fazer o que achar melhor...

— Esse lugar é feio, cheira mal, mas não temos escolha. Não suportaria a viagem mesmo montada em Evoé. Temos que atravessar o rio, e não sabemos quanto falta.

Adiaríamos o sonho da Terra sem Mal por algum tempo.

Na imunda casa da velha Tiré, éramos hóspedes bem-vindos; ajeitamos as coisas num canto e penduramos nossa a rede. Era bom ter um teto, mesmo com o cheiro fétido que emergia de todos os lugares. Com uma peia nas patas dianteiras, Evoé ficou pastando um capim de boa aparência. À tarde, os habitantes da aldeia-sem-nome chegaram da pescaria diária. Uma fila comprida, em que se misturavam homens, velhos, mulheres e crianças; quase toda a aldeia estava ali. Vestiam-se miseravelmente, com restos de roupas de brancos, alguns com pedaços de chapéus cobrindo a cabeça. Os homens eram pequenos, de braços finos e pernas de poucos músculos. As crianças, magras, de cor doentia e barriga tão distendida que parecia querer explodir pelo umbigo, desafiando a compreensão ao ser sustentada por pernas tão finas. As mulheres, de cabelos malcuidados, sem enfeites, também vestiam restos de roupas de brancas. Magras, andavam curvadas com o peso da desesperança. Uma procissão de mortos-vivos. Vinham devagar, em silêncio, carregavam o produto de sua pesca: pequenos peixes, na maioria lambaris, presos pelas guelras em fieiras feitas de galhos verdes. Ararê, sentado na soleira da casa de Tiré, observava-os. Os que passavam por ele dirigiam-lhe um olhar vazio e inexpressivo que o desanimava de puxar conversa. Um velho só ossos e pele, mas ainda com um pouco de vida, parou e, com voz firme, voltou-se:

— Quem é você – perguntou em bom guarani.

Ararê surpreendeu-se com o linguajar do velho e explicou quem era e o que fazia na casa de Tiré. O velho respondeu:

— Você é bonito e forte, como o nosso rio. Parece mais bonito porque é como fomos. Sou velho e sem carnes, mas já fui como você. Nasci em uma aldeia rio acima, muitas léguas daqui. Quando era jovem, quase todos morreram de sarampo e bexiga, os que restaram se mataram. Andei sem rumo até chegar aqui. Fui ficando neste lugar sem futuro, que definha e vive sem esperança. Estamos confinados, com medo da morte e da escravidão que os brancos trazem. Em vez de nos salvar, morremos a pior das mortes: não viver.

— Sem deuses, sem pinturas, sem festas, sem caça... Parece que tudo os abandonou. Mas você fala bem, sabe belas palavras.

— Há muitos e muitos anos, os padres chegaram e mandaram embora os nossos deuses. Queriam que ficássemos só com o deles e, como nos ensinavam muitas coisas e contavam belas histórias, aceitamos. Um dia se foram e levaram o Deus deles. Ficamos sem nada: sem alegria, sem esperança, esquecemos as festas, desaprendemos a caça. Vivemos dos peixinhos e raízes que encontramos.

— Minha mulher quer ficar até parir. Dois ou três meses. Vamos morar aqui, na casa de Tiré. Se quiserem, ensinarei o que sei e tentarei alegrar o coração de vocês com minha música.

— Ararê viajante, já faz muito tempo que alguém de fora esteve entre nós. Talvez possa contagiar nossa miséria com sua vida, nossa feiura com sua formosura, nossa fraqueza com sua força. A desesperança é a doença que nos consome e nos mata. Com ela não temos futuro. Perdemos nossos deuses e ficamos sem alma. Somos um corpo sem ninguém dentro.

Ararê olhou para mim e me viu tranquila, com luz e energia nos olhos. Tiré num canto, balançando o corpo para a frente e para trás, olhava o infinito com seus olhos brancos e limpava pequenos peixes que um menino envergonhado havia lhe dado. Ararê sentou-se ao seu lado e lhe falou:

— Conheci um velho diferente. Tinha vida e sabia falar bem. Ele nasceu em outra aldeia, mas está aqui desde jovem. Disse que, por não terem mais deuses, não têm esperança, são um povo sem alma, corpo sem espírito. É por isso que não caçam, não se enfeitam e são tristes.

— Eu sei que velho é esse — respondeu Tiré, com enfado na voz.

— Será que são assim por não terem deuses? Em Yvý Tenondé também não tinham e não eram assim. Zurka, o cigano, tinha muitos amigos que rezavam, mas não para deuses. Invocavam um espírito, uma energia que não era como o Deus da Igreja, nem como os deuses de seu povo. Não tinha um nome. Não acho que a razão de essa gente ser assim seja a falta de um deus.

Tiré prestava atenção em mim e perguntou:

— Então o que aconteceu com a gente?

— Não sei. Talvez este lugar feio. A comida escassa e ruim. Talvez nada disso — respondi.

— Então o quê? — insistiu Ararê.

— Os padres trouxeram um novo deus e uma nova vida: a vida dos brancos. Cheia de curiosidades, ambições e vontades. Os brancos são valentes, juntam coisas, dominam a natureza e brigam com o destino. Mas têm medo do inferno, da beleza e do prazer. Não conseguem viver no ritmo da natureza. Os padres foram embora, e os coitados perderam as coisas a que davam valor e não conseguiram substituí-las. Perderam-se.

— Pode ser. Nós teremos que ficar aqui por um tempo até que você tenha forças para seguir viagem. Farei uma maloca nova, perfumada com resinas, e lá penduraremos a nossa rede. Caçarei com eles, e os ensinarei a seguir o rastro do veado e a flechar o macaco, farei armadilhas para pegar peixes maiores, procurarei mel e larvas gostosas. Vou achar urucum e jenipapo para enfeitar meu corpo. Farei um tambor, uma flauta e um maracá, cantarei versos que irão lembrar a todos a beleza que existe no mundo.

— Isso lhes trará alento. Tentarei ajudar, mesmo não podendo fazer muitos esforços. Vou lhes falar da sabedoria. De um mundo de ideias que torna a vida boa de ser vivida, que nos torna capazes de viver e apreciar sensações deliciosas. Cheiros, sabores, cores e sons de infinitas nuances. Buscar a sabedoria e poder apreciar as belezas. Esse é o alimento que o espírito deles necessita para renascer.

Tiré ouviu com atenção nossa conversa, e, quando olhei para seus olhos brancos, vi uma lágrima correr por seu rosto feio e enrugado.

Com essa vontade, nos dispusemos a enfrentar os meses de estadia forçada na aldeia-sem-nome, povoada pelo povo-sem-espírito. Primeiro Ararê e Evoé transportaram madeira para construir uma maloca grande e bonita, como as que povoavam a memória de sua infância. Cavou um tronco de árvore e fez uma piroga para três passageiros. Passou a fisgar dourados de muitos palmos de comprimento que eu preparava com temperos do mato, espalhando o cheiro bom. Caçou pesados tatus-galinha que, no moquém, despertavam a curiosidade da aldeia e faziam a boca do povo se encher de saliva. Com urucum, fizeram no corpo desenhos lindíssimos que também os protegiam do sol e dos mosquitos. Os cabelos de Ararê já estavam compridos novamente, e ele os mantinha sedosos e brilhantes. Eu me enfeitava, apartava cuidadosamente o cabelo em pequenas tranças, que terminavam com miçangas coloridas, e, às vezes, usava o turbante de musselina branca. O povo da aldeia-sem-nome começava a admirar os cuidados que tínhamos com a aparência. Os adultos ensinavam aos pequenos as palavras bonitas que os pais haviam esquecido, contavam histórias de deuses e feitos de heróis de um país distante e antigo, descreviam a vida dos brancos nas cidades, as belas roupas, contavam o que estava escrito nos livros que haviam lido e as lendas guaranis que conheciam: a criação do mundo, da terra, do sol, das estrelas, do homem, da mulher e do amor que um devia sentir pelo outro.

As crianças eram malcuidadas, muitas não tinham nome. As mulheres demoravam a engravidar, e a maioria delas era virgem por não haver homens que as quisessem; o apetite deles para os prazeres era escasso. As crianças gostaram de mim, aproximavam-se sem medo. Eu as agradava com guloseimas: formigas, gafanhotos e larvas torradas, lambuzadas com o mel de jataí, e refresco de pitanga também adoçado com mel. Cuidei de seus cabelos, deixando-os limpos e lustrosos; pendurei na cabeça delas penas vermelhas do topete do pica-pau e da cauda da tesoura; enfeitei-lhes o corpo com urucum e desenhos geométricos de jenipapo; amarrei em seus braços cordinhas de embira. Com uma infusão de genciana amarga, curei suas barrigas, três goles por dia, com bastante mel para disfarçar o gosto, e, em pouco tempo, viu-se o espetáculo terrível de muitas lombrigas expulsas. A perversão alimentar foi desaparecendo, e pararam de comer terra. Em pouco tempo tinham viço e uma luz nos olhos que nunca havia existido em Huyuk, a cidade que aos poucos ia voltando a ter um nome. Estranho nome para uma aldeia guarani embiá-apitereua, como são os índios do Paraguai-guá.

Dormíamos em redes separadas, e eu não conseguia mais me aconchegar no ombro de Ararê como fazia desde a primeira vez que dormimos juntos. Sei que quando ele fechava os olhos, meu corpo esbelto tomava conta de seus pensamentos, o sangue corria para suas entranhas, que se incendiavam e mostravam a força de seu desejo em ereções quase dolorosas. Desde que me conheceu, ele não havia passado tanto tempo de privação; às vezes se satisfazia sozinho, mas mesmo assim a agitação da noite não melhorava, e eu, com minha barriga descomunal, não tinha ânimo nem possibilidade de satisfazê-lo. Tiré, a cega que enxergava, percebeu o drama e disse para mim:

— Ararê precisa de mulher, não aguenta esperar você parir. Homens como ele sempre têm mais de uma esposa. Os daqui são fracos... muitas mulheres ainda são virgens. Posso pedir que qualquer uma delas satisfaça Ararê. Seria bom que emprenhasse algumas. Ele é bonito e forte.

— Ando tão preocupada com minha hora que às vezes me esqueço dele. Sei que ele sofre, chame a mais bonita. Cuidarei de seus cabelos, enfeitarei seu corpo com pinturas e a perfumarei com resinas. Tenho cordinhas de embira e as tingirei com urucum, enfeitarei seus braços e tornozelos. Ararê gostará de uma mulher em sua rede.

Tiré trouxe, puxada pela mão, uma menina de catorze ou quinze anos. Magra, maltratada, suja e, como todos, exalando um cheiro ruim, como se aqueles brejos impregnassem o seu corpo. Tinha traços bonitos, bons dentes e era um pouco mais alta que a maioria. Estava intimidada, mas havia um resquício de luz em seu olhar, e logo vi que seu espírito não estava morto: um halo tênue de luz vermelha a envolvia, existia alguém dentro de seu corpo. Em seu rosto, enxergando-se além da sujeira, via-se beleza e, ao perceber que dentro dela habitava um doce aroma, então a vi mais bela.

— Como se chama — perguntei, em bom guarani.

— Maria.

— Não... qual seu nome guarani?

— Não tenho.

— Até eu tenho um nome índio, me chamo Kupaakã, um nome craô. Não é possível que uma menina bonita não tenha nome. Tem as bochechas vermelhas e a voz bonita. Vou chamá-la de Yrypa, a *pequena cigarra vermelha*.

— Eu gosto.

— Pegue uma cuia grande e vá até a cacimba. Vou lavá-la, perfumá-la e enfeitá-la com miçangas, penas, embira, urucum e jenipapo. Você quer dormir na rede de Ararê?

— Quero, mas não sei o que fazer. Nunca tive um homem.

— Não tem importância, eu a ensinarei. Mas, e se ele te emprenhar?

— Vou gostar. Ele é bonito e forte. Não tive um homem porque nunca me quiseram... acha que ele vai me querer?

— Você é bonita.

— Quero agradar a Ararê. Ensine o que devo fazer. Não tenho medo.

— Ararê é bom. Faremos uma surpresa, e de noite, sem avisar, você estará na rede dele. Bonita, enfeitada.

Esforcei-me, e no fim da tarde admirei minha obra: a menina passou por uma transformação quase mágica. As mulheres custaram a crer no que acontecia, e desejaram estar em seu lugar. Ainda havia uma esperança, pois o fato de quererem alguma coisa é sinal de que havia um espírito dentro daqueles corpos maltratados. Yrypa estava um pouco magra para o gosto de um índio, mas ficara mais bonita e vistosa. Tinha ainda a seu favor a tenra idade, o ar virginal e a curiosidade de descobrir o amor. Olhei-a, orgulhosa, sentei-me ao seu lado e, com palavras delicadas, tentei, no pouco tempo que tínhamos até a noite, explicar como deveria se portar para ser feliz na sua noite com Ararê. Falando em guarani e usando palavras simples, disse-lhe o seguinte:

*— Ararê é bom e não deixará que nada de mal se passe. Feche os olhos e respire pelo nariz. Imagine que o ar que entra é vermelho, quente e agradável, e antes de ir ao peito, ele vai até o umbigo e desce ainda mais, chegando até as entranhas. O sangue quente se acumula no seu ventre, e com a palma da mão você pode sentir o calor que se irradia. Quando Ararê se deitar na rede, fique de olhos fechados e, antes que ele entre em você, passe as mãos pelo seu corpo forte. Sinta seu calor e depois o seu cheiro, respire quando ele respirar. É preciso que os espíritos se unam. Só então abra as pernas e o receba. Primeiro sinta todas as sensações no ventre, mas logo elas devem se espalhar pelo seu corpo e tomar conta de seus pensamentos. Suas entranhas se contrairão como se você ordenhasse Ararê, mas mantenha seus quadris quietos para que o prazer dele se prolongue. Ele irá se movimentar sobre seu corpo num ritmo que você deve determinar, diminuir e aumentar, para usufruir por mais tempo as sensações. Sentirá uma sensação luminosa que começa no seu ventre e vai até a cabeça, ficará cega por instantes, não vai ouvir nada. Sentirá que essa luz sai de sua cabeça e penetra na dele. Quando estiver satisfeita, vai deixar que o ritmo dele aumente, e então vai receber a luz que sai de sua cabeça, e ele inundará suas entranhas com as secreções que fazem a vida. Isso também lhe dará enorme prazer.*

Veio a tarde. Ararê e os homens chegaram da caça. Felizes, traziam dois mutuns gordos, três macacos-prego, um veado tão pesado que precisava de quatro homens para ser carregado. Foi a caçada mais proveitosa desde que começaram a aprender com Ararê a seguir o rastro dos animais e esperá-los nos lugares onde se distraíam. Já conseguiam imitar o mutum piando e podiam atraí-lo para bem perto, de onde não errariam a flechada; faziam armadilhas perfeitas para os macacos e para os pássaros, sabiam ir atrás da jataí e achar o seu precioso mel, faziam pirogas para pescar peixes grandes. Ararê organizou a limpeza da caça e ensinou-os a fazer um buraco no chão e forrá-lo com pedras que, depois de aquecidas, assariam os mutuns embrulhados em folhas de bananeira. Comeram os assados, ouviram a flauta e o tambor de Ararê e se alegraram. No começo da noite, já estava tudo pronto: a aldeia reunida saboreou a carne que lhes daria força. Na confusão da disputa por um naco, a figura da meiga Yrypa, limpa e enfeitada, destacava-se. Ararê a viu e a desejou.

Veio a noite, e eu esperava por meu marido na porta da maloca com um sorriso: antevia o prazer que lhe daria.

— Preparei-lhe uma surpresa — falei em português, procurando seus olhos para sentir sua satisfação.

Pelas mãos o guiei até a rede onde Yrypa o esperava.

— Esta noite não dormirá só. Será como se estivesse comigo.

— Nosso filho separou teu sono do meu. Mas hoje dormiremos novamente juntos. Sentirei o gosto da tua boca e o teu hálito morno, a maciez da tua pele e dos carinhos que me dão tanto prazer. Yrypa será você esta noite.

— Como se estivesse em seus braços, sentirei seus abraços, seus beijos, sua mão na minha. Quando o desejo satisfeito trouxer o cansaço, eu o seguirei num sono mágico e despertaremos juntos. Você é minha alegria e mora em meu coração.

Ararê partiu, feliz. Depois de se fartar, quando todos dormiam, deixou a rede da doce Yrypa e foi ver a lua cheia, que iluminava a noite morna. Contente, cantou com voz baixa:

*O primeiro ser que cantou*
*Nessa morada terrena do Grande Pai*
*E que pela primeira vez entoou um som de cura*

*Foi Yrypa, a pequena cigarra vermelha.*

Repousar até o término da gravidez foi difícil. Eu me sentia bem, com força e energia para caminhar ou trabalhar, as dores e as contrações haviam desaparecido. Ficar deitada na esteira suportando o mau cheiro e a umidade dos pântanos ao redor era um sacrifício. Yrypa e Tiré eram solícitas, faziam-me companhia, e aos poucos as outras mulheres, admirando as mudanças em Yrypa, foram se aproximando com um misto de medo e timidez. Eu gastava o tempo ensinando-lhes primeiro a se lavar, a tomar banho todos os dias em um ribeirão de águas limpas que passava perto, a cuidar dos cabelos e das unhas, depois a fazer a pasta de urucum e a extrair a tinta do jenipapo para enfeitar e proteger o corpo, a usar as ervas do mato para temperar as carnes e os peixes. Aprenderam a fazer água de cheiro para despertar o desejo nos homens.

Elas me admiravam, e algumas exageravam no negro do jenipapo para imitar a tonalidade de minha pele. Ouviram palavras esquecidas nos versos de Ararê, que ensinava com dedicação o que conhecia: palavras, músicas, arte plumária, fabricação de arcos e flechas, pirogas, caça e pesca. Em pouco tempo, conhecemos cada um dos habitantes, a maioria pelo nome de branco, mas, aos poucos, escolhemos um nome guarani para cada um. Todos gostaram das mudanças e perceberam que estiveram à beira da morte e agora reviviam.

Um dia, um episódio envolvendo Ararê mudou o destino da aldeia-sem-nome. Ele havia saído para colher mel da jataí, procurar aves com penas bonitas e caçar antas, capivaras e macacos, como sempre fazia, e levou quatro ou cinco companheiros. Foram mais longe que o habitual e desapareceram por dois dias. Era a primeira vez que isso acontecia, e sinto arrepios ao me lembrar da agonia que passei com a ausência de Ararê. Ainda mais que no final de minha gravidez era impossível eu ir procurá-lo. Quando finalmente retornaram, numa tarde quente e ensolarada, a aldeia estava toda reunida, preocupada com o seu paradeiro e curiosa em saber dos motivos dessa atitude inédita. Eu, com minha barriga enorme, fui a primeira a recepcionar os caçadores desaparecidos. Abracei Ararê desajeitadamente, entre inquietude e lágrimas.

– Tive medo!

– Não conseguimos voltar. Tivemos que dormir lá. Estávamos muito longe.

– Onde?

– Perseguíamos uns catetos e chegamos a um lugar encantado que acreditei ser a Terra sem Mal. Também tive medo, achei que não poderia voltar para pegar você.

Ararê descreveu sua aventura e o lugar de águas cristalinas:

– Por conta de apanhar um cateto, subimos umas montanhas tão altas que mergulhavam nas nuvens. Chegamos finalmente a um sítio de onde avistávamos a imponência dos Sete Saltos e suas colunas de vapor d'água e, mais longe, nossa aldeia quase escondida no meio do pântano. Subimos mais ainda e nos embrenhamos na neblina; era difícil enxergar o companheiro que caminhava à frente; todos tinham medo, mas me seguiam porque confiavam em mim. Acreditando em minha intuição, andamos pelo nevoeiro, sempre em frente, à procura da caça. Chegamos ao cume da montanha; fazia frio; a neblina enfeava tudo e punha-nos mais medo. Começamos a descer pela encosta oposta, tateando, seguindo a trilha dos bichos. Achei que minha temeridade havia passado do razoável e pensei em retornar, mas continuei como se o porco-do-mato valesse a nossa vida: uma vontade inexplicável me empurrava. Repentinamente, a neblina se desfez e surpreendemo-nos com uma esplêndida e inesperada visão: um vale não muito grande, completamente cercado por montanhas que tocavam nas nuvens. O sol iluminava-o com intensidade e, de um lado ao outro, era cortado por um gracioso ribeirão de águas limpas e pedras que quebravam a monotonia da água transcorrendo translúcida. Os animais passeavam sem medo, em meio a um cheiro maravilhoso e à sensação de bem-estar. A relva rasteira, de uma tonalidade verde-escura, era interrompida por frondosas árvores carregadas: jabuticabeiras, goiabeiras, abacateiros e mais um sem-número de frutos de todos os formatos. Arbustos floridos de cores infinitas. Veados, macacos, emas, tamanduás, antas, capivaras, passeavam livremente e sem medo. Bandos de pássaros de cores impossíveis cantavam felizes e quase escureciam o sol com suas revoadas, perturbavam o silêncio com a algazarra animada. Uma brisa carregada de perfume soprava delicadamente. Demoramos uns instantes para recuperar o senso e retomar a caminhada em direção ao vale. Chegamos sem muito esforço; a relva macia forrava o chão como um tapete e nos convidava de maneira irresistível a deitar e aquecer-nos sob o sol que nos envolvia. Deitamos, dormimos e sonhamos. Depois de pouco tempo, acordamos com a sensação de ter dormido horas; estávamos dispostos como se houvesse passado uma agradável noite. Sentimos prazer no ar que respirávamos. Percebi a intensidade da energia que absorvia e, ao abrir os olhos, uma colorida maritaca pousou perto de minha cabeça, e pude ouvir com clareza o que ela me falava: "Huyuk, Huyuk, Huyuk". Procurei os companheiros para ter certeza de não estar dormindo e de que aquilo não era um sonho. Um deles, o mais jovem, olhava-me com olhos esbugalhados.

— Onde estamos, Ararê? Será que morremos e viemos até onde moram os deuses? Tenho medo de que agora sejamos só espíritos.

— Não sei onde estamos, mas sei que não morremos. Lembro-me do caminho que fizemos até aqui. Podemos ter chegado à Terra sem Mal.

— Mesmo que seja, quero voltar para casa... será que podemos?

— O bem-estar que sinto é tão intenso que devemos estar fora do mundo. Mas também quero voltar, Júlia me espera. A maritaca estava em meu ouvido, cochichando o antigo nome da cidade. É um aviso. Podemos trazer todos para cá e construir a nova Huyuk, perfumada e cheia de energia. O povo renascerá aqui.

— E se não encontrar a saída?

— Não ficaria neste paraíso? – perguntei, querendo explorar os sentimentos do rapaz, mas outro, mais velho, respondeu:

— Não! Lá, naquele lugar fedorento e feio, estão os meus pedaços. Tenho que ir até lá e trazê-los. Se não for assim, como posso ficar aqui?

— Então vamos comer. Tenho fome. Apanharemos mel, frutas e larvas, depois faremos embornais para levar as pedrinhas brancas e douradas que forram o rio, e com elas marcaremos o caminho. Por ele traremos nosso povo para que também colha os frutos que o destino colocou em nossas mãos.

Comemos e enchemos os embornais com as pedrinhas, mas era tarde e resolvemos pernoitar. Dormimos sobre a relva macia e sob o céu claro de muitas estrelas envoltos num calor agradável. Sequer nos mexemos a noite toda e acordamos com disposição. Falei com meus companheiros sobre o sonho que havia tido:

— Sonhei um sonho estranho! Adormeci escutando um poema que uma doce voz, saída do meio das pedras do rio, cantava para mim. Duvidei que estivesse aqui, deitado nessa relva, sentindo-me como se estivesse no paraíso, mas depois me abandonei às boas sensações e ouvi a voz com clareza. Ela me saudou e aos companheiros. Depois disse: "Escuta com atenção o que vou te falar e guarda minhas palavras na memória para repetir aos teus companheiros. Cuida que teu pensamento não seja governado por um olho cego ou por um ouvido surdo. Não duvides de tua vontade, ela é tua guia. Todos vocês têm que saber que ser e pensar são o mesmo. Ensine que eles são os seus pensamentos; por isso têm que se esforçar para se conhecer, para saber de onde vêm. Assim saberão para onde ir e não estarão mais perdidos. Cada um será o resultado do movimento de todos, pois bebem da mesma fonte e terão apenas um destino. Huyuk é aqui, e aqui seus espíritos e sua vontade irão evoluir, serão felizes por um tempo. Depois, quando esse tempo acabar, irão à Terra sem Mal".

Os companheiros escutaram com atenção essas minhas palavras. Não as compreenderam com clareza, mas intuíram que seria ali que construiriam o futuro. Voltamos por onde viemos, atravessamos a neblina marcando o caminho com as pedrinhas brancas e douradas.

Assim que Ararê terminou sua história, percebi que tudo mudaria. Construiríamos uma nova cidade, e aquela gente destruída renasceria como um povo forte. Vivíamos o instante crucial, decisivo de nossa vida e daquele povo, que já era nosso por adoção. A decisão que tomaríamos a seguir faria diferença para sempre na vida de todos nós. Restava-me a angústia da incerteza de que aquele era o momento propício para a reviravolta, mas uma força irresistível me empurrava: a nova cidade seria a Terra sem Mal que procurávamos.

CAPÍTULO 15
# Transpondo o portal da sabedoria, mesmo entre os imortais serás um Deus

> *"Mas se Deus é as árvores e as flores*
> *E os montes e o luar e o sol,*
> *Para que lhe chamo eu Deus?*
> *Chamo-lhe flores e árvores e montes e sol e luar;*
> *Porque, se ele se fez, para eu o ver,*
> *Sol e luar e flores e árvores e montes,*
> *Se ele me aparece como sendo árvores e montes*
> *E luar e sol e flores,*
> *É que ele quer que eu o conheça*
> *Como árvores e montes e flores e luar e sol."*
>
> FERNANDO PESSOA

A LUA CHEIA CLAREAVA AINDA MAIS A NOITE ILUMINADA PELAS ESTRELAS, E com ela minhas contrações começaram a vir com mais frequência, minha bolsa se rompeu e as águas, atraídas pela lua, se espalharam pelo chão, assustando a mim e a Ararê. Fazia calor, mas uma brisa suave trazia alento. Eu estava preparada, sabia o que aconteceria e como deveria me portar. Com a ajuda de Tiré e Yrypa, fiquei de cócoras, e, a cada contração, tentava facilitar o parto, fazendo força para baixo. Lembrei do padre da Igreja da Glória dizendo que Deus havia condenado as mulheres a parir com dor porque Eva tinha comido o fruto da árvore proibida; o doutor também contava a história de Artemis, que, ao ajudar o parto de seu irmão gêmeo Apolo, ficou horrorizada com as dores de sua mãe. Por isso, pediu permissão a seu pai para permanecer virgem para sempre. Mas se tinha que ser assim, que fosse. Eu estava preparada, era forte e aguentaria como qualquer mulher ou bicho faz, porém as horas passaram, minhas forças estavam minguando e não havia choro de criança: meu sofrimento não terminava. No intervalo entre as contrações e os gemidos, eu podia ver Ararê cantando e tocando seu tambor; era como ele pedia a seus deuses para abreviarem meu sofrimento e trazerem nosso filho para nosso mundo. Mas já era de madrugada, e ele ia ficando rouco, desesperava-se, trazia a angústia estampada em sua expressão. Meus gemidos eram cada vez mais fracos, minha respiração curta e entrecortada, eu não conseguia me manter de cócoras. As forças de Yrypa haviam se acabado e nem com o encosto improvisado eu conseguia chegar ao fim.

Ararê parou de cantar e, com lágrimas e voz rouca, perguntou:

— Por que não acaba?

— A criança está sentada – respondeu Tiré, com as mãos apoiadas em minha barriga.

— E daí? – Ararê perguntou com um soluço.

— Não sei mais como fazer. Não é como quando enxergava. Quando era mais moça.

Yrypa, com olhos aparvalhados, perguntou em voz baixa:

— E se não nasce?

— Os dois morrem – respondeu Tiré, com a frieza de quem está acostumada com a fatalidade.

Veio uma contração mais forte, acompanhada por uma dor lancinante, e com um grito profundo machuquei Ararê, como se suas carnes fossem cortadas. A luz de seus olhos escureceu e, tentando resistir, ele se ajoelhou no chão; não suportava o peso de nosso sofrimento. Dobrou o corpo, encostou a testa no chão e por instantes ficou inerte como se houvesse desistido de tudo, não tinha mais forças para lutar contra nosso destino, deixaria a correnteza nos levar, como leva o náufrago exaurido. Quanto a mim, sentia que a frialdade tomava a extremidade de meus membros e se espalhava por meu corpo, aproximando-se das partes vitais.

Mas então algo se passou com ele. Depois eu soube. Num momento de clarividência, enxergou-me, com os olhos fechados, recoberta por um halo vermelho, e de meus olhos brotaram fachos de luz que o envolveram e lhe trouxeram a energia que recebia quando me amava. Respirou fundo e sentiu que o ar era vermelho, e logo se sentiu com força para lutar contra o destino.

— Tiré, Yrypa e eu seremos os seus olhos. Você deve se concentrar e nos dizer o que fazer. Eu nunca vi uma mulher parir, não sei o que fazer, mas sei que posso ajudar — Ararê falou, com a voz tranquila e cheia de autoridade.

Tiré fechou os olhos cegos para ajudar a memória a procurar situações semelhantes num passado longínquo.

— Deitada assim, como uma branca, é que não vai conseguir. Ararê, ajude para que ela fique de cócoras.

Eu estava quieta, outra vez a exaustão me silenciara. Ararê aproximou-se e beijou meus lábios. Fez-me sentir seu hálito e o desejo ardente de que eu lutasse contra o que o destino tecia. Eu ouvi os pensamentos de meu marido e respirei fundo pelo nariz à procura de energia. Dei as mãos para que me apoiassem e me coloquei na posição orientada por Tiré. Ararê colocou-se por trás de mim, ajudando a manter-me de cócoras. Com as mãos sobre minhas têmporas, respirou fundo, prendendo a respiração com os pulmões cheios e se concentrando na energia que fluía para mim. Tiré abaixou e, com cuidado, enfiou a mão em minhas entranhas até sentir a criança.

— A criança está mesmo sentada. É difícil nascer assim, mas já vi acontecer.

O suor escorria, minhas pernas tremiam pela força que eu fazia para me manter na posição. O sol começava a iluminar o interior da maloca e a aldeia despertava. As mulheres, que sempre são de natureza mais curiosa, se aglomeravam a uma respeitosa distância, tentando não perder nenhum detalhe. Ararê, concentrado, doava energia para mim. Yrypa, que aprendera muito e sabia o que Ararê estava fazendo, tentava ajudar como podia. A maioria das mulheres já havia sentido a dor que eu sentia e, com o coração e a mente, desejava que eu conseguisse. Elas amavam e admiravam o casal de estrangeiros.

— Posso sentir a bunda da criança. Se ela vier mais um pouco, consigo puxar para fora. Vamos, Júlia... força... você vai conseguir.

A cada contração, todos se esforçavam e prendiam a respiração, depois seguiam o ritmo e relaxavam quando eu descansava. Tiré, cega e velha, suava. Até que conseguiu prender um dos pés da criança e, com uma destreza que não lembrava possuir, puxou-o para fora, depois o outro, e logo, com facilidade, veio a cintura: era uma menina. Tiré puxou os braços, primeiro um lado, depois o outro. Estavam dobrados, mas com o dedo nos cotovelos, forçou os antebraços para fora com facilidade. Porém, ao chegar a vez da cabeça, novamente a agonia: mesmo manuseando o tronco, não conseguia desprendê-la.

Daquele ponto em diante, não poderia demorar. Com gestos rápidos e precisos, Tiré enfiou o dedo indicador dentro de mim e, colocando-o na boca da criança, fez a cabeça fletir sobre o peito. Nessa posição, pôde então tracionar o corpo e conseguiu trazê-la, roxa pelo esforço, para vir ao mundo. Era pesada, forte e saudável, e no primeiro instante já chorou, enchendo os pulmões para recuperar a bela cor de jambo de mestiça tropical. As Parcas puderam enfim pegar o fio dessa nova vida e principiar a tecer o seu destino.

Tiré limpou a boca e as narinas, cortou o cordão e, depois, foi puxando-o, até que a placenta descolasse. Sangrei muito, fiquei fraca e não conseguia abrir totalmente os olhos. Quis dormir, mas ainda tive forças para pegar a pequena e levá-la ao peito intumescido. Cheia de vontade de viver, ela sugou o primeiro leite, mais aguado que os seguintes, mas cheio de propriedades. Semiconsciente, desfrutei o primeiro prazer da maternidade. A pequena logo se fartou e dormiu sobre meu ventre, encharcado de suor.

Tiré, com um brilho nos olhos brancos, pegou-a e a levantou sobre a sua cabeça como se a oferecesse aos céus. Como que olhando para o povo da aldeia, fez uma profecia com um discurso longo, que ficou gravado em minha memória, apesar do esgotamento de meu corpo. Suas palavras foram inesperadas, não supunha a profundidade de seus pensamentos para a plateia de gente magra, pele judiada de sol, cabelos lisos e negros escorridos sobre os ombros magros, olhos amendoados sobre zigomas protuberantes:

— Essa menina é irmã gêmea das flores douradas, será formosa e forte! Pequenina como é, tem o calor dos que estão próximos do que é sagrado. Será esse calor que nos trará bênçãos, virtudes e dons que nos devolverão a vida. Ao tentar imitar os brancos, nos esquecemos do que éramos, nos perdemos e não tivemos mais forças para nos reencontrar. Desenganados da vida, matamos nossos sonhos e ficamos sem alma. Perdemos o parentesco com a floresta, suas plantas e animais. Quem não é de nossa raça não pode entender como convivemos com os seres da natureza. A morte da suçuarana e do maracajá é a nossa morte. O silvo quase silencioso da serpente é alento para nosso espírito. Nos troncos colossais das árvores ancestrais se deposita nossa energia. Perdemos o vigor físico, a integridade, e incorporamos o que o branco tinha de sujo, ruim e feio. Nossas festas e nossos deuses ficaram sem significado quando tentamos viver com o deus deles. Essa nossa irmãzinha chegou no primeiro dia de nossa nova vida. Ela nos acordará do sono doentio e voltaremos a ser gente. Nossas estrelas se acenderão novamente, trazendo a luz que iluminará o escuro de nossos corações. Ñandedjára habitará outra vez no meio de nós.

Os primeiros dias de puerpério foram difíceis. Tive febre e muita sede, mas só conseguia beber água em pequenos goles, sentia calafrios que pioravam quando o dia esquentava e melhoravam com as compressas frias que Yrypa fazia sob as ordens de Tiré. Sentia calor e ardor ao urinar, como se houvesse um espinho em minhas entranhas. Um sangramento pequeno e contínuo: talvez por um resto de placenta que continuava lá dentro. Recuperei-me devagar, com as ervas que Tiré encomendava a Ararê e passava os dias a manipular. Com o chá de paricá, tinha força para cuidar da pequena, com sumo da casca da mungubeira e com óleo de andiroba, ela untava minhas entranhas, que foram fechadas sem infecções. Enquanto cicatrizavam, eu dormia com minha filha apoiada em meu peito e Ararê dormia com Yrypa na rede ao lado. Os gemidos de prazer dos dois me excitavam, mas quando passava as mãos entre as pernas sentia um desconforto que me impedia de participar do amor. Depois de duas semanas me sentia melhor. Chamei Ararê e lhe disse:

— Nossa filha ainda não tem nome. Quero que você vá à floresta e escute a música da terra e do céu, e com ela escolha um nome. Em minha aldeia, era assim que fazíamos. Ao nascer, cada criança ganhava uma música que a acompanhava para sempre. Eu esqueci a minha, mas nossa filha terá uma por toda a vida. Ela precisa de um nome de branco e um de índio.

A vida valorizada da pequena criança que ele ainda não conhecia com intimidade lembrou a Ararê sua gente, que se suicidava com frequência. Que contraste, ali uma vida recém-chegada por quem ele daria a sua própria, sem titubear, e lá tantos amigos e parentes que se matavam por não suportarem a solidão e a realidade de sua existência, porque a vida deles não valia nada. Perdiam o norte de sua vida e não conseguiam mais amá-la por ela mesma, precisavam de algo que a justificasse. Sem religião, sem cultura, sem um Deus, sem paraíso, sem medo do inferno, sem a esperança da reencarnação ou da ressurreição. Não eram ninguém e o vazio trazia esse desejo de não viver mais.

Olhando nossa filha, Ararê falou sobre o discurso de Tiré. Depois disse que era preciso enxergar dentro de nós, que sentimentos e desejos não precisam de motivos ou razões, a vida vale por ela mesma, pelo incomensurável prazer de estar vivo. Nada além disso, nem antes nem depois. Poder sentir, em toda a sua exuberância, o calor do sol, o frescor da água, a beleza da lua, o gosto dos alimentos, o perfume da natureza, o amor de uma mulher e de uma filha, só isso é o que importa.

– Vou para a beira dos Sete Saltos, sentarei em um tronco confortável, esvaziarei meus pensamentos e, absorto pela grandiosa descida do oceano de água para o infinito, ouvirei a música de nossa filha.

Ele estava bonito, e encheu meus olhos de orgulho: vestido como um pajé, usava o traje que a mãe lhe dera: uma saia encimada por um cinto de plumas com flores pendentes, um pequeno poncho enfeitado com plumas alaranjadas do tucanuçu. No peito e nos braços, desenhos geométricos de jenipapo entremeados com o vermelho do urucum, o cabelo besuntado com uma pasta de urucum e seguro com uma cordinha de embira trançada. Com os olhos fechados, ficou ouvindo o som da água, mas depois de um tempo, começou a distinguir outros sons da natureza: o barulho que o vento fazia ao ser cortado pelas árvores, a sinfonia dos pássaros, o som dos bichos que vivem na terra, a água correndo devagar e alisando suavemente as pedras de um córrego próximo. Com aqueles sons, compôs com a flauta uma música para a filha, e um nome de branca veio em seu pensamento: Gabriela. Quando ia à igreja, se emocionava com a figura de aspecto mágico do arcanjo Gabriel falando a Maria e anunciando a boa-nova. O irmão da esperança, mensageiro das boas notícias, que está na presença de Deus dando rumo a nossa vida. "É a ele que recorreremos quando estamos sem rumo", disse-me ele, seguro de sua escolha. Gabriela será a anunciadora da nova vida, da Terra sem Mal. Será alegre como são os que nos contam coisas boas. Gabriela Huyuk, a cafuza irmã gêmea das flores douradas.

Gostei do nome e me arrepiei com a música que havia feito para flauta. Gabriela também gostou de seu nome e de sua música; ao ouvi-los, deu seu primeiro sorriso.

O tempo passou rápido, como sempre passa para quem tem os dias e a vida cheios de emoções e afazeres. Os homens trabalhavam sob as ordens de Ararê, construindo as malocas e a praça central da nova aldeia. Estávamos interessados, como se aquela fosse a nossa terra. Discutimos um projeto e decidimos que Huyuk seria parecida com Yvý Tenondé. As refeições comunitárias transformavam o povo em uma grande família, os problemas eram discutidos e as desavenças, resolvidas; todos sabem da vida de cada um, preocupam-se com os outros e sabem que sua atitude influencia a aldeia inteira. Viveremos como uma colmeia ou um cupinzeiro: muitos indivíduos formando um corpo só. Uma grande maloca para ensinar a ler e, um dia, conseguir livros para aprender a sabedoria que os outros povos produziram através dos séculos, obter o conhecimento que fortalece o espírito para ser livre e fazer boas escolhas. Só com um espírito fortalecido poderemos enfrentar outras culturas e sobreviver.

Eu ainda não conhecia o vale encantado, cercado de montanhas, que me descreviam com emoção nos olhos. Mas antevia um lugar onde o mundo terreno ainda estivesse grudado com o mundo celeste, o mundo sobrenatural, como era antes que Oxalá, o deus da criação humana, ferisse Aiê com seu cajado. A lenda nagô que eu ouvia na casa do doutor dizia que Aiê desobedeceu às ordens de Oxalá aos gritos, por isso foi ferido e separado para sempre de Orum, que é o céu com seus habitantes. Entre Aiê e Orum ficou um vazio que foi preenchido pelo hálito de Olorum, ou seja, a atmosfera que une os dois mundos, mas ainda restam alguns lugares onde Orum e Aiê continuam juntos, terra e céu como se fosse uma coisa só. Talvez tenha sido um lugar assim que Ararê descobriu, e uma dúvida me emocionou: será que a Terra sem Mal e o lugar onde Aiê e Orum permanecem abraçados não seriam o mesmo?

Uns poucos homens eram suficientes para abastecer a aldeia com bons peixes e caça abundante, o tempo da fome tinha ficado para trás. Com a embarcação inteiriça cavada em um tronco de itaúba-preta, podiam ir atrás de peixes maiores. Um dos homens se mostrou talentoso com trabalho madeira, era um aprendiz dedicado e aprendeu rápido. Ararê o encarregou de fazer uma segunda canoa de vinte metros; ele usava só uma machadinha, mas a madeira ficava tão lisa que parecia ter sido trabalhada com muitos artefatos. Um clima de euforia e expectativa nos dominava. Mesmo eu e Ararê estávamos ansiosos com as mudanças que chegavam depressa.

Yrypa, prenha de Ararê, começava a mostrar sua barriga. Seus peitos cresceram, aumentando-lhe o porte, o nariz empinou e, quando andava, demonstrava, como eu havia feito, o orgulho de sua gravidez. Suas faces ficaram coloridas e os olhos irradiavam uma luz forte e gostosa. Sua companhia fazia bem a todos, e era comum que a procurassem só para ficarem ao seu lado, sentindo um bem-estar inexplicável. Muitas vezes eu, Ararê e ela nos sentávamos e acariciávamos sua barriga para sentir o irmão de Gabriela crescer em suas entranhas. Ararê se dividia entre nós duas. Era comum que trocasse de rede no meio da noite, e algumas vezes era eu que o deixava com Gabriela, dormindo sobre seu peito, e ia para rede de Yrypa. Tínhamos muito prazer mesmo sem ele. Mãos descarnadas, com dedos compridos e delicados, unhas bem-feitas, o cheiro de flores, o cabelo macio: cada dia ela ficava mais bonita, e nós a amávamos mais.

A barriga das crianças foi murchando à medida que o corpo delas ficava mais forte e tinha energia para eliminar centenas de parasitas. Ajudávamos com um remédio de sementes de abóbora trituradas, dissolvidas em água. Chamávamos os pequenos e o servíamos em cuias, vigiando para que tomassem tudo. Enquanto tomavam, eu rezava um encantamento ioruba para curar inchaço na barriga que aprendi no Rio. Falava por falar, mas logo Ararê e Yrypa não davam o remédio sem dizer as palavras, e faziam isso mesmo que estivessem apressados:

*Àságbà deve tirar esta doença.*
*Èèrù deve conduzi-la para fora.*
*Nunca se encontra uma doença no corpo de ìyèré.*

Ararê ensinou as mulheres a fazer e usar o tipiti para espremer a mandioca e preparar o beiju, que se tornou essencial. Assim que decidimos nos mudar, quiseram plantar uma roça de mandioca onde seria a nova aldeia, para que não faltasse. Também havia o cauim para beber nas festas. Era divertido nos reunir, somente mulheres, em uma roda, para mastigar pedaços de mandioca e cuspir em um grande tacho para fermentar. Quem nos observasse não entenderia como nos comunicávamos falando todas ao mesmo tempo.

***

Um dia Ararê chegou das montanhas onde construíam a nova aldeia e disse:
— As malocas novas estão prontas.

Todos gostaram. Acharam que elas ficaram muito bonitas e estavam encantados com o que fizeram. O povo já podia abandonar as velhas casas e mudar.

Vi a felicidade em seus olhos e respondi:
— Precisamos de uma festa para comemorar a vida nova. Escolha um homem que tenha talento e possa bater no tambor para acompanhá-lo na flauta. Fermentaremos mandioca com frutas deliciosas e ervas, teremos cauim à vontade para nos alegrar. Comemoraremos com êxtase. Em uma semana será lua cheia e a noite estará iluminada para nossa festa. Vamos marcar esse dia para a mudança e a festa. Pintaremos com cores o mundo cinza de Huyuk.

Todos se empenharam nos preparativos da viagem e da festa. Fazíamos enfeites de plumas, as mulheres tratavam e cortavam os cabelos e se deliciavam ao se sentirem mais bonitas. Gabriela cooperava e, entre as mamadas, dormia, acordava a cada duas ou três horas, resmungava, mamava e dormia novamente. Amaciamos o couro de veado para os tambores, arrancamos penas das araras e tucanos para os enfeites, colhemos urucum e jenipapo. Para a festa, quisemos um banquete com carne de anta e combinamos uma grande caçada para a noite anterior à mudança. Os homens fizeram arcos e flechas potentes, e um jirau sobre o carreiro das antas, onde três homens esperariam algumas grandes e gordas, o suficiente para toda a tribo se deliciar.

Na manhã do grande dia, em cada rosto havia ansiedade e satisfação. Estavam embriagados de esperança. Antes da alvorada, a aldeia estava em pé, pronta para partir. As crianças faziam algazarra, corriam de um lado para o outro, animadas com a movimentação inédita e a saúde recém-adquirida. Toda a tralha pronta para ser transportada: redes, cerâmicas, enfeites, pasta de urucum, jenipapo, cauim, as grandes antas, os tambores e flautas que haviam acabado de fazer.

Evoé, a mula, estava carregada com tralhas e livros, mas tinha ares garbosos porque percebera que abria o cortejo dos viajantes. Logo depois vínhamos Gabriela, eu e Ararê, e atrás toda a aldeia, renascida e feliz, indo para a nova Huyuk: seriam índios novamente. Os velhos e doentes não ficaram para trás, os mais fortes ajudavam e a procissão progredia com rapidez jovial, não pararam para descansar e se alimentaram andando. Caminharam com uma energia que não conheciam e não sabiam de onde vinha, os olhos brilhavam com a força que os espíritos iam adquirindo.

Subimos até as nuvens, atravessamos o nevoeiro de mãos dadas, seguindo os passos firmes de Ararê. Ninguém se perdeu, ninguém foi abandonado. Com o sol vermelho do entardecer, avistamos o vale de relva macia e florida, o rio de águas cristalinas forrado de pedras brancas e douradas, a passarada alegre que se preparava para dormir, e sentimos o cheiro das flores que uma brisa morna levava delicadamente a cada um. Paramos e olhamos tudo com reverência, sentindo-nos pequenos diante de tanta beleza. As luzes, as cores, o som e o brilho da água: a natureza se mostrava em seu maior esplendor, o sagrado se expressava.

A transcendência desse encontro ficaria na memória de todos para sempre. E eu, mais do que os outros, senti a energia do lugar e percebi que era o meu lugar, que ali seria feliz: minha viagem havia terminado. Nas águas benfazejas daquele rio, eu beberia a alegria de uma vida livre, cultivaria meu amor por Ararê e por nossa filha, e seríamos, por algum tempo, o norte para aquela gente que andava perdida na escuridão.

Avistamos as quatro malocas e a praça central sombreada por frondosas árvores, e em todos havia lágrimas de emoção. Caminhamos sobre a relva macia, sem sentir o esforço que havíamos feito. Tomamos posse daquele sítio com uma naturalidade estranha, como se já conhecêssemos o lugar, como se já tivéssemos morado lá. Não parecia que havíamos chegado de um manguezal fedorento, repleto de mosquitos, maruins e piuns, rodeado de lama e feiura. Parecíamos ter nascido num lugar repleto de cor e luz, de cheiros e sons. Instantaneamente embebedamo-nos da força mágica da nova Huyuk.

Tudo foi organizado conforme as instruções de Ararê: lenha estocada, moquém para as antas, tocheiros para iluminar a noite, que prometia ser clara, com céu limpo e lua cheia. Rápidos e precisos como se houvessem ensaiado, todos puseram-se a preparar a festa de sua nova vida. Enfeitaram-se, perfumaram-se, cuidaram do cabelo, o corpo já estava pintado, mas retocaram onde era necessário. Antes que o sol terminasse de se esconder, estava tudo pronto à espera de um sinal de Ararê para o início da festa. O cheiro do assado enchia a boca de água, e o cauim era distribuído em cabaças que iam de boca em boca.

Ararê reuniu os homens e mulheres mais jovens e fortes na maloca maior. Gabriela ficou com Tiré para que eu acompanhasse a festa. Evoé, enfeitada com penas, miçangas e cores, também estava dentro da maloca. Atrelada a uma canga de couro, transportava cauim em um grande recipiente. Atrás de Evoé, três homens e duas mulheres tocavam tambores e flautas num ritmo animado e constante.

A procissão saiu da maloca, Evoé e Ararê à frente, seguidos pelos tambores e flautas, depois o povo, dançando e cantando em um ritmo crescente. O cauim contribuía para que saíssem de si, envolvendo-se com a natureza que os recebia. O murmúrio do rio e a música misturavam-se. Eles cantavam o que tinham aprendido comigo e com Ararê. Cantavam de olhos fechados e feições concentradas, em uma altura e com uma ênfase descomunais. Era um momento de êxtase.

*Venham todos*
*Oh, venham!*

*Com este canto os chamamos.*
*Vamos florescer neste chão,*
*Porque já não somos os mesmos*
*E estamos no caminho da claridão.*

*É das trevas que viemos.*
*Agora temos os segredos da floresta*
*Pelo canto e pelo jeito conhecemos*
*Os pássaros e a cigarra*
*E onde fica a parada dos peixes*
*E a tocaia da caça.*

*Cantemos com alegria*
*Ao som das flautas*
*E dos tambores de rouco som*
*A música nos chama*
*Vamos, vamos à nova morada.*

Chegamos à praça central, cercada pelos mais velhos, que nos acompanhavam com o olhar e com palmas. A beleza da fogueira aumentava o êxtase. Ararê me encontrou ardendo de um desejo há tanto tempo reprimido. Primeiro, de mãos dadas, dançamos ritmados, como os índios fazem, mas a atmosfera, a música, o cauim nos libertaram, e sem pejo demonstramos o que sentíamos um pelo outro. Eu estava bonita como havia muito não ficava. Enfeitara-me como uma índia e como uma africana, a cabeça coberta com o turbante de musselina, brincos de argola nas orelhas, colares de miçangas no pescoço, o peito nu com desenhos de urucum, cordinhas de embira nos braços e um pano colorido nos quadris. Pequenos chocalhos feitos com casco de veado pendiam de meus tornozelos. Ararê me admirou. Tão pouco tempo de parida, e meu corpo havia recuperado a forma.

Ele também estava bonito, coberto por desenhos pretos e vermelhos, e com a cabeça emplumada pelas penas de araras-azuis, vermelhas e canindés. Nu como a maioria dos homens, a proximidade do corpo da mulher logo tornou seu desejo visível. Os tambores continuaram num ritmo hipnótico, e toda a aldeia dançava. Eu e Ararê nos esfregávamos, íamos nos entregando ao prazer, éramos o exemplo daquela gente. Eu queria meu marido, e deitei-me, chamando-o para dentro de mim.

Demos o sinal para que a aldeia se envolvesse em carícias; a excitação transbordou. Todos sentiam a necessidade do contato físico, roçavam-se uns nos outros, esfregavam-se como nunca havia acontecido. Deixavam de ser a aldeia onde as mulheres eram virgens por falta de quem as quisesse. Aos poucos, formaram pares e trios que se amavam, espalhados pelo chão da praça. Com voracidade, eles se entregaram aos prazeres como nunca haviam pensado ser possível. Saíram de si; por alguns momentos eram mais do que homens, transformaram o contato orgiástico em uma comunhão com o sagrado, em um contato místico. O orgasmo era a fonte de celestiais doçuras, a satisfação carnal trazia o pressentimento do divino.

Quando a festa terminou, os pássaros que antecedem a madrugada já começavam a acordar. Dormimos o primeiro dia em Huyuk até o meio da manhã, e quando acordamos, éramos uma nova gente, um novo povo.

CAPÍTULO 16
# Seja, no falar e no agir, justo e prudente

> *"De um belo corpo para dois, e de dois para todos os belos corpos, e dos belos corpos para as belas ações, e das belas ações para as belas noções. E de noção em noção chegarás por fim à noção do Conhecimento, que outra coisa não é senão a revelação da beleza absoluta."*
>
> PLATÃO, BANQUETE

HUYUK PROSPEROU SOLIDÁRIA E EM IGUALDADE. AS CRIANÇAS SE ESQUECERAM da fome e da tristeza, tornaram-se felizes e fortes curumins. Sabiam seu nome de branco, mas se tratavam pelo nome índio, gozavam da fartura de bons alimentos. Os que tinham talento esmeravam-se em misturar temperos e experimentar novos sabores com receitas mais complicadas e trabalhosas; as refeições comunitárias eram um assunto sério, envolto em discussões acaloradas sobre o que seria servido. As montanhas nos mantinham escondidos, protegidos do mundo, só chegava a Huyuk quem conhecia o caminho. O clima era ameno, uma brisa morna e perfumada soprava mansa. Não havia necessidade de roupas mesmo à noite, era como se estivéssemos sobre o equador, porque a temperatura não variava.

Vivíamos com conforto e segurança, dedicando o tempo ocioso ao estudo do guarani, do espanhol e do português, à pintura, à arte plumária, à música, às velhas lendas e aos mitos quase esquecidos, à dança, à culinária e à preguiça. A saúde e a vitalidade despertaram uma vaidade inédita: todos se perfumavam, embelezavam o cabelo, conservavam os dentes brancos e brilhantes, enfeitavam as malocas e as cerâmicas com pinturas. Nas águas cristalinas do Afortunado, como haviam batizado o nosso rio, nos banhávamos todos os dias. Os geométricos desenhos de jenipapo, que entremeavam o urucum, eram cuidadosamente refeitos a cada mudança de lua.

As crianças não morriam mais, ninguém mais se lembrava dos tempos em que, diariamente, pequenos corpos eram abandonados insepultos. Agora todos esbanjavam energia em atividades atléticas, que eram interrompidas para as aulas que eu havia organizado, nos moldes de Yvý Tenondé. As crianças foram agrupadas segundo as possibilidades, e das mais aptas ao mundo das ideias eu exigia mais. Para as outras, Yrypa, Tiré e dois índios mais velhos e sábios eram os professores e ensinavam o que guardavam na lembrança e o que aprendiam comigo e Ararê. Preparávamos os mais aptos para dirigir os destinos de Huyuk.

A natureza exuberante, atraente e caprichosa de Huyuk revitalizou a todos. Comungávamos com o divino em cada manhã, em cada pôr do sol, em cada banho nas águas do Afortunado, nas caças e raízes, nas festas orgiásticas onde o cauim os ajudava a sair de si, na música, na beleza de seus corpos adornados e perfumados. Mesmo aqueles brutalizados em sua vida anterior, agora percebiam que havia uma vida feliz, na qual o prazer era o princípio e o fim, o bem natural da existência. Esse era o momento: não tinham que esperar por mais nada, viviam a felicidade ganha da providência. Com conhecimento e sabedoria, aprenderam a distinguir os prazeres superficiais, imediatos e fugazes, dos duradouros, profundos e importantes. Rapidamente compreenderam que o conhecimento é substrato essencial para conseguir a sabedoria que ilumina o caminho da felicidade.

Uníamo-nos com a divindade na natureza. Em uma relação direta, ninguém interpretava ou intermediava os desígnios e, como as coisas da natureza já tinham nome, ninguém sentiu necessidade de um nome para designar o divino. À noite, nas reuniões da praça, nos divertíamos ouvindo os mitos dos guaranis e dos brancos sobre a criação do mundo e as leis que deveriam ser impostas aos homens, mas encarávamos tudo como poesia, como ideias criadas para transmitir uma mensagem.

Quando um velho querido morreu, sentimos saudades, choramos sua ausência. À noite, conversamos sobre o que sentíamos e concluímos que a morte é o fim natural da vida, e como tudo o que é natural não deve ser causa de tristeza ou de medo. Quem espera a morte sofrendo ignora que ela não existe para aquele que morre. Quando ela chega, já não existimos, e então, como sofrê-la? Somos feitos da mesma matéria das estrelas e de tudo o mais. Quando o tempo de nosso corpo acaba, ele se desintegra: do pó ao pó, a energia é simplesmente devolvida à natureza e aproveitada de outra forma qualquer.

Uma noite lhes falei do prazer e da dor, de situações em que a dor momentânea proporciona um prazer duradouro. Para a saúde do corpo é necessário parcimônia nos prazeres da alimentação; hábitos simples, além de saúde, nos dão alegria nas ocupações da vida. Também conversamos sobre a saúde do espírito; algumas privações são saudáveis. Abandonar o excesso de apego a coisas e pessoas, os desejos supérfluos, as vaidades fúteis.

Com o tempo, a saúde e a felicidade, o desejo e o amor espalharam-se, e, como é da natureza humana, apareceram as inexplicáveis preferências. Formaram-se casais, e alguns compartilhavam a mesma rede sem pensar em variar. Diferentemente de Yvý Tenondé, não achavam essas preferências ruins, respeitavam todas as formas de amor. Como entre os craôs, havia pares formados por dois homens ou duas mulheres.

Porém, todos os meses havia uma exceção, mesmo para esses apaixonados. Na primeira noite de lua cheia, comemorávamos a mudança para o vale do Afortunado com uma festa que exigia vários dias de preparação. Grandes quantidades de mandioca eram postas para fermentar, e enchíamos muitos potes de cauim. Veados e antas eram cuidadosamente temperados com ervas raras, difíceis de encontrar. Refazíamos os desenhos do corpo, novos enfeites de plumas. Fazíamos novos instrumentos, novas composições musicais. Aprendemos a derreter as pedras douradas do rio e fazer com elas belos enfeites para os braços e o pescoço.

Comíamos, dançávamos, cantávamos e bebíamos muito cauim. Os espíritos se libertavam, tornavam-se mais que humanos, tomados pelo êxtase e o entusiasmo. Nesse estado de espírito, a festa se tornava orgiástica, e todos se amavam indiscriminadamente, em meio à dança frenética, com uma excitação incomum. Era um dia livre, os casais estáveis se desfaziam, e todos se amavam, numa comunhão universal. Eu também, com a ajuda do cauim, entregava-me ao delírio com uma dança africana livre e sensual, que fazia homens e mulheres me olharem com desejo, pois muitos queriam a sensualidade da única negra da aldeia.

Com o tempo, a música e a dança dos guaranis de Huyuk foi se mesclando ao ritmo africano que eu gostava e resultou numa dança sincrética, de passos e ritmos mais marcados que a africana, mas com mais liberdade e mais sensualidade.

Nas festas, eu também me deitava com homens e mulheres. Envolvia-os em luz durante o ato. Todos sabiam da energia que emanava de mim, e, para eles, povo depauperado havia gerações, o efeito dessa energia era espantoso. Cada homem ou mulher que me possuíra nas festas tornava-se diferente, renascia para uma nova vida com o vigor de um herói, conhecia uma nova emoção, uma nova sensação, que transformava sua maneira de ver a vida e a existência.

Construímos, como havíamos planejado, uma maloca a mais para a educação das crianças, onde elas eram alimentadas e ensinadas nos moldes das escolas dos brancos. Na entrada, havia o nome Abanheém, que significa Língua de Gente. Fui eu quem escolheu o nome e o pintou, com letras bonitas e coloridas. As palavras são preciosas, e quando cheguei aqui elas haviam sido esquecidas, a maioria das coisas era inominada, e eles estavam deixando de ser gente. Foram as palavras que começaram a mudar tudo: primeiro o nome das coisas, das plantas e dos animais, depois das sensações e, por último, dos sentimentos. Foi bom observar como as pessoas mudavam à medida que as palavras apareciam.

Primeiro aprendi e depois os ensinei a ler e a escrever o espanhol, junto com o português e o guarani. Usavam papel e lápis que conseguiam em uma cidade paraguaia, Curuguaty, distante três dias de caminhada. Ararê sabia que um pequeno pedaço do metal dourado que forrava o leito do Afortunado era suficiente para trazer para Huyuk tudo o que necessitavam, e a cada três ou quatro meses ia com dois companheiros. Levava apenas o necessário, pois o ouro desperta a cobiça, deixa os homens enlouquecidos, sem limites. No Paraguai, desde a independência, ele era uma forma corrente de pagamento, aceito em qualquer lugar. Uma indústria de hábeis artesãos desenvolvera-se por todo o país. Produziam enfeites e joias belíssimos, disputados pelos indígenas, que os adoravam. Com o tempo, Ararê acabou fazendo amizade com o dono de um armazém de Curuguaty e podíamos fazer encomendas de livros em Assunção, pagando com o ouro de Huyuk, sempre cuidando de gastá-lo com parcimônia. O homem acostumou-se com Ararê e suas encomendas estranhas: livros em francês e em português para um índio guarani era um pedido inédito em seu armazém, sempre cheio de gente. Depois de alguns anos, formamos uma pequena biblioteca, onde meus franceses preferidos eram Voltaire, Rousseau, Baudelaire. Entre os brasileiros, Gonçalves Dias era meu campeão, talvez por sabê-lo filho de um português com uma cafuza como Gabriela. Ou então por conta de a família de sua amada tê-la proibido de se casar com ele por causa de seu sangue de negro, como o doutor havia me contado. Foi emocionante receber um livrinho de poesias de Luís Gama, o filho perdido de Luiza Mahim, que eu havia conhecido no Rio. Rimos muito com sua poesia:

*Se negro sou ou sou bode,*
*Pouco importa. O que isto pode?*
*Bodes há de toda casta,*
*Pois que a espécie é mui vasta*
*Há cinzentos, há rajados,*
*Baios, pampas e malhados,*
*Bodes negros, bodes brancos*
*E sejamos todos francos,*
*Uns plebeus e outros nobres,*
*Bodes ricos, bodes pobres,*
*Bodes sábios, importantes,*
*E também alguns tratantes*
*Aqui, nesta boa terra,*
*Marram todos, tudo berra.*
*Cesse, pois, a matinada,*
*Porque tudo é bodarrada!*

Líamos os jornais de Assunção com alguns meses de atraso, soubemos da morte de Carlos Antonio Solano López em 1862 e de sua sucessão pelo filho, Francisco Solano López, que continuou a política de desenvolvimento da indústria, construindo tudo em um ritmo febril e inaugurando um tempo de magníficas realizações no Paraguai. Lemos sobre a deterioração das relações com o Brasil por conta do mercado de erva-mate, das reivindicações por uma saída pelo mar para as exportações e a ideia de um país guarani que englobaria uma parte da província do Mato Grosso. Um grande exército se formava no Paraguai.

No nosso pequeno mundo, isolado de tudo e de todos, aqueles tempos foram bons. Gabriela e Pery, o filho de Yrypa, cresciam fortes e bonitos. Eu me enchia de orgulho ao vê-los felizes, e era inevitável que comparasse a infância deles com a minha. Eu me desdobrava ensinando crianças e adultos a ler e escrever, mas me dedicava com mais afinco aos que tinham talento e se interessavam.

Para minha satisfação e a de Ararê, Gabriela era a primeira de todos. Aprendia comigo, mas depois ia aos livros que possuíamos e se adiantava. Tudo foi muito surpreendente: quando ela terminou a infância e seu corpo começou a ter formas de mulher, falava, lia e escrevia em quatro línguas, seu francês era melhor que o meu, sua única professora, e ela tinha a elegância de Amélie para falar. Ararê a ensinou a cantar e tocar instrumentos. Cozinhava com magia e dançava com muito mais graça do que eu.

Ele era pai de muitas outras crianças, mas depois que as festas mensais cuidaram de misturar as paternidades, o amor dos homens era dividido entre todas elas. Nós nos esforçávamos na instrução do povo, sabíamos que no conhecimento estava a possibilidade de sobrevivência, se por algum motivo fôssemos obrigados a deixar aquele paraíso. Eles não conheciam o mundo, mas por meio dos livros eu tentava lhes mostrar a história das gentes de muitos lugares.

Quando Gabriela estava prestes a ficar mocinha, eu e Ararê tivemos uma conversa. Ele me disse:

— Em pouco tempo, nossa filha vai ter um sangramento, deixará de ser criança. Ela é esperta, mas nós a criamos neste paraíso, longe do mundo. Sabemos que em Huyuk não há a crueldade dos brancos. Pery é valente e será um bom caçador, é quase tão culto e bonito quanto a irmã, mas também não sabe das coisas do mundo.

Ararê, preocupado, aconchegou-se em meu regaço.

— Muitas vezes também penso nisso — disse-lhe eu. — Me lembro das misérias por que passei e sinto calafrios ao imaginar que eles poderão ter que enfrentar coisas parecidas. Me lembro da tempestade e de meu primeiro sangramento no tumbeiro que me trouxe da África.

— Todos os meninos de Huyuk estão nessa situação. Nós os instruímos, mas a realidade do mundo é outra.

— Nas idas à cidade, para comprar coisas, você pode levar dois ou três de cada vez. Assim eles vão conhecer a cidade dos brancos, as lojas, como se vestem, os seus costumes.

— É uma boa ideia. Você vai comigo a primeira vez? Podemos levar nossa filha. É um caminho suave e agradável, sei que você vai gostar. Há muito que deveria ter ido comigo.

— Nunca mais saí daqui, e por mim não sairia, mas irei com você.

Para Curuguaty não havia o Peabiru, mas a caminhada era suave e agradável. Chegamos depois de três dias. As crianças olhavam deslumbradas para a pequena cidade, como se ela fosse uma grande metrópole, seus olhos brilhavam ao passarem pelas lojas e vendas da rua principal. Observavam atentas as mulheres vestidas com roupas que não conheciam, os homens usando armas e chapéus enfeitados, carruagens com complicadas engrenagens e cavalos com reluzentes arreios. Eram imagens novas, impossíveis, assustadoras. Os pequenos não escondiam a admiração pelo povo que construía tudo aquilo; com seu espírito juvenil, tinham a impressão de que qualquer habitante era capaz de fazer tudo o que utilizavam. Era assim em nosso mundo, em Huyuk, cada um dominava toda a tecnologia utilizada para nossa vida. Se lá sabíamos fazer tudo o que utilizávamos, aqui também devia ser assim, então todos sabiam fazer roupas, carruagens, prédios de dois andares, chapéus, espadas, armas.

Andávamos pela rua quando demos com um velho negro, sentado perto do passeio com uma harpa no regaço. Estava rodeado por homens e mulheres em silêncio respeitoso, e com a voz trêmula e as mãos surpreendentemente ágeis, tocava e cantava versos.

*De isla Flores había llegado*
*La noticia que sacudió el alma:*
*Sobre los navíos desplegado,*
*Flameaba el pabellón de la fama...*

*Navíos enemigos a la vista?*
*No cabe duda que son ingleses,*
*Así lo atestigua el largavista.*
*Tendremos que vernos con esos peces!*

*A los de Buenos Aires avisamos*
*Del peligro que se acercaba*
*Les advertimos como a hermanos*
*El derrotero de la escuadra.*

Agucei os ouvidos para entender o que ele cantava, sua voz era fraca e um vento seco fazia um ruído que piorava seu espanhol com sotaque. Seus versos eram sobre uma derrota de ingleses, não achava que isso era possível:

*En la Plaza de Armas presenciamos*
*La rendición de los ingleses*
*El parte de la Victoria llevamos,*
*Naufragando, sin pesarlo dos veces.*

*El nuevo escudo de Montevideo,*
*Lleva las banderas arrebatadas,*
*Recordando la hazaña que pondero:*
*La muy fiel y reconquistadora.*

Quando terminou, eu estava encantada com a música e curiosa com o significado dos versos. Perguntei ao homem ao meu lado quem era o velho que cantava.

– Ele se chama Ansina, um velho uruguaio de cem anos de idade que, além de poeta, é herói de muitas guerras. É filho de escravos africanos e também já foi escravo no Brasil. Seu nome é don Joaquín Lenzina, orgulho de nossa cidade.

O homem falava rápido, uma mistura de espanhol e guarani que Gabriela não estava acostumada a ouvir.

— Mãe, o que esse homem falou? — Gabriela perguntou em francês, como era comum que fizesse quando estávamos a sós.

Respondi em francês, falando baixo para não atrapalhar. Uma voz bonita e potente respondeu também em francês:

— Esse homem é um exemplo. Herói, poeta e músico de talento. Ele é uruguaio, mas nós o adotamos.

Duvidei de meus ouvidos e me surpreendi com uma bonita mulher de cabelos vermelhos, bem tratados como os de Amélie. Vestia-se de forma rica e elegante, destoando da pequena multidão de "pés descalços" que rodeava o poeta.

Em francês, lhe falei:

— Madame... não achei que aqui houvesse alguém que falasse francês.

Observei, com surpresa, a energia daquela mulher. Em sua volta, um halo luminoso, intenso, de tom avermelhado.

— Eu é que estou surpresa... nunca soube de uma negra fora do Caribe que falasse francês. Que coisa insólita.

— Vim da África para o Brasil, para o Rio de Janeiro... era escrava de um casal de franceses.

— Já foi escrava? Como Ansina? Aqui no Paraguai já faz muito tempo que não temos mais escravos.

— Acho que no Brasil ainda haverá escravidão por muitos anos. Os ingleses obrigaram o país a fazer uma lei proibindo o tráfico, mas o contrabando não para. Ainda vai demorar muito para que terminem com a escravidão... muitos que são contra querem que os negros ganhem o dinheiro para indenizar seus donos. Uma história de mau gosto querer que um escravo ganhe dinheiro.

— Você fala espanhol?

— Sim, falo. Minha filha também. Algumas vezes por ano meu marido vem aqui e compra livros e jornais.

— Gosta de ler?

— Muito. Gosto de poesia.

— "Conheci sob o dossel de árvores purpurado, e de palmas de onde o ócio ao nosso olhar acena, uma dama crioula de encanto ignorado..."

— "... de tez pálida e quente, a mágica morena tem no seu colo um ar sempre mais requintado...", terminei o trecho que ela havia começado, rindo, feliz em saber de memória justamente aqueles versos.

— Você me surpreende. O que mais sabe dele?

Ela me olhava com curiosidade, admirada, e seus profundos olhos azuis brilhavam cada vez mais.

— Li *Paraísos artificiais* e gostei. É um livro estranho, mas gostei.

— Esse eu não li.

— Ele tenta explicar a compulsão humana em querer atingir algum tipo de éden, mesmo que seja com drogas.

— Acredito que nossa vida seja sempre procurar um paraíso. Para o da Igreja, só podemos ir depois de morrer, não serve mais. Queremos acreditar no que está ao nosso alcance, aonde possamos ir nesta vida. Eu procurei e encontrei o meu paraíso neste lugar quente, perto do fim do mundo. Na verdade, onde Pancho estiver está meu paraíso.

Fechou os olhos, apertando-os, como se a sensação do amado em seus braços fosse real.

— Temos muito em comum. Saí da África e passei por muitos lugares, sofri e aprendi muito, e encontrei Ararê. Partimos à procura de um paraíso e o encontramos juntos.

— Qual o nome de seus filhos?

— Esta é Gabriela Huyuk e este é seu irmão, Pery. Ele não é meu, mas é como se fosse. Eles têm quase a mesma idade. Ararê é guarani. Viemos caminhando desde o Rio de Janeiro até um lugar, do outro lado do grande rio, onde moramos com nossa gente... uma aldeia guarani um pouco diferente das outras. Somos mães de todas as crianças, e os pais são pais de todos... é como se fôssemos apenas uma família.

— Tenho dois filhos, e meu companheiro também tem uma filha com outra mulher. Gosto tanto dela que parece ser minha. Mas lá na sua aldeia, os homens vivem em paz? Em geral, os homens querem ser donos da mulher.

— Em Huyuk não é assim. Não há dono de ninguém. Homens e mulheres são iguais. Em geral vivemos bem.

— Veja... o velho Ansina está indo embora. Quase cem anos, e ainda pode carregar sua harpa. Tenho que ir, mas gostaria de oferecer um refresco às crianças... caminhe comigo até aquela venda, conte-me mais como vivem.

— Vou perguntar a Ararê se ele quer ir.

Ele concordou e foi de mãos dadas com as crianças, caminhando atrás de nós, que falávamos sem parar. Ela se chamava Elisa, era rica, tinha muitos empregados e morava na capital. Além das roupas lindas, em tudo me lembrava Amélie. Por onde passávamos, todos paravam para admirar a bela ruiva.

– Gostei de você. Se for a Assunção, venha me visitar. Queria continuar nossa conversa. É a negra mais bonita que já conheci, e nossa vida é parecida.

– Você viaja sozinha? Onde está seu companheiro?

– Ele é muito ocupado no exército. Acham que haverá uma guerra e se preparam para ela. Sou seus olhos e, às vezes, ando pelo interior para informá-lo como tudo vai indo, se o povo está contente, se está sendo bem tratado, se as escolas estão funcionando. Como conheceu um índio tão bonito?

– Nos conhecemos no Rio de Janeiro.

– Ele trata você bem?

– Desde que o vi pela primeira vez, ele é o meu amor e eu sou o dele. Depois de tantos anos, fecho os olhos e estremeço como na primeira vez em que suas mãos buscaram meu corpo, sinto o calor que seu corpo irradia. Ele se alimenta da minha energia e eu da dele. Precisamos um do outro.

– Meu amor por Pancho é como o seu. Eu nasci na Irlanda, um país perto da Inglaterra, e estava casada com um velho quando o conheci. Minha vida caminhava para um nada. Não tinha mais sonhos nem desejos quando ele chegou. Estava acostumada a uma vida sem amor, um casamento sem emoção. Pancho também não vivia bem; fui eu quem o acordou para o amor. Só conhecia o prazer das prostitutas e de mulheres sem espírito. Sei que também é prazer, mas ele deslumbrou-se quando experimentou o amor e o prazer juntos. Também preciso dele como ele precisa de mim.

– A felicidade que desfrutamos tem uma coisa em comum.

– O que é?

– Nossos homens nos amam, têm prazer com nosso corpo, mas não é apenas isso.

– Então é o quê?

– A fortuna nos abençoou com um amor correspondido. Amamos e somos amadas. Essa é a nossa felicidade – falei, olhando com ternura para Ararê.

— Você é inteligente, fala coisas que eu gostaria de falar. Dizem que os sentimentos não precisam de motivos, nem os desejos necessitam de razão.

— Um amor correspondido é uma dádiva do destino a que poucos têm direito.

— Queria levá-la para conhecer Pancho. Uma negra, bonita como nunca vi, que fala francês e diz coisas sábias. Onde é que você disse que mora?

— A três dias de caminhada daqui, depois do grande rio. Nossa aldeia se chama Huyuk.

— São terras do Império, mas deviam fazer parte de um país dos guaranis. No Atlântico, teríamos um porto. Dispensaríamos o Prata, os argentinos e os ingleses.

— Mas o Brasil vai deixar?

— Talvez haja guerra... talvez não. É uma imensidão despovoada. Quem anda por lá são os índios que restaram das Missões, e eles hão de querer se juntar a nós numa grande nação guarani, forte e independente dos escravocratas brasileiros, dos ingleses e de seus ordenanças, os argentinos. O Império quer continuar dormindo com milhões de escravos embalando seu sono.

— Mesmo assim, acho que lutará.

— Nosso exército tem quase cem mil homens, muito mais do que o Império, a Argentina e o Uruguai juntos. Nossos soldados lutam por uma causa, sabem que o país é deles. No Brasil, duvido que os poucos que são donos levantem a bunda de suas poltronas europeias para vir aqui, neste fim de mundo. Eles vão receber libras dos ingleses, mas quem virá lutar? Negros, índios e miseráveis? Não terão vontade de lutar pelo que não é deles. Um soldado assim é como uma arma sem munição, não tem serventia... Já está ficando tarde, vocês têm onde dormir?

— Temos nossas redes e dormimos no mato... estamos acostumados. É assim que gostamos.

— Mas hoje poderia ser diferente. Estou sozinha em uma casa enorme e confortável. Uma bela fazenda a menos de uma légua daqui. Volto para Assunção amanhã. Adoraria que você, Ararê e seus filhos passassem esta noite comigo. Mandarei servir um bom jantar, continuaremos nossa conversa e tomaremos banho. A casa tem um quarto de banho. Venham. Tenho uma carruagem me aguardando.

Eu e Ararê conversamos e aceitamos o convite. Dormir em uma casa de branco, comer à mesa com cadeiras, toalha, guardanapos, talheres, porcelanas e copos de cristal, seria uma boa experiência para as crianças. Assim que aceitamos o convite, Elisa chamou um homem que a seguia e lhe deu algumas ordens. Ele se empertigou e saiu com rapidez. Alguns momentos depois, voltou com uma luxuosa carruagem aberta, de assentos de couro e lanternas douradas, conduzida por um cocheiro bem-vestido e puxada por duas belas e fortes éguas andaluzas, de longas crinas brancas cuidadosamente tratadas. Marchavam elevando as patas dianteiras, chamando a atenção de todos. Quatro homens armados acompanhavam a carruagem. Seus cavalos também eram ricamente encilhados e um deles trazia uma capa com uma inscrição em guarani: *Aca Carayá*. A cidade parou para ver o cortejo passar. Sentei-me no banco de trás e Ararê, com as crianças, no banco dianteiro. Estavam acanhados com tanta pompa e todos aqueles olhares.

Em pouco tempo, percorremos a distância até a fazenda, e as crianças reclamaram do fim da aventura inusitada, o primeiro passeio de carruagem da vida delas. A sede da fazenda ficava em um pequeno vale, cercado por serras de baixa altitude. Uma imponente construção de pedra e adobe se erguia, num estilo que mesclava a arquitetura europeia dos jesuítas e o talento guarani para trabalhar com as mãos. Elisa me explicou que se chamava barroco missioneiro. Ao lado da sede, pequenas construções no mesmo estilo formavam uma cidadezinha: a olaria, a marcenaria, o curtume, a capela, os ervais, as casas dos índios e o colégio. Um vento quente e seco soprava ininterruptamente, piorando a sensação de calor.

Paramos diante da porta principal, na sombra de um portentoso quebracho, onde um casal de guaranis se abrigava do sol à espera da patroa. O homem nos ajudou a descer, e Elisa os cumprimentou, chamando-os pelo nome, Teyu e Kuña Yboty. Por uma escada de poucos degraus, chegamos a uma pesada porta de madeira nobre. Um pórtico de estrutura em arenito e detalhes com motivos da flora e da fauna, em cujo cume se lia uma inscrição em espanhol com o lema dos colonizadores: "Por Deus e pelo ouro".

– Deus não deve gostar de ser colocado em igualdade com o ouro – sussurrou Ararê para mim.

— Se Ele lesse o que escrevemos ou escutasse o que falamos, o mundo seria outro — respondi em seu ouvido.

— Vamos entrar – disse Elisa. – Teyu é quem toma conta daqui. É uma casa bonita e de bom gosto, vazia desde que seu dono foi condenado pelo presidente Francia e fuzilado. Um descendente de europeus contrário ao governo e à independência, queria obedecer a Buenos Aires... um explorador do povo. Sua família foi para a Argentina, e os índios exploram a fazenda em parceria com o governo. Eles chamam a fazenda de Ybytucatu, Vento Bom, é uma "Estância da Pátria". Mas não quiseram morar nesta casa, e ela continua como era quando seu dono era vivo.

Elisa falou em guarani para que Teyu entendesse.

A porta de entrada dava acesso a uma grande sala que fazia a distribuição interna do casarão. O teto de madeira era decorado com pinturas de motivos florais, de aparência frívola, com cores intensas e nuances infinitas. A composição barroca de artesãos guaranis se dispunha de modo a surpreender o visitante quando, ao abrir a porta, a luz penetrava, iluminando repentinamente o teto. Contíguo, havia um pátio interno com um jardim tropical, enfeitado por uma fonte esculpida em pedra, donde um som de água enchia o ambiente. Contornando o jardim, um corredor coberto ligava os quartos, as salas e a cozinha. Havia alguns vasos de cerâmica, com cenas de matança de touros em arenas espanholas, imagens assustadoras que obrigaram Elisa a nos contar como e por que havia aquela selvageria.

Chegamos a um aposento com várias camas.

— Este é o quarto de vocês, hoje não dormirão em redes. Espero que as crianças gostem. Vou banhar-me e gostaria que me ajudasse, Júlia. Se quiser, tomaremos banho juntas. Vou pedir a Teyu que traga comida para seu marido e as crianças. Depois do banho, comeremos... Katu deve ter feito uma boa comida.

As crianças divertiam-se nos colchões, que não conheciam, e Ararê se deleitava por vê-las tão felizes. Fui com Elisa ao seu quarto, enquanto Teyu providenciava o banho.

— Sinhá Amélie se parecia com você... tinha cabelos vermelhos, era bonita, vestia roupas elegantes como as suas.

Durante alguns instantes, enxerguei cenas de meu amor com Amélie, cheguei a sentir o cheiro do seu desejo, o toque macio de sua pele, o gosto de suas secreções. Vi-a contorcendo-se de prazer, e me lembrei de como gostava de olhar para sua carne branca, imaculada, angelical. A beleza de Elisa era material, terrestre, sanguínea, cheia de vitalidade, nada tinha de angelical ou celestial. E isso a tornava mais desejável.

— Ela a tratava bem? Sempre ouvi histórias horríveis... você é muito bonita... E ela não tinha ciúmes? O marido dela não queria você na cama?

— Eles foram bons. O doutor me ensinava, aprendi a falar francês e a ler livros bons. Ela também me ensinou muito, nos tornamos boas amigas. Eles me deram muito prazer. Amélie ficou prenhe e eles voltaram para Paris. Queriam que eu fosse junto, mas eu não quis deixar Ararê. Deram-me a alforria e muito dinheiro.

— Ajude-me a tirar as roupas... Eu devia me vestir como você, com roupas leves, este calor é de matar! Desabotoe meu vestido.

— Ela se chamava Amélie... Ah! já lhe disse... tinha uma nuca como a sua... eu massageava seus ombros durante o banho e ela gostava muito. Pedia mais. Eu adorava fazer...

Elisa fechou os olhos, e parecia estar se deleitando com minhas palavras, senti minhas entranhas em fogo. A lembrança de Amélie e de nosso amor era forte em mim, e Elisa reavivou as saudades que meu corpo tinha.

Mas, de repente, aconteceu algo que não entendi. Elisa se enrijeceu, abriu os olhos e se afastou. Evitando meu olhar, disse com rispidez:

— Pode ir dormir, termino aqui sozinha.

Entendi como uma ordem que não era para ser questionada, e fui para meu quarto sem saber o que havia feito de errado. Deitei-me na cama com Ararê, ansiosa com o que havia se passado, mas sem vontade de conversar. Ele notou que algo tinha acontecido, sempre notava, mas também percebeu meu desejo de ficar quieta.

Fiquei de olhos abertos, fixos no teto, enquanto ouvia a respiração lenta e pesada de seu sono. Sei que não tinha motivos para isso, mas me senti sozinha e melancólica, com vontade de chorar. Talvez para me consolar, lembrei-me que até os deuses às vezes ficam assim. Afinal, o mundo nasceu da solidão do deus supremo – Olodumaré, que criou Iemanjá, as águas, e Aganju, a terra, para lhe fazerem companhia.

Minhas pálpebras começavam a pesar quando ouvi suaves batidas em nossa porta. Levantei-me e abri com cuidado, para não fazer barulho: era Teyu. Elisa pedia que, se pudesse, fosse ao seu quarto, pois tinha dores no pescoço e se arrependera de recusar as massagens que eu havia oferecido. Vesti-me e ainda me enfeitei um pouco, mas fui logo, com vontade. Eu queria ir.

Encontrei Elisa na cama, vestida com a roupa desabotoada e chorando baixinho, e não parecia de dor.

– O que houve? Não foi ao banho? – perguntei, quase murmurando para não a incomodar. – Você está com dor? – reiterei.

– Não tenho dor, tenho é tristeza, muita tristeza.

– Quando a deixei e fui para meu quarto, também fiquei triste sem saber por quê.

– Mas eu sei de onde vem minha tristeza. Sinto falta de meu marido, com ele sou feliz. Sei que os pensamentos dele são meus e que me deseja como eu a ele, mas do jeito que o país está, vou vê-lo cada vez menos. Meu corpo se inflama quando me lembro de seu corpo sobre o meu.

– Não posso consolar você. Sei que é assim. Você e eu somos parecidas, somos feitas do mesmo material, a castidade nos adoece.

– Ele tem mulheres para consolá-lo.

– Então eu lhe servirei de consolo.

– Acho que também vou gostar... estou precisando. Sinto o calor de seu corpo, ele penetra e anda dentro de mim. É bom... é diferente desse calor que vem com o vento.

– Você é bonita, sua pele é macia... parece uma pintura... Vou tirar sua roupa e fazer com você como fazia com Amélie... vai gostar.

– Tire suas roupas também. Aqui podemos ficar à vontade, a porta está trancada. O turbante e estes brincos de argola ficam muito bem em você.

– Vou tirar. Não usamos roupas na aldeia. Coloquei só para ir à cidade... estou acostumada a ficar nua.

– Que belo corpo você tem, se Pancho visse uma bunda como a sua, ia ficar louco. Suas coxas são grossas e fortes. Posso passar a mão? Quero sentir seus músculos... não tenho músculos assim... passe a mão aqui... é macio.

— Seus pelos são vermelhos como seus cabelos... compridos...

— Sempre quero aparar um pouco, mas Pancho não deixa. Ele gosta assim, para poder puxar. Dói um pouquinho, mas é gostoso.

— É bom? Meus pelos são encaracolados e curtos, acho que é difícil puxar.

— É assim que ele faz, deixe lhe mostrar. Não puxe só os pelos... tem que segurar um pouco de carne e sentir entre os dedos aquela nervurinha. É lá que eu tenho prazer... a sua é fácil de sentir... é grande... está inchada?

— Acho que está. Fica assim quando tenho vontade. Deite na cama de bruços, vou massagear seus ombros. Sentarei sobre sua bunda, fica mais fácil.

— Estou sentindo o calor de suas entranhas. Você está molhada como eu. Continue... é muito bom.

— Vire de frente.

— Pode ficar como estava, sentada sobre mim.

— Estou sentindo você por dentro... é bom... seus peitos são bonitos... a pontinha é vermelha como seus cabelos... está dura. Você é bonita.

Fizemos massagens, carinhos, afagos e depois, gemidos, sussurros, suspiros, beijos e, finalmente, gritos e relaxamento. Depois, rindo, fomos ao banho no quarto ao lado. Dormimos cansadas, com boas lembranças. No dia seguinte, logo cedo, seguiríamos para Huyuk, no vale do Afortunado, escondido pelas altas montanhas. Elisa retornou a Assunção, a Pancho e ao sonho do país guarani que terminava no Atlântico. Eu e Elisa voltamos para nossos paraísos terrestres.

CAPÍTULO 17
# Ama a vida, mas lembra-te da morte

*"É mentira! Não morri!*
*Nem morro, nem hei de morrer nunca mais..."*
GONÇALVES DIAS

JÚLIA E ARARÊ FIZERAM DE HUYUK A SUA CASA, AQUELES ÍNDIOS PERDIDOS eram uma grande família, torná-los felizes era ser feliz. Os dias eram cheios, sempre havia o que aprender e melhorar, tudo caminhou com perfeição. Huyuk progrediu e nasceram muitas crianças saudáveis e fortes; em geral, cada mulher tinha dois filhos; a população aumentou porque os adultos viviam mais. Produziam quase tudo o que necessitavam e só esporadicamente se apropriavam do ouro do Afortunado para comprar livros e alguns utensílios que não podiam fabricar. De festa em festa, eram felizes como um ser humano pode ser. Aprofundavam-se no estudo dos grandes da literatura dos brancos, com acaloradas discussões filosóficas sobre todos os temas possíveis. Muitos se dedicavam à música, e outros cuidavam de uma horta de especiarias e dos prazeres de uma cozinha cada vez mais sofisticada.

A cada dia, algo de novo se revelava. O tempo voava enquanto todos se transformavam em pessoas melhores e mais completas. Das discussões sobre a vida, a morte, a natureza, deus e o amor, surgiram alguns que tinham ideias diferentes e sentiram necessidade de escrever sobre isso, e então importaram das cidades vizinhas uma grande quantidade de lápis e papel.

Enquanto Huyuk vivia seu sonho de felicidade escondida pela natureza, os vizinhos preparavam a hecatombe que sacudiria a América. Em 1864 começava a Guerra do Paraguai contra o Brasil, a Argentina e o Uruguai. A guerra que terminaria para sempre com o sonho de um país guarani.

Em 1859, o Banco Mauá tinha inaugurado a filial de Montevidéu, e, em pouco tempo, todo o sistema financeiro da Banda Oriental do Uruguai dependia de Irineu Evangelista de Sousa, o barão de Mauá, e de seu sócio majoritário, o barão de Rothschild. Em 1861, Bartolomeu Mitre declarava: "Qual a força que leva à frente o nosso progresso? É o capital inglês". A essa altura, Mauá, associado ao London and Brazilian Bank, já dominava financeiramente a Confederação Argentina. A visão liberal de progresso começava a sujeitar os interesses nacionais aos lucros de grupos financeiros internacionais.

Francisco Solano López assumiu o poder em 1862, sob o ódio feroz dos diplomatas e políticos dos países do Prata. Exportadores, banqueiros, capitalistas, comerciantes olhavam com receio para a continuação da política econômica independente do Paraguai, com uma indústria autossuficiente. Tramas foram urdidas em surdina, e as libras esterlinas começaram a ser contadas. O *López-kue*, tempo de López, não poderia continuar. Diante das dificuldades e contando com o maior e mais treinado exército do continente, o sonho da grande nação guarani tomou corpo no espírito de Francisco. Foi essa a mistura que deu origem à tragédia americana, a maior desde o genocídio inaugurado por Pizarro com o assassinato de Atahualpa e Huascar no país dos incas e por seu parente Hernán Cortez e o assassinato de Montezuma no país dos astecas.

No início de 1865, López invadiu a província Argentina de Corrientes e, passando por Misiones, tomou o Rio Grande do Sul. Em maio de 1865, colocando fim a anos de desavença diplomática, o Império do Brasil, a Confederação Argentina e a Banda Oriental do Uruguai firmaram um acordo secreto, o Tratado da Tríplice Aliança, que só viria a público anos depois, na Inglaterra. A sorte estava lançada: o Paraguai, com 400 mil habitantes, precipitava-se em uma guerra contra o Império do Brasil, com 10 milhões de habitantes, a Confederação Argentina, com 1,5 milhão, e o Uruguai, com 300 mil habitantes.

Já no final do primeiro ano da guerra, só havia umas poucas unidades paraguaias no Mato Grosso, as batalhas importantes eram em solo paraguaio. Em agosto de 1869, as últimas tropas paraguaias foram massacradas em Acosta Nhú, perto de Campo Grande, no Mato Grosso. O final da guerra foi cruel para o Paraguai: perdeu metade de seu território para o Brasil e a Argentina, além de dois terços de sua população, reduzida a velhos, crianças e inválidos.

Também perdeu a autonomia política e econômica. O Brasil ampliou seu território, mas contraiu uma dívida com a Inglaterra que comprometeu seu desenvolvimento por décadas. A Argentina não conseguiu anexar o Paraguai, como era seu desejo, mas destruiu seu concorrente. A Inglaterra vendeu armamentos à Tríplice Aliança e ao Paraguai, emprestou dinheiro a juros módicos, castigou o exemplo paraguaio de autossuficiência e manteve por muitas décadas seu mercado para exportação de produtos manufaturados.

Em Huyuk, souberam da guerra e da destruição, mas não suspeitavam do sofrimento. Ouviram contar de muitos guerreiros mortos e de horrores impossíveis: mulheres da retaguarda, ao se aproximarem dos cadáveres de seus homens, eram queimadas pelos soldados da Aliança; cadáveres abandonados insepultos e carbonizados para nem aos urubus terem serventia. À noite, na praça, os mais velhos tentavam descrever o horror, sabiam que estavam próximos ao conflito e que havia risco. Combinaram não ir mais à cidade enquanto persistisse a guerra; sairiam do vale esporadicamente para buscar notícias. Índios com ouro na bagagem estariam em maus lençóis nas mãos do exército brasileiro.

Acompanharam assustados a morte do Paraguai-guá. Souberam que Assunção, a grande capital, fora abandonada aos exércitos da Aliança e destruída, mas a perseguição a López fez a guerra continuar. Com o tempo, os contatos com outras aldeias foram rareando, e os jornais desapareceram, mas ainda puderam saber de atrocidades, massacres de aldeias inteiras, chacinas de homens, mulheres e crianças. A varíola e a cólera encarregavam-se de quem o exército porventura esquecesse.

Tempos escuros, o destino dos irmãos guaranis entristecia Huyuk. Mas nossa cidade sentia-se a salvo, em seu espaço encantado, escondida pelas nuvens e montanhas. Continuávamos as festas, comemorando a lua cheia e a mudança para o vale do Afortunado. O cauim, a música e a orgia faziam-nos habitar outro mundo, outra dimensão da sensibilidade, onde não havia perigo nem sofrimento. Mas foi em consequência de uma dessas festas que, pela primeira vez, uma desavença mais séria aconteceu.

Júlia, em uma das festas, deitou-se com um tal de Imbá, sujeito soberbo e impertinente que, violando um costume que todos seguiam, quis tomar liberdades fora das festas. Ararê ouviu as queixas da mulher e tomou providências para livrá-la do inconveniente. Torturado pelos desejos que ela lhe despertava, sentindo-se humilhado por nada poder fazer contra a força do rival, Imbá resolveu ir embora da cidade e enfrentar o mundo e seus perigos. Desejo e humilhação: combinação infernal que paraíso nenhum tornaria suportável. Uma noite, enquanto todos dormiam, encheu um embornal grande com o metal do Afortunado e se foi, à procura de um lugar para viver. Remordido, atravessou o grande rio e, imerso em raiva e inveja, caminhou em direção ao centro do Paraguai. Era o final do ano de 1869.

Durou pouco mais de um dia a sua caminhada. Logo encontrou as fileiras da vanguarda de um grande destacamento do exército imperial, somente negros e mulatos no grupo. Aprisionaram-no e preparavam-se para matá-lo com golpes de baioneta, sem muitas perguntas. Estavam cansados, pareciam doentes e não queriam saber quem era Imbá e o que fazia sozinho naquelas bandas. Era índio, estava no Paraguai, e era homem, um inimigo a menos. Mas o saco de ouro que trazia nas costas salvou-lhe a vida. Com a visão dourada, instalou-se uma balbúrdia. Imbá permaneceu estirado no chão, tremendo de medo e chorando como fazem os covardes, sem perceber que haviam desistido de matá-lo.

Um tenente montado em um tordilho, feio e franzino, aproximou-se com a espada fora da bainha e, aos berros, ordenou que os soldados se afastassem e o inteirassem do acontecido. Perdeu o fôlego ao ver a bagagem do índio. Mandou dois soldados o levantarem e o interrogou, impaciente. Como não obtivesse resposta, chamou um soldado cafuzo que falava guarani. Imbá continuou calado. O tenente não vacilou: enterrou a brasa do seu charuto no peito do índio. Imbá urrou, chorou, se debateu e, a partir daí, respondeu a tudo o que lhe perguntaram. O tenente, diante da importância do achado, resolveu levar Imbá diretamente ao comandante do exército.

O conde d'Eu, neto do rei da França, grã-cruz de todas as ordens brasileiras, genro do imperador dom Pedro II, comandante em chefe das forças brasileiras no Paraguai, ainda não tinha trinta anos quando substituiu o marquês de Caxias. Sua única experiência militar vinha de alguns medíocres combates a nativos no Marrocos, era totalmente despreparado para o comando militar, tornara-se marechal pelo casamento com a princesa Isabel. Desprezava os brasileiros e mais ainda os paraguaios. Escreveu ao pai dizendo que Caxias era uma nulidade entre os generais, ignorante e covarde. Mas o conde gostava de presas de guerra e, acima de tudo, de fogo e sangue, como em geral gostam os degenerados. Sua biografia já estava manchada de vermelho, apesar da pouca idade.

Quando o francês sanguinário e megalomaníaco viu o saco repleto de ouro, ouviu com atenção a incrível história que Imbá havia contado: o vale cercado por montanhas que atravessavam as nuvens, o rio de águas cristalinas forrado de ouro, a aldeia com seus duzentos habitantes, dos quais oitenta eram guerreiros armados com arcos, flechas e alguns facões. O conde chamou um general e foi preciso em suas ordens: Imbá seria o guia de uma expedição com duzentos homens bem armados e com boas mochilas para transportar o ouro. Se o índio titubeasse em mostrar o caminho, uma boa brasa e estocadas de baioneta o colocariam no rumo certo. Partiriam imediatamente, o próprio conde seria o comandante. Por duas vezes Imbá vacilou, mas não precisou de muito para desistir da resistência e voltar ao caminho certo.

Atravessaram as nuvens que cercavam Huyuk seguindo-o, amarrado por uma corda. Chegaram em uma manhã, depois de uma festa da lua cheia. Encontraram a aldeia modorrenta, recuperando-se da orgia da noite anterior. O conde se impressionou com a visão do leito dourado do Afortunado e, chamando por seu general, disse-lhe:

— É uma aldeia paraguaia! Passe os homens pela baioneta, as mulheres não podem ser vendidas como escravas, são índias, não têm serventia. Ponha fogo!

Longas fileiras de soldados desciam as montanhas enquanto Huyuk dormia. A neblina da manhã já se havia desfeito com os raios de sol e deixava à vista os soldados e suas armas. Como se temessem alguma reação, cercaram a aldeia com método e esperaram pela ordem de ataque. Um pequeno grupo de guaranis que dormia ao ar livre, recostados em uns troncos, recebeu logo de início uma bala no meio da testa. Um jorro de sangue e pedaços de cérebro espalharam-se pelo chão. Não tiveram tempo de acordar, mas o estampido dos tiros despertou os indecisos, sonolentos, aparvalhados com a invasão inédita. Perambulavam sem direção, servindo de alvo para a boa mira do exército. Depois, para aumentar a diversão, os soldados passaram a preferir as baionetas, e os estripados caíam agonizando numa sequência rápida. Os homens foram rareando e os soldados disputavam a primazia do primeiro furo no abdome, depois decepavam as orelhas, desfiguravam o rosto e, por fim, como se houvesse alguma misericórdia, enterravam a baioneta no meio do peito do infeliz, terminando seu sofrimento. Quando o último homem morreu, veio uma calma ainda mais opressiva que a correria. Os mortos afundavam na lama ensanguentada, a maioria de bruços, escondendo a desfiguração. As mulheres e crianças, sem que ninguém mandasse, agruparam-se no centro da praça, como se a intenção fosse facilitar o serviço da tropa.

Seguindo as instruções do conde, os soldados passaram a destruir as malocas e armazenar a madeira e a palha em volta da gente que sobrou do massacre. Logo havia uma muralha de lenha envolvendo o grupo até a altura dos olhos. Por um momento, um leve bem-estar tomou conta das índias; estavam isoladas de seus algozes. Demoraram a perceber de que se tratava, quando colunas de fumaça subiram de vários pontos do monte de lenha. Mas, mesmo quando já deveriam saber que arderiam junto com as crianças, não houve correria nem gritos.

Em vez disso, sobreveio um nevoeiro tão denso que não se enxergava nada. Índios e soldados, todos cegos e sufocados, assustados com a densidade da escuridão, desproporcional à lenha disponível. Para piorar o medo dos soldados, um terrível silêncio tomou conta de Huyuk. Não se ouvia nem o manso murmúrio do Afortunado. A brisa parou de soprar e a fumaça parecia sólida de tão imóvel. Chamavam por seus companheiros e andavam às apalpadelas, enfiando os coturnos na lama de sangue que se formara. Não sentiam mais o calor da fogueira, e mesmo assim a nuvem não se dissipava. Esperavam mulheres e crianças implorando por uma morte mais rápida, um tiro de misericórdia que as livrasse das horríveis queimaduras. Mas nada, só silêncio e fumaça.

Finalmente, a brisa voltou e o sol iluminou o vale. O som da correnteza do Afortunado e dos pássaros encheu o ambiente, tranquilizando os homens. Mas a surpresa que tiveram foi mais intensa do que os insólitos acontecimentos que acabavam de testemunhar: não havia cadáveres. As mulheres e crianças poderiam ter sido calcinadas, mas e os homens estripados com o rosto chafurdando na lama sanguinolenta? Onde tinham ido parar? Em meio ao espanto da soldadesca com o sumiço dos cadáveres, surgiu um tal de Chico Diabo, carregando uma menina como se fosse um troféu.

— Olhem o que achei! É mulata. Uma moleca gostosa... vai me deixar rico. Quem não quer uma escrava assim... Pra fazer sacanagem não pode ter melhor.

— Mas surgiu de onde? Não tinha negro aqui.

Gabriela não entendia o que estava acontecendo. Logo que começaram os tiros, assustou-se e foi se esconder no buraco ao lado de uma grande pedra branca, na beira do rio. Era onde gostava de brincar sozinha quando era menor, e viver sonhos alimentados pelas histórias que a mãe lhe contava. Depois veio a fumaça sufocante, a manhã cheia de sol ficou escura e feia. Um silêncio assustador causou-lhe mais medo, o murmúrio do rio desapareceu e a brisa com cheiro de mel cessou, ficou quieta à espera do pai. Passou muito tempo até que a posição incômoda, a volta do sol e do ruído do Afortunado, a fizessem sair do buraco.

Andou pouco e logo apareceu o mulato horrível, maltrapilho, cheirando a bicho morto. A pele do rosto repleta de cicatrizes de bexiga, os lábios murchos pela falta dos dentes, apenas um grande canino à mostra, meio escondido por um arremedo de bigode. O homem feio e mau pegou-a pelo cabelo com mais força do que era necessário, e a dor a fez amolecer, quase dobrar os joelhos. Chico arreganhou a boca, satisfeito com sua sorte, e habilmente amarrou as mãos de Gabriela. Voltou para as cinzas de Huyuk, arrastando-a atrás de si. A tropa, assustada, sem entender o que se passara, ainda procurava os cadáveres. Alguns rezavam, faziam o sinal da cruz: talvez Deus, vendo a maldade, tivesse vindo socorrer os infelizes. Mas eram só índios. Deus não poderia ter vindo. Então o que aconteceu?

O conde observava, montado, e assim que a fumaça se foi, pôde ver o ouro que forrava o leito. A visão o inebriou e, com energia renovada, ordenou que a tropa enchesse os embornais e partisse daquele buraco.

Durante a fumaceira, um grupo remanescente devia ter-se aproximado sorrateiramente e levado os corpos. Não valeria a pena correr atrás dessa gente, pelo aspecto miserável da aldeia, já deviam estar morrendo.

Passado o susto, invejaram Chico Diabo por ter achado uma cafuza gostosa. Com a pele mais escura, podia ser vendida e faria a felicidade de seu dono. Gabriela viu a aldeia destruída, mas viu que todos haviam desaparecido e sabia que, para chegar à Terra sem Mal, o corpo tinha de desaparecer sem deixar sinal. Todos sabiam disso.

De Huyuk não sobrou nada. Uma história de energia, de convivência entre o corpo e o espírito, um lugar onde se vivia sem a preocupação com a sobrevivência. Desapareceria completamente, como o sonho de alguém que acorda sem lembranças, se não fosse por Gabriela, a cafuza que guardava sua herança. Júlia é que tinha a força que germinara Huyuk, e a semente dessa força estava plantada em sua filha. Em Gabriela, ela sobrevivia à escravidão e ao massacre.

Chico Diabo defendeu sua presa, era a promessa de uma fortuna. Nem lhe passou a ideia de estuprá-la; intacta, renderia o suficiente para pagar muitas putas. A guerra logo terminou, e Gabriela chegou virgem a São Paulo, foi vendida por uma pequena fortuna a um fazendeiro de café de Itu. Uma escrava de olhos amendoados, traços finos, beleza exótica e selvagem, atraía olhares cobiçosos por onde passava, mesmo coberta com os trapos que Chico Diabo lhe comprara.

Francisco do Prado era nascido em Lisboa e viera acompanhando o pai, um diplomata da pequena nobreza portuguesa. Foram para o Rio de Janeiro e apaixonaram-se pelo calor, pelo mar, pela natureza, adiando eternamente a volta para a Europa. Francisco estudou medicina por imposição do pai. Ao contrário do que se espera de um filho de diplomata, era introvertido, detestava o convívio social e desejava morar no campo. Era um homem bonito e forte, de cabelo e olhos claros, um belo bigode bem cuidado que não conseguia esconder lábios carnudos e vermelhos. Uma timidez quase doentia o fazia passar por misógino, quando na verdade ardia de desejos.

Formou-se, foi médico por um tempo no Rio, e assim que o pai faleceu comprou uma bela fazenda de café em Itu, cidade aprazível e próxima da capital de São Paulo. Não se casou, e morava sozinho na fazenda, que progrediu sob sua administração, aumentando sua fortuna com os bons preços do café. Nunca se soube de mulher por quem tivesse se apaixonado, mas fazia a felicidade das putas da cidade, que, acostumadas a servir peões fétidos, ficavam radiantes com sua chegada. Tinha a carteira forrada e o corpo cheirando a perfumes caros; para satisfazê-lo, eram necessárias sempre duas de cada vez.

Quando Chico Diabo lhe ofereceu Gabriela, Francisco teve pena de uma menina tão bonita, de gestos delicados e olhar altivo nas mãos de um pária como aquele. Comprou-a sem precisar de mais escravas para a casa, pois as duas velhas que o serviam eram suficientes. Comprou-a porque sua beleza o comoveu, não pensou em sacanagem. Viu-a acabar de crescer, virar mulher, ler livros em francês, declamar, cantar, dançar, vestir-se com gosto e sentar-se à mesa como se estivesse em companhia da família real. A diferença de idade era enorme, mas Francisco apaixonou-se. Gabriela, que lhe era grata, consentiu em ser amada. Para desespero das putas, Francisco sumiu da zona e colocou Gabriela em sua cama, como dona da casa.

Logo ela engravidou, e nasceu Yolanda, a menina mais bonita do mundo. Francisco reconheceu Yolanda do Prado como sua filha natural, única herdeira de seus bens. Cabelos claros e grandes olhos amendoados como os da mãe, sorriso cativante, lábios carnudos, a pele um tom mais claro que o jambo. Falava francês, espanhol e guarani com a mãe. Na adolescência, leu os clássicos e os franceses importantes. Discutia filosofia e sabia o valor do conhecimento. Era educada e sabia apreciar os vinhos caros que o pai trazia da Europa. Vestia-se como a filha única de um homem rico.

Francisco morreu quando Yolanda era uma mocinha, e ela herdou-lhe todos os bens, inclusive a escrava Gabriela, sua mãe, que ninguém havia lembrado de alforriar. Mas não foi necessário. Logo veio a abolição.

Na virada do século, Yolanda e Gabriela estavam morando em um casarão neoclássico na moderna e elegante avenida Paulista, coração da elite paulista enriquecida com o café. Ela amou e foi amada por homens e mulheres, musa inspiradora de poetas e pintores. Foi em sua casa que, em 1922, se fizeram os planos para a Semana de Arte Moderna. Yolanda e seus amigos mudaram os costumes da cidade de São Paulo e inauguraram uma nova época no Brasil.

Com Solano López, o país guarani morreu pela terceira vez. Finda a guerra, noventa por cento da população masculina havia se extinguido. A primeira destruição da nação guarani tinha ocorrido séculos antes, com a chegada dos europeus e as doenças, a escravidão, a sede de ouro. Depois, com o fim das Missões e a expulsão dos jesuítas, terminou o renascimento, a mortandade foi grande, mas a diáspora maior. Agora não. A guerra de extermínio movida pela Tríplice Aliança teve sucesso total, e do país guarani sobraram apenas resquícios. Os interesses ingleses foram perfeitamente preservados. O Paraguai-guá foi a Cartago sul-americana e Londres, a Roma moderna: *Delenda est Paraguai*[8] – deve ter sido a ordem da metrópole.

Na primeira quinzena de fevereiro de 1870, Solano López, Elisa Lynch e mil seguidores desnutridos e doentes acamparam na localidade de Cerro Corá; havia meses vinham fugindo do exército aliado. Com a denúncia de uma espanhola de nome María Merced, o conde d'Eu ficou sabendo do paradeiro Del Supremo e mandou uma tropa da cavalaria do Rio Grande dar o golpe de misericórdia. Nas margens do córrego Aquidabá foram todos liquidados. Elisa enterrou Pancho e o filho Panchito na mesma cova, com honras militares, todos os oficiais presentes e salva de vinte e um tiros. Elisa, ferida no rosto, tinha o vestido manchado de sangue e, nos olhos, trazia a tristeza do mundo. Dizem que depois foi assassinada, mas seu corpo não foi encontrado, como os que vão para a Terra sem Mal.

---

8 Referência à ocasião da III Guerra Púnica, entre a antiga Roma e seus maiores rivais, os cartagineses, quando Roma venceu e destruiu Cartago, movida pelos seus senadores, que exigiram: "*Delenda est Cartago*", ou seja, "Cartago deve ser destruída". (N. E.)